新典社選書89

向田邦子文学論

向田邦子研究会 編

新典社

目　次

序章　向田邦子文学世界

『男どき女どき』の向田邦子――流れる「人間としての赤い血」――……栗原　敦（実践女子大学名誉教授）　9

向田邦子の生きた風景――機微にふれることば――……中村　明（早稲田大学名誉教授）　38

第一章　向田邦子脚本

ドラマ『あ・うん』の一考察――初太郎と二つのトライアングル――……高橋　行徳（日本女子大学名誉教授）　69

向田ドラマにおける闘う身体――「茶の間」から「玄関」そして「殻」――……阿部由香子（共立女子大学教授）　98

〝戦争〟体験と〝がん〟体験――『寺内貫太郎一家』に込めた想い――……小林　竜雄（脚本家）　127

ラジオ台本「森繁のふんわり博物館」の談話……半沢　幹一（向田邦子研究会会員）140

第二章　向田邦子小説

向田邦子の余韻──『あ・うん』をめぐって──……半田　美永（皇學館大学名誉教授）165
向田邦子小説論──短編小説──……神谷　忠孝（北海道大学名誉教授）191
『思い出トランプ』の表現──相似形の反復──……岡田　博子（向田邦子研究会会員）214
短編「りんごの皮」──神話として──……深谷　満彦（向田邦子研究会会員）245
短編「春が来た」の表現……水藤　新子（中央学院大学教授）257

第三章　向田邦子随筆

向田エッセイのバランス感覚──思い出の中のあのライスカレー──……深津謙一郎（共立女子大学教授）289

「父の詫び状」（『父の詫び状』所収）……石川 美穂（向田邦子研究会会員） 301
「細長い海」（『父の詫び状』所収）……深谷 満彦（向田邦子研究会会員） 305
「消しゴム」（『眠る盃』所収）……正久 りか（向田邦子研究会会員） 312
「字のない葉書」（『眠る盃』所収）……栗原 靖道（向田邦子研究会会員） 316
「字のない葉書」（『眠る盃』所収）……半沢 幹一（向田邦子研究会会員） 324
「無口な手紙」（『男どき女どき』所収）……平間 美紀（向田邦子研究会会員） 329
「一冊の本 我輩は猫である（夏目漱石著）」（『眠る盃』所収）……小川 雅也（向田邦子研究会会員） 332
「拾う人」（『無名仮名人名簿』所収）……大脇 多恵（向田邦子研究会会員） 337
「手袋をさがす」（『夜中の薔薇』所収）……伊藤 まき（向田邦子研究会会員） 340
「手袋をさがす」（『夜中の薔薇』所収）……橋本多嘉子（向田邦子研究会会員） 345
「夜中の薔薇」（『夜中の薔薇』所収）……井内 温雄（向田邦子研究会会員） 349
「クラシック」（『女の人差し指』所収）……谷山めぐみ（向田邦子研究会会員） 353
「ゆでたまご」（『男どき女どき』所収）……田村 俊雄（向田邦子研究会会員） 356

第四章　向田邦子研究案内

向田邦子研究史および参考文献……山口みなみ（実践女子大学大学院修了生）361
向田邦子文庫の歩み……土居　道子（実践女子大学元職員）377
向田邦子研究会　はじめの十年……石川　幸子（向田邦子研究会会員）384
向田邦子とかごしま近代文学館
——特別企画展・企画展・収蔵品展等を中心に——……古閑　章（鹿児島純心女子大学教授）398

〔付録〕

向田邦子ラジオ台本番組一覧……413
『父の詫び状』本文異同一覧……424
小説『あ・うん』本文異同一覧……443
『思い出トランプ』本文異同一覧……465
あとがき……478

序章　向田邦子文学世界

向田邦子

［生］一九二九年一一月二八日・東京

［没］一九八一年八月二二日・台湾

放送作家、小説家。実践女子専門学校国語科卒業。映画雑誌編集のかたわらラジオ、テレビの台本を執筆。一九六四年から放映されたテレビドラマ『七人の孫』が大ヒットし、人気作家となった。以後『時間ですよ』『だいこんの花』『寺内貫太郎一家』『阿修羅のごとく』など作品のすべてが高視聴率を記録。七九年から小説を書きはじめ、八〇年『花の名前』『かわうそ』『犬小屋』で直木賞受賞。『あ・うん』『隣りの女』（ともに八一）などにみえる鋭い人間観察で健筆ぶりを示した。そのほか『父の詫び状』（七八）などの随筆でも知られる。八一年台湾旅行中に飛行機事故のため没した。八三年すぐれた脚本に与えられる「向田邦子賞」が創設されている。

（『ブリタニカ国際大百科事典小項目事典』より）

『男どき女どき』の向田邦子
――流れる「人間としての赤い血」――

栗原　敦

はじめに

向田邦子の唯一のといっていい長篇小説『あ・うん』（昭和五六年五月、文藝春秋刊）は、水田仙吉の父初太郎、仙吉・たみ夫婦、娘さと子の家族と、仙吉の寝台戦友門倉修造の関わりを軸とした人間模様を、満州事変以後の、日中全面戦争開始（昭和一二年七月の盧溝橋事件）を挟む、昭和一〇年三月から一三年の夏を過ぎてしばらく経った（数ヶ月？）後までの、足かけ三年間（二年半ほど）に渡って描いたものである。テレビ放送と雑誌掲載、そして単行本としての刊行とが、一部は平行し、追いかけるかのようにして発表されていったという、驚くべき経緯をもつ。手入れ、修訂の複雑な相互関係も見せている。(1) 長篇小説としての構成の大枠は、放送のシリーズにおおむね呼応するごとくに、各短篇が七つの連作のように章をなして、全体として長篇（中篇）になったという趣である。

文春文庫版『あ・うん』（昭和五八年四月）に「解説」を添えた山口瞳は、「『あ・うん』という小説を一言で約《つづ》めて言うならば、門倉修造と水田仙吉の奇妙な友情物語である。これに少しつけ加えるとするならば、門倉と水田の妻のたみとのプラトニック・ラヴということがある。」という。たしかに、まことに簡にして要を得たまとめである。

山口は、向田の人間観察の見事さをいい、また、かつて書いた評を繰り返して、この作品は「反戦文学の傑作」、「反戦文学として、恋愛文学として、友情小説として、ほとんど完璧」と認めた上で、自身の作家としての経験を踏まえた、脚本家としての向田の小説の書き方に対する、小説の骨法から見たいくつかの課題を指摘してもいた。「本来、小説家ならば、三年も四年もかけて、じっくりと書き込むべき性質のテーマと内容を持った作品である。そこのところを彼女はずばっと切り捨ててしまう。」という指摘などは、長篇小説に本格的に取り組んだ初めてのこの作品の特質や最終章に至る運びのせわしなさなどを言い当てていると思えて、共感するところである。それだけに、これ以降に試みられただろう作品で山口の期待に応えることなく亡くなってしまったのが返す返すも残念なのだ。

この「解説」は、他に作品の冒頭の描写の見所なども語って、いずれも、小説家ならではの、さすがと思わせる評言をいくつも含んでいた。

ただ、冷静になって『あ・うん』の実際に照らしてみると、異なる見方が必要ではないかと思われる点もある。例えば、『あ・うん』を「一言で約めて言」ったあとで、「まことに個人的な感想」に及ぶと弁明しつつだが、「門倉と水田」の関係がリアルに、深く捉えられていることに関わって、それが梶山季之と山口自身の関係に余りにもよく似ていると記して、男の友情や関係が深まりすぎるときの「近親憎悪に近い感じ」にもなる心の動きの「察知」に「感嘆」し、「人間関係を描くときの向田邦子の凄まじいばかりのリアリティ」と讃えているところである。

この把握自体、まことに鋭く、決して不適切だというわけではない。門倉と水田の「奇妙な友情物語」でもあると認定していたごとくに、一貫した評価であり、小説のタイトル『あ・うん』の神社の入口に配された二疋の狛犬が、水田と門倉に相応する寓意にかなうわけだ。とはいえ、あまりにここに力点をおくと、二疋が守る本尊あっての世界であることが、薄らいでしまいかねない。すなわち、「たとえば、門倉が水田に喧嘩を吹っかけるのに、どうして、たみへの恋情を介在させなければいけないのかとも思う。」「私なら、男同士に生ずる近親憎悪だけで書くのになあ…」とまで記すことになると、この作品の肝腎の設定と逆の評価になってしまう。

私は『あ・うん』をもっと女の自我に力点をおいて読み、語るべきではないかと思うのである。表面を飾る男たちの背後、あるいは隣にいる女たちの自我のあり方に、もっと注目するべきではないか。「たみ」と「さと子」、そして、門倉を巡る女たち、「たみ」との対比が意図されつつも、「君子」、「禮子」（よりいっそう脇役ではあるが、「ふみ」や「まり奴」に至るまで）、生い立ちや階層や教養などまで種々の違いを背負って登場させられている彼女たちに、きちんと光をあてることが欠かせないと思っている。(2)

とはいえ、本稿での目的は『あ・うん』を論ずることではなく、『あ・うん』を書き上げ、次の長篇小説への思いをあたためつつ、短篇小説の領域でも一歩を深めようとして試みていた作品を集めることになった、『男どき女どき』（昭和五七年八月、新潮社刊）を取り上げる糸口を引き出すことなので、小説と共に収録されたエッセイのひとつ、読者の質問に応じて『あ・うん』の作意を向田自身が記した「甘くはない友情・愛情」に触れることにしよう。初出は昭和五六年八月二六日付『日本経済新聞』。掲載日は、向田が二二日の台湾での航空機事故に遭遇し、ようやくのことで弟の保雄が遺体を確認した日だった。(3)

表題のとおりにはじめた文章の続きを「人間には、人に見せない、見せたくない顔があるものです。」と受けて、『あ・うん』という作品の内容を自ら次のように要約する。

「あ・うん」の主人公水田仙吉はしがない月給取りですから、軍需成金で美男の親友、門倉修造をねたましく思わないわけがありません。しかも、門倉は自分の妻たみに惚れているのです。それを知りながら、人間としての門倉に惚れています。

門倉のほうも、たみには指一本触れず、全身全霊で、水田一家に尽くします。たみにも、門倉の愛を知りながら、決して法《のり》を越えることはありません。

そして、つづけては、「嫉妬、劣等感」、普通なら「友情をこわす原動力」ともなるものが、かえって人を結びつける働きを持つという、人間性の逆説を語り、「みにくいもの、危険なものをはらんでいるからこそ、そこで結ばれた人間同士のきずなはほんもの、という気がいたします。」とまとめている。山口瞳が記した男の友情と変わらないようでもあるが、実際は方向が逆、すなわち、「はらんでいるもの」を越えようとするところに「ほんもの」であるゆえんを見ているのである。あわせて、投稿した読者の意見に応えるためもあってか、そのあとに、女性一般（そこに自分も含めつつ）には、こういう友情は「欠けているのかも知れない」といったりしながら、「それはそれでよい。」ともいうのである。

投稿者が「現代社会の味気ない人間関係を批判した作品」と評したのに対しては[4]、一見、「そんな大それた気持ちはありませんでした。」と、ただ当時の一家族の記念写真を再現したものとばかりに恐縮の態で応じるが、その実、穏やかな口調ながら「教育勅語のことば通り『夫婦相和シ朋友相信ジ』——でも、そのしかつめらしい皮膚のすぐ下には、それだけではない人間としての赤い血が流れていた——そんなものが描けたらいいな、と思って書きはじめた覚えがあります。」と返している。時代の中で強制された建前の下に隠されていたものを汲み上げようとする意図が、はっきりと自覚されていたのである。

「鉛筆」

末尾の「初出一覧」の後に、「（御遺族と相談の上、編集部の責任で編集しました）」と付記された『男どき女どき』は、全体をV部で構成している。Ⅰが昭和五六年七月号から『小説新潮』に連載が始まった「鮒」、「ビリケン」、「三角波」、「嘘つき卵」(四篇目、一〇月号掲載の「嘘つき卵」が没後発表ということになろうか)の短篇小説。Ⅱは、掌篇小説「再会」と、やや長いエッセイ「鉛筆」、Ⅲ・Ⅳ・Ⅴはそれぞれ六篇と七篇、六篇のエッセイが集められている。昭和四八年六月号の『花椿』に掲載された「伯爵のお気に入り」を除き、古いものでも昭和五一年、ほとんどが四、五年のうちに諸誌紙に発表された近作のエッセイを集めた遺稿集である。Ⅲ・Ⅳ・Ⅴは内容的に何らかのまとまりが意図されているようだが、あまり定かには分からない。Ⅱがごく短いながら小説とエッセイの組み合わせになっているのが異例だが、「鉛筆」は発表誌が『別冊文藝春秋』(昭和五六年七月、夏号)であることと、エッセイの中では群を抜いて長いということが勘案されたのかも知れない。(5)

この「鉛筆」は、二つの海外旅行の思い出による。

一つはアフリカ、ケニアとエチオピアの国境にあるルドルフ湖。トルカナ部落を訪ねた時には、あらかじめ話がついているという約束に行き違いもあったらしく、住民たちから「露わな敵意を示され、」這々の体で、岸辺のロッジに着いて、湖面に見た光景。筏には少年が横たわって眠っているように見えた。目が離せなくなって見つめる内に、立ち上がった少年が、「いきなり白い腰布をはぐった。」小用でも足すのかと思ったが、実は「思いがけないしぐさ」で、腰布は帆のように掲げられ、「大きく風をはらんで」帆柱となった少年を乗せて、筏は「湖面を滑るようにすすんで」いった、少年は眠っていたのではなく、風が立つのを待っていたのだった、というのである。ここでの「鉛筆」は「痩せた」少年の「黒い鉛筆のような二本の脚」である。

二つ目は、カンボジアのアンコール・ワット。「夜になるとアンコール・ワットの遺跡の中で、古いクメールの民族舞踊を見せる。」ホテルと遺跡までの間は何もなく、月明りだけが頼りで、観光客たちが暗い中を歩き出すと、小さな懐中電灯を持った十歳前後の少年たちがどこからともなく現れて、一人ずつ「ピタリとくっついて」くる。鬱陶しくて追い払おうとすると、案内役の青年が、これでこの子たちの家族が暮らしているから、やらせてやってくれと言う。案内のノロドム・キリラット青年は日本に留学して日本女性と結婚した、当時の王族の一員。昼間の少年たちは陽気に観光客たちにすり寄っていた。「痩せて」、「蚊とんぼの脛をして、目だけが光っていた。」

回想の中に残る「カンボジアの少年と、トルカナ族の少年とは、同じように黒く細く真直ぐな脚を持つ男の子」で、ともに「鉛筆」。

旅の細部や記憶の反芻や葛藤が様々に書き添えられて味わいを深めているが、エッセイにはさらに重要な展開がある。どちらの土地も、「この四、五年で様子が変ってきた。」それは「飢えと内戦で、二つの国は見るも無惨に面変わりをしたらしい。」というのである。行ったことのある国や土地、目に飛び込んでくるそれらの報道に、あの少年は「まだ生きているのだろうか」、一〇年経って青年になった彼らは、内戦を「どうくぐりぬけたのか。」と思わないではいられない。向田は、キリラット氏と夫人の名を探し、まだ「消息は不明らしい」夫妻の思い出と、そしてそれに纏わる「小壺」とその色合いでもってエッセイの最後を結んでいる。

何気ない観光旅行に見えそうなものの中に、「露わな敵意」に反応し、彼我の関わりの裂け目から、彼らの日々の暮らしの奥を感じ取り、飢餓や内戦の惨禍の当事者に思いを馳せるのは、向田の作家としての眼差しのなせる業だと思わずにはいられない。

「日本の女」

Ⅳに収録されたエッセイ「日本の女」（『日本文化』昭和五五年九月）も海外旅行の話からはじ

まる。ホテルの朝食時のアメリカ人の中年、老年の女性の団体、注文を受けるボーイに一人一人が、卵の料理、焼き具合などを事細かにはっきりと指定する。隣の人と同じでいいなどとは誰も言わない様子に新鮮に驚き、さらに料理が運ばれてきて、それが注文と違ったとき、はっきりと指摘して、差し出された皿をボーイに突き返す姿に感心した、という体験談。

向田はそれを、自分の母や、存命だったころの祖母の場合と照らし合わせてみる。当時の多くの家庭では稀なことだった外での食事の際、母や祖母は注文の品を決めるのに、一応子どもにも希望を聞くが、大体同じものにまとめるようにしていた（家計上の倹約と店に面倒をかけない気持が混ざっていたと推測している）。そして、鰻丼を注文したのに鰻重が出てきたときの記憶。母と祖母は、目で語り合って、結局そのままにしたという。やりとりまで生き生きと書いてあるが、そこは作家の筆遣い、おそらくは最も典型的な事例として構成した文章なのであろう。はっきりと自己主張できるアメリカの普通の婦人たち、見習わなければと思いながら、なかなかそうはできない自分であると述べているが、しかし、一方的にどちらがいいかをきめつけてはいない。主題は、自分自身を軸にした「日本の女」のあり方だから、そこに克服すべき課題も、生かすべき可能性も見出しているのである。

母や祖母たちのエピソード、そこには暗黙の了解、黙契があった。それには、何の理由も根拠もなかったわけではない。否定するにせよ、肯定するにせよ、それに対する丁寧な評価が必要であることについて、次のように言う。

ひと様の前で「みっともない」というのは、たしかに見栄でもあるが含羞でもある。恥じらい、つつしみ、他人への思いやり。いや、それだけではないもっとなにかが、こういう行動のかげにかくれているような気がしてならない。

やや否定的な「見栄」と言い、それをやや肯定的な「含羞」と言いかえ、次いで「恥じらい、つつしみ、他人への思いやり」と言いかえつつ、さらに「かくれている」「それだけではないもっとなにか」の存在を指し示して、その上で次のように、最後の二つの段落へと筆を進めている。

人前で物を食べることのはずかしさ。うちで食べればもっと安く済むのに、というううしろめたさ。ひいては女に生れたことの決まりの悪さ。ほんの一滴二滴だがこういう小さなものがまじっているような気がする。もっと気張って言えば生きることの畏れ、というか。

ウーマン・リブの方たちから見れば、風上にも置けないとお叱りを受けそうだが、私は日本の女のこういうところが嫌いではない。生きる権利や主張は、こういう上に花が咲くといいなあと、私は考えることがある。

向田邦子独特の言い回しのような気がする。山口瞳が書いた、「一粒で三度おいしいという趣」の三番目、「人生の達人であるところの中年女性」、さらにそれに追加した「苦渋に満ちた熟年男性」の慎重な物言いでもあるような気がしないでもない。

だが、もちろん山口もそういう意味で言ったはずはないが、ここで、我慢するのが美しいとか、身を慎んで前に出てはいけないとか、三歩下がって控えているべきだ、と向田が諭しているなどと、慌てて、浅はかに読み間違ってはいけない。「こういうところが嫌いではない」とか「考えることがある」というような婉曲語法を交えてなお、彼女が語ろうとしたことは何なのだろうか。

それを記す前に、近時かまびすしい女性に対するセクシャル・ハラスメント事件における問題の男たちの自覚は、いったいどうなっているのかを掘り起こしておこう。総じて、おのれが起こした事態に関わる自己自身の内省が欠けている（他の意図のために、あえてそう振る舞っている可能性については、さておくとしよう）。優位で積み重なっていた側の特権を当然のものとして享受したまま、恥じる気もなく自己を肯定している（だから、当然、パワー・ハラスメントが伴っている）。他者（他なる存在）に対するノンシャランな自尊心、ここでは、その愚かさに気がつかない（さらには、気がつかない振りを通そうとする）こと自体が罪なのである。

要するに、この場合の「他」と「我」の関係は、人が作る社会や文化の全てにわたりうる。ヘイト・スピーチに典型的な、自己（あるいは所属する共同体）を過大に見なしたい（優位さを維持したい）願望を、向き合う対象を蔑む自己像の発揮によって根拠づけようとするものであって、民族、国家間にも、過ごしてきた身近な歴史にも、ひいては生命の全ての間にも及びうるものである。

向田邦子は、日常の立ち居振る舞い、暮らしの作法、男女を分ける習わしといった、倫理や道徳を生み出し、規則や法律を形づくっていくことの手前にある領域に言及し、そこへの注視による目覚めを、最後に絞り出すごとく「気張って言えば生きることの畏れ」のようなものとして抽象している。もちろん、抽象的にまとめること自体が大事なのではない。本当は、このエッセイの最終段落にあるように、深く内省し、自身を批評し、女であることの自覚が何であるかを点検し直し、自らの事実を自身に引き受け直して、その上で新たに乗り越えていく、愚かな自尊心同士の、他を押しのけ、踏みにじり、踏み台にするような自己中心主義相互の争いを越えた「生きる権利や主張」の「花が咲く」実りのさまを思い描いている、ということなのである。

「嘘つき卵」論

現在に積み重ねられてきた文芸は、多種多様であって、単純に一色に塗り上げられるようなものではない。エンターテインメントと見なされる類のものでも、その場限りの楽しみで時間を埋め合わせているだけでもないだろうが、文芸の役割、その効用と本質は、直接に、具体的に何かの問題の解決方法を教えるところにあるわけではない。解決のための指針や方策が具体的に示せるのなら、もはや実行にうつせばいい筈なのだから。

現実の実相は、より複雑で、すぐに透き通るように明瞭化できるとは限らない。自身がその渦中にある事柄がほとんどだから、自己と状況を分離することすら簡単にはできない。存在する（生きる）ことの苦悩はそこにある。それゆえ、まず第一に必要なのは、そこに苦悩が、解決を求めている課題があることの提示になる。そして、その認識の深化のために、表現する段階が続く。

エッセイ「日本の女」の中に「女に生れたことの決まりの悪さ」という一言もあった。何がそのように決まり悪く思わせるのか。折りに触れてそう思わせる働きや圧力はどこからくるのか。「嘘つき卵」の左知子を追い立て、追い詰めるものも、同じような、分離しがたく、見えにくい諸々の力なのである。

結婚して五年、二〇代の末になる左知子と夫松夫。夫婦仲は悪くないがまだ子どもに恵まれていない。三年くらいまではまわりから「まだ？」とよく聞かれたが、この頃は気を遣われて、同居していない姑もその話題を避けているようで、それが左知子には却って気が重いと感じられている。左知子を視点人物として、物語は毎日の朝食の卵に絡めてはじめられる。

冷えている生卵を毎朝冷蔵庫から出して常温に戻す。この日の卵に血豆のようなものが混ざっていたことから、松夫との間で、思わず有精卵、無精卵の話題に及んでしまう。検診を巡る夫婦の気持ちにズレも感じられる。小学生の頃に見た、鶏に卵を産ませるために使う瀬戸物の偽卵のことを思い出させるなど、暗示や伏線を微細に張りながら、なかなか子どもに恵まれない左知子の苦しみを描いてゆく。

この日の夕食後にやってきた高校時代以来の友人、未婚の英子は避妊に失敗した模様で、子どもが欲しい所と欲しくない所の皮肉な対比が描かれ、翌日、決心した左知子は大学病院に検診に行く。

二週間かかって、検診の結果が出た。妊娠出来ないからだではないと分かり、夫にも検診を求めるが、松夫は結婚以前の女性関係を漏らす形で、自分にも問題はないと主張する。出来事としては、ここまでが前半。

結婚前に一度だけ一緒に行ったことのあるバーのマダムが夫の相手だったのではないかと思えてならない左知子は、次の日、その店を訪ねるが、店の様子も経営者も変わっている。そのまま帰るわけにも行かず、窓際の席に座ったが、左知子の気づかないうちに写したと、カメラマンらしい男が話しかけて来て、一週間後に現像したプリントを渡す、と強引に約束する。

一週間後、店で写真を見る。自分の知らない自分の深層が写し撮られているように感じる左知子。松夫と男の類似なども感じる。男が誘いをかけてくるが、機転を利かせて逃げ帰る。

一月ほど経って、妊娠を自覚する。病院の見立ても確かめた左知子は、写真を改めて出して眺める。この写真をどうするか迷いながら、勤め先の松夫に妊娠を知らせる電話をかける。以上が、おおよその筋立てである。

人が生きるのは時代の中だから、時代環境が変われば事情も変わる。子どもに恵まれない夫婦の不妊治療への心構えも、現今では大分違うところがあるようだ。かつてのように、結婚すなわち出産を前提に誰もが話しかけるということは、今では非礼だという感じの方が多くの若い人たちの常識になっているかも知れない。

とはいえ、日頃「あわてることはない、」「子どもは授かりものだ、出来なきゃ出来ないでもいいじゃないかと言って、夫婦揃って検査を受けようという左知子の意見に反対していた。」という二人の意識はどうだったのだろうか。松夫は、案外、理解があって、やさしさも感じさせる、と読み取っていいかどうか。自分でも、子どもに恵まれたいと強く願っている左知子はどう感じたのか。少し先を確かめてから、検討し直してみよう。

作品は、友人英子の登場をきっかけに陰影を深める。未婚ながら予定外の妊娠の徴候に、何らかの入院処置に迫られた英子が、同居の親に知られたくないために、万一のときの連絡先として左知子のもとを頼ってきたのだった。遠慮のいらない二人の会話のうちに、左知子は「笑いながら、松夫の視線に気がついた。」いつもと違って冗談口もきかない松夫のことが、こう書かれている。

視線だけが英子のからだを這っていた。今までにも三月に一度くらいは遊びに来ていたのに、みごもったと聞いたとたん、はじめて見る目つきになっている。視線に温度があった。

映像的というか、演劇的・演出的というか、下手な役者に演じさせるのは酷であろう、微妙な松夫の視線である。ただし、ここの陰影が複雑なのは、松夫の視線がそうであっただけではない。同時に視点人物である左知子の主観が重なった眼差しだったことにもよる。言語表現に特有のあり方だ。すなわち、日頃、理解があってやさしいとも見なしうる松夫のあのことばは、悪意のない、真面目なものではあったとしても、追い詰められた左知子の必死さと並べることになった時、それとはかけ離れた、通り一遍のものにとどまっていたのだと見えた。英子への、松夫の左知子にはないものに対する暗い欲望のようなものまで感じさせる眼差しに衝き動かされて、左知子は自分一人ででも子どもに恵まれない理由をはっきりさせるべく（内心では、少なくとも自分のせいではないと思いつつ）、診察を受けに行くことに踏み出したのである。

翌日の一人での受診、左知子は、「まだ？」という、従来の通念に根ざした他からの圧迫に、自分一人の自我の振る舞いで立ち向かうことになった。自分の意地をかけてでもとでも言うように。左知子の自我は鋭く発揮されたが、いっぽう、互いのズレを露わにすることになったままでは、夫婦の仲は崩壊の危険に近づいてしまう。前半部最後の山場は検査の結果が判った後である。

二週間かかって、「強いて言えば発育と機能に微弱なところがあるが、妊娠出来ないからだではない」という結果が出た。うれしい反面「腹立ちのほうが大きかった」左知子は、親戚の集まりでのここ何年もの肩身の狭い思い、周囲が「左知子にだけ責任のあるような口振り」を示したことを思い返し、自分には「責任がなかった」、「あるとすれば、松夫のほうである」と考える。一緒に検査に行くのに賛成しなかった松夫に対して、ここでの左知子は糺問者の自我を発揮してしまう。「あたし一人が罪人みたいに言われるの不公平だわ。」と、とにかく検査に行ってみてほしいと望む。

松夫は、その先を封じるように、「おれもシロだよ。」とポツリと答え、「あなたも病院へ行ったの」／「そうじゃない」の応答になり、その後はこう結ばれる。


出来れば、言わずに済まそうと思っていたが、と前置きして、左知子と結婚する前に女をみごもらせたことがある、と言った。

「結局、生まれはしなかったけどね」

「だあれ、その人」

松夫は煙草に手を伸した。

左知子が周囲の口振りなどに「罪人」扱いを感じたことを言葉にしたのに引き出されるように、松夫の応えにも犯人探しの「シロ・クロ」が用いられてしまう。いささかきれい事じみてしまうのを承知で、あえて指摘するなら、左知子と松夫の夫婦が、同じ困難を同じ思いで理解し、いたわり、支え合える場面はここでは生み出されていない。課題は勝ち負けの争いにすり替えられて、男優位の暗黙の構図の中に閉ざされてしまう。

ものを言いたくないとき、男は煙草を喫う。ことばの代りに煙を吐いておしまいにする。子供は生まなくても結婚五年になると、そのくらいのことは判った。

「名前は聞かないわ。でも、それ、本当なの」

煙の向うで、松夫がうなずいた。

済まない、と謝っている顔ではなかった。おれに罪はないんだぞ、と言いたげな、勝った人間の顔だった。(6)

先走って言っておけば、向田邦子は、左知子の自我の確認が、この段階を越えてもう一段深い所に至るためには、さらなる試練を経る必要があると考えているのだった。次の日の左知子の行動に始まる後半部のドラマはそのためにこそ必要だとされたのである。

松夫の相手として、結婚前に一度だけ松夫に連れられていった小さなバーのママのことを左知子は思い出す。そう思う根拠はある程度記されているわけだが、小説は左知子の視点で書かれているから、自分の妊娠可能性が保証された安心のあとに、思いがけず松夫から突き飛ばされたような出来事で混乱の底に落とされたために、常軌を逸するほどの想像にとらわれたと見ることも許されるかも知れない。

次の日の夕方、思い切って東中野駅近くのバー「ドロップ」を訪ねる。同じ場所に店はあり、名も同じだったが、内装も経営者も変わっていた。会えなかったママに聞きたかったのは、「本当のことが知りたい」、「半信半疑で、責任をなすり合って暮らすのは耐えられなかった。白か黒か、はっきりさせたかった」ということだったという。

店で、左知子の気づかないうちに男が写真のシャッターを切ったのは、電車の通過音に紛れて隠し撮りをしたらしいが、いきなり、とてもいい顔をしていたので、写真を撮ったと、声をかけられる。プロのカメラマンらしいが、ともかく、撮影した写真を渡すという相手の申し出に応じて、一週間後にここで受け取る約束をする。

その日までの日常が、繰り返す朝食の卵の変わらなさに託され、その一方で、「ドロップ」に行ったこと、松夫の相手についての疑問は何もはっきりしないまま、男と写真のことなどを隠しごととしている気持が記され、当日を迎える。

「ドロップ」で差し出された写真に、「自分の写真なのに、他人の顔にみえた」と感ずる左知子。何枚もの種々の表情を踏まえて、まとめられたのはこうだ。


週刊誌大の白黒の印画紙のなかで、左知子は、自分でもはじめて見る顔をしていた。ひどくきまりが悪かった。頬がほてってくるのが判る。

辛いことを考えていた筈なのに、どうしてこんな表情にうつっているのだろう。官能的というより猥《みだ》らにみえた。


ふだん意識していない自分、隠されていたものを表に引き出された思い。カメラマンが見出し、切り取ったものは、新鮮で美しいかも知れないが、認めたくない醜さに見えるものもあるかも知れない。表情がそれっきりの場合も、深層心理や無意識の表出と思える場合もあろう。

直接の交渉が交わされたわけでもないのに、松夫との齟齬が強く意識されている分、写真を介した男との関わりが重なっているようにも左知子には思える。緊張感を伴い、滑稽さも漂うような男の誘いに対する、ぎくしゃくした会話ののちに、店を出てラブ・ホテルの前で、男の再びの誘い。際どく、うまい機転を利かして駈けだし、東中野の駅に逃げ込んで、この日の危険は収まる。

作品は一気に一月を飛んで、終結に向かう最後の山場。左知子の妊娠、それは病院でも確かめられる。左知子は心理的にあの男との一件が弾みをつけたかのように思う。表現はややどぎつく「燃えたとか疼いたとか」、疑問形で多少和らげつつ、「みごもるためには、気持もからだもあたたまらなくてはだめだったのか、」というごとくに。

左知子は、「下着の抽斗の底」にしまっておいた「あの写真」を出して見る。(7)

目を閉じて、夢ともうつつともつかず半眼に開いて、なにかに身をゆだねている。眉間に縦じわを刻み、なにかに耐えている。唇はなにかを待ち、なにかを受けるように半開きになっている。この瞬間にみごもったのだ。

この前の部分に、妊娠を確認したとき「左知子はあの男の子供のような気がした。」とあるので、一種の浮気への願望の気分で読み解きたくなる向きもあるかも知れないが、そこは慎重に考えたい。すぐ続けて「手も握ったこともないのだが、そんな気がする。」と付け加えてある。そういえば、作者は、さりげなく大学病院の診察の結果の「妊娠できない体ではない」の前に、「強いて言えば発育と機能に微弱なところがあるが、」と添えさせておいたのである。「気持もからだもあたたまらなくては」の含意は、「微弱」だった「発育と機能」においても、「気持」と「からだ」のどちらもが「あたたま」ったわけなのだが、それを簡単に、性的、生理的な行為における、至高のエクスタシー体験などに結んで終わるべきではない。四度くりかえされた「なにか」と合わせて考察しよう。

実際、このあと、左知子は「この写真をどうしよう」と迷う。ちぎって捨てるか、焼き捨てるか。迷いながら、「みごもったことを、一番に知らせたかった」松夫に電話する。蛇足ながら、ここは、現在との時代の違いがあって、勤め先に電話し、交換手が呼び出して、本人に繋ぎ、ようやく会話ができるのだ。もっとも、手間がかかる分、その間の緊張した時間が意味を持つ。ここでは、写真の始末に迷う思いがその間に平行して、そして、交換手の声から呼び出し音に変わったところで、左知子はこう思う。

写真は多分捨てないだろうと思った。勿論、夫には言わない。死ぬまで言わない。今まで通り下着の抽斗の、一番下にしまっておくだろう。

夫の声が聞こえる。ひどく懐かしく、「あなた」と呼びかけて、涙がこぼれそうで言葉が続かないところで作品は終わる。

鮮やかな結び。少なくとも左知子の側では、すべてが受け入れられ、新しい一歩が始まっている。

なぜそういえるのか。まず、左知子はなぜ写真を捨てなかったか。写真は左知子にとってどのようなものだったか、と問うてもよい。

まず、写真の中の表情を巡って、四度くりかえされた「なにか」は、「身をゆだね」るべきもの、「耐える」べきもの、そして「待ち」、「受ける」ものであった。「ドロップ」に行き、尋ねようとしたママがいなかったとき、彼女に聞きたかった問いは松夫の相手だったかどうかという事実だが、それを聞いてどうなるというのか。確かめないではいられなくなっている自分の孤立した自我の怒りや悲しみの行く先はどこなのであるか。自分の振る舞いの向こうに見えなければならないものは、まだ見えていない。本当は自分の存在の苦しみを同じ重みで受けとめてくれ、左知子の自我をはっきりと認めた上で、そこから次の一歩に抜け出ていけるよう、支えてくれるものでなければならなかったのではないか。

カメラマンの男との会話の間にも、「松夫との結婚生活には不満はなかった。この暮しを毀したくないと願っている。そのためにも子供はほしかった。だからといって、それからどうしようという想像をしていたわけでは決してないのだ。それなのに、子供の有無を聞いている。」という自分の矛盾を述懐する言葉も書き込まれていた。写真に撮された表情が、その時の主観の「辛さ」ではなく、「官能的というより猥ら」と見えたと思えたことも書かれていた。それは単に、美しいだけではなく、醜いものでもあり、あるいは美しくも醜くもない、言いようのないひとつの実存として立ち現れて、その時新しく確認され直した左知子の自我のあかしだった。それは打ち捨ててしまうわけにはいかないものとなった。それゆえ、この写真を「今まで通り下着の抽斗の、一番下にしまっておく」ことは、夫松夫に対する裏切りの隠蔽などでは決してないのである。そうであってみれば、ここで、エッセイ「甘くはない友情・愛情」にあった、友情や愛情は「みにくいもの、危険なものをはらんでこそ」ほんもののきずなになるとした言及を思い出してもいいだろう。

左知子は、周囲に対し、夫にも対して、自分にしか判らないと思った自我の目覚めを持ったが、次には自分が自分には判らないという深みの自覚にも迫られ、目覚めた自我の挫折すら味わうことになった。最後の一カ月の間の松夫の姿は本作には書かれていないが、しかし、左知子の自我のこの間の経験は、自己中心主義の毒をはらんだ争闘を際どく回避して、夫松夫とのより深い関わりを望みうる域に立ち至らせたのだと思う。

注

（1）山口みなみ「向田邦子『あ・うん』雑誌発表形と単行本における異同および生成について」（『実践女子大学文芸資料研究所　年報』第三六号、平成二九年三月）が、その課題に取り組んでいる。

（2）「たみ」と「さと子」や「ふみ」を巡っては、山口みなみ「再考『あ・うん』――自我と他我とのせめぎあい――」（『実践国文学』第八二号、平成二四年一〇月）で考察が試みられている。

（3）掲載紙では、副題に「向田邦子さんと遺稿『あ・うん』往復書簡から」が添えられ、担当記者による前書きと東京在住の女性読者の投稿（往信）が添えられている。前書きは旅行出発前日の一九日の原稿受領とその際の話題で、『あ・うん』続稿への意欲のことなど興味深い記事だが、すでにこの時点で「豊かさの代わりに」失った「大切なもの」、濃密な「家族や友人関係を鮮やかに描ききった」作家というまとめ方が示されている。鴨下信一『名文探偵、向田邦子の謎を解く』（平成二三年七月、いそっぷ社）が「日本の家庭、日本の家族を」書いたということはともかく、「最近はこれが『美しく、温かく、なつかしい日本の家庭・家族を書いた』とどうしてかなってしまっている」らしいことを指摘して、彼女の作品が〈本当には読まれていないらしい〉と評したことが思い起こされる。指摘された傾向は、彼女の生前からすでに始まっていた可能性が否定できない。これについては、拙稿「向田邦子にとって〈文学〉とは何であったか」（『実践国文学』第六五号、平成一六年三月）も参照頂ければ幸いである。

（4）読者の投稿では、「痛烈に批判」とあったが、男の友情の描かれ方に感心し、女同士ではむずかしいといい、仙吉と娘の親子関係に「温かいものが脈々と流れている感じ」を受けとって「今風な気取った関係ではなく、肌と肌のつき合いである」ことにもうらやましさを感じているとしていたのである。

（5）関係者のことばや解説などを添えるということもない形でまとめられた本書だが、本来は前著『思い出トランプ』（昭和五五年一二月、新潮社）に続く第二短篇小説集になるべきものだった。本書もおそらくは川野黎子さんの苦心による編集かと思われるが、このような遺稿集での刊行に至った悲しさ、無念さは如何ばかりだったろうか。

（6）「松夫」と「松男」の類似もさることながら、「花の名前」（『思い出トランプ』所収。初出は『小説新潮』昭和五五年四月）での男の描き方に重なる。

（7）同工異曲の道具立て（小道具）として、テレビ・ドラマ「阿修羅のごとく」（パートⅠは昭和五四年一月〜、三回。パートⅡは昭和五五年三月〜、四回）での母「ふじ」の遺した着物の下にあった「春画」（浮世絵版画）の例がある。秘められるべきでありつつ、認められるべきであるという両義性を主張しているものだが、個々の作品の主題や表現ジャンルの違いによって、それぞれ効果に微妙なズレや異なりを見せている。

付記

実践女子専門学校時代の同級生で、『小説新潮』の編集者（のち編集長、校閲部長、取締役を歴任）だった川野黎子さんの勧めがなかったら、小説家向田邦子が誕生することはなかった。昭和六二年の七回忌を機に実践女子大学公開市民講座として行われた講演「向田さんを偲んで」は、その経緯を含め、作家としての特色、また作品の本質を語って余すところがない。事例として取りあげた「はめ殺し窓」（『思い出トランプ』所収）の分析と評価も鮮やかで、作品分析や鑑賞のお手本ともいうべきものであった。最初『実践女子大学／実践女子短期大学　後援会会報』第四〇号（昭和六三年一月）に掲載され、のち『りんどう』第一三号（実践国文科会会誌、昭和六三年六月）等に再掲された。向田文学の意味をこの講演によって教えられた思いが深く、心より感謝申しあげる次第である。

向田邦子の生きた風景
――機微にふれることば――

中村　明

たたみいわしと目が合わないよう――奥が気になる比喩の妙

向田邦子の文章の魅力、その一つは比喩表現にあり、従来しばしば言及されてきた。

長編シナリオ「阿修羅のごとく」の四人姉妹の長女綱子について、当人が「そろそろ更年期」と言うのに、末娘の咲子は「暗がりで逢ったら」目下恋愛中の三女滝子より若く見えると意味ありげにからかい、「水気絞ったら、絶対綱子姉さんのほうが多いわよ」と言い出すので、引き合いに出された滝子が「大根おろしじゃあるまいし」と茶々を入れる場面など、ちょいと粋なやりとりに映る。

随筆「ねずみ花火」は、題名そのものが比喩表現になっていて、「思い出というのはねずみ花火のようなもので、いったん火をつけると、不意に足許で小さく火を吹き上げ、思いもかけないところへ飛んでいって爆ぜ、人をびっくりさせる」とある。思い出というものを不規則な動きをするねずみ花火に喩えたのは、「何十年も忘れていたことをどうして今この瞬間に思い出したのか」、その連想のメカニズムが理屈で説明できないからである。そうして一編は、「顔も名前も忘れてしまった昔の死者たちに束の間の対面をする。これが私のお盆であり、送り火迎え火なのである」と、しみじみと結ばれる。

短編小説「だらだら坂」には、「目というよりあかぎれである。笑うとあかぎれが口をあいたようになった」というふうに、身体部位の「目」を「あかぎれ」のイメージに置き換えた例が出るし、同じ短編の「はめ殺し窓」にも、「たしかに牛蒡だった。芯まで黒そうで、痩せていた」と、人の姿を「牛蒡」のイメージでとらえる比喩的転換の例が出てくる。

やはり短編小説の「りんごの皮」に出てくる鬘の感触も、なるほどと思う。「髪の毛はその人の表情の上に生えている」からしっくり来るのであって、そこに、取ってつけたように美しく整った髪の毛が飾られると、全体としてちぐはぐになる。それを「ウイッグ」と改名してみても、印象は変わらない。しっくりと来ない落ち着かなさを、向田は被り物と感じたらしく、「頭のお面のようでいささか薄気味が悪かった」と評している。

毛髪の縁で長編小説「あ・うん」から例を引こう。「女道楽の文句を露わに言ったこともないし、門倉が何時に帰っても、髪の毛一筋乱さず出迎えに出る」という貞節な妻が登場する。二号三号と盛んな夫には過ぎた妻と思われるが、亭主にとってはかえって居心地が悪いらしく、その一号を「そういうとき、君子のまわりから消毒液の匂いがするようだ」と、罰当たりな感想を述べる。消毒液とは、なんとも冷ややかな比喩である。

その門倉、無二の親友の女房に並々ならぬ好意を抱いている。「水田の奥さん、ていうとき、門倉さんの顔、違うんですよ。男の子が大事にしている飴玉、口のなかで転がすみたいに言ってるわ」と、周囲にも勘づかれている。飴玉の比喩からも、いささか大人げない奔放な人間像が読者に伝わるような気がする。

実父を頭に描いていくぶん戯画化した長編小説「寺内貫太郎一家」に、こんな場面がある。妻の里子が、「貫太郎が首からブラ下げている成田山のお守りを腹巻の中に押し込んでやる。ことのついでに、見事に突き出た夫の腹を、軽くポンポンと叩く」シーンだ。そのようすを作者は夫婦ではなく親子の雰囲気ととらえ、「小学校へ出かけていく子供が、母親に『気をつけて行ってらっしゃい』とランドセルを叩かれているようなところもある」と小学一年生の雰囲気に喩え、雷親父の子供じみた一面をユーモラスに描いている。

家族の干渉がうるさいと文句を言う寺内家の長男を、同家で働く石工のタメ公がどなりつけるシーンがある。「周平！　お前は、メシだ、お茶だって声かけられると気が散るって言ったな。家族だとイライラするって言ったな。ヘン！　チャンチャラおかしくって、――ハハ、ハハハ、涙が出るほどおっかしいや！」と言いつのる声が「泣いているようにも聞えた」と向田は書いた。雑然とした中にもどこかぬくもりを感じさせる家族というものの味を知らない孤独な男には、許しがたい贅沢と映るのだろう。

同じ作品に、「待つ人間にとって、時間は意地悪くゆっくりと流れるものだ」という記述も現れる。たしかに、何かに夢中になっているときはあっという間に時間が経ち、今か今かと楽しみにして待っている人間にとっては、逆にひどく長く感じられる。そういう人間らしい錯覚を心理的に描き出した例だ。時という抽象体を、「意地悪く」と、感情を有する人間並みにとらえる擬人的な筆致が読者をにやりとさせる。

随筆「父の詫び状」は、到来物の伊勢海老を前に、生きものの悲哀を噛みしめるエピソードで始まる。「どっちみち長くはない命なのだから、しばらく自由に遊ばせてやろうと」籠から出してやり、「黒い目は何を見ているのか。私達が美味しいと賞味する脳味噌はいま何を考えているのだろう」と、いずれは食ってしまう相手にすっかり感情移入してしまう。

別の随筆「魚の目は泪」には、さらに極端な記述がみられる。「子供の頃、目刺が嫌いだった」と始まり、「魚の目を藁で突き通すことが恐ろしかった」のだと続き、四匹ずつ束ねてある目刺を焼く祖母に、あれは兄弟だろうか友達だろうかと尋ねたというのだ。また、煮干にするため炎天干しにする現場を見ては、「生きながらじりじりと陽に灼かれて死んでゆくカタクチイワシが可哀そうでたまらない。そう思ってよく見ると、一匹一匹が苦しそうに、体をよじり、目を虚空に向けた無念の形相に見えてくる。断末魔の苦しみか、口を開いてこと切れたのもいる」と、それがあたかも人間であるかのように心を寄せる。このように魚の目が気になりだしてからは、「この沢山の黒いポチポチはみんな目なのだ、と思うと切なくなってくる。なるべくタタミイワシと目が合わないように、そっぽを向きながら」食べたというから、気の毒ながらおかしい。

新聞紙から新聞紙へ ―― ことばの体臭を嗅ぎ分ける

擬人化を含む比喩的な表現とともに、読者を楽しませるのが、この作家の言語感覚である。「新聞紙」と題する随筆がある。一口に「新聞」と言っているものを自分は大まかに三つに分けていると書き出し、読み手の関心をひきつける。まず、「配達されて、まだ読んでいない新聞」はまさしくシンブンだが、同じものでも「日づけがかわると新聞紙になる」という。これはシンブンシと発音するのだが、「三日から一週間たつと、新聞紙がシンブンシからシンブンガミになってしまう」とある。つまり、発行されてからの時間の長さに応じて三段階に分かれるというのが、向田の理解なのだ。題名にルビが付いていない理由がよくわかる。

新しいのが新聞で、古くなったのが新聞紙だという区別は、日本語の常識だろう。人によっては、溜めて昔は屑屋に払い下げ、最近は回収業者に引き渡すのが新聞シ、濡れた靴の中に詰めるのが新聞ガミという語感も働くかもしれない。荷物の隙間に詰め込む場合にはどちらも使うような気がする。向田はそういう微差にこだわらず一律に時間で処理し、新聞シのさらに古くなったのが新聞ガミという割り切った解釈をしてみせた。

随筆「たっぷり派」には、「おそばのタレは、たっぷりとつけたい。たっぷり、というよりドップリといった方がいい」と書いている。「たっぷり」が量の問題なのに対し、「どっぷり」はそばつゆに深く浸るところに重点がある。そういう語感の違いにこだわる。

随筆「なかんずく」には、こうある。「なかんずく」という語は、「大人の、それも年寄りくさいことばでしょ」、だから、それを子供が使うと、「ヘンな感じですねえ。なんだかナカンズクっていうミミズクのお化けという怪獣みたい」で違和感があるというのだ。奇妙な感じを、「ズク」の縁で「みみずく」まで飛び火してお化け扱いした例である。

「阿修羅のごとく」にも、「男なんて言い方、よしなさいよ」「じゃなんていうのよ」「男の人」というやりとりが出てくる。「男」と「男の人」との語感の違いを問題にしたのだ。また、「今日この頃である」という言いまわしをとりあげ、「女は好きだね、こういう言い方」と批評するくだりもある。長々とした連体修飾を受けるこの「今日この頃」が、かつて新聞の投書などに決まり文句のようにしばしば出現し、からかい半分に「主婦の文体」などと書いたことがあったかもしれない。向田も気になっていたことがわかる。

外来語、あるいは、こなれない外国語を、むやみにありがたがる風潮も面白くなかったようだ。「秘書って聞いただけで、なんか、あやしい」のに、「セクレタリっていうと、そうじゃないみたい」と、矛盾をつく発言も目立つ。同じく、「トイレっていうと、水洗だけど、お便所っていうと、汲取式みたい」という極端な言及もある。「パパ」でないと文化国家でないかのごとく、自分の親さえ外国語で呼ぶ、こういう流行がよほど苦々しかったのだろう、「うちじゃお父さんてよぶの。水洗じゃなくて汲取式」といった自虐な会話まで記している。「寺内貫太郎一家」でも、「どこの世界に、便所のこと言うのに自分の国の言葉使わないで、外国語使ってる国がある！」という発言をとりあげているあたり、自国のそういう軽佻浮薄な社会現象がよくよく腹に据えかねていたものと見える。

なお、同じ作品に「女三人寄ると姦しいというが、四人集るともう表すべき文字もないにぎやかさである」と書いている。「姦しい」の「姦」という漢字が「女」三つでできていることをふまえ、四人になるとそれ以上にやかましいが、「女」四つの漢字は存在しないと、独特の言語センスが、音だけでなく文字にまで働いたくだりである。

ことば遊びに近い無駄口もしばしば登場する。「あ・うん」には、「ゴーゴリ――本当に固そうだ」という例が出る。これは、ロシアの諷刺作家「ゴーゴリ」という名から、意味を無視し音の響きの印象だけを問題にして、固い感じだとふざけたものだ。また、「どこのどいつだ」という問いかけに、「どいつ」という語の音だけに反応し、意味とは何の関係もない「ドイツじゃなくてロシヤです」という応答に流れるのも、典型的なことば遊びである。

　ただし、同じ作品に「あれは惚れた、なんていっちゃ可哀そうだ」としたあと、その「惚れた」という言い方の語感を気にして、「『おもってる』ってやつだ」と、ほぼ同義の「想っている」という動詞に訂正する例は、単なる遊びでは済まない深みを感じさせる。

　随筆「縦の会」には、文章が「横書きになっていると、一度では頭に入らない」とあり、「横書きのものは、一度自分の頭の中で縦書きに直して読んでいる」とある。一見、右横書きに見える昔の看板も、実は一字ずつ改行した縦書きらしい。そもそも漢字も仮名も縦書き用の文字なのだから、日本の文字で横書きすることには違和感があって当然なのだ。そういう自然な感触が身にしみついていたこの作家は、感覚的に自然な縦書きを残すために、「亡くなった某作家のひそみにならって、縦の会を作りたい」と書いた。三島由紀夫の「楯の会」をもじって「縦の会」を推奨するのである。

　「寺内貫太郎一家」には、「ヒストリー・オブ・マンカインド」と題する洋書を、「ヒステリー・オブ・マンカンショク」とずらす例が出てくる。歴史を意味する「ヒストリー」を、それと音のよく似た「ヒステリー」という神経症に、「人類」を意味する外国語を、それと音だけよく似た「満艦飾」というまったくの別語に通わせた言語遊戯である。

「阿修羅のごとく」にも、「おじいさん」と言ったあと、「桃太郎じゃないんだから、いちいち、おじいさんとおばあさんて言うこたアないだろ」と、わかりきった説明を加える箇所が現れる。「おじいさん」と「おばあさん」がセットになりやすいのを、昔話の「桃太郎」を持ち出して笑わせる仕掛けだ。

つかまるものがないと高い場所に上がっていられない男を、「手摺のついた踏台はないわよねえ」と言ってからかう例もある。ことばが、存在しないものをイメージさせるのだ。

「お辞儀」と題する随筆に、「それはお辞儀というより平伏といった方がよかった」とある。丁重なお辞儀の仕方を「ひれふす」というレベルまで誇張し、土下座に近い雰囲気を出して笑いにつなげる。印象の違いを、ことばの違いで的確に伝えるのである。

「女子運動用黒布襞入裁着袴」という長くて難解な題名の随筆がある。終わりの三字は「たっつけばかま」と読ませるらしい。戦時中に敵性語たる英語の授業が中止となり、「レコード」は「音盤」、野球の「ストライク」は「よし」と言わされた時代だ。ちなみに、「ヴァイオリン」を「あちら抑えこちら抑え顎挟みこすり器」と称したと笑わせる漫談もある。問題の題名は、仲間と憂さ晴らしに「ブルマー」の翻訳を試みた際の揶揄的な作なのだという。「戦争が終わった時、私はビューティフルという単語の綴りが書けなかった」と振り返る向田は、戦後、就職した映画雑誌の編集部で、新作映画の題名を「悪党部落」と載せたあと、「アクト・オブ・ラブ」の間違いだとわかる。かくてはならじと、一念発起して英会話の学校に通い、個人レッスンを受けたところ、外人教師に「あなたのしゃべり方は、ウィリアム・シェークスピアと同じです」と呆れられたという。日常会話が往時の武士の如き話し方に聞こえる、そんな違和感だろうか。

同じく随筆の「昔カレー」に、昔同じ下宿にいた少年を思い出す一節がある。将来は芸者を嫁にする、絶対に向田なんか貰ってやらないと力説していたその薬屋の息子のその後を、「少年の大志を貫いて芸者を奥さんにしたかどうか」と想像してみるくだりだ。ここでも、「少年の大志」と「芸者」との意表をつく組み合わせに言語センスを感じる。

「目をつぶる」という随筆には、ばかでかい猫に驚いて、「まあ、これでも猫ですか」と言う客の反応から、その猫を「マア」と命名する話が出てくる。また、随筆「静岡県日光市」では、ハワイに出かける母が、香港に出かける弟に、「帰りにどこかで落合おうよ」と言い出した逸話が載っている。いったいどういう地図を思い描いているのかと呆れる。

随筆「特別」に、店で「チャーハンを支那茶でおじやにしたの」を注文する客について、「この人にとってメニューは、そこに載っていないものを注文するためのヒント集」にすぎないという皮肉な見方が披露される。ニュアンスを切り捨てた極論が痛快だ。

どちらも「寺内貫太郎一家」に出てくる例だが、「美人だが「さより」の燻製のように干からびておいでになる」とか、「ハンペン夫人が、黄色い声でおっしゃった」とかという形で、わざとらしく用いられる、とってつけたような尊敬表現も、皮肉な味を出している。

「車中の皆様」には、「花嫁は洟をたらしていたという。ちょっと頭のゆっくりした娘であったらしい」というくだりが現れる。ここの「ゆっくり」という意表をつく用語も皮肉な感じだが、あるいは、差別語を回避するための婉曲表現だったのかもしれない。

短編小説「花の名前」にも、「真面目の上にもうひとつ、あまり字面のよくない字がのっかるところから、女道楽は大丈夫だと思っていた」という一節が出てくる。ここは、「くそ真面目」の「糞」という漢字を、字面がよくないと評したものであり、もったいぶった印象が出るようだ。皮肉にも、読者にはその漢字がむしろ深く印象に刻まれるかもしれない。

「阿修羅のごとく」にこんなやりとりがある。「あんな、ブキッチョな――デパートで、自分のシャツ一枚、買えない人が、女の人」なんて、イメージが浮かばないという表情をすると、相手はその発言のうち、デパートで買うという部分に反応し、「女の人デパートで買うわけないでしょ」とたしなめる。意味よりもことばに反応するのがおかしい。

随筆「車中の皆様」で、向田自身のとんだ失敗談が披露される。タクシーに乗るときはいつも、支払いに手間取らないよう、降りる前に「左手にアパートの鍵、右手に五百円札を握って準備する習慣になっている。ある晩、料金を渡そうと手を差し出すと、運転手はかすれた声で「いいのかね」と妙な声を出す。釣りは要らないという気持ちで、「いいわよ、どうぞ」と軽く応じたが、先方は信じられないように、「お客さん、本当に真に受けても、いいのかね」と念を押す。大した金額のチップじゃないのに、そんな「大袈裟にいわないで下さいよ」と言おうとして、五百円札と間違えてアパートの鍵のほうを運転手に手渡してしまったことにはっと気づく。何をどう間違えたのか、肝腎の情報を伏せたまま、運転手の反応で読者を引っぱる。安っぽい小説みたいだが、実話らしいから愉快だ。

「阿修羅のごとく」にも、とんだ誤解の例が出る。ボクサーが相手のパンチをくらった瞬間の気分を、「チンなんかだと、スーといい気持になって、フワッと」と説明すると、拳闘の試合などにうとい老女がとっさに「そういうとこ、ぶっちゃいけないんじゃございませんの？」と見当違いの反応をする。用語を知らなければ無理もない勘違いかもしれない。

同じ作品にこんなやりとりも現れる。紅茶に角砂糖を添える人に、「いくつ」と好みを聞かれ、「いくつ」ということばだけに反応して、とっさに「十五」と答えるシーンだ。尋ねたほうは当然、角砂糖を一五個と理解するから、驚いて「そんなに入れるの？　ふとるわよ」と忠告する。そのことばで、ようやく場面を理解し、「やだ、あたし、年だと思った」と、自分の迂闊さに笑い出す。とんだ誤解ではあるが、相手の姿が目に入らなければ、実際に起こりかねない行き違いだろう。わざとらしくない、こういう運びがうまいのだ。

思い切ってうんと殺す――心の不思議なふるまい

「記念写真」という随筆に、「ご両家とも一点のかげりもない、つまらなくなるほど品行方正学術優等のお家柄」という奇妙な評価の表現が出てくる。「品行方正」も「学術優等」もそれ自体としてはどちらも望ましいものなのだが、それに「つまらなくなるほど」という意外な修飾がついて読者を刺激する。論理的には一見矛盾して見えるが、酒も煙草も遊びもやらない真面目一方で非の打ちどころがない人は、それだけにかえって人間として面白みがないと感じられるのも事実だ。時には、欠点だらけなところに言うに言われぬ味があるという批評さえ通る。完璧な人より、少なくとも人間らしいとは言えるだろう。いかに理屈に合わなくとも、それが人生の常であり、心情的に否定し去ることはできない。

向田作品には人間の微妙な心理を掘り起こす記述も目立つ。

随筆「天の網」に「ボーイが、半分嫌がらせのように手荒いしぐさで何度もコップの水をつぎにくる」という一文がある。先方に嫌がらせの気持ちが働いていていてもいなくても、当方がコーヒー一杯でねばっているのが気になっているような場合は、勝手にそんなふうに勘ぐるかもしれない。

同じく随筆の「小判イタダキ」では、こんなためらいにふれている。店が混んでいて、食堂で見知らぬ人と相席になり、まだ待っている相客より先に箸をとるとき、ことに、遅く注文した自分の品が先に届いた場合など、まわりに何か一言挨拶すべきか迷う。向田自身は「お先に」と声を出す習慣になっているらしい。相客が年輩の人だと軽く会釈を返してくれるが、若い人だとかえって変な顔でじろりと見られるという。そんな折の反応には、たしかに世代の差がありそうだ。自分の経験を内省してみると、何も言わずに軽く会釈をして箸をつけるような気がする。気にしないせいか、その折の周囲の反応は記憶にない。

「ごはん」という随筆では、慣れない歩行者天国の道路を歩くときの不思議に揺れる気持ちをなぞっている。「天下晴れて車道を歩けるというのに歩道を歩くのは依怙地な気がするし、かといって車道を歩くと、どうにも落着きがよくない」という。「滅多に歩けないのだから、歩ける時に歩かなくては損だというさもしい気持もどこかにある」し、また、「頭では正しいことをしているんだと思っても、足の方に、長年飼い慣らされた習性からしろめたいものがあって、心底楽しめないのだ」という。何となくわかる。

随筆「知った顔」では、思いがけない場所で偶然に肉親と出逢ったときの気恥ずかしさをとりあげる。そんな場合、向田は、気づいていても「なるべく知らん顔を」していて、「スレ違う直前になって、いま気がついたという風に、すこし無愛想な声をかける」そうだ。もし先方が気づかなければ、きっとそのまま行き過ぎることだろう。これには国民性もありそうで、そんな場合なぜか日本人は多かれ少なかれ、声を掛けることにためらいを覚えるようだ。

やはり随筆の「兎と亀」に、「演奏は余韻が大事なんだ。弾き終って、さっさと引っ込んだら、拍手はこない」という指摘がある。これも何となくよくわかるような感じがする。

「阿修羅のごとく」に出てくるこんなせりふにも、読んでいて思わずはっとする。「亭主が脂汗流して苦しもうと、鼻ぼこ提灯で寝てる――そりゃ、そういう女房のことを、亭主はバカのドオの、悪口言うよ」。でも、「言いながらほっとしてンだよ。先まわりして、気遣われるよか、男は気が休まるんだよ」という男の述懐だ。同じ男として、この気持ちは実によくわかるだけに、何だかよけいにおかしいのである。

「あ・うん」では、「嬉しい時、まず怒ってみせるのが仙吉の癖である」とか、「テレるとどなるのは、お前の悪い癖だぞ」とかという人物批評が、なかなか読ませる。たしかに、そういう人間がいると、読者は妙に納得するような気がするのだ。また、「話がとぎれると、柱時計の音が馬鹿に大きくなる」というあたりも、その心理的な観察に説得力がある。

「隣りの神様」という随筆に、喪服を作る際の心理が語られる。悪いことを予見するような心のひっかかりでためらっていたとき、それを察したデザイナーに「喪服を作ると思わないで、黒い服を作ると思うのよ」と言われ、いくらか気が楽になったらしい。

「寺内貫太郎一家」に、家族が偶然いかがわしい写真を目にする場面が出る。まったく嘘とも言えない「人類文化研究所」とやらいう所から送られて来た、そのもっともらしい品物を何気なしに開けてみると、「男と女が、さまざまな姿態でからみ合い、まさに人類永遠のテーマを追究している写真」だ。「これ、お相撲の写真じゃないよねえ」という突拍子もない反応もおかしいが、大所高所から見た解釈・感想には笑ってしまう。たしかに「人類永遠のテーマ」にはちがいなく、まんざら嘘ともいえない、新しい見方の開拓である。

「転向」という随筆に、こんな逸話が載っている。夜中に教会のそばで火事があり、なんと、あの「憧れの神父様が、パジャマにガウン姿で、荷物を持ち出していた」という。「その金髪の頭に、クリップがくっついていたのよ」と、思ってもみなかった現実の俗っぽい姿を発見し、それまであれほど「血道を上げ」て通ってきたその教会にいっぺんで愛想を尽かす瞬間だ。きっと宗教的な信仰心などというものではなく、カトリック教会ないしは教会堂というものの雰囲気に酔っていただけのことだったのだろう。

随筆「白か黒か」に、こんな発見が載っている。同じ放送作家の倉本聰にインタビューした際に、何かの話から「五歳のときなにしてらした」と尋ねると、倉本は大きな目玉で一言「ぼんやりしてた」と答えたという。とても嬉しかったらしい。が、同時に、「いま、ぼんやりしている五歳の子供はいるだろうか」と不安に思ったようだ。そういう無駄な時間を切り捨ててしまった時代というものに一抹の危うさを感じたのではあるまいか。

「目をつぶる」という随筆では、女は免許を取らないほうがいい、車の「運転は目配りだから」、そんなことを始めたら「目がきつくなる」、女はみな「巾着切りみたいな目つきになる」からだという、タクシー運転手の持論を紹介している。その背景にあるのは、「男は何があっても絶対目をつぶらない。だから咄嗟の判断で事故を最小限度に食いとめることが出来る」という論拠である。運転手は「目をつぶんない女は、女じゃないけどね」と言って笑ったようだが、時代は変わった。「最近は、結婚式のときに感激して泣くのは新郎のほうで、新婦は笑っている」と書いたこの作家は、すでに予感していたらしい。

内股の桃太郎ではイメージに合わないが、しかし、一方で、随筆「金閣寺」に、「内股の男が増えているのはいいことかも知れない」と書いている。「少なくとも彼等は戦争は起こさない」と断言し、「小さな迷惑をかけても大きな迷惑はかけないからである」と、その理由を述べている。何の論拠もないが、何だかそんな気がしてくるから不思議だ。

「斬る」という随筆にこんな話が載っている。「寝覚めが悪くて、十人も二十人も殺せないわ」と書く側の悩みを訴えると、時代劇のベテランのプロデューサーが、「三人四人を斬るから、何のなにがしと名前もつけねばならず、本ものくさくなって残酷なのです。三十人五十人を叩っ斬れば、これは殺陣で約束ごとです。様式です。後生が悪いと思うなら、思い切ってうんと殺すことです」と、そのこつを伝授してくれたという。特に感想は記されていないが、向田もきっと、ものは考えようだと心理的に納得したにちがいない。

葬儀に漂ってきた鰺を焼く匂い ―― 人生のひだに分け入る

この世には、理由はわからなくとも、妙にそんな気がすることがよくある。

随筆「脱いだ」に出てくる「お造りの場合、たしかに二切れだの四切れ六切れだと、キリッとしない。思い込んでいるせいであろうが、奇数のほうが、新鮮でおいしそうな気がするからおかしい」というのもそんな一例だ。わけもなく読者もそういう気がしてくる。

「隣りの女」という短編小説に、こんなやりとりが出てくる。夜遅く夫が帰宅すると、大きなあくびをくり返す。「あくび、だんだん大きくなるわねえ」と、妻が嫌な顔をすると、夫はまともに答えず、「どこかよそへいってやったら、問題だろ」と矛先をそらす。たしかにそれはそのとおりだ。家庭に安心しきっているから、心おきなくあくびができるのである。それでも妻としては結婚生活に飽きてきた雰囲気を感じるのか、「家庭っていうのは、大きいあくびをするところですか」と不満の体だ。しかし、「夫の答えは、もっと大きいあくびだった」と続く。平和の象徴なのか、それとも、絆の崩壊なのか。

作中に穿った見方が披露され、時には金言めいて響く。同じく短編の「胡桃の部屋」という小説には、「挫折したとき、浮気やなんかしてる人のほうが抵抗力あるわね。うちのお父さん、免疫がないから」という発言が現れる。ふだんは思ってもみない傾向に関する指摘で、事実かどうか確かめようもないが、読者は何となくそうかもしれないと不思議に思う。

随筆「下駄」に出てくる「流行の先端をゆく建築というのは、女より早く老ける」という格言めいたことばは、もっとわかりやすい。長編「あ・うん」に出る「人間の病気は、上へゆくほど上等とされる」という見解もそのとおりだろう。たしかに、「水虫より頭痛のほうが格が上に聞えたし、おなかが悪いというより胸が悪いというほうが素敵だと思っていた」とあるのも、理屈はともかく、事実として否定できない傾向だろう。同じ作品に、「日本中の女の何かを待つという思いが、夜の空気を重たくしている」という箇所もある。一瞬どきりとするようなこの指摘も、読者をわかったような気分に誘うかもしれない。

「記念写真」という随筆に、その記念写真を撮る直前、よく「自然な顔で笑って下さい」などと言われるが、それが逆効果になるという指摘がある。そう言われるとかえって不自然な顔になり、その結果、「こわばった笑顔が印画紙に残ってしまう」ことになるらしい。程度の違いはあれ、これは誰しも経験する心理的な事実だろう。

短編小説「ダウト」には、「通夜にしろ結婚式にしろ、人の節目のセレモニーには、大なり小なり芝居っ気がともなう」ものだという指摘が出てくるが、箴言めいたこの指摘も、言われてみればそのとおりだなあと、読者は誰も納得してしまう。

「昔カレー」と題する随筆には、「思い出はあまりムキになって確かめないほうがいい」という金言じみたことばが登場する。せっかくの美しい夢が無残に破れ散ってしまうかもしれないからだ。「何十年もかかって、懐かしさと期待で大きくふくらませた風船を、自分の手でパチンと割ってしまうのは勿体ない」とあるとおり、よけいな穿鑿が往々にして夢を壊してしまう。「父の詫び状」と題する随筆は、面と向かっては一言も発せず、手紙のなかに「此の度の格別の御働き」という一行をさりげなく挟むほど、たぐい稀な照れ屋だった父親を偲ぶ作品である。「寺内貫太郎一家」でも、その父親を髣髴とさせる主人公が、いくぶん誇張しつつ、生きと描かれている。「夫は歯痛で七転八倒しようとも」、妻はうっかり「歯医者さんへ行って下さい」ということばは口に出せない。「言ったが最後、離縁である」とある。貫太郎が極端な歯医者嫌いなのだろうが、こういう断定的な誇張がおかしい。

もっとも、随筆「電気どじょう」によると、「なんだ、これは。どなるタネが何もないじゃないか」と、怒る対象がないと物足りない人物だったようだから、ひょっとすると、はずみでほんとに「離縁」などと口走る危険も絶対なかったとは言えないかもしれない。

父親のイメージを重ねた主人公の寺内貫太郎というこの人物、嫌いなものは「嘘。不作法。おべんちゃら。蜘蛛とネズミ。ウーマン・リブ。つけまつ毛」だとある。これだけで、おおよそどんな人物か見当がつくだろう。こういう列挙の際にも、ことさら違和感のある並べ方にして読者を楽しませるのも、この作家の言語感覚を生かしたサービスだろう。

随筆「鼻筋紳士録」では、父親のこんな面がとりあげられている。邦子に向かって、「目を大事にしろ。お前の鼻はめがねのずり落ちる鼻なんだから」と欠点をあげつらったあと、「鼻がなんだ。人間は中身と気立てだ」とフォローする意外なやさしさも書き添える。

「一生あぐらをかいて暮らせる鼻」だと評する人もあると冗談めかして紹介するところを見ると、どうやら鼻の恰好に対するこだわりは抜けなかったらしい。自分の「テレビドラマの主人公は、男も女も、みな鼻の高くない人を想定して書いているような気がする」と心情を吐露するだけではない。あげくのはてに、わざわざ選りに選って、ユニークな鼻筋文化論まで展開してみせるのだ。「歴史上の人物の肖像画や写真を見ると、真っ先に鼻に目がいってしまう」ため、それによって人類を二分するという無謀な試みを断行するという。

Aタイプは、「鼻梁が高く鼻筋の通った典雅な鼻の持主」で、キリスト、ショパン、リンカーン、シェークスピア、ボードレール、芥川龍之介その他の名を列挙し、「思索的で正しく華麗だがどこか底冷たい」という共通の印象を記し、Bタイプは、この反対に鼻が「高からず長からずの親しみやすい鼻の持主達」だとし、ベートーベン、チャーチル、ピカソ、井伏鱒二らの名を列挙してある。自分が困ったときに相談に行くのはこのタイプだとわざわざ書き添えるのは親近感を覚えるからだろう。音楽も文学も、鼻筋だけでその系統を分けてしまうのは暴論だが、その結果が何となく当たっている気がするから不思議である。

随筆「隣りの神様」に、放送作家の先輩が急死し、その告別式に参列した際の心の動きが記されている。その菩提寺の禅寺が「モダーンなコンクリート造りなのが少しばかりさびしかった」とその違和感を述べたあと、「不意に境内に魚を焼く匂いが流れてきた。アジの開きかなにからしい」。昼時分とはいえ、「しめやかな読経や弔辞にはやはり似つかわしくない」と書き記している。いかに似つかわしくなくても、それが人生の現実なのだ。

実の父親が心不全で急死した際、茫然としている母親に、邦子の弟が「顔に布を掛けた方がいいよ」と促した。「母はフラフラと立つと、手拭いを持ってきて、父の顔を覆った」。ところが、「それは豆絞りの手拭いであった」。結果は奇妙な光景で、覆われた当人が「馬鹿者！」とどなりかねないほどだ。だが、こんな場合でも動顛せずに万事そつなくこなす沈着冷静なふるまいに比べ、いかにも人間らしいと読者はほのぼのとした笑みを浮かべる。

同じ随筆に、「思い出はあまりに完璧なものより、多少間が抜けた人間臭い方がなつかしい」と作者が述懐しているとおり、葬儀に漂ってきた鯵を焼く匂いも、果てた父の顔にのっていたこの豆絞りの手拭も、いかにも人間臭い風景であったと、しみじみおかしい。

やはり随筆の「泣き虫」で、その後四十九日も過ぎてから、友人と京都に花見に出かけた折のある日の自身の思いがけない行動について振り返る。珍味屋で「だし昆布や若狭かれいのひと塩」を買ったあと、無意識に「このわたも入れて下さいね」と追加し、自分で笑い出したという。「このわたを好きな父は、もういない」ことに気づいたからだ。「馬鹿だなあ。なにやってるんだろう」と、自分の迂闊さを「笑いながら、気がついたら私は泣いていた」と、この作家は書いた。あるいは、あの世で「この馬鹿野郎！」とどなる父親の声を想像し、内心うれしそうなその顔を思い浮かべていたかもしれない。

随筆「七色とんがらし」には、母方の祖父母の思い出が語られている。面ざしが古今亭志ん生に似た祖父は、七色とんがらしが大好きで、祖母が「体に毒」だとたしなめても、「おみおつけの椀が真赤になるくらい」七味を振りかけ、鼻を赤くしながらすすって汗をかいていたらしい。その祖父が老衰で亡くなったあと、祖母は「こんなに急に死ぬんなら、文句いわないで、とんがらしをおなかいっぱい、かけさしてやりゃよかったよ」と「笑っている目から大粒の涙がこぼれていた」ことを、作者は大事なことのように記している。

随筆「お辞儀」では、その祖母の娘にあたる、邦子の母親が入院した際の逸話を、いかにも病人らしい気持ちと、およそ病人らしからぬ行動をとおして生き生きと描き出している。まず、入院して三日ほどは、わざわざ公衆電話から、「三度三度の食事の心配をしないで暮すのがいかに極楽であるか、献立がいかに老人の好みと栄養を考えて作られているか、看護婦さんがいかに行き届いてやさしいか」と、毎日知らせて来たらしい。それは「テレビのリポーターも顔負けの生き生きした報告であった」が、「無理をして自分を励ましているところがあった」と、冷静に観察している。

見舞いに行って「辛いのは帰りぎわ」。邦子が「弟の時計に目を走らせ」て「ではそろそろ」と声をかけようかとためらっていると、「さあ、お母さんも横にならなくちゃ」と「一瞬早く先手を打」ち、母親は早速「見舞いにもらった花や果物の分配を始める」。結局子供たちは、「持ってきた見舞いの包みより大きな戦利品を持たされて追っ払われる」ことになる。見舞い客を送って出ると、一人も見舞いが来ない患者もいるのに、こんなにぞろぞろ来られると、お母さん、きまりが悪いから、当分来ないでくれと言いながら、病人が先頭に立って廊下を歩く。邦子たちをエレベーターに押し込むと、ドアの閉まり際に「有難うございました」ととたんに丁重な挨拶をして深々とお辞儀をするのだという。そうして、「親のお辞儀を見るのは複雑なものである。面映ゆいというか、当惑するというか、おかしく、かなしく、そして少しばかり腹立たしい」と書き、一編を閉じる。

同じ随筆にこんな挿話も載っている。その母が五泊六日の香港旅行に旅立つ日、空港まで見送りに行った邦子は、滑走路の飛行機に向かって、「どうか落ちないで下さい。どうしても落ちるのだったら帰りにして下さい」と祈りたい気持ちになったという。ここの「帰り」という語は、もちろん母親の帰路ではなく、その機体が羽田に引き返す飛行をさしているのだろう。思わず筆の滑った勇み足に近い一言だが、あんな重い物体が空中に浮かぶ魔法がどうしても信じられず、飛行の安全性をいかに危ぶんでいたかがよくわかる。

「ヒコーキ」と題する随筆でも、飛行機に身を任せるときの不安感をユーモラスに書いてみせた。飛行機の離着陸の際ほんとにちっとも怖くないのか、スチュワーデスの本音を聞いてみたいと、この一文は始まる。給料の中には、乗客を不安にさせないために無理にも笑顔をたたえる「ニコニコ料」も入っているのではないかと疑っているのだ。

乗客だってみな平気な顔に見えるが、どことなく胡散臭く、あれはタクシー並みに乗り慣れていると見せるよそゆきの顔なのではないかと勘ぐる。自分では、向田自身、ほんとは身辺を整理して乗りたいのだが、あとから「ムシが知らせた」と言われないように、「わざと汚いまで」出かけるらしい。あるとき仕事でアメリカへと飛び立つ際に、二百キロを越す撮影機材にびっくりして、「どう考えたって、太平洋を飛び越えるのは無理」、まるで鳥の首に目覚まし時計をぶら下げて飛ぶようなもので、これは「絶対落ちる」と考えながら、スタッフに覚られまいと必死で冗談を言っていたという。

何事もなければ、まことにほほえましい風景だ。しかし、人生に慮りはない。何だって容赦なく起こる。これほど用心していた人間が、選りに選ってその航空機の事故に遭って一命を失うのだから、あまりにも悲惨な運命である。読者としても平静ではいられない。最後の実体験を、その心の激動ぶりをつぶさに語るはずの冥界通信は、今日もまだ届かない。

第一章　向田邦子脚本

【参考】向田邦子テレビドラマ人気作品（向田邦子研究会会員アンケート結果）

第一位　阿修羅のごとく
第二位　あ・うん
第三位　寺内貫太郎一家
第四位　冬の運動会
第五位　幸福／隣りの女
第六位　時間ですよ／だいこんの花
第七位　蛇蝎のごとく

（向田邦子研究会編『向田邦子愛』より）

ドラマ『あ・うん』の一考察
――初太郎と二つのトライアングル――

高橋行徳

初太郎の境遇

水田仙吉とその父初太郎の関係が、向田敏雄とその母きんの親子関係を踏まえて作られたことはほぼ定説となっている。多くの評論家(1)がそのことに触れ、私も講演で述べたことがあった。向田邦子は確かに、父親と祖母の経緯《いきさつ》をドラマへ持ち込んでいる。しかしきんと初太郎とでは、ともに老境に入ってはいても、肝心の性が別である。向田は後者の犯した過失を新たに考えなければならない。だがそれ以上に、この人物の肉付けに苦慮したと思われる。彼女は事実の重みなしに、架空の人物は生み出せないと考える作家だったので、向田家の祖父を全く知らなかったことは、大きな不安であったにちがいない。

悩む向田邦子にとって、大きなヒントになったのは、初太郎役を頼んだ志村喬だった。向田は志村を以前から知っており、俳優としての力量を高く評価していた。その名優から『あ・うん』の執筆前後、やはり熱烈なファンである澤地久枝や植田いつ子と一緒に、箱根の山荘へ遊びに来ませんかと何度か誘い[2]を受けた。そこでの志村は、知性と野性を兼ね備えた大人《たいじん》で、寡黙ななかにやさしい気遣いを見せる大人《おとな》であった。彼女は俳優としてだけでなく、素顔の志村を知ることで、初太郎像に確かな手ごたえを感じた。これは俳優の持つ魅力から、作家が登場人物を造形していった典型的な例の一つである。

初太郎は水田家にとって「陰」の要素となっている。他の成員が日頃面白おかしく暮らしていても、この人物が狭い部屋にぽつんと座っているだけで、家庭に緊張をもたらす。彼は家族の「陽」に、一人で対峙しているかのようである。暴力をふるうわけでもなく、口やかましく叱るわけでもない、いたって低姿勢で物静かな老人である。けれども彼の存在そのものが、家族には重く感じられた。

向田邦子のシリアスドラマには、家庭内で孤立した老人がたびたび登場する。例えば『冬の運動会』の健吉や『家族熱』の重光、それに『阿修羅のごとく』の恒太郎などである。このうち健吉と重光を志村喬が演じている。三人は壮年期に大なり小なり成功をおさめた人物で、老いの哀しみを味わいながらも、生活のなかにまだ楽しみを求めている。健吉は若い女性を囲い、重光は老いらくの恋に夢中になり、恒太郎は妻に隠れて浮気をしている。彼らは家族には内緒で艶《つや》のある老後を送っていた。一方初太郎は、色恋沙汰など全く無縁で、ストイックな生活を余儀なくされていたのである。

その要因は初太郎の前歴にある。彼は一流の物産会社に勤め、かなりの地位まで昇った。だが杉や檜などの売り買いにのめり込んで会社をやめ、一攫《いっかく》千金を夢見る山師になる。小さく当たったこともあったけれど、見込み違いが続き、妻を貧困のなかに亡くし、息子仙吉を昼間の大学へやることも出来なかった。しかしそれだけでは済まなかった。仙吉が大学を出て、そこそこの給料を得るようになった頃、資金繰りに困った初太郎は息子の通帳を持ち出し、ついには蓄えをすべて失うような事件をしでかしたのである。

このように不義理を重ねた父親ではあったが、仙吉は初太郎を家から追い出すようなことはしなかった。これは息子に人徳があったからではない。社会保障のない戦前の日本では、子供が親と同居し、面倒をみることは社会通念になっていた。親子の縁はどこまでも付いて回る。

仙吉が転勤するたび、老爺《ろうや》は古びた家具のように、新たな任地先へ同道せざるをえなかった。

水田家は五年ぶりに、四国の松山から東京へ帰ってきた。仙吉の親友門倉が芝白金三光町に頃合いの借家を見つけ、当座の生活に困らぬように抜かりなく日用品を整えてくれていた。仙吉が最初に玄関を開け、家の中へ入る。彼の後に妻たみ、娘さと子と続く。鳥打帽をかぶった初太郎は信玄袋をかつぎ、少し遅れて門戸をくぐった。けれども彼だけはその後の行動が記述されていない。

向田邦子は門倉の奇妙な歓待の趣向にもっぱら筆を傾けた。準備万端整い、水田家が到着するのを見届けると、本人はこっそり家を抜け出す。無人の家には、生活必需品がすべて鎮座していた。家族はそれを一つ一つ見て回りながら、その都度感嘆の声を上げる。しかしそのなかに初太郎はいない。作者は一家をびっくりさせたい門倉と、その思わくどおり反応する成員を性急に描くあまり、彼を置き去りにしてしまったのである。

演出家・深町幸男は向田邦子の意を酌《く》んで、初太郎を木戸口から庭へ向かわせる。老人は狭い庭に立って、植えられた木をしばらく見ていた。その後家の中へ入ったものの、縁側に座って顔を庭へ向けたまま、じっとしている。嬉々として立ちまわる他の家族とは好対照をなし、その小さな空間だけは別の世界のようであった。

しばらくして門倉がやって来ると、水田家は一層にぎやかになる。一方、初太郎は食事をする段になっても座敷へくる様子がなく、相変わらず庭を見ていた。彼はちょうど仙吉に背を向けるようにして座っていたのである。この張り詰めた空気に耐えられず、とうとう門倉が老人に声をかけた。

初太郎は「おう」と小声で応じ、片手を上げた。安心した門倉は、「おじいちゃんのために、ちょっと植木、奮発して入れたんだけどね」（一七頁）と老人を話の輪のなかへ引き入れようとする。それに対し初太郎は無愛想に、「こんなのは、木のうちにゃ入ンないよ」（一七頁）と言う。実際に山師の目から見ると、庭木など木の範疇に入らないのかもしれない。だがここでは、その話題を仙吉が嫌がるのを知っていたので、ぶっきらぼうに応えたのである。

初太郎の読みは当たっていた。仙吉がすぐにきつい声で、「木のはなしはよせ」（一七頁）と横槍を入れた。門倉の「もう虫は起んないだろう」（一七頁）との弁護に、当主は「死ぬまで直んないな。あの病気は」（一七頁）と毒づいた。老人は聞こえていないのか微動だにせず、依然として庭を見ていた。(3)

ところで向田邦子はエッセイ「楠」のなかで、「私の書くものには、滅多に木が出てこない」(4)と書いている。その要因は父親の仕事と関係がある。生れたときから社宅生活で、ものの三年もすれば転勤しなければならない。庭に植木があっても、それは会社のものであって、自分たちの木ではない。このような環境にあった彼女は、木への愛着も、また育てる喜びも持てなかった。そして向田家の暗黙の了解として、すぐに引越をするのだから、庭木を新たに入れないことになっていた。しかし『あ・うん』における初太郎の職業は、杉や檜の生長を推しはかって値をつける山師である。また門倉は彼を喜ばせようと、見栄えのする植木を購入した。このように登場人物との関連で、向田は自分には無縁であった事柄を、作品のなかに取り入れざるをえなくなった。

門倉に再度うながされて、初太郎はやっと食卓についた。食事の前に栄転の祝杯をあげようと、門倉が老人の猪口《ちょこ》に酒瓶を持っていったが、彼は手をかざして注がせなかった。この態度に対して三つの解釈ができる。一つは仙吉の出世を快く思わず、あえて祝いの酒を拒否したという考えである。だがこの解釈はあまりに狭量であろう。もう一つは、これまで何度か息子に難儀をかけたので、好きな酒を断って身を慎んでいるという読みである。しかし初太郎の後の行動を見ると、三つ目として慎んだふりをしているとも取れるのである。

うなぎを食べていると、たみが突然口元を押さえ、台所へ駆け込んだ。流しでもどしている様子に、仙吉がびっくりして飛んでいった。皆はたみの具合が心配で食事どころではない。けれども初太郎だけは平然とうなぎを口に運んでいた。仙吉やさと子が見当違いな原因を述べるなか、彼は「生れるんじゃないのか」（二二頁）とぽつりと言う。列車内でのみかんの食べっぷりから、おめでたであろうと予想していたらしい。

たみの妊娠を知り、喜んだ門倉は仙吉を引っ張り出して飲みに行った。妊婦は着衣のまま、暗くした客間で布団の上に横になっている。食器を洗ったさと子は、洗面器を母親の枕元に置いた。一方、初太郎は一家の出来事などに全く関心がないかのようである。あてがわれた四畳半の部屋(5)で布団の上に座り、地図や山林の写真をじっと見つめている。昔の仲間と、また一仕事するつもりでいるのである。

初太郎は家族から除け者にされていた。仙吉の意向が反映していたためである。だが老人の方も、その一員に加わりたいとは思っていない。向田邦子はこのように、一つ屋根の下に異質な人物を置くことで、水田家の出来事を客観的に、また批判的に描くことが出来たのである。初太郎は渦中にいない分、冷静な判断を下すことが可能となった。それは何もたみの妊娠だけではない。水田夫婦と門倉との関係に、最初に気づいたのも老爺であった。門倉の手厚い歓待ぶりや、三人の会話と所作から、男二人が女一人を崇《あが》める狛犬であるとうすうす感じ取っていたのである。

向田邦子はドラマの冒頭をとても大切にする。『あ・うん』においても見事な書き出しであった。背広姿の男が焚《た》き口にうずくまり、風呂を沸かしている。この意表を突いたファースト・シーンに魅了され、視聴者は知らず知らずのうちに『あ・うん』の世界へ入っていく。主要な人物が紹介されて彼らの関係も明らかになり、これからの展開を推測できるようになる。そのなかで初太郎も、簡潔ではあるが的確な筆致で活写され、東京初日の様子だけで、彼の来歴や現在の境遇すらわかってくる。

門倉を頂点としたトライアングル

たみを中心とした仙吉、門倉の関係を、小林竜雄は「聖三角関係」(6)と命名している。微妙な三者の間柄を的確に表現した名称であると思う。しかし『あ・うん』には、それ以外にも幾つかの三角関係がある。初太郎関連に限っても二つあり、本論ではそれについて論じてみたい。但し三角関係という語句は、三人の男女間の恋愛関係を連想させるので、ここでは「トライアングル」という言葉を使うことにする。また理解の一助として、図形を掲載したので参考にしていただきたい。

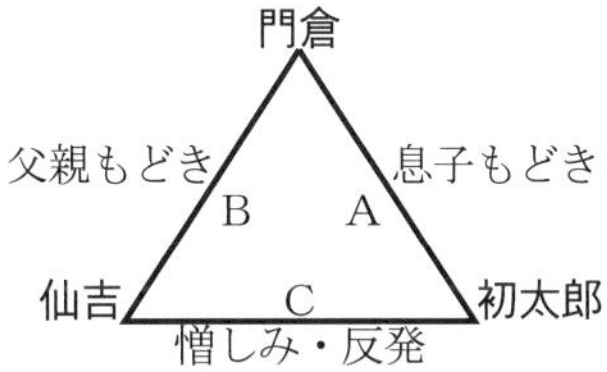

まず底辺に該当するC辺について述べる。人間は大別すると、「冒険」を求める人と「安穏」を求める人の二種類がある。誰もが一度は前者にあこがれを持つ。だが多くの人は危険を冒してまで踏み込んでいけない。結局、様々な事情を考えて断念せざるをえないのである。初太郎は好きなことで生計を立て、自分の思うままに生きたかった。会社に縛られてあくせく働くことは性に合わない。そこで山師として生きることに、人生のすべてを賭けた。そのために家族が犠牲になろうとも気にならなかった。けれども彼はその勝負に負けてしまい、待っていたの

は惨めな敗残者の生活だった。

仙吉は初太郎の失敗をさんざん見て育った。当然、父親とは別の、堅実な道を選ぶ。二流ではあったが、安定した製薬会社に就職し、幾つかの地方支店を経て、本店の課長にまで出世した。また家庭でも妻と娘をいつくしみ、何不自由のない生活をさせている。そのうえ、厄介者の世話までしているのである。ところがその迷惑な人間は感謝するどころか、全く悪びれた様子もなく、図太い態度をとり続ける。それがまた新しい家長にとって、癪《しゃく》の種であった。

いつの頃からか、仙吉は初太郎に口を利かなくなった。当然、父親の方から話しかけるようなこともなかった。しかし意思疎通が完全に閉ざされたわけではない。家長は腹立たしいことを直接本人には言わず、家人に怒鳴り散らすのである。引越しの荷が届いた翌朝、初太郎の姿が見えず、家出をしたのではないかと大騒ぎになる。だが老人は庭で、家具の木枠や縄を燃やしていた。これを見た仙吉は、本人へ顔を向けず、「人騒がせな真似するなって言えよ」（三九頁）とたみに怒りをぶちまける。とばっちりを受けた妻は「『おやこ』でしょ、自分で言って下さいよ」（三九頁）と口を尖らせた。

似たような状況は『冬の運動会』でもあった。父親の健吉が夜中に外出して戻ってこない。当主遼介は妻あや子に、彼女の落ち度であるかのごとく、行き先ぐらい聞いておきなさいとなじった。それに対し、あや子は「ジカに聞けばいいでしょ。『おやこ』じゃないの」[7]と辛辣な皮肉を言う。どちらの場合も、父親と息子との間に会話がなく、嫁がパイプ役を務めている。本来最も親密であるべき親子が敵《かたき》同士になってしまった。向田邦子はわざわざ「おやこ」と鉤括弧つきの平仮名にすることで、言葉を強調すると同時に、間に立つ女性の苦悩をにじませている。

新旧家長の対立は、初太郎にとって当然の報いと思っている。心中では詫びていても、口には決して出さない。勝負ごとに人生を賭けた人間のプライドが許さないのである。扶養される身である以上、冷遇や罵倒は甘んじて受けるつもりでいる。幾つもの修羅場を潜り抜けた者には、そのような瑣事《さじ》は何でもない。彼には孤独に耐える強靭な意志が備わっていた。

この対立は、一見陽気にみえる仙吉の心にいつも暗い影を落としていた。彼は子供の頃から家庭に恵まれなかった。父親はすでに述べたように、妻子を顧《かえり》みず、我が道を突き進んでいった。一方母親については、『あ・うん』では全く触れられていない。おそらく仙吉が幼少の頃に亡くなったのだろう。彼は両親の愛情をほとんど知らずに育った。そのため仙吉は母への愛情を、妻たみに求めたように思われる。彼女はその代役を見事に引き受けた。家長風を吹かす夫をやり過ごし、また子供のように甘える彼を許し、さらには度を越した亭主を巧みにいさめた。たみはこの匙《さじ》加減が絶妙に上手かったのである。

　仙吉の初太郎への愛は屈折したものであった。亡き母親を追慕するのとは全く違っていた。親子としての絆はとっくに切れてしまっているのに、父親はまだ生存し、自分と同居している。なまじっかその姿を毎日目にするだけに、仙吉の苛立ちは一層募った。それでも親に対して強く言えないのは、旧家長への恐れがいまだに残っているためである。否それだけでなく、彼の心の奥底に、親子関係をいつか修復させたいという願望があったからにちがいない。しかし初太郎への思慕は仙吉の秘めた思いであって、父親が死ぬまで表立って現れることはなかった。

　こうした仙吉の寂しさを、門倉が埋めてくれた。図表ではB辺に当てはまる。この親友は初太郎とは違い、仙吉を拒まず受け入れ、裏切ることがない。門倉はどんな時も仙吉の側にいて、何くれとなく面倒をみてくれた。彼は背も高く、なかなかの男っぷりで弁も立つ。それに金もあれば社会的地位もある。門倉は仙吉の欲しいものをすべて持っていた。後者はたみに、「今度生れたら、ああいう男になりたい――心底、思うね」（三一頁）ともらしている。

　この高い評価には、単なる友達以上のものが読み取れる。まさに憧れる男性への賛辞で、そこには自分よりも遥かに年上の人間に対するような崇拝の念が浮かび出ている。(8)さらに言えば、自分を守り導いてくれる、理想の父親像を思い描いていたのかもしれない。ちょうど子供が父親の真似をするように、仙吉はいつも門倉のすることを模倣したのである。

仙吉の門倉への心酔には、二人の軍隊生活が深くかかわっている。仙吉が東京駅に着いたとき、「昭和十年」のテロップが現れる。彼は四十三歳になっていた。したがって二十歳で徴兵検査を受け、兵役についたのは大正初年頃になる。その後、第一次世界大戦が勃発して、日本軍はドイツが租借していた青島を攻撃し、勝利をおさめた。だが彼はおそらくそれには参加せず、国内に留まっていたようである。

陸軍に入隊した者はすぐに内務班に入れられる。内務班とは、初年兵に軍人としての所定の訓練を授け、軍隊内の規律や約束事を教えるための組織である。初年兵はここで特定の二年兵に預けられ、様々な指導を受ける。そればかりか、彼と寝台を並べて寝たのである。(9) 二人は一組とみなされ、いわゆる「寝台戦友」(六五頁)という間柄になった。それゆえ仙吉と門倉は、向田邦子が記述した同じ年齢ではなく、前者が初年兵のとき、後者は彼の世話を任された二年兵だったと推定される。向田は「寝台戦友」の意味を少し取り違えたのではないだろうか。

「寝台戦友」は、苛烈な弾雨下を共に潜り抜けた戦士ではない。兵舎で一緒に釜の飯を食べた軍隊仲間のことである。身の危険はなかったにしても、兵営生活は生易しいものではなかった。特に初年兵は厳格な規則の集団生活になかなか慣れず、さらに厳しい教練にも耐えなければならない。だが最も辛いのは「しごき」と称され、見て見ぬふりで許された私的制裁であった。

『あ・うん』には内務班の生活が一切書かれていない。二人の日常生活を描くことが主眼であるから、言及する必要はなかったのだろう。但し彼らの関係の大本《おおもと》を知るには、次のような情景を思い描くことも大切な気がする。仙吉は二年兵の門倉から様々なことを教わった。例えば軍隊の礼儀作法、兵器の手入れ、軍服の着方や手入れの仕方、外出の申告書の書き方、それに外出時の遊び場所まで、あらゆることを学んだのである。

また仙吉が失態をしでかしたときも、門倉は親身になって助けてくれた。官給品を紛失したとき、二年兵はどこからか間に合わせの品を調達してきた。初年兵が制裁にあったときには、体を張ってかばってくれた。この庇護に対して、仙吉は洗濯や靴磨きなど、門倉の身の回りの世話を一手に引き受けたのである。このような人情味あふれる交流、及び二人の上下関係が、兵役を終えた後も継続することになった。

次に、初太郎と門倉の結び付きについて考える。図表ではA辺と合致する。シナリオにおいて、二人にはあまり接点がない。仙吉が父親と全く口を利かないので、門倉も親友への遠慮から、初太郎との接触を避けていたような印象を与えた。ところが小説(10)では、門倉が仙吉には内緒で、初太郎と会っていた話が挿入されている。彼は社長なので、勤め人の仙吉とは違って時間の自由が利く。家長より一足早く水田家へやって来ることが多く、そのような時には老人の部屋を必ずのぞいた。門倉が試作中の新製品で大儲けができると嬉しそうに話し、初太郎の方も一山当てて札びらを切っていた頃の話を、得意満面で話したりした。

門倉は金に飽かして邸宅を構えたけれど、妻君子と二人暮らしである。(11) 大きな家なのに、夫婦だけの寂しい生活をしている。両親が存命、あるいはせめて片親でも生きておれば、彼の家を空ける回数が減ったかもしれない。門倉も仙吉と同様、両親の愛を十分に受けられなかった家庭のようである。それだけに、孤独な初太郎に対し妙な懐かしさを覚え、息子のような温かい気遣いを示した。

初太郎と門倉は気質において、相通ずるものがあったようである。『続あ・うん』のなかで、門倉は「チャランポラン」（三二〇頁）な作造と対比して、初太郎のことを「えこじだったけど骨があったよ」（三二〇頁）と高く評価している。引用の文言は勝負師に必要な資質であり、門倉自身もこの資性に恵まれていた。工場を経営する人間は時流に遅れず、常に次の一手を考えなければならない。経営とはある種のギャンブルなのである。彼の判断が自分の家族だけでなく、従業員すべての運命を決めてしまう。初太郎が破産したように、門倉も会社を一度つぶしている。そのような男だからこそ、老いた敗者の気持ちをよく理解することが出来たのである。では初太郎の方は、門倉をどのように見ていたのだろうか。仙吉とは口も利かない間柄だったので、彼は息子の親友を「他人と思っていなかった」（一九三頁）。つまり身内の人間、さらには息子と感じていたにちがいない。門倉は水田家で忌み嫌われる山の話を、喜んで聞いてくれる貴重な話し相手だった。それればかりか非難めいたことを一言も口にせず、これまでに何度か資金援助をしてくれた気前のいい息子だったのである。

ところが今度の転居を機に、仙吉は父親に金を一切貸さぬよう門倉に頼んだらしい。たき火騒動の後、彼は初太郎にも聞こえるように、わざと大声で「門倉の奴《やつ》にも、そう言ってあるんだ。じいさんにだけは金貸さないでくれ」（四一頁）とたみに言っている。この厳命があるため、軍需景気に乗る経営者にとって痛くもかゆくもない額であっても、おいそれと金を貸すわけにはいかなくなった。

仙吉のボーナスが出た頃、金歯たちが初太郎に儲け話を持ってきた。金策の当てがなくなった老人は、神棚に供えられた賞与を狙っている。しかし彼の素振りに気づいた家長は、その袋をたみの身体に巻くように命じた。こうなると、初太郎は嫁の肌着から盗まなければならない。仙吉がこれほど警戒するのは、自分の稼いだ金を盗まれたくないという気持ちよりも、盗難によって親子関係をこれ以上悪化させたくない、という思いの方が強かったためである。

肌襦袢《はだじゅばん》の上に巻いたボーナス袋のせいで、たみはあせもに悩まされる。痒《かゆ》いので帯を解いて風を入れ、天花粉《てんかふん》をはたいていた。そこへ禮子の妊娠を知らせに、門倉が突然やって来た。彼女は急いで着物をかき合わせ、帯を体に巻き付けながら、小走りに玄関へ向かう。賞与の入ったさらしの帯は、茶の間に置いたままになってしまった。門倉と話をしていると、奥で物音がしたので、彼女は顔色を変えて部屋へ戻る。案の定、初太郎が賞与の袋から百円札を抜き取るところだった。

これからの場面は、初太郎が門倉にどれほど感謝しても、しすぎることのない展開になっていく。たみが初太郎めがけて突進し、百円札を何とかして取り返そうとする。だが老人は札をつかんだまま、「盗人《ぬすっと》でいい。殴《なぐ》るなり蹴《け》るなり好きにしてくれ。だから——」（八二頁）今回だけは見逃してくれと哀願した。助けを求めるたみに代わって、門倉は札を握りしめる老爺の指を一本ずつ開いていく。そしてワニ皮の財布を取り出し、中から百円札を出そうとした。これは門倉にとって最も簡単な解決策で、これまでも何度か初太郎に与えてきた好意である。切迫した状況だったので、彼は今後金を貸さないという仙吉との約束をすっかり忘れていた。

しかしたみは二人の取り決めをはっきり覚えていた。門倉が初太郎に金を渡そうとするのを、きっぱりと断る。彼女はこれが元で、夫と門倉が仲違いすることを恐れたのである。強い決意の現れたたみの目を見て、彼は貸すことをあきらめ、金を札入れにしまう。落胆した初太郎は、鼻水をすすりながら、ニセ札でも作るかと自嘲気味に言って出て行こうとした。その寂しそうな後ろ姿を見て、門倉は「ニセ札もいいけど、証文の方がいいんじゃないかな」（八三頁）と呼び止める。そして彼はたみに、証文を認めてくれるよう懸命にお願いする。今日は禮子の妊娠を知ったためでたい日であるとか、ここへ来る途中、荷馬車にぶつかって血を流した怪我に免じてとか、彼は何でも口実に使って説得した。この必死の懇願に、たみもついに根負けし、しぶしぶ百円を差し出す。このやり取りをつぶさに見ていた初太郎は、門倉の目をじっと見つめながら百円札を固く握りしめていた。

数週間後、門倉の妻君子の自殺騒動が起こる。それを仙吉が未然に防ぎ、家へ帰ってみると、たみはあせもがひどくて先に風呂へ入っていた。彼は声をかけたくなったのか、のこのこ脱衣所へやってくる。そのとき金の入ったさらし帯が目に入り、何気なく中を開けてみた。すると連帯保証人、門倉修造と名前の書かれた初太郎の借用書が出てきた。今までの経緯から考えると、父親には文句を言わなくとも、妻に雷が落ちるのは必定であった。ところが夫は怒鳴らないばかりか、湯上りのたみに、初太郎へ酒を持っていってやれという素振りをした。

仙吉の心の変化を、向田邦子はたみに「なんだか、変ねえ」（九九頁）と言わせるだけで、説明していない。ここは視聴者が反芻《はんすう》して考えなければならない。(12)仙吉は紙片を見て、ほっと安堵した。初太郎は金を盗んだのではない。彼が正規なものでなくとも借用書を書いたことがうれしかった。父親に泥棒のような真似だけはしてほしくなかったからである。これには当然、門倉が関与しているにちがいない。仙吉は自分の知らないところで、親友が父親をサポートしていたことをこのとき知ったのである。

いつもとちがって、今日の仙吉は腹を立てない。むしろ逆に愉快な気持ちになった。俺だって先ほど門倉家の不幸を未然に防いだのだ、という自負心が彼の心をおおらかにしていた。金がすでに初太郎の手に渡ってしまっている以上、仙吉は父親と悶着を起こすことはやめようと考えた。それよりも同じ空間で晩酌することで、初太郎の最後の勝負にエールを送ってやろうと思ったのである。但し応援の言葉はとうとうかけられず、無言のままであった。

以上論述したように、初太郎、仙吉、門倉のトライアングルは、たみ、仙吉、門倉の三角関係と同様に、誰か一人でも欠けると立ち行かなくなってしまう。門倉は水田家に出入りしながら、ある時は仙吉に対する父親を、またある時には初太郎に対する息子を、代役として立派に果たした。それはまた両親のいない彼の心を癒すことにもなった。そして何よりも重要なことは、門倉が擬似父子を演じ分けることで、水田家における実際の父子関係も徐々に修復されていったのである。

もう一つのトライアングル

初太郎を中心に、金歯、イタチの三人がもう一つのトライアングルを形成している。但し彼らの関係をわざわざ読み解く必要はない。共通の目的があまりに明白だからである。彼らは一山当て、大儲けするために結集している。したがって主筋である「聖三角関係」には何ら影響を与えない。穿《うが》った見方をすれば、初太郎のために設けられたサイド・ストーリーのようにみえる。しかしこのトライアングルの挿入によって、向田邦子は当時の下層社会の生活をも垣間見せ、ドラマに奥行きを与えることが出来たのである。

第二話「蝶々」になって、このトライアングルは出番となる。金歯が仙吉の家の周りをうろつき、黒い木製のごみ箱を開けて、棒で中を突っついている。これは戦前の泥棒がよく使った手口で、台所のくずで家の経済状態を調べるのである。金回りがいいとふんだのか、彼はウグイスの鳴きまねで、昼寝をしていた初太郎へ合図を送った。

金歯という名は、大儲けした時期に、すべての歯を金歯にしたことに由来する。また彼の相棒はイタチと呼ばれていた。このあだ名を聞くだけで、二人がうさん臭い人物に感じられる。水田家では、彼らはとても嫌われていた。温厚なたみまでも、「あの人（金歯）が、ウロウロすると、ロクなことがないんだよ──」（七四頁）と刺のある言い方をし、さと子も「この二人がおじいちゃんを引っぱりこむのです」（七四頁）と非難している。

女性たちの心配をよそに、初太郎はさっそく金歯やイタチに会っている。その場所として、彼らは東京駅の一、二等待合室を選んだ。なかなかの選択眼である。さと子と辻本がデートに選んだ純喫茶や、女給がサービスするカフェーなどにこの三人は行かない。ここは無料で何時間もいることができ、内密の話をするには打ってつけの場所だった。しかもそれなりに上品な雰囲気を醸《かも》し出している。むしろ三人の存在の方が目障りだった。彼らは羽振りの良い時に買った服を着込んではいたが、時代遅れで、くたびれた代物である。周囲の身なりの良い人々に比べると、かなり場違いな印象を与えていることは否めなかった。

この儲け話は、金歯が持ち込んだものらしい。彼は天竜川の地図を広げ、指で示しながら、符帳で説明する。ここではどうやら金歯がリーダー格になっているようだった。彼はこの仕事を三人でやらないかと提案する。二人が黙っていると、金歯をむき出して、自分はこれを売ると決意のほどを示す。イタチもすぐさま話に乗った。そして初太郎に返答を迫ると、彼は同意のしぐさをして、「水田初太郎、やせてもかれても」（七七頁）と見得《みえ》を切ったとたんに咳込んでしまう。この時点では、金策の見込みがまだついていなかった。そのあてのない不安な気持ちが、咳となって不意に現れたのである。

既述したように、そのあと初太郎は山の資金を、門倉の支援で用意することが出来た。そうなると、自分がトライアングルの頂点に立ちたくなった。職歴や場数、それに扱った金額からみても、自分が金歯とイタチを率いる立場にあると考えたのである。氷雨《ひさめ》降る昼下がり、たみが仕立物（仙吉が門倉から大きな借財をしたため、嫁は内職を始めていた）を届けに行った隙に、初太郎は二人を自分の部屋に引き入れる。一升瓶を取り出して酒のつまみを探すが、家計の苦しいこの家にはスルメしか残っていなかった。彼はさと子に、それを炙《あぶ》って持ってくるように言いつける。彼女がスルメの皿を差し出すと、今度は挨拶しろと言い、さらにはお酌まで強要した。水田家における自分の権威を仲間に見せつけたかったためである。そこへ運悪く、仙吉が出張のため突然帰ってきた。初太郎の目論見《もくろみ》は一瞬にして崩れ去る。金歯とイタチがそそくさと帰ってしまうと、残された彼は部屋にぽつねんと座っていた。

さて、三人の集まりで話題になったのは、投資した山の変更である。初太郎は開口一番、天竜川が秋田に変わっていたのでびっくりした、と驚きを隠さなかった。金歯が「だけどな、イタチの奴《やつ》が体をはってしらべたんだ」（一二九頁）と相棒を持ち上げ、当人も今年は雨が多く「天竜が暴れてみろ、筏《いかだ》も材木もいっぺんでバラバラだよ」（一二九頁）ともっともなことを言う。これを聞いて初太郎も少し安堵したのか、イタチに向かって「ありがとうよ」（一二九頁）と礼を述べた。

数か月が経過したある日、金歯が驚くべき知らせを初太郎に持ってきた。イタチが二人の出資した金を猫糞《ねこばば》したというのだ。彼の犯罪行為によって、「山師」という言葉の裏面が明らかになる。この職種は本来、山林の売り買いを生業《なりわい》とする真っ当な仕事であった。ところが山師のなかには、投機家へ、さらにはペテン師へと変質する者が多く現れて、いつの間にか裏面のイメージが定着していったのである。イタチは欲の深い資本家ではなく、素寒貧《すかんぴん》の仲間を騙《だま》しただけに、最もたちの悪い詐欺師といえる。

主筋ではさと子の心中騒ぎがあり、さらには水田夫婦と門倉が同室で一夜を過ごす話へと展開していった。そしてこのトライアングルはいよいよ大詰めを迎える。金を取り戻そうと、初太郎が金歯を引っぱってイタチの家へ向かった。そこはごみごみした貧民窟の長屋であった。子供たちが遊んでいるなかに、彼は背中に孫を背負って子守をしている。金歯はこの様子から、奪われた金などとっくに無くなっているとすぐに諦めてしまった。だが初太郎は「若い奴ァ、鷹揚《おうよう》なもんだ」（一七九頁）と皮肉を浴びせ、イタチの行く手を阻んだ。

イタチはびっくりして逃げようとする。それを初太郎と金歯が追いかけた。そのときイタチの嫁が二人の前に立ちはだかり、「あんたたちだね。うちのじいちゃん、悪さに誘うの」（一七九頁）と大声を出す。この台詞は、金歯が初太郎の様子を探りに来た時、さと子の言った〈この二人がおじいちゃんを引っぱりこむのです〉とほぼ同じ文意である。嫁はさらに「あんたたちがウロウロすると、ロクなことがないんだよ」（一七九頁）とまで言ってのけた。これはたみの台詞〈あの人が、ウロウロすると、ロクなことがないんだよ〉と同じであった。山師仲間が来ると、家計をやりくりする女性は大きな心配事を抱えることになる。イタチも初太郎と同様、山の金を工面するために、これまで何度か家族を泣かせていたのだろう。

水田家の女性とイタチの嫁の台詞は類似している。しかし決定的に違う点がある。それは前者が家の中の内輪話であったのに対し、後者は当人の面前で悪し様に言っていることである。腹を立てた金歯は「二人の金、巻き上げたペテン師はそっちだろ」（一七九頁）と反論し、イタチの悪行《あくぎょう》を洗いざらい言ってやると息巻いた。すると初太郎がいきなり金歯の向こうずねを二度蹴っ飛ばし、彼に何も言わせないで、長屋の外へ引っぱっていった。

初太郎は金歯に「奴はあそこで、あと十年は生きなきゃなるまい。イタチといわれちゃ、肩身がせまかろうと思ってさ」（一八〇頁）と説明した。彼はイタチの境遇を、今の自分と重ね合わせる。人生の敗残者と烙印を押され、息子の家に居候する身のつらさを、誰よりもよく知っていたからである。だがこの人情味は、初太郎が勝負師に徹しきれなかった弱さをはからずも露呈していた。

この三人は腐れ縁的なつながりでもっており、初太郎はそのことで痛い目を見ることもあった。しかし膝を崩し、昔の自慢話を気楽に語り合える唯一の仲間なのである。イタチの裏切りで、グループの一角が壊れてしまうことは何としても口惜しかった。金歯の口を封じることで、傷口をこれ以上広げなくて済んだ。彼も初太郎の気持ちを酌んでくれているようだった。すると老人は急に気が緩んだのか、よろめいてその場にくずおれてしまい、そのまま瀕死の状態に陥ってしまった。けれども初太郎が守ろうとしたトライアングル(13)は、かろうじて維持されたのである。

もう一つのトライアングルの終結をも見届けておきたい。初太郎は臨終の床にある。今際《いまわ》の時になっても、堅物の仙吉は父親に言葉をかけない。「養う代り、ひとことも口を利かな」（四〇頁）いという考えを堅持するつもりでいる。これは彼の信念であったが、その裏には初太郎の誇りを傷つけたくない気持ちも潜んでいる。山のために会社を辞め、妻子を捨ててまで打ち込んだ父親の生き様を貫徹させてやりたい、という思いが強くあった。

沈黙のなかに、門倉が飛び込んでくる。彼はさっそく百円札の分厚い束を取り出し、「おじいちゃん、もうひと山あてて、倅《せがれ》の借金返してやるんじゃないの?」（一八八頁）と叫んだ。老人はかすかに反応を示す。門倉はとっさに、その金は自分でなく仙吉が出す方が良いと考えた。初太郎もきっとそれを喜ぶだろう。老爺が来世へ向かうぎりぎりのときに、少しでもこの親子関係を修復させてやりたいと思ったのである。しかし息子はかたくなにそれを拒否した。そうすることで、山師の仕事を決して認めないという意志を示したのである。

たみが札をひったくって、初太郎の手に握らせる。そして「門倉さんが資金《もとで》、出してくれるって――」（一八七頁）と告げた。それを聞いて門倉は、また羽振りの良い擬似息子を演じて、「――自分で、かぞえてみなさいよ」（一八七頁）と優しく声をかける。この呼びかけに初太郎はうれしそうに微笑む。ただひとり輪の外にいる仙吉は、苦渋の表情を浮かべていた。

初太郎の死まで、彼と仙吉との緊張が解けることはなかった。何度か緩む兆しもあったけれど、長続きしなかった。それほど二人の溝は深かったのである。だが結果として、両者の反発や憎しみが門倉を頂点とするトライアングルを最後まで持続させたといえる。つまり親子間の底辺（C）が強固であることを前提にして、この三角形は成り立っており、他の関係はすべてここを基《もとい》にしていたのである。

初太郎が息を引き取ったとき、仙吉に大きな揺り戻しが生じる。彼は堰《せき》を切ったように、父親にむしゃぶりつき、「おとっつぁん！」（一八七頁）と号泣した。仙吉はここで初めて初太郎を〈おとっつぁん〉と呼んだのである。初太郎の死によって、長年にわたった二人のわだかまりは氷解し、同時に三人のトライアングル[14]も解消することになった。

本書はテキストとして、岩波書店から刊行された「向田邦子シナリオ集」全六巻のうちの一冊『I　あ・うん』を用いた。引用箇所はすべてこの岩波版に拠り、ページ数を本文のなかに記した。なお、本文中の人名は、敬称を省略させていただきました。

注

（1）平原日出夫『向田邦子のこころと仕事』（小学館、平成五年、九五頁）、松田良一『向田邦子心の風景』（講談社、平成八年、一〇〇頁）、鴨下信一『名文探偵、向田邦子の謎を解く』（いそっぷ社、平成二三年、二二〇頁）を参照。及び高橋行徳「『あ・うん』の面白さ」（平成一九年一一月、日本女子大学西生田生涯学習センターにおける講演）。

（2）植田いつ子『布・ひと・出逢い』（主婦と生活社、平成四年、一五〇頁以降）を参照。
（3）病気に対しては、通常「直る」ではなく「治る」を用いる。誰かに指摘を受けたのだろうか、向田は小説では「治る」に訂正している（向田邦子　小説『あ・うん』文藝春秋、昭和五六年、一一九頁を参照）。しかしこの場面では普通の病気ではなく、心の持ち方、性根《しようね》のことをいっているので、変更する必要がなかったように思う。『続あ・うん』の「恋」において、芸者に現《うつつ》を抜かす仙吉に対して、たみは「さと子、嫁にやるまでは、お父さんに曲がられたら困るんです」（二三六頁）といさめている。この場合の「曲がる」も心根《こころね》のことを述べている。
（4）向田邦子『向田邦子全集新版9　夜中の薔薇』（文藝春秋、平成二一年、一五頁）を参照。
（5）シナリオの『あ・うん』では、初太郎の部屋はほとんど書かれていない。しかし小説の方では、「はばかりに近い玄関脇の四畳半に、煙草盆の用意があるのは、初太郎の部屋」（向田邦子小説『あ・うん』前掲書　一三頁を参照）と描写されている。横島誠司がこの小説の間取りを忠実に作図（小幡陽次郎〔文〕、横島誠司〔図〕『名作文学に見る「家」』朝日新聞社、平成四年、九三頁を参照）している。但しテレビでは、便所は縁側の突き当たりにあり、家族は用を済ませた後にガラス戸を開け、ブリキ製の手水鉢《ちょうず》で手を洗い、横に吊るした手ぬぐいで拭いていた。
（6）小林竜雄『向田邦子の全ドラマ』（徳間書店、平成八年、一九〇頁）を参照。
（7）向田邦子『冬の運動会』（岩波書店、平成二一年、二五六頁）を参照。
（8）平原日出夫『向田邦子のこころと仕事』前掲書　九四頁以降を参照。
（9）伊藤佳一『兵隊たちの陸軍史』（新潮社、平成二〇年、七四頁以降）を参照。

（10）向田邦子　小説『あ・うん』前掲書　五一頁を参照。
（11）小説では「耳の遠いばあや」も住んでいるようである。向田邦子　小説『あ・うん』前掲書三二頁を参照。
（12）心境の変化の要因として、君子の自殺を止める際、仙吉が彼女に対してほのかに感じた愛情も数えられるかもしれない。しかしこれは本論の主旨から外れるので、ここでは言及しない。
（13）『続あ・うん』において、作造が初太郎の後を継ぐかのように登場する。しかし作造と他の二人（金歯とイタチ）は、それぞれ単独行動をとることが多く、トライアングルを形作るような結束はみられない。このことから、初太郎の死をもってトライアングルは解消したと考えてよい。
（14）初太郎と仙吉の間には常に緊張感があり、それによって初太郎、仙吉、門倉のトライアングルは成立していた。しかし『続あ・うん』の作造と仙吉の間に、何ら張り詰めた様子はみられない。『あ・うん』におけるようなトライアングルは存在しないのである。

向田ドラマにおける闘う身体
――「茶の間」から「玄関」そして「殻」――

阿部由香子

「ホームドラマ」の空間

昭和四九年一月に放送が開始された連続テレビドラマ『寺内貫太郎一家』[1]は、向田邦子自身も気に入っていた代表作である。同じ年に書かれたエッセイにおいて、向田はこのドラマの茶の間のセットがとてもせまくて汚いことに触れて次のように続けている。

考えてみると、私は十年前の「七人の孫」に始まって、「きんきらきん」「時間ですよ」

「だいこんの花」「じゃがいも」など、随分沢山のホームドラマを書いてきた。そして、いま気がついたことは、皆さんに多少なりともおほめにあずかったドラマの茶の間は、申し合わせたように、せまくて小汚い日本式のタタミの部屋だったということである。(2)

ここで向田はそれまでの自らのテレビドラマの仕事を五つほどあげて「茶の間」の「ホームドラマ」とまとめている。そして、その後亡くなる昭和五六年までに書いたドラマの多くもまた家族を描いたものだった。しかし、当然ながら向田のテレビシナリオの仕事を検証しようとする場合、膨大な作品群を単純に「ホームドラマ」という枠組みでひとくくりにすることはできない。シナリオを読んでも映像を見ても一つ一つの作品の持ち味がかなり異なる。また、テレビドラマの作者として捉えようとする際には、どこからどこまでが向田の作品といえるか、という作り手の位置の問題も影響する。テレビドラマの萌芽期や黄金期の歴史と共に向田の仕事は存在したし、企画があって、演じる俳優がいて、まとめあげるディレクターがいて、スポンサーや放送コードなどの制約があって、かつブラウン管の前に座っている同時代の視聴者がいることを念頭おいて書かねばならない仕事だからである。昭和四九年に『寺内貫太郎一家』を書いた頃の向田はそうした共同作業のテレビドラマの世界において、あちこちからひっぱりだこの腕のよい職人となっていた。そしてチームワークで作り上げた『寺内貫太郎一家』は大ヒットし、向田は脚本家としてさらに注目されることになる。

山口みなみは、向田の創作を整理する上で『寺内貫太郎一家』以降を〈成熟期〉として、「具体的に言えば、『冬の運動会』など、経験を山ほど積んで、新境地である「大人の物」を展開した時期である。(3)」と述べ、プロデューサーの大山勝美に向田がそろそろ「金曜日一〇時台」のテレビドラマを書きたいと訴えた内容(4)に触れている。しかし、しばしば指摘されていることだが、向田の仕事の足跡をたどる上で、昭和五〇年の乳癌発病という節目も意識しないわけにはいかない。この年から向田は少しずつ小説も書き始めるからである。結果としてシナリオと小説という異なる表現方法を並走させながら、向田は最後の数年間でまぎれもない一人の作家としての仕事をのこすこととなった。

これもまたよく引用される一節であるが、向田のエッセイ『父の詫び状』と小説『思い出トランプ』の特質に差異がないとして沢木耕太郎は、「文章が視覚的であること、結構が劇的であること、そして記憶が物語の核になるというところまで近似している。(5)」と指摘している。

沢木が指摘したこの三点のうち初めの二点はテレビドラマのシナリオならばどの作品にも該当し、もう一点も視点人物のナレーションでも入れれば一致する。つまり後から手がけたエッセイや小説にはシナリオの技法が影響を与えている可能性が高いということであろう。

では、その反対に小説を書き始めて以降のシナリオにはどのような変化がみてとれるだろうか。前述したように、向田は〈成熟期〉にもテレビドラマで家族を描き続けたが、『寺内貫太郎一家』のようなにぎやかなホームドラマは影をひそめていく。子供がいない老夫婦と親がいない若い娘の擬似家族のささやかな幸福をみせた『毛糸の指輪』（昭和五二年一月）、大人になって家を出た四姉妹が老父の浮気を知って母のために奮闘する『阿修羅のごとく』（昭和五四年一月）、とある勘違いがきっかけで画家の男と知り合った人妻が不倫に走りそうになりながらもすんでのところで家庭に戻ってくる『愛という字』（昭和五四年六月）など。一話完結の作品も含めて見渡した時に気づくのは、出来事が起こる主な場所が「茶の間」ばかりではなくなっていることである。同時に作品もシリアスでドキッとさせられるものへと変わっていく。この変化の原因を山口は「ホームドラマの「ドタバタ」という一つのパターンに視聴者が飽きてきたことも、おそらく感じ取っていたに違いない。[6]」と推察するが、テレビドラマの創作現場にはとにかく様々な事情が渦巻いていることを考えると、変化の理由を一つに突き詰めることは難しいだろう。やはり出来上がった作品、残された作品を辿って向田邦子という脚本家のことを考えるほかあるまい。本稿では、向田のシナリオの巧さの根底に、出来事が起こる空間と人間の身体に対する意識が強く働いていることに目を向けるところから出発してみたい。シナリオは時間の流れと出来事が起こる場所とそこに存在する人間を用意しないことには始まらない表現方法だからである。まずはもう一度『寺内貫太郎一家』の「茶の間」を確認してみたい。

「茶の間」の祝祭性

『寺内貫太郎一家』の誕生が困難であったエピソードは関係者によって幾度となく語られてきた。プロデューサーを務めた久世光彦と向田との間では「亡くなった向田さんのお父さんをモデルにして、威張り散らしてすぐ手をあげるくせに、人知れず細かいところに目配りがきいて身体に似合わず気の小さい、つまり気は優しくて力持ちの金太郎みたいな親父のドラマをやろう」(7)ということだけは初めに決めてあったが、まずその作品タイトルをつけることに難儀する。

当時は女優さんが主役のいわゆる母型ホームドラマが全盛のころで、従って題名もなんとなく平仮名が多くて愛嬌のあるものが流行っていましたが、今度のドラマはどうしても四

角ばって漢字の多い、それもできれば左右対称で末広がりに落ち着いたものにしたいと向田さんは言うのです。(8)

結果として陸軍大将寺内正毅と海軍大将鈴木貫太郎の名前を組み合わせた主人公の名前を思いつき、『寺内貫太郎一家』に落ち着くこととなる。そしてそれを演じる人間として久世が小林亜星を連れてきたことで事態は再び難航する。向田が「自分の父親とは似ても似つかない」し「母が泣く」と言って大反対したからである。しかし久世は小林を床屋へ連れていって長髪を坊主にしてしまう。

坊主頭になって黒い丸縁の眼鏡をかけ、たっつけ袴に毛糸の腹巻き、紺の印半纏に水天宮の守り札を首から吊るした貫太郎になって向田さんの前に連れて行きました。目を丸くした向田さんはちょっと目を細めて、これが貫太郎なのね、と呟くように言ってそれから吹き出しました。(9)

あらためて確認するまでもないが、東京、谷中で石材店を営む一家を描いたこのドラマの最大の魅力は苦労して誕生させた登場人物のキャラクターであろう。昔気質で口下手な巨漢の貫太郎、しっかり者の妻（里子）、片足が不自由な長女（静江）、浪人中の長男（周平）、明治生まれの老母（きん）の五人家族に住み込みのお手伝い（ミヨ子）が「茶の間」で食卓を囲むにぎやかな様子が季節の移り変わりとともに描かれていく。演出を担当した鴨下信一との対談では、向田が食事のシーンで音にこだわったことが語られている。

向田　私がラジオからきたこともあるんですけど、ホームドラマの茶の間は一種のサウンドだと思うの。たとえば家族が五人いたら、お父さんのバリトンがあって、お母さんのアルトがあって、長女のソプラノがあって、というふうに五人の各々の音階がある合唱だと思うんです。

鴨下　なるほど。

向田　それに、たくあんを噛む音とか、皿小鉢の触れ合う音とか、コップの音とか、せき払いとか、そういうちっちゃな句読点といいますか、サウンドが入るほうがとても生き生きして、いいような気がするのね。(10)

また、昭和五三年の「家族の絆とは何か」という鼎談において、松原治郎に「かつてのホームドラマは、食事の場面しか出てこないような気がする」と指摘された向田は次のように反論する。

向田　これは食事するドラマを書いた者の弁明なんですけど、本当は食卓だけで一時間書いても、それは優れたディスカッション・ドラマであり、人間のドラマでなければいけなかったわけです。ところが食事だけが目について、中身が飛んでしまったというのは、私たちの腕が悪かったからだと思います。[11]

「ディスカッション・ドラマ」という言葉を向田が使っているところに注目したい。『寺内貫太郎一家』における「茶の間」のシーンは、確かに食事の音もにぎやかだが、家族が大声で意見を戦わせる場面として書かれている。

●茶の間

里子、珍しく貫太郎に喰ってかかっている。

貫太郎「俺のどこが悪い！」
里子「非常識ですよ、あれじゃ上条さんに失礼（じゃあありませんか）」
　入ってくる静江。
貫太郎「失礼なのはあっちだろう。ひとのうちの娘、勝手に」
静江「好きになったのは、あたしです」
貫太郎「静江、あの男は再婚だぞ、子供がいるんだぞ、オレは絶対に」
静江「どしていけないの？」
貫太郎「（ぐっとつまる）」
里子「そりゃお母さんだって」
貫太郎「どうなんだ！　え？　お前はどうなんだ」(12)

「上条」というのは静江が結婚したいと思っている男性だが、離婚した前妻との子供と暮らしていることもあって貫太郎と里子は反対である。このやりとりを議論といっていいかどうかはさておき、家父長制的な空気に満ちている寺内家にあって、娘の静江が正面から貫太郎に抵抗しているのは確かである。その上で不器用な貫太郎は理屈ではなく腕力で家族を叩き飛ばしてしまう。このドラマを視聴すればよく分かると思うが、見終わって印象に残るのは家族が食事をしている姿などではない。貫太郎の巨漢に家族が一人一人ぶつかってゆき、それを次々と叩き飛ばす姿なのである。妻も子供たちも誰もが簡単に殴りとばされて、軽く縁側の下へ落されてしまう。相撲かプロレスを観ているような爽快感さえ覚える。「茶の間」で貫太郎が暴れる場面がこのドラマの所謂お定まりの見せ場であり、視聴者が毎回待ってましたとばかりに目を見張るように出来ているのだ。

そして、ケンカの後には必ずその諍いがおさまるような人間の本心や弱音やみっともない心持ちが〈実は〉と明かされて家族も視聴者もしんみりする展開が用意されている。当然ながら向田の腕の見せ所はこの最後のおさめ方にあったといえよう。家の内部で起こった出来事を一家全体で受け止めて、家族の絆はより強固になっていく。その姿をみることで視聴者はさらにカタルシスを得ることとなるのだ。

つまり、『寺内貫太郎一家』というドラマは、ある家族の内部のドラマを開放的にさらけ出し、ショーのような形式で見せていた作品という印象に近い[13]。昭和四〇年代は舞台作品においては型にはまった予定調和のパターンではなくアドリブやアクシデントが指向され、不条理やナンセンスがもてはやされた時期であった。しかし、大衆が安心して見ていられるのは定型とその繰り返しでもある。寺内家の「茶の間」はそのような同時代性と懐かしさとのバランスが絶妙に保たれた祝祭空間であったのだ。

なかなか入らないダブルベッド

では、乳癌闘病を経て昭和五一年以降に「茶の間」の代わりに向田ドラマの重要な場を担うようになったのはどこか。それは「玄関」である。

例えば、『幸福』(14)の主人公、殿村数夫が妹の踏子と二人でつつましく暮らしている家に、数夫とつきあっている素子が現れて図々しく上がり込もうとする場面は以下のように書かれている。

●数夫の家（夕方）

踏子が帰ってくる。

スーパーの紙袋から、ネギの尻尾などがのぞいている。

カギを指で廻しながら入りかけてびっくりする。

スーパーの袋を抱えて玄関のところに素子が立っている。

素子「あ、ネギ、だぶっちゃった」

　素子の袋からも、ネギがのぞいている。

踏子「あの――」

素子「あたしの方はね、あと、ひき肉とおとうふ。マーボ豆腐作ろうと思って、そっちはなあに――」

踏子「どういうイミですか」

素子「二人で作ればおかずは倍になるってイミよ。あ、カギ、玄関？」

　踏子の手からカギをとろうとする。

　踏子、離さず、自分であけようとする。

　袋が重いので、不自然なかたちになる。

　すかさず素子が荷物を持ってしまう。

　夕焼け。(15)（傍線筆者）

兄妹二人で暮らす家の中に、何とかして入りこもうとする素子は、奪うように持ってあげた荷物と一緒にまんまと内部へ入ることに成功する。実際に演じられた時に、二人の心情も性格も見事に伝わる場面といえよう。そして、この滑稽にも見える勝負は、「玄関」から家の内部に入りたい人間と入れたくない人間との対立であることに着目したい。〈成熟期〉の向田ドラマの闘争は空間の出入り口で起こるのである。

部屋の入口での攻防を作品の主題にまでつなげた作品としては『蛇蝎のごとく』(16)がある。五〇代の品行方正なサラリーマン古田修司は、嫁入り前の長女塩子が妻子あるイラストレーター石沢と共に過ごすための部屋を借りたことを知り、そこへ乗り込むところから始まる。住所だけを頼りに部屋を探しあてて行くと、ちょうどその玄関から大きなダブルベッドが運び込まれるところであった。そして、狭い間口に対して大きな重いダブルベッドがすんなりと入らずに困っている石沢と配送業者（男Ａ・Ｂ）を成り行きで手伝ってしまう。

修司「セーノ」
石沢・修司「ヨイショ！」
　ダブルベッド、ようやく部屋の中に入る。
男A、Bは少し離れたところで、カバーに使った布をたたんでいる。

修司「ああ、汗かいた」
石沢「ごくろうさん」(17)

そこへ仕事を終えてやってきた娘の塩子と鉢合わせとなり、石沢が妻子持ちであることを知った修司はさらに激怒することとなる。

　家の中に持ち込みたい夕食の材料と一緒に外部の人間が家の中に入ってしまう『幸福』と同じ手法であるが、『蛇蝎のごとく』における大きなダブルベッドは石沢と塩子の関係を象徴しているため、部屋にすんなり入らないことも、父親が共に入ってしまうことも、このドラマの展開と幾重にも重ねられた道具立てとなっている。全三話で構成されているこのドラマには、第一話「にらみあい」、第二話「からみあい」、第三話「惜しみあい」とタイトルがつけられているように、軽くて女好きの石沢と生真面目な修司が「蛇蝎」のように敵対していたはずが、本音でぶつかりあっているうちに互いを信用しあう仲となってしまう喜劇である。

　最終的には塩子が妊娠したことで石沢は二人の関係にケリをつけて妻子の元へ帰っていくのだが、修司は最後に別れの盃を交わしに部屋を訪れる。すると部屋からダブルベッドが運び出されていく場面に出くわしてまた手伝うこととなる。ダブルベッドがなくなった部屋にはもはやや緊張感はない。二人の男は笑って酒を酌み交わしながら、自分たちが日露戦争の乃木大将とステッセルのようだと気付く。

石沢「我は讃えつ彼が防備ってうた、あれたしか、乃木大将とステッセル」
修司『水師営の会見』」
石沢「あの前――なんてったっけな」
修司「(呟く)『昨日の敵は今日の友』」
石沢「(呟く)『語る言葉も打ちとけて』(18)」

正反対の性格と生き方をしてきた男二人がぶつかりあう様を日露戦争時の二人の軍人に見立てる着想によってこの作品は成り立っているといってよい。ダブルベッドが強引に運びこまれた部屋は、石沢が乗り込んでいかねばならない敵軍の要塞だったのである。大切な娘を奪回するために、修司は何度も敵地へのりこんでいったり、偵察に行ったりする。しかし当然ながら部屋の内部は塩子と石沢の二人だけの男女の空間であって、父親の修司には侵入されたくない。「玄関」は結界である。そしてこの「玄関」の外と内との攻防を見せながら、向田は家族と個人、建前と本音、義理と人情などいくつもの対立概念のせめぎあいを立ち上げていった。
こうした「玄関」における攻防のドラマは、なにも向田の作品に限ったものではない。近松門左衛門の世話物における「戸口」に着目した原道生の論考「通れぬ戸口」によれば、近世の浄瑠璃作品においても、登場人物たちが扉を開閉するかしないか、その場を通過できるかできないかが劇的場面の中核をなす事例が多いと指摘されている。

その場の舞台上に具体的な大道具として示される堅牢な館の門扉から粗末な庭の枝折戸に至るまでのさまざまな門の戸は、概ねその人物たちが現在の立場上免れるわけにはゆかない現世的な制約、或いはそのことのために他者の思惑を極度に憚らざるを得なくさせられているその心的状況を明確に可視化するものとして非常に効果的な役割を果し得ているといって差し支えないだろう。[19]

向田の『愛という字』[20]というドラマの終盤では、画家の守田との恋愛に走らずにとどまった直子が、雨が降る夜に濡れそぼりながら夫がいる自宅へと帰ってくる。しかし彼女は「玄関」からすんなりと入ることができずにしばらく立ち尽くし、結局は裏口から家の中に入っていく。

何も知らない夫との生活に戻る上で、一瞬でも背信行為に傾いた身としては堂々と「玄関」から入るわけにはいかない後ろめたさを覚えるからである。

このように向田は家屋の境界である「玄関」を使うことで社会通念と個人の情念が対立するドラマをいくつも仕立てていった。向田の「ホームドラマ」は家の内部での家族のぶつかり合いではなく、家を出て行きたいが行けない人物、戻りたくないが戻らざるをえない人物の心情に目が向けられるようになるのである。さらにはなんのために同じ屋根の下に存在しているのか分からなくなって苦しむ者たちも描かれるようになっていく。それが『阿修羅のごとく』(21)の女たちである。

見えない殻の内部

『蛇蝎のごとく』は男たちが「蛇蝎」のようにいがみあってぶつかりあうドラマであるが、『阿修羅のごとく』は女たちが「阿修羅」のように闘うドラマである。『蛇蝎のごとく』の男たちの闘争は結局のところ仲良くなってしまうので、『寺内貫太郎一家』で一家がケンカをしながら許しあい、絆を深めていった関係と変わりないといえる。ホモソーシャルな構図もみてとれるだろう。では『阿修羅のごとく』の女たちの闘い方はどうか。恐ろしいほどに静かなのである。殴り合ったり、怒鳴ったり、わめいたりなどしない。本心はひた隠しにして、一切表に出さない女の闘い方を向田は鮮やかに描いてみせた。

昭和五四年一月に全三回で放送された『阿修羅のごとく』は、翌昭和五五年一月にも続編が全四回で放送されたため、パート１とパート２の二部構成となっている。そして、このドラマには谷崎潤一郎の「細雪」を思わせるような竹沢家の四姉妹が登場し、老いた父親恒太郎に愛人がいたことを知って動揺するところから始まるのだが、本稿では母親のふじが最後に死んでしまうパート１に焦点をしぼり向田が女たちや竹沢家をどのように描いているかに限定してみていきたい。

まず、この作品に登場する女たちは、何かしら男女関係に関する隠し事があるという共通点がある。向田は先に引用した鼎談においてアメリカ人と比較して日本の女性のことを次のように語る。

向田　日本の女は、へそくり感覚みたいなものがすごくある。こそこそと抽斗に入れておくように、たとえば誰かが好きになっても、何かへそくりと同じで、うしろめたい

というか、隠しておくというか、そういう気がします。(22)

老いた父親に愛人がいたことを知って驚く竹沢家の娘たちもまた、へそくり体質の女たちだ。長女、綱子は夫に先立たれて息子も独立した寂しさを埋めるかのように、料亭の主人桝川貞治をしばしば家にひっぱりこんでいる。第一回「女正月」で綱子の家にやってきた次女の巻子は「玄関」で裸同然の二人と出くわしてしまいそのことを知るが、巻子もまた誰にも言えない隠し事があった。夫、鷹男の浮気である。四女の咲子に至っては、アパートでボクサーの男と同棲しているのだが、住所さえ家族に知らせていなかった。唯一、図書館で司書として働くオールドミス、三女の滝子だけは違う。恒太郎が愛人の友子とその息子の三人でいるところを目撃したのは滝子だが、彼女は見てみぬふりをしないタイプの女性である。興信所に調べさせ、姉妹にも明らかにし、さらには恒太郎本人に「あたし、この間お父さん達を見かけたわ」と正面切って伝えてしまう。いわば隠し事など何もない女だからこそ異性とのつきあいなど無縁なのだといわんばかりである。

このドラマは放送される際、タイトルに含まれる「阿修羅」の説明文が冒頭で示された。

阿修羅　インド民間信仰上の魔族。諸天はつねに善をもって戯楽とす。天に似て天に非ざるゆえに非天の名がある。外には仁義礼智信を掲げるかに見えるが、内には猜疑心強く、日常争いを好み、たがいに事実を曲げ、またいつわって他人の悪口を言いあう。怒りの生命の象徴。争いの絶えない世界とされる。[23]

高橋行徳はこの説明から「この表裏両面併せ持つ世界こそが『阿修羅』の世界[24]」であると解釈し、向田がこの作品においては「内面に潜むパッションに焦点を当てている」としており、その点についいては同意したい。ただ、「日常のなかで何とか折り合いをつけてきたのに、ちょっとした弾みから疑念やねたみに振り回される人物の有様を『阿修羅』と表現している」と続けている部分には少し違和感を覚える。女たちが内面に隠し込んでいる鬼はもっと重く凄みがあるもののように思えるからである。とりわけ向田は母親のふじを最強の「阿修羅」として用意していた。最初から最後まで本心を自らの身体の奥深くにしまい込み続けた女、それがふじである。向田は比喩表現が巧みな作家でもあるが、第一話から第三話までのすべてにふじが自らの怖ろしく醜く激しい感情を身体の内部の「殻」に閉じ込めていることが示されている。

第一話「女正月」では恒太郎のコートにブラシをかけていたふじが、そのポケットの中からころがり落ちたミニ・カーをみつけて愛人の子供のものだと気付く場面である。


ふじ「〽でんでん虫々／かたつむり」

ポケットの中からミニ・カーがひとつ、ころがり出る。

ふじ、黙って、手のひらにのせてしばらく見ている。

ふじ「〽お前のあたまはどこにある」

ふじ、タタミの上を走らせたりする。いきなり、そのミニ・カーを襖に向って、力いっぱい叩きつける。襖の中央に、食い込むように突き抜けるミニ・カー。おだやかな顔が、一瞬、阿修羅に変る。

ふじ「〽角出せ／やり出せ／あたま出せ」

ＳＥ　電話が鳴る
すぐいつもにもどって、
ふじ「モシモシ竹沢でございます。——ああ咲子、あんた元気なの？」(25)（傍線筆者）

かたつむりが「殻」から「角」や「やり」を出すように、ふじは本心を爆発させてミニ・カーを叩きつける。しかしそれは誰もみていない一瞬のことであって再び「殻」は閉じられてしまう。

同じ第一話で四人姉妹とふじで文楽を見ている場面も意図的である。ガブの頭が使われて一瞬、若い娘が鬼女の表情に変貌するところを見せているからである。続けて五人の女の顔をそれぞれ映していくように、彼女たちの顔の奥にも鬼の顔が隠されていることを暗示している。

第二話「三度豆」は新聞の読者ページに掲載されていた一つの投書が波紋を呼ぶ一見コミカルな回である。その投書は「波風」という題名で次のような書き出しで始まる。

巻子（声）「姉妹《きょうだい》というものは、ひとつ莢《さや》の中で育つ豆のようなものだと思う。大きく実り、時期が来てはじけると、暮しも考え方もバラバラになってしまう。うちは三人姉妹だが、冠婚葬祭でもないと、滅多に揃うことはない。
ところが、つい最近、偶然なことから、老いた父に、ひそかにつきあっている女性のいることが判ってしまった。(26)」（傍線筆者）

四人の娘たちはこの文章をふじの目に触れさせてはならないとやきもきするが、実は娘のふりをして書いていたのは当のふじであったことが一日の終わりに分かって終わる。ふじは恒太郎が縁側で足の爪を切る時にさりげなくこの新聞を広げてやっていた。一言も愚痴も嫌味も口にしないが、この一連の行動からふじの内部にどれだけの怒りが秘められているのかが分かると実に怖ろしい。また、この文章で姉妹の間柄を「ひとつ莢の中」の「豆」に例えている箇所にもふじの家族観があらわれている。たとえ一つ屋根の下で家族として暮らした時間があったとしても人間は一粒ずつの「豆」のように個の単位で存在しているのだという認識である。それは姉妹のみならず、夫婦関係にあっても同様であることをふじは感じとっていたのである。

第三話「虞美人草」では、前述したような「玄関」での闘争場面が用意されている。のりこんでいくのはふじではなく、貞治の妻豊子である。綱子の家の「玄関」において、中に自分の夫がいるだろうと問いつめる豊子は次のように続ける。

豊子「あなたもご主人なくされたんなら、あたしの気持は判るでしょ。女がつれあいを、もってかれた辛さは（言いかける）」
綱子「でも生きてらっしゃるじゃありませんか。あたしは死なれたんですよ」
豊子「生きてるのに、気持が、そっぽ向いてる方が、もっとさびしいわ」

綱子「ご主人におっしゃって下さい(27)」

この後、豊子は（おもちゃの）ピストルで綱子を撃ちぬくと、感情を解放するように泣き始める。一方、ふじは、最後まで豊子のような闘い方はしない。平然と何も知らないような顔をして娘たちにも夫にも本心を隠し続けることが彼女のアイデンティティなのだ。だが、巻子は恒太郎の愛人が暮らすアパートの近くまで足を運んだ時に、そこで同じようにアパートをみつめているふじの姿に気付いてしまう。


買物かごをさげて、ショールで顔をかくすようにしたふじが、放心して立っている。巻子、とっさに身をかくそうとする。

子供用の自転車を倒してしまう。

物音でふじが気づく。

アッとなる。

その瞬間、ふじは、哀しいような、恥かしそうな、何ともいえない顔で少し笑う。巻子の顔を見て何か言いかける。

そして、ストーンと倒れる。買物かごの中の卵ケースのフタがはずれ、卵がコンクリートのたたきで割れる。

巻子「お母さん！　お母さん！」

割れた卵のカラから、黄身が流れ出す。いくつもいくつも――。

遠くから救急車のサイレン。[28]（傍線筆者）

「割れた卵」はふじの身体が壊れたことを意味するだろう。そして「流れ出す」「黄身」はふじが身体の内部に隠し続けてきた女の部分にちがいない。そんなにもあったのかと驚くぐらい「いくつもいくつも」ふじはしまい込んでいたのである。隠して忍ぶことがふじの闘い方であり、それは外からは測り知れないほどの重い孤独を自らの内に飼いならす往き方だったのだ。

以上のように『阿修羅のごとく』においては家族や夫婦の関係がもはや正常に成立することが難しいものとして描かれている。老夫婦と四姉妹を登場させてはいるものの、向田はこの作品において家族ではなく個人を描いたのである。「玄関」の内側で共に暮らしていようとも、隣に寝ていようとも、身体の奥深いところで「殻」の内に隠されている人間の本心の怖さをテレビドラマで表現した。

そして向田の小説の巧さが凝縮している『思い出トランプ』においても、一緒に暮らしている妻（夫）が本当は何を考えているのか分からないでいる夫（妻）がしばしば登場することが思いだされる。再度確認することになるが『阿修羅のごとく』パート1の放送は昭和五四年一月。『思い出トランプ』に収められる十三編の短編小説（「りんごの皮」「男眉」「花の名前」「かわうそ」「犬小屋」「大根の月」「だらだら坂」「酸っぱい家族」「マンハッタン」「三枚肉」「はめ殺し窓」「綿ごみ」「ダウト」）は昭和五五年二月から翌年の二月にかけて『小説新潮』に掲載された。向田作品の中で、個人という極めて近代的なテーマが追究されたものが『阿修羅のごとく』と『思い出トランプ』ではないだろうか。この二つの名作はシナリオと小説の双方を手掛けたことが影響しあっているように思われる。言葉を発しない身体の「殻」の中の本心、という仕掛けはドラマを書き続けたことで獲得した方法であろう。また、職人的なシナリオライターとしての向田の目は、常にブラウン管の前にもあるべきだったが、作家となった向田は自身の目で他者の「殻」の中を執拗に思いめぐらし、時には自らの「殻」の中に隠し続けてきたものも直視する必要があったからである。

好奇心が強いと自称し、中身を見たくて仕方がない性分であることを繰り返しエッセイにおいても書いていた向田は「殻」の中を暴きたてるドラマを書いたわけではない。家族の、夫婦の、そして人間の不思議を「殻」の中にみとめたのであろうと思う。

注

（1）昭和四九年一月一六日～一〇月九日放送（午後九時～九時五五分）、全三九回、TBSテレビ、演出・久世光彦。
（2）「テレビドラマの茶の間」（『女の人差し指』文藝春秋、昭和五七年八月）
（3）山口みなみ「向田邦子における『家族』の見せ方の変移」『実践国文学』第七四号、二〇〇八年一〇月。
（4）大山勝美「テレビドラマと向田邦子『幸福』『家族熱』を中心として」（昭和六三年一二月三日、向田邦子研究会主催第一回講演会の内容（『向田邦子研究会誌　素顔の幸福』向田邦子研究会、平成四年四月））。
（5）沢木耕太郎「解説」『父の詫び状』文春文庫、昭和五六年一二月。
（6）注（3）に同じ。
（7）久世光彦「解説」『寺内貫太郎一家』新潮文庫、一九八三年三月。
（8）注（7）に同じ。
（9）注（7）に同じ。
（10）「鴨下信一」『向田邦子全対談』文春文庫、昭和六〇年一二月。

(11) 新藤兼人、松原治郎、向田邦子「鼎談　家族の絆とは何か」『婦人公論』昭和五三年九月（『向田邦子シナリオ集Ⅱ　阿修羅のごとく』岩波現代文庫、平成二一年五月）。
(12) 『向田邦子シナリオ集Ⅴ　寺内貫太郎一家』〈三六頁〉岩波現代文庫、平成二一年八月。
(13) 鳥兎沼佳代が「解題」（『向田邦子シナリオ集Ⅴ　寺内貫太郎一家』岩波現代文庫、平成二一年八月）で触れているように、『寺内貫太郎一家』は、昭和四五〜四八年の『時間ですよ』、昭和五二年の『ムー』や続編の『ムー一族』と同じ、久世光彦演出・プロデュース「水曜劇場」の枠のドラマであり、ホームコメディーとしての要素が満載である。
(14) 昭和五五年七月二五日〜一〇月一七日放送（午後一〇時〜一〇時五五分）全一三回、ＴＢＳテレビ、演出・鴨下信一。
(15) 『向田邦子シナリオ集Ⅲ　幸福』〈四〇頁〉岩波現代文庫、平成二一年六月。
(16) 昭和五六年一月一〇日〜一月二四日放送（午後八時〜九時一〇分）全三回、ＮＨＫ総合、演出・江口浩之。
(17) 『蛇蝎のごとく』〈一六頁〉大和書房、昭和五七年六月。
(18) 『蛇蝎のごとく』〈一一四頁〉大和書房、昭和五七年六月。
(19) 原道生「通れぬ戸口—近松世話物の場合」『近松浄瑠璃の作劇法』八木書店、平成二五年一一月。
(20) 昭和五四年六月三日放送（午後九時〜九時五五分）ＴＢＳテレビ、演出・井上靖央。
(21) 昭和五四年一月一三日〜一月二七日放送（午後八時〜九時一〇分）全三回、ＮＨＫ総合、演

出・和田勉。『阿修羅のごとくパートⅡ』は昭和五五年一月一九日〜二月九日放送（午後八時〜九時一〇分）全四回、ＮＨＫ総合、演出・和田勉。

(22) 注（11）に同じ。

(23) 『向田邦子シナリオ集Ⅱ　阿修羅のごとく』〈三頁〉岩波現代文庫、平成二一年五月。

(24) 高橋行徳「向田邦子『阿修羅のごとく』試論2—母親ふじを中心に」『日本女子大学紀要』第二三号、平成二四年三月。

(25) 注（23）に同じ。〈五三頁〉

(26) 注（23）に同じ。〈八二頁〉

(27) 注（23）に同じ。〈二〇一頁〉

(28) 注（23）に同じ。〈一九八頁〉

〝戦争〟体験と〝がん〟体験
——『寺内貫太郎一家』に込めた想い——

小林竜雄

敵と味方が歌う

久世光彦のエッセイ集『わが心に歌えば』に「リリー・マルレーンと《Lili Marlene》」という一編がある。

昭和四九年の春、久世は発売されたばかりの『文藝春秋』の五月号に掲載された鈴木明のノンフィクション「リリー・マルレーンを聴いたことがありますか」に感動した。

第二次世界大戦末期、ドイツ軍のベオグラード放送では毎晩、午後九時五七分にララ・アンデルセンの歌う「リリー・マルレーン」という歌をかけた。毎夜、兵営の若き兵士を訪ねてくる恋人のリリー・マルレーンという名の娘への愛を歌ったものである。胸にしみるメロディと歌詞にドイツ軍兵士だけではなく連合軍の兵士たちも同様に魅了された。そのためこの曲が流れる時は両軍の間で戦闘を休止するという暗黙の約束ができたという。

久世は一曲のラブソングが敵味方両方に愛唱されたということに感動したのだった。

そこで早速、その年の初めから手掛けていた『寺内貫太郎一家』の次に作る回でその曲を使った話を作りたいと向田邦子に頼んだ。向田は鈴木の作品を読み、「リリー・マルレーン」を聴いて同じように感動し、執筆を了承した。

向田は久世に「貫太郎をはじめとする家族たちが、それをどう感じるかを書いてみたい」といった。向田は終戦時、一五歳、久世は一〇歳で子供時代とはいえ、戦争を肌で感じて育った世代である。それぞれ戦中に過ごした日々を思っただろう。

それは第一八回として結実する。放送日は五月一五日だった。

『寺内貫太郎一家』は朝から始まって夜に終わるという一日の話が多い。この回もそうなった。朝、娘の静江が起きるところから始まる。この日は静江の二四歳の誕生日という特別な日であった。そしてラスト、夜も更けた頃、父親の貫太郎が遅い夜食を一人で取る姿を愛おしく見つめる静江のアップの顔で終わる。この回は静江がヒロインの回なのである。

静江は向田の分身的な要素がある。当時は知られていなかったが、今は子持ちの中年男、上条に恋する静江は向田の実体験が反映したものだった。

静江は上条と一緒になりたいと思っているが貫太郎はそれを認めていない。上条に小さな男の子がいるのがネックなのだ。子供は母親といるのが一番と考える貫太郎は静江には身ぎれいな独身の若い男との結婚を望んでいたからである。だから、この回は独立した若き娘の子持ちの中年男とのラブストーリーとしても見ることができる。

貫太郎は『文藝春秋』の「リリー・マルレーン…」を読んで感動して妻の里子や母に話す。敵味方一緒に歌ったというところが気に入ったという。

息子の周平がこれはラブソングで反戦歌だと興奮していう。

里子は戦争中の日本は「前線へ送る夕べ」とか「海ゆかば」とかでそんな歌はなかったと嘆く。確かに「海ゆかば」をアメリカ軍兵士が歌うことなんて考えられない。

静江は「リリー・マルレーン」から父親と上条の対立を連想する。二人はまさに敵と味方だったからだ。

静江は、この日、ハンドバッグに貯金通帳と印鑑、愛用のブラシ、そして父親に誕生日に一回だけプレゼントされた思い出のピンクの目覚まし時計を入れて上条のアパートに向かう。

その夜は上条のところで初めて泊まることに決めていたのだった。覚悟の行動だった。

夜、ケーキを用意して静江を待つ母親の里子や貫太郎はいつまでも帰ってこない静江が不安になる。里子は家出したのかもしれないと焦りだす。周平は「誕生日と結婚式を一緒にするなんて素晴らしいよ」と感動して言って静江の側につく。

貫太郎は静江を許せず怒りまくる。里子は貫太郎に「お父さんの贈った目覚まし時計は持っていったのよ」と父親への愛を失くしていない静江の想いを代弁してやる。

それでも貫太郎は静江を取り戻そうと上条のアパートに行こうとする。

一方、静江は、上条に「泊まっていく」というのだが、上条は貫太郎の気持ちを考えて家に帰るべきだと「リリー・マルレーン」を歌って諭す。そして、静江は戻っていく。

貫太郎も帰ってきた娘には強く当たれない。

この静江の行動は、後の『続あ・うん』のラストを思い出させる。

門倉が出征を報告に来た早大生の石川と水田仙吉の娘・さと子を前にして「今晩は一晩中、そばにいなさい」と二人を励ます。そこに繋がっていったのかもしれない。

久世の父親物語

この回で興味深いのは貫太郎と里子が戦争中の話をするところだ。

里子は軍の徴用で白衣を縫っていたという。

彼女には軍事工場で風船爆弾の部品を作っていた向田の体験が反映している。

貫太郎の方は戦争末期、五島列島の最大の島、福江島で米軍の上陸に備えてタコ壺（一人用の塹壕《ざんごう》）を掘っていたという設定だった。貫太郎が陸軍兵士で九州の西の外れの離島で玉砕覚悟になっていたとは私には驚きだった。向田の父親は戦地に行っていないのでこれは想像だと思った。セリフだけでしか表現してなかったが、本土決戦に命をかける男像とは向田にとって特別な意味をもっていたためだろうかと考えた。

だが、そうではなかった。これは久世光彦の陸軍少将だった父親・久世彌三吉からきていた。父親は同じ頃、福江島で独立混成百七旅団の旅団長として部下を率いていたからだ。そうなると部下の一人が貫太郎ということになる。

だからこのことは久世が向田に、貫太郎の兵隊体験を父親のものにしてくれ、と頼んだのか、向田が久世のそれを面白がって使ったのか、のどちらかだろう。これによって貫太郎の過去は久世の父親のものとなってしまった。

この回を書くことで向田は『寺内貫太郎一家』でも戦争を描けるということに気づいただろう。ただ、この「リリー・マルレーン」の精神は美しすぎるきらいがある。紋切型の反戦ドラマになりやすいからだ。

だから、向田は次の機会にはより個人的なことを元にした話を作っている。

向田の父親の物語

それが第三〇回で、放送はその年の八月七日である。昭和二〇年の八月六日は広島の原爆投下の日であった。この時期、テレビは戦争関連のドラマやドキュメンタリーを多く放映した。『寺内貫太郎一家』も戦争にかかわる話を作ることからその機会が訪れた。そこで向田は昭和二〇年三月一〇日の東京大空襲の日のことを思い出す話にした。それは向田にとって今も忘れることのできない衝撃的な体験だったからだ。

そこでその夜、貫太郎はその日は東京の下町にいて大空襲になると白髭橋に逃げたということにした。

しかし、貫太郎が大空襲の時、東京の下町にいたというのはおかしい。一八回では戦争末期は福江島で兵士として警護していたことになっていたからだ。辻褄があっていない。それは向田も承知してやったことだった。視聴者もそこは突っ込まないと見越してのことだ。このあたり、この頃の連続ホームドラマのいい加減さといえる。

ここはそのことよりも向田が強引に設定を代えてでも東京大空襲の日のことを書きたかったということの方が重要である。

兵士として福江島にいたということは久世の父親のことなのであって向田の父親のことではなかった。それでは自分の貫太郎にはならないと考えたのだろう。だから代えたのだ。しかし、ホーム・コメディゆえに深刻なものは作れない。そこで夏ということで怪談話に仕立てている。

お盆が近づく頃になると貫太郎は水に異常に敏感になっていた。水が怖くなるのである。そのエピソードがギャグをまじえていくつか出てくる。それは水にトラウマがあるからだった。

大空襲の時、貫太郎は下町にいたので白髭橋に逃げる。そこで貫太郎に「お願いです。水をください」という若い女の人がすがってきた。乳飲み子を抱え、体は火傷していた。

貫太郎は水の入った水筒を持っていたが一滴も渡さなかった。あたりには死にかかった多数の人々がいたからだった。彼女にだけ渡すわけにはいかないのである。そうなると次々と他の人にも渡さなくてはならなくなるからだ。だから、彼女を助けることはできなかった。

その後の、彼女がどうなったのかは分からない。きっと死んでしまったと思った。見殺しにしたのだ。貫太郎は戦後、ずっとこのことを悔やんできた。お盆の季節に水に敏感に反応して、怖がったのはこの時のトラウマがあったためだった。

それが、その日の夜、五〇過ぎの品のいい和服の女が貫太郎を訪ねてくる。

「水が欲しい」と頼んだあの時の若い女が私だ、という。貫太郎は幽霊だと思って震えあがる。

だが、それは誤解だった。彼女は貫太郎に水筒の水をもらったことで生き延びることができたので貫太郎こそ命の恩人だと感謝をいいにきたのであった。

彼女は前年に大病して死のことを強く思ったのでまだ元気なうちに貫太郎にお礼をいってきたかったのである。

貫太郎は、あの時、水を渡していたのであった。記憶違いであったというオチがつく。トラウマ騒ぎはまるく収まることになる。

これで話はまとまったが、向田は怪談話では満足できなかった。どうしても本当のことを書き残しておきたくなった。

そこで二年後、『銀座百点』に連載した一連のエッセイの一つで取り上げることにしたのである。それが「ごはん」であった。

この連載は乳がんの手術をしたためテレビドラマの執筆を一時、休んでいた時にタウン誌『銀座百点』からエッセイの執筆依頼があってはじめたものだった。これが後に『父の詫び状』として一冊にまとまる。

このエッセイはすぐには書かなかった。少しずつ身辺に関することを書いて慣れてきてやっと書く気になれたのではないかと思われる。


その日、向田は蒲田に住む級友の家に遊びに行っている。その夜、目黒の自宅で大編隊のB29による大爆撃にあうのである。それでも向田の家族は無事であった。

翌日の昼、父と母、弟と妹とともにご飯を食べた。父が「最後にうまいものを食べて死のう」といいだしたからだ。飢えたまま子供を死なすことは家長として無念だったのだ。この時、皆、畳の上を泥靴のまま上がって食べたというのは異常な体験である。そこで食べたさつまいもの天ぷらの味のことはその時の悲惨な光景とともに以後もずっと残っていたことだろう。それはトラウマになったのかもしれない。後に食べ物に執拗にこだわる作風になったのもこの原体験があったためではないだろうか。

私はこのエッセイがここまで向田の世界を考察するうえで本質的なものがあったとは考えてはいなかった。それが二年前に講演をするので改めて読み直したら気が付いたのだった。タイトルの「ごはん」だが、これは『父の詫び状』に所収する際に改題されたもので雑誌掲載時は「心に残ったあのご飯」であった。こちらの方がよく分かる。やはり「心に残った」という特別なものであったのだ。

今、「ごはん」は、向田の世界を知るための最重要なエッセイの一つだと確信するようになっている。

〝がん〟体験から見えたもの

向田は戦争についてのドラマを書く。「東芝日曜劇場」枠で『母上様・赤澤良雄』である。『父の詫び状』の一連のエッセイが始まった年の六月に放送されたものだった。

戦後三一年たった頃、五〇代の赤澤良雄が新居への引っ越しをしている時だった。妻の英子が手文庫にあった手紙の束に若かった時に特攻隊員だった夫の遺書を見つける。それは死を前にして故郷の母親にあてた遺書だった。母親への熱い感謝の思いがつづられていた。

赤澤が遺書を書くという設定は向田の〝がん体験〟から浮かんだことだろう。向田は乳がんで死を意識した時、遺書を書くことを考えたからだ。向田は心臓の弱かった母親を残していくことが辛かった。その母親への熱い想いを若き赤澤に仮託したのである。

その一節にこうある。「母上のお慈しみのおかげにて、今日まで、ただ一点の火傷も傷あともなく育てていただきましたこの体を、御国のために捧げることは、男子の本懐でありますが、今だ母上様に孝養を尽くさざることを思うと、腸のちぎれる思いが致します」と。これは「身体髪膚《はっぷ》之ヲ父母に受ク、敢テ毀傷《きしょう》セザルハ孝の始メナリ」（「孝経」）に対応する。

赤澤は母親に「火傷」も「傷」もなく育ててもらったと感謝する。そこには母親に対して乳がんで体を傷つけてしまったという向田の謝罪の気持ちが背景にあった。

この放映と同じ頃、エッセイ「身体髪膚」を書いているが、小さな怪我には触れても乳がんのことは書いてはいない。書けなかったのだろう。

英子は四六歳とある。これは執筆時の向田の同じ年齢である。英子は女学校の勤労動員で旋盤工として風船爆弾のネジを作っていた。これもエッセイで書いていたことと同じである。

　向田にとってはがんとの闘いというのは〈戦争〉だったのかもしれない。

　昭和五五年の『あ・うん』、五六年の『続あ・うん』には戦争が出てくる。昭和一二年開戦の日中戦争である。だが、戦場での戦いを描くことはしなかった。戦争が庶民にどんな影響を与えたかに絞っている。戦地ではなく内地の日々の庶民の暮らしを見つめた。

『あ・うん』は単純な「反戦小説」ではない。向田は「反戦」を訴えるために『あ・うん』を書いてはいない。

　門倉は軍需景気に乗ってアルミニウム工場を成功させている。彼はそのことに疑問をもっていない。南京攻略を祝う庶民の提灯行列も出てくるが批判的には描かない。当時のリアルな庶民の姿をそのまま活写するためである。

　向田が見つめようとしたのは戦時下の〈性〉であった。父と母の世代の秘められた恋と、さと子の二つの恋を通して若い世代の恋とが対比される。彼女と戦地に行く石川との別れは無論、向田のことではない。さと子は一八歳、昭和一〇年では向田は六歳になるところだ。それでも軍需工場で旋盤工をしていた時の想いを仮託させている。さと子の気持ちは向田のものだった。

太平洋戦争中のことは他にエッセイ「字のない葉書」でも触れている。甲府に学童疎開させた妹が父親に無事を示す葉書を送るといったものでこれも大空襲から派生した話であった。だが、戦中の話はそれだけではないだろう。まだまだ女学生として色々なことを見て、感じていただろう。それをエッセイや小説にしてほしかった。

だが、もうそれは叶わない。

ラジオ台本「森繁のふんわり博物館」の談話

半沢幹一

はじめに

向田邦子が書いたラジオ台本は、栗原靖道氏の調査（本書付録参照）によって判明している限りで、二四番組、本数は総計一万本に及ぶのではないかと推定される。最初が昭和三四年の「森繁の奥様お手はそのまま」（文化放送）であり、彼女の代表的な台本による「森繁の重役読本」は昭和三九年三月に開始され、昭和四四年一二月まで約二五〇〇回にわたって続いた人気番組であった。

ここで取り上げる「森繁のふんわり博物館」というラジオ番組は、「森繁の重役読本」に先だって、昭和三七年一〇月一日から昭和三八年二月二八日までの約一年半、午前七時一〇分からの五分間、一一九回にわたって文化放送から流された。その台本は、故森繁久彌からの寄贈により、早稲田大学演劇博物館に収蔵されている。各回の表紙には、「提供　横濱護謨製造株式会社、作　向田邦子、出演　森繁久彌」、表紙裏には、「企画制作　毎日広告社、演出　小林繁国・宮坂秀治」と記されている。

この「森繁のふんわり博物館」という番組タイトルの趣旨については、第一回の冒頭ナレーションに語られている。まず「あたくし、ふんわり博物館の館長をつとめます、不肖森繁久彌でございます。」とあり、「吹けば飛ぶよながらくたを集めてわが博物館におさめること」にし、「このあわただしい毎日の暮らしのなかでともすれば見落してしまい勝ちな、ちっぽけな品」を「ひとつひとつ取り出して、じっと眺めるとき、そこには思いがけない人生のドラマが、詩がひそんでいるのではないか」と考え、「それにまつわるはなしなどしてみ」ようということであった。「ふんわり」という形容も、その「ドラマ」なり「詩」なりを、柔らかく温かく伝えようという意図からであろう。

本論では、この「森繁のふんわり博物館」という台本に書かれた談話について、いくつかの観点から、その全体の様相を明らかにする。資料としては、早稲田大学演劇博物館所蔵の同台本を、向田邦子没後三〇周年記念の研究資料として、向田邦子研究会が電子データ化し、印刷・製本したもの（平成二三年一〇月刊行、私家版）を使用する。

これをあえて取り上げるのは、向田のラジオ台本の最初期のものだからというだけでなく、保存されている台本の中で、そのすべての回が揃っている、唯一のものだからである。ちなみに、代表作「森繁の重役読本」は公刊されているが、文藝春秋から平成三年に出版された本に収録されている台本は七一本であり、全体の約三％にすぎない。

右掲書の巻末には、森繁久彌の「花こぼれ　なお薫る」という聞き語りも再録されている（初出は『オール讀物』平成元年一月号）。その中で、森繁は「向田文学の初期のエッセンスが「重役読本」には詰まっているのです。」、「最初に、彼女のもってきた台本を一読して、文才の冴えを感じましたよ。作品の構成力は弱いが、イキイキした会話に私をはじめスタッフは目をみはりました。」、「日常生活のなかで見過してしまいそうな機微やディテールの捉え方が素晴らしい。鮮明に昔の日常茶飯を記憶していて、巧みな比喩、上質のユーモアを交えて再現してみせる、手品ですね。」、「向田さんのテレビ、ラジオの台本はただの台本ではない。戯曲に近い台本だ。」などと語っている。このことは、先行する「森繁のふんわり博物館」にもそのままあてはまると思われる。

タイトル

はじめに、各回のタイトルを見てみよう。以下に、第一回から台本の順番どおりに、すべて示す（ただし、最後の第一一八回と第一一九回は両者の内容との関係から森繁が差し替えた書き入れのほうを採用した）。

第一回「踵の皮」、第二回「チューインガムのしゃぶりかす」、第三回「食パンの耳」、第四回「しわ」、第五回「カンシャク玉」、第六回「正札」、第七回「キャベツ」、第八回「口金」、第九回「電信柱」、第一〇回「古モーニング」、第一一回「たこ」、第一二回「十円玉」、第一三回「ヤキトリの串」、第一四回「耳たぶ」、第一五回「ズボンの折り返し」、第一六回「トゲ」、第一七回「ベロ」、第一八回「王冠」、第一九回「茶柱」、第二〇回「いたずら書き」、第二一回「ボタン」、第二二回「どてらの衿」、第二三回「消しゴム」、第二四回「目覚まし時計」、第二五回「ドラ焼の皮」、第二六回「コンパクト」、第二七回「涙」、第二八回「馬の骨」、第二九回「切符」、第三〇回「ほくろ」、第三一回「チラシ」、第三二回「おむすび」、第三三回「爪」、第三四回「枯葉」、第三五回「おくれ毛」、第三六回「ピン」、第三七回「花束」、第三八回「洗濯バサミ」、第三九回「包丁」、第四〇回「チョーク」、第四一回「げんこつ」、第四二回「紙テープ」、第四三回「卵」、第四四回「毛皮」、第四五回「ビールびんの底」、第四六回「自動販売機」、第四七回「おたまじゃくし」、第四八回「食堂の見本」、第四九回「コネ」、第五〇回「ホワイト・カラー」、第五一回「まつげ」、第五二回「バス停」、第五三回「弁当箱」、第五四回「展覧会の絵」、第五五回「手袋」、第五六回「吊り革」、第五七回「南京豆」、第五八回「角砂糖」、第五九回「駅弁」、第六〇回「カー・マスコット」、第六一回「定期券」、第六二回「スリッパ」、第六三回「粗品」、第六四回「ジングル・ベル」、第六五回「聖徳太子」、第六六回「大統領」、第六七回「編み棒」、第六八回「エレベーター」、第六九回「日記帳」、第七〇回「即席なんとか」、第七一回「三角帽子」、第七二回「乳母車」、第七三回「七面鳥」、第七四回「数の子」、第七五回「長靴」、第七六回「みかん」、第七七回「新だたみ」、第七八回「鍋」、第七九回「しもやけ」、第八〇回「ピリオド」、第八一回「年賀状」、第八二回「初夢」、第八三回「お年玉」、第八四回「メニュー」、第八五回「白足袋」、第八六回「一張羅」、第八七回「綿アメ」、第八八回

「床屋の看板」、第八九回「箸」、第九〇回「名刺」、第九一回「向うズネ」、第九二回「Gパン」、第九三回「ミンク」、第九四回「いびき」、第九五回「孫の手」、第九六回「鏡餅」、第九七回「鍋やきうどん」、第九八回「表札」、第九九回「細かいの」、第一〇〇回「石けん」、第一〇一回「お守り」、第一〇二回「肩」、第一〇三回「鏡」、第一〇四回「ラッパ」、第一〇五回「めがね」、第一〇六回「笑くぼ」、第一〇七回「カメラ」、第一〇八回「ベンチ」、第一〇九回「アンパン」、第一一〇回「マスク」、第一一一回「梅干」、第一一二回「下駄」、第一一三回「ソロバン」、第一一四回「風呂敷」、第一一五回「アゴ」、第一一六回「鼻唄」、第一一七回「灰皿」、第一一八回「リュックサック」、第一一九回「ネクタイ」

タイトルのほとんどは、第一回の冒頭ナレーションの「吹けば飛ぶよながらくた」の言どおりの具体物を示し、しかも全て異なっていて、次の予想をつけがたい並び順になっている。その中でもことさら目を引くのは、第一回の「踵の皮」、第二回の「チューインガムのしゃぶりかす」、第三回の「食パンの耳」など、当初に出て来る物で、まさに「吹けば飛ぶよながらくた」にふさわしく、かつ向田らしい題材と言えよう。

ついでに言えば、これらはどれも「名詞＋の＋名詞」という表現形式であるが、同じ形式が他に九例あり、そのうち「ズボンの折り返し」(第一五回)「どてらの衿」(第二二回)「ドラ焼の皮」(第二五回)「ビール瓶の底」(第四五回)なども、いかにも向田的な着眼である。

もっとも、途中からは番組タイトルにそぐわない物も登場する。たとえば、「毛皮」(第四四回)「ミンク」(第九三回)「一張羅」(第八六回)、「自動販売機」(第四六回)「エレベーター」(第六八回)、「展覧会の絵」(第五四回)、「聖徳太子」(一万円札の意、第六五回)などは、「がらくた」とは言いがたい。また、「カンシャク玉」(第五回)「コネ」(第四九回)「初夢」(第八二回)「鼻唄」(第一一六回)などは、それ自体としては、博物館に展示できるような、形のあるものではない。

分野としては、やはりと言うべきか、食べ物関係(「おむすび」「卵」「南京豆」など)が二四例ともっとも多く、衣服関係(「古モーニング」「ボタン」「スリッパ」など)が一八例、肉体関係(「たこ(胼胝)」「耳たぶ」「ベロ」など)が一七例と続く。衣食住で見ると、住関係は少なく、「表札」(第九八回)と「鏡」(第一〇三回)ぐらいしか見当たらない。また、自然関係も少なく、「枯葉」(第三四回)と「おたまじゃくし」(第四七回)のみで、しかも「おたまじゃくし」は、じつは音符の比喩である。

この「おたまじゃくし」や先の「聖徳太子」と同様、タイトルが文字どおりではない、あるいは一般的な予想とは異なる事物を指すものがいくつか見られる。たとえば、「馬の骨」(第二八回）は素性の知れない男、「孫の手」（第九五回）は背中を掻く道具、「王冠」（第一八回）は瓶ビールの栓、「ピリオド」（第八〇回）は物事の終り、「大統領」（第六六回）は掛け声、「細かいの」（第九九回）は小銭、のことである。

構成

「森繁のふんわり博物館」の一回分の談話は、すべて森繁のナレーションで始まり、その後、大抵は別人物の発話をはさんで、最後はまたナレーションでしめくくるという構成パターンをとっている。その途中にいくつかの間（台本には「M」で表示される）が置かれ、場面が転換する。「M」によって分けられる発話のグループを一話段とみなすと、一回あたりの話段数は次のような分布になる。

四話段：五回、三話段：三九回、二話段：六二回、一話段：一三回

右の結果から、最多が四話段、最小が一話段であり、全体の半分以上が二話段から成ること

が分かる。

毎回の発話回数（台本の発話者表示による）を整理すると、一回あたりの最多が二四発話、最小が三発話、平均が約一〇発話である。一〇発話の回が一六回ともっとも多く、六発話から一三発話までに集中していて、それら以外はほぼ均等に分散している。

このうち、ナレーションがどのくらいを占めるかというと、

七発話：三回、六発話：一九回、五発話：一二回、四発話：三九回、三発話：一四回、二発話：一回

となり、平均が約四発話である。全体の平均発話数が約一〇発話であるから、ナレーションの占める発話回数の割合は四割程度ということになる。ただし、一回の発話の言語量を、台本の行数の単位で見てみると（森繁の修正前のテクストによる）、発話の総行数三二一三行に対して、ナレーションの行数が二〇三二行で、六割以上にも及ぶ。

先にも触れたように、各回はナレーションから始まり、その回で何を取り上げるかの紹介が行われる。それは全回共通であり、最後もナレーションで全体に対するコメントを述べて終わ

るのがほとんどであり、それ以外の発話で終わるのが五回（第三三回・第四二回・第七九回・第九二回・第一〇五回）のみである。

冒頭と結末のナレーションの合計の行数は一〇〇二行で、ナレーション全体の五割近くに上り、両位置のナレーションの重要度が知れる。冒頭と結末では、五九五行と四〇七行で、冒頭のほうが結末の五割ほど多い。

中には、談話が森繁のナレーションのみという回が一回だけある。番組のほぼ終わり近くの第一一六回「鼻唄」である。参考までに、その全体を引用してみる。

N　本日のコレクションは、歌をひとつ——と申しましても、フルメンバーのオーケストラを伴奏にうたうクラシックではありません。

つれづれなるままに、よしなしごとなどをラララーンランラン——と口ずさむ、ほんの鼻唄でございます。

M　——（ハミングなど）

N　鼻唄は、ふしぎなことに、うれしいことがあったとき、フトコロがあったかくて、北風ピューピューのときでも平気の平左のとき、何はなくても、かわいいあの子が角の花屋の前で待っている――なんてときに、我知らず口をついて出てくるものでございます。

M　（ハミング）

N　人前で、キチンと口をひらいて、アーアーアーとうたう歌は、概して、ご立派なものが多いようですが、鼻唄のほうは、どういうわけか、決してアベ・マリアだの讃美歌などというもったいない曲は、えらばないようでございます。
池田とかなんとかおっしゃるかたは、「ハーナもアラシもォ、フミコエテエ……」と塩辛いハナ声をお出しになるそうですし大野というかたは、
（浪花節の鼻唄）「妻は夫にしたがいつ、夫は妻をしたいつつゥウウ……」

N　といった具合でございます。
いわば、口から出る唄が、頭のあたりから出発するとしますなら、鼻唄というのは、ハラのあたりから、おのずとホトバシってくるのかもしれません。

ただし、ままならぬなあ、と思いますのは、歌のうまいヤツは鼻唄もうまいということであります。ビング・クロスビーや、イブ・モンタンの鼻唄――あたくし、責任をもってこの耳でしかと聞いたわけではありませんが、やはり、あざやかなものだそう

ですね。

うまくうたってやろう、のど自慢などでカネを三つならしてやろう、なんて思って歌う歌より目的なしに歌う鼻唄のほうが歌としては純粋なのかもしれません。

大きくなって、鼻唄を美しくたのしく歌うために、子供にはキレイな音、いい歌を聞かせましょう。

失礼ながら音痴をもって任じられるおやじたちは、道でも歩きながら、あまり人の迷惑にならないように、ひそかに悪声をもらすことにいたしましょうか。


途中に、鼻唄の真似が挿入されるものの、一貫して森繁の一人語りになっている。この回以外は、回数や量の違いはあれ、他の発話者も登場し、ナレーターとしての地声とは変えた、それぞれにふさわしい声音・語り口で読み分けられたと見られる。

発話者

一回あたりのナレーター以外の発話者の異なり数は、次のとおりである。

七名：一回、六名：三回、五名：四回、四名：二一回、三名：三九回、二名：三四回、
一名：一六回、〇名：一回

これによれば、三名を中心に、ほぼ二名から四名までに集中していると言える。

最多の七名が登場するのは、第一〇三回「鏡」で、内訳は、前半に「1・2・3」という、位相の示されない発話者（言葉遣いからは男性と推定されるが、同一人か別人かの判定は困難）が三名、後半に「女A・B・C」とアルファベットで区別される女性発話者三名と単に「女」と表示される一名である。

台本に表示されている発話者名によって、その出現回数および発話数を整理すると、最多が「男」の九三回（二一七発話）で、全回の八割近くに出現し、他の発話者を圧倒する。「男」と対になる「女」は五九回（一四七発話）で、「男」の六割ほどに止まる。その他の、「夫」と「妻」、「パパ」と「ママ」、「父」と「母」という対ごとの回数を示すと、

夫　：二八回（八五発話）　妻　：二九回（九五発話）

パパ：六回（一四発話）　ママ：九回（二〇発話）
父　：五回（一二発話）　母　：四回（五発話）

となり、女性のほうがやや優勢である。

以上は大人の発話者であるが、子供の発話者としては、「坊や」が一三回（三〇発話）、「男の子」が二回（三発話）、「息子」が二回（五発話）、「少年」が一回（一発話）、「女の子」が二回（二発話）、「娘」が四回（一〇発話）、現れる。

これら以外で、二回登場するのは、「外人」「女房」「女給」「ホステス」「駅員」「客」で、後は一回が二八種類ある。たとえば、「運転手・先生・医師・社員・課長・BG・ウエイトレス・売り子」などの職業名、「学生・酔客・主・主人」などの身分名、「老人・老婦人・老婆」「青年・若い男・若い女」などの年代呼称、「オヤジ・奥様・令夫人風・孫」などの親族名などが見られる。

一回登場の中で、もっとも異色なのが、第二三回「消しゴム」に出てくる「ゴム」である。ナレーターから「消しゴム君」と呼ばれ、「もし、ことばがありとしましたら必ずこうひとことつけ加えるでしょうね。」として、「でも、ボク、ずい分、ゴミを出して散らかしましたから…

フニャフニャフニャ」のように、擬人化され、男の子のような発話をしている。

これに準じて異色なのが、第五九回「駅弁」に登場する「客」である。これは汽車の乗客のことであり、方言話者を発話者にしている。発話の前にわざわざ（東北弁）と記して、「おい、ニイちゃん、ジューニくれや。」、「アンダァ！　やんだってばジューニくれろ、ていうてんだってばァ。」、「んでねえんだてばな、われのいうてるのはジューニ！」のように、「牛乳」の東北訛りを用いた、売り子との行き違いを取り上げている。

各回における発話者同士の組み合わせ（会話の相手に限らない）を、最多回数登場する「男」を中心に見てみると、「男」のみが一一回あり、それ以外で、他一人との組み合わせが三五回、他二人との組み合わせが二七回、他三人とが一八回、他四人とが一回、他五人とが一回、ある。

各人数の組み合わせの発話者は、以下のとおりである。

一人：「女」二三回、「妻」三回、その他（九種）各一回

二人：「夫・妻」八回、「女・夫人」二回、「ママ・坊や」二回、その他（二五種）各一回

三人：「女・夫・妻」七回、他（一一種）各一回

四人：「女・夫・妻・坊や」一回

五人：「女・パパ・ママ・坊や・ホステス」一回

全体をとおして、「男」と「女」が組み合わされるのが四九回あり、半分以上を占める。発話者表示として対となる名称が用いられるのは、その両者の発話のやりとりであることを示すためである。逆に言えば、「男」に対して、「女」以外の発話者名が表示されているのは、ほとんどが同一回において話段が異なる場合である。かりに最初に「男」と表示された発話者と同一人であっても、その後の会話の相手・場面が異なる場合には、発話者表示によって区別されているということである。

なお、発話者が表示されず、ナレーションの中に、会話のやりとりが挿入される場合も少数ながら見られる。たとえば、第八一回「年賀状」では、冒頭のナレーション内の、「毎年のことながら、あれは、なかなかいいもんですねえ」に続けて、そのまま「おい、珍しい人からきてるよ。ホラ、大田さん――／まあ、七年ぶりじゃないの！／仕事がうまくいってんだな。よかった。よかった。――／アラ、お子さんの名前も書いてあるわ。ふふ、よかった！」（／は改行を示す）のように、夫婦らしい二人の会話が入り、それを受けるようにして、すぐ「なんて、久しぶりに知人の消息を知ることのできるのも、年賀状の功徳でございます。」と、またナレーションに戻る。

会話関係

一回の台本において、ナレーターとそれ以外の発話者とでは、コミュニケーションレベルが異なる。ナレーター以外の発話者同士の場合は、会話場面を共有するが、ナレーターは、いわば傍観者であり、独り言のコメントをするのが普通である。

ところが、「森繁のふんわり博物館」では、ナレーターも当事者となって、他の発話者と会話のやりとりをするという設定が施されることがある。それが一一九回のうちの四一回、全体の三分の一以上にも見られるのである（これは、先に示した、ナレーション内の発話者表示無しの会話の挿入とは別である）。

そのやりとりがほぼ全体にわたるのが、第五二回「バス停」である。冒頭のナレーションの後、間が入り、次のように「女」との会話が展開する。

N　バス停留所というのは、ただ、バス停の目印がたってバスのとまるところ、とおもったらアサハカというもんですぞ。あそこは、ロマンスの発生場所として、まれに見る穴場だそうじゃありませんか。

女　そうなの。あたしが彼と知りあったのも、バス停だったわ。ちょうど半年前の夕方だったわ。――夕方から俄雨がふってきて……あたし、ぬれるのを覚悟でバス下りたの。パッとかけ出そうとおもったら、うしろから入っていきませんか……って……

N　それが、彼氏だったってわけですね。

女　そうなの。でも、そのあとが苦労だったね。彼と帰りのバスをいっしょにあわせようとおもって、そりゃすごい苦労……

N　それで判りましたよ。バスがきても、のらないで、ポカーンとたってる若い男女がいるのは、そういうわけであるんですな。尚、統計によりますと、同じ待ち合わせでも、バスは国電などよりも、ロマンスの発生率が高いということになっておりますが、その理由は、日本の道路であるということが、最近判明しました。

女　だってさものすごくゆれるじゃない。これ！　っと思うハンサム・ボーイのそばにのってさ、ガタン！　ダーとゆれてきたとたんキャー、失礼！　ってつかまっちゃうの！　あとはカーンターンよう。

N　カーンタンですか。
　山あり谷ありの日本の道路が、恋の発生に一役かっていようとは、バスで通う若い衆が多いわけですな。


　最初の「あそこは、ロマンスの発生場所として、まれに見る穴場だそうじゃありませんか。」という「N」の問に答える形で、「女」の発話が始まったので、後はその流れで両者の会話のやりとりに終始することになったのであろう。

　その他の回では、このような会話が程度差はあれ、その一部に挿入される形になっている。中には、「猫も杓子も、といっちゃなんですが、みなさん簡単にミンクのコートやダイヤの指環とおっしゃいます。ね、奥さま方、そうじゃございませんか?」という「N」の呼びかけに対して、「女」の「アーラ、ダイヤなんて成金趣味で第一、月並みですわ。」に続けて「ところで、森繁さん、あなた、胆石、お悪くありません?」のように、「森繁さん」と逆に直接、呼びかけられる例も見られる（第五回「カンシャク玉」）。

　このような「N」の会話への直接参加は相手が一人の場合がもっぱらであるが、複数に及ぶこともある。第一四回「耳たぶ」の後半では、「N」の「この頃のお若いかたときたら、ストーブのそばでビールでもひっかけない限り赤い頬というのはなさいませんね。」に対して、「男」が「そうそう、昔はね耳のつけ根までポーとうす赤くなったりしてさ。バカだな、なにをきまり悪がってんだ。／こっちお向きよう……なんて、えへへ……」と応えたのを受けるようにして、「N」が「何やら不謹慎な笑い声をたてた男もおりますようですが、」と、会話としてではなく、コメントする形になり、さらに「なぜ耳たぶなんかに傷がつくんだ……さあ……どうしてでございましょうねえ、本当にフシギ……」と口ごもる「N」に対して、今度は「女」が「やだわ。朝っぱらから、なにデレデレしてんのさあ！」と突っ込み、「アイテテ……。なにもひとの耳たぶ、ひっぱらなくったって……」と「N」が対応する、つまり「N」と「女」の会話に転じる。この場合、実際のコミュニケーションとして考えるならば、Nと男・女の会話場面の共有関係が問題になりそうなところではあるが、わずか五分間の放送の聞き流しではその不自然さが感じられることはなかったであろう。

自称詞

発話者の位相性を際立たせる指標の一つに人称詞とくに自称詞がある。「森繁のふんわり博物館」の談話における発話者の自称詞を見ると、全体としては、半世紀以上前の台本であることもあり、それぞれの位相に見合った典型的な自称詞が採用されている。

ナレーターの自称詞は一貫して「あたくし」であり、それに呼応して発話末もゴザイマス体を基本とする。「わたくし」ではなく「あたくし」とするところには、ややくだけた感じを出そうとしたと見られる。

登場回数のもっとも多い「男」は、回によるキャラクターや場面の違いにより、「ぼく」と「おれ」が使い分けられ、中には「わし」（第三二回）や「わたし」（第三六回）「あたくし」（第九〇回）が用いられることもある。「男」と対になる「女」は、「あたし」を中心として、「わたし」や「あたくし」が用いられることもある。「女」の場合、改まり度の強い「あたくし」が用いられる場合には、発話末に「遊ばす」や「ざんす」という、もはや死語化した表現も見られる。

「夫」と「妻」の対においては、前者が「ぼく」か「おれ」、後者が「あたし」か「あたくし」、「父」と「母」では、前者が「わたし」、後者が「わたくし」、「パパ」と「ママ」では、それぞれの呼称がそのまま自称詞として用いられている。その他では、「坊や」や「青年」は「ぼく」、「娘」が「あたし」、「夫人」が「あたくし」となっている。

以上は、想定される位相と一致する発話者の自称詞であるが、やや特異性が感じられるのは、「駅員」の「あたしがよく見かけるあるＢＧのお嬢さんなんですけど」の「あたし」（第六一回）と、「先生」の「なんや。わしの日記をどうするというんじゃ……」の「わし」（第六九回）くらいである。この「駅員」にはベテランの男性が想定されるのに対して、「あたし」は「一般に男は用いない」（中村明『日本語語感の辞典』岩波書店、平成二二年）語であり、「先生」のほうには老作家が想定されるが、「なんや」（さらに後続発話の中の「適当にやっといてや」）という表現からは、「わし」はいわゆる「博士語」という役割語としてではなく、方言の自称詞として用いられた節がある。

おわりに

以上、向田邦子のラジオ台本「森繁のふんわり博物館」の談話について、タイトル、構成、発話者、会話関係、自称詞などという観点から、その全体的な様相を見てきた。これらを通して指摘できることは、次の四点である。

第一に、どの観点から見ても、バラエティに富む談話になっているという点である。
第二に、森繁のナレーションが質量ともに談話の中心になっているという点である。
第三に、ナレーションを含め、当時の日常的な談話を元にしているという点である。
第四に、後の向田作品に見られる文学的な特徴がすでにうかがえるという点である。

日本のラジオ放送は大正期に始まるが、「森繁のふんわり博物館」が放送された昭和三〇年代にはトランジスタラジオ受信機が一般化するにともない、庶民的な娯楽番組が急増する、いわばその創生期に当たる。そのタイミングで、向田は台本作家としてデビューしたわけであるから、おそらくは手探り状態での執筆であったことが想像される。にもかかわらず、本論冒頭に引用した森繁の言のように、向田の台本は当初から高く評価されたのであった。

もちろん、構成力の弱さやナレーションの偏重などは弱点として見られなくもないが、その後、向田はむしろそれらを逆手にとるようにして、ドラマ・エッセイそして小説のそれぞれのジャンルに見合った形で巧みに生かし、向田独自の文学世界を創造することになった。

第二章　向田邦子小説

【参考】向田邦子小説人気作品（向田邦子研究会会員アンケート結果）

第一位　かわうそ
第二位　あ・うん
第三位　犬小屋／大根の月
第四位　花の名前
第五位　隣りの女
第六位　だらだら坂／鮒／嘘つき卵

（向田邦子研究会編『向田邦子愛』より）

向田邦子の余韻
――『あ・うん』をめぐって――

半田美永

はしがき

その死はまるで、いきなり現れてふいに宇宙の彼方に消え去った彗星のようでもあり、彼女は己の人生を全速力で疾走したように思えてならない。それはまた、舞台の半ばで姿をかくして再び登場することのない顔を、じっと待っている観客のような、納得できないむなしい喪失感であり、衝撃であった。(1)

向田邦子は、昭和五六年八月二二日、台湾上空での飛行機事故に遭い、翌日に弟・保雄がその遺体を確認した。享年満五一歳。彼女は、昭和四年一一月二八日、保険会社に勤務する父向田敏雄、母せいの長女として東京に生まれた。父の転勤に伴い、幼少期から転居を重ね、昭和一一年四月に入学した宇都宮市立西原尋常小学校以来、転校を繰り返している。「門倉修三は風呂を沸かしていた」で始まる小説『あ・うん』（文藝春秋初刊、昭和五六年五月二〇日）の魅力は、創作とはいえ、やはり彼女自身の歩みを重層的に積み上げた人生の集約としての重みからきているだろう。

この度、短編に比して取り上げられることの少ない長編『あ・うん』について、「小説としてのみ読んだ場合にどのように評価できるか」との課題を、編集担当の方から与えて頂いた。そこで、上記文藝春秋版『あ・うん』をテクストに、本稿では小説の描かれ方に重心をおいて、この作品を読み返してみたいと思う。知られるように『あ・うん』には、小説と脚本とが存在し、その違いは、後者には卜書が詳しくしるされ、台詞に工夫が凝らされているが、前者には、それらが希薄で、代わりに登場人物の内面や表情、また風景等が濃やかに描写されているという点である。小説の〈読み〉の楽しさは、作者の筆力とその特色を追い、行間を読者の創造によって埋めるという、いわば作者と読み手の合作にあるといってもよいのではないか。

小説と脚本 ―― さと子のまなざし、語り手としてのさと子

門倉が風呂を沸かす場面は、次のように続けられる。

長いすねを二つ折りにして焚口にしゃがみこみ、真新しい渋うちわと火吹竹を器用に使っているが、そのいでたちはどうみても風呂焚きには不似合いだった。三つ揃いはついこの間銀座の英国屋から届いたものだし、ネクタイも光る石の入ったカフス釦も、この日のために吟味した品だった。

小使いの大友が、

「社長」

と何度も風呂場の戸を開け、自分が替わりますと声をかけたが、そのたび門倉はいいんだと手を振った。

「風呂焚きはおれがやりたいんだよ」

この箇所は、テレビドラマの脚本では次のようになる。

●仙吉の家・風呂場
焚口にうずくまり風呂を沸かしている門倉修造（四三）。
薪を入れ火吹き竹で吹く。
金のかかったモダンな背広姿。
門倉の会社の小使い大友金次（六〇）がとんでくる。
大友「社長！　社長さん。そんなことは自分が」
門倉「風呂焚きは俺がやりたいんだよ」
大友「――」

小説では、小使いの大友が、「社長」と何度か声をかけて、自分が替わるといっても門倉は聞かなかったとある。「あいつが帰ってくる。親友の水田仙吉が三年ぶりで四国の高松から帰ってくる。長旅の疲れをいやす最初の風呂は、どうしても自分で沸かしてやりたかった。今までもそうして来た」と、その心の裡が説明される。

門倉は、金属会社の社長である。小企業とはいえ軍需景気を背景に羽振りを利かせている。一方の水田は、製薬会社の地方支店長から本店の部長として栄転するが、これまでも、そしてこれからも社宅暮らしか借家暮らしの生活である。二人は二〇年余りの付き合いであり、その関係は「寝台戦友」（「蝶々」）と説明され、また同居している仙吉の父初太郎によって「あ・うん」（「狛犬」）と表現される。仙吉が地方から東京に舞い戻るたびに、門倉は借家探しを引き受けてきたのであった。

これらの説明は、脚本では、登場人物の台詞の中で、視聴者に知らされる。上京する電車の中でのさと子の声が、家族の状況を説明することになる。

さと子の声「『仙吉は神田の或る秤屋の店に奉公している』これは、志賀直哉の『小僧の神様』の書き出しです。これを読んだ時、私は笑ってしまいました。父がこの小僧と同じ名前だからです。父の名前は水田仙吉。秤屋ではなく製薬会社に勤めていますけど。四国の松山出張所長から本社の課長に栄転になって、私たち一家は、五年ぶりで東京へ帰ってきたところです。

小説では、「三年ぶり」だが、脚本では、このように「五年ぶり」となっている。私は、高倉健、板東英二が演じる映画版「あ・うん」（平成元年・降旗康男監督、中村努脚本）も何度か鑑賞したが、小説に描かれる初太郎や、さと子の二人の恋人は登場しない。さと子の最初の見合いの相手は、小説では帝大卒業を間直に控えた辻村研太郎であり、次に登場するのは、早稲田大学の演劇青年・石川義彦（「四角い帽子」）である。映画では、さと子の見合いの相手で帝大卒業を間近に控えた石川義彦（原作では、辻村研太郎）が、終始さと子の恋人役を担わされ、出征を前に彼女に会いに来る。同じく映画では、門倉の「二号」の禮子や、その男児出産の事、たみの流産のこと、「芋俵」の場面等が削除されている。門倉と仙吉の妻たみとの秘められた「愛」、さと子の耐える「愛」に主眼が置かれ、「四人家族」としての「家族」のありようが、映画では強調されている。

「さと子は、うちは四人家族だったのだと気がついた。姿はそこになくても、門倉はいつもうちの茶の間に坐っていた」（「四人家族」）。小説に挿入されたさと子の述懐が、映画のトーンに活かされているが、私は、このさと子の述懐の言葉に「門倉は」とあり、「門倉のおじさんは」と表現されていないのが不思議に思われる。それは、実は、小説では、さと子が語り手の役割を担わされているということではないか。

冒頭において、家族の現状を説明するのもさと子であり、更に父と母、門倉と母の関係を見透かし、それを冷静に観察して、批判するのもさと子である。ジャワに赴任するという水田仙吉の家を門倉が訪ねたとき、さと子は、母のたみを次のように観察する。この時まで、しばらくの期間、門倉と仙吉は絶交状態にあった。先ず、小説から引用する。

男二人は顔を見ないようにしてぎこちなくコップをぶつけた。三人ともことばを探しているように見えた。さと子は急に母親が憎らしくなった。自分の夫と門倉を両天秤にかけている。真ん中にいて微妙な揺れを楽しんでいるところは、弥次郎兵衛じゃないか。

（「四人家族」）

母に対して、二人を「両天秤にかけている」「弥次郎兵衛」だと表現したさと子は「父親もうとましく思えた」という。その理由は、「親友が自分の妻に夢中なのを知りながら、波風立てずに二〇年もつきあってきたというのは、卑怯なのかずるいのか」というのである。「卑怯」と「ずるさ」。父親を批評する、この評価軸は、母を介在した二人の男性の、さと子の眼に映る「両天秤」のバランスなのだ。「お父さんは、門倉のおじさんを利用して、お母さんを自分のところにつなぎとめているんじゃないの」。――この言葉を、さと子は心の中に押し籠めた。現に二人の前で発しなかったこの言葉こそ、「天秤」の均衡を根本的に崩してしまうアキレス腱だったからだ。向田文学の均衡の美学は、このように危うい一瞬を、その直前において、見事に回避するところにある。

さと子は、門倉に対しても言いたいことがあった。「お母さんのこと本当に好きなら、力ずくでも奪えばいいじゃないの」。この後、「さと子は石川義彦を好きな分だけ、逢いたくても逢えない、口にも出せない気持ちの分だけ、鬱憤を三人にぶつけたかった」とある。映画では、高倉健扮する門倉が、「逢いたいときに逢うのをがまんするのが愛情なんだよ」とさと子を諭す場面がある。「人生ってね。もっともっといいもんなんだよ」と続く、映画の中での門倉修造の言葉は、秘められたみずからの「愛」を自問しているのだが、それがそのままさと子にも通じる内容になっている。

小説では、さと子の「愛」に対する思いの丈は、彼女の心の葛藤として描かれている。「何か取り返しのつかないことを叫んで、三人の均衡を滅茶滅茶にしたかった。」「気がついたら、三人の真中に割り込んで、門倉に、あたしを下宿させて、と頼んでいた」とある。さと子の心の中にある魔性と、そこからの現実への回帰。さと子は、父の赴任地であるジャワには行かず、義彦のいる東京に残るという選択肢を選んだ。その方法として思いついたのが、門倉の家に下宿をすることだった。この場面は、脚本によると、次のようになる。

●客間

仙吉と門倉に酒をつぐたみ。

二人、グラスを合わせる。

さと子、真ん中へ割り込むようにする。

さと子「おじさん、あたしを下宿させて」

このように、小説で描かれるさと子の内面風景が、脚本では省略され、僅か四行の簡潔な場面が提示されるのみである。視聴者は、演技する役者の語り・仕草・表情等から、それらの人物の内面を、その場の雰囲気を、汲みとることになる。脚本と小説との比較考察も興味あるテーマであるが、本稿では、以上のような差異と、それぞれの特色を指摘するにとどめる。(2)

作品の出自と構成

小説『あ・うん』は、別冊『文藝春秋』（昭和五五年三月、一五一号）に「狛犬」「蝶々」「青りんご」「やじろべえ」までが掲載され、その続編が「「やじろべえ」（あ・うん　パートⅡ）」と題して『オール読物』（昭和五六年六月号）に掲載された。それらは「四角い帽子」「芋俵」「四人家族」のタイトルをもつ。

これらの作品は、昭和五六年五月二〇日に文藝春秋刊『あ・うん』と題して一冊に纏められた。その後、昭和五八年四月二五日初版の文春文庫に収録され、版を重ねている。

単行本（初刊）の装釘は、中川一政。同書の「あとがき」に向田邦子は「題字だけでなく装釘まで引き受けて下さるという。私は一日二日ぼんやりしていた。嬉しさや感動が大きすぎると、私はぼんやりする癖がある。」としるしている。向田は、「私は稀代の悪筆である」という。そして、一五年程前から、中川一政先生の書を壁にかけて、朝晩睨んで暮らしていた。だが、睨みが足りなかったのか、お手本が凄すぎたのか、「私の字はますます下手くそになってしまった。」とユーモラスに書き加えている。自著を「身に余る果報な衣装で世に出ることになった。」

と喜びを伝え、「叶わぬ夢も多いが、叶う夢もあるのである。」と「あとがき」を結んでいる。「一九八一年初夏」の日付がある。

この年、一一月の誕生日を迎えることなく、向田邦子は灼熱の台湾上空に散った。遺体は、八月二七日現地にて火葬された。同二九日に、南青山のマンションで通夜、密葬され、翌月二一日に青山葬儀所で告別式が執り行われたが、戒名の「芳章院釈清邦大姉」の文字は、中川一政に拠る。その意味で、この「あとがき」は、向田邦子の遺書であり、「長編小説」と刷り込まれた『あ・うん』こそ、『思い出トランプ』（新潮社、昭和五五年一二月二五日）、没後刊行の『隣りの女』（文藝春秋、昭和五六年一〇月三〇日）、『男どき女どき』（新潮社、昭和五七年八月五日、新潮社）に収録される短編小説群を基盤とした、そしてそれらの世界を集約した作品なのである。因みに、文春文庫版『あ・うん』のカバー装釘も、中川一政の手になるものである。

なお付け加えれば、昭和五五年三月九日〜三〇日、NHK総合TV・ドラマ人間模様で「あ・うん」が初放送（全四回）、また翌五六年五月一七日〜六月一四日、同じく「続あ・うん」（全五回）が放送された。このTVドラマ版『あ・うん』は、『向田邦子TV作品集9　あ・うん』（大和書房、昭和六二年六月五日）として出版され、平成三年七月二五日発行の新潮文庫『あ・うん』（新潮社）に収録された。

ところで、平原日出夫氏によれば「放送台本は配役・録画などの制作作業などを見込んで、放送日の数か月前には脱稿していなければならない。したがって、シナリオ脱稿後すぐ小説執筆にかかったものと思われる。いうなれば、ドラマと小説の同時発現である。」というのである。(3) 平原氏は、NHKのドラマ部チーフプロデューサーを務め、演出・制作の現場に関わった方である。この指摘を参考にすれば、脚本（シナリオ）が先にあり、その後、それが小説に書き改められたことになる。そうすると、「小説」を創作する過程で、作家・向田邦子の内部にあるイメージが、例えば登場する人物の台詞や、その背景等に投影され、その意味する世界が作品に彫琢されたことになる。

つまり小説『あ・うん』は、簡潔な台詞を発する人物の内面に分け入り、周到な肉付けを重ねて完成させられたものである。したがって、それらの人物の内面世界や役割を分析することは、映像を通して鑑賞する作品とは、また別の様相を呈してくることになるはずである。（もちろん、映像に現れる、役者の表情や声のトーンを通して、私たちは人物の内面や置かれた状況を知ることになるのは言うまでもないが。）

平原日出夫氏が「ドラマのノベライゼーションによる小説は多くの場合、文学性に乏しいが、「あ・うん」はその例外ケースといえる。(4)」と指摘するのは、小説としての『あ・うん』の完成度の高さを示しているだろう。ここで用いられた「文学性」というのは、人物や情景の描写に立ち現れる表現の在り方、その方法、美的情緒などの意に解したいと思う。それでは、次に小説『あ・うん』には、どのような特色が見られるか検討してみたい。ここでは、主に作品に描かれる人物を通して考察を進めてみよう。

登場人物について ―― 小説の場合 ――

さと子の成長

文春文庫版『あ・うん』の「解説」で、『あ・うん』は、反戦文学として、恋愛小説として、友情小説として、ほとんど完璧だと思う(5)」と山口瞳氏はしるしている。だが、私には、ここに掲げられた「反戦文学」としてのテーマ性は、それほど強調されるほどのものではないように思われる。山口氏も述べるように、ここに描かれる人物たちは、時局の現実から乖離したという意味で「ごく一般的な」、当時の家庭風景だからである。さと子と二人の青年との心の交流に見られる「恋愛」感情、たみと門倉、また作造とふみ（「芋俵」）の関係には「恋愛小説」の側面もある。「友情小説」とは、いうまでもなく、「寝台戦友」（「蝶々」）と説明される水田仙吉と門倉修造の友情に象徴されている。

さと子は、「うちは四人家族だったのだ」と思う。「姿はそこになくても、門倉はいつもうちの茶の間に坐っていた」（「四人家族」）。これは、二人が絶交した後、久しく交流の絶えた家庭を顧みるさと子の気持ちを表現した箇所である。その絶交の経緯も、元を糺せば水田の家庭を壊したくない門倉の慮りに発したものだった。「人生には、諦めなくちゃならない、思い切って断ち切らなくちゃならないことがあるんだよ。」――初めて口にする門倉の、「人生」という言葉にさと子はびっくりする。この門倉の言葉は、さと子の抱く恋人への思いを察してのものであったが、それはたみへの思いを断ち切ろうとする門倉自身に発せられたものでもあった。

『あ・うん』は、さと子が「四人家族」を核に、成長する過程を描く物語でもある。門倉と母のたみとの会話を盗み聞きする彼女は、「もしかしたら、これは、ラブ・シーンというものではないか。梯子段の途中までおりかけ、そこでためらっていた素足のさと子は息が苦しくなった。」（「青りんご」）。見合い相手との会話、後にさと子の前に現れる演劇青年との日々。――この二人の男性との関係性も、もちろん彼女の精神的な生育には欠かせないものだった。その基調にあるのは、戦争を背景に、時代に抑圧された心の発露としての「愛」である。辻村と二人で珈琲を飲みながら語る「自由恋愛」という言葉もまた、この作品の中では新鮮である。「男とふたりだけで飲む黒くて重たい液体と自由恋愛という言葉に、さと子は体が熱くなった。」（「青りんご」）。「愛」は、さと子の成長には欠かせないものとして、作品には描かれている。

初太郎と作造

門倉修造には、モデルがいたことは、すでに知られている。(6) また父親役の水田仙吉を、例えば「父の詫び状」にある「父」と比較すれば、その差異は明瞭であり、それぞれのモデルの特色を、向田邦子の作品は取捨し、選択して自作に巧みに取り込んだのである。例えば、「父は生れ育ちの不幸な人で、父親の顔を知らず、針仕事をして細々と生計を立てる母親の手ひとつで育てられた」（「父の詫び状」）と紹介される「父親」が、ここでは初太郎として登場する。

初太郎は水田仙吉の父である。「はばかりに近い玄関脇の四畳半」、ここが初太郎の部屋である。老父と息子の折り合いが悪く口も利かない間柄であるのを門倉は知っている。だから、あえて夫婦の部屋と離れた場所に初太郎の部屋を用意したのである。初太郎はもと山師であり、かつては松、杉、檜などを扱い、山に入れ揚げたせいで、仙吉は昼間の大学へ行けなかった。それが、一軒の家で二人が敵味方になった原因である。性格にも要因があった。ふたりとも「譲ることのできない気性」だったからである。賭け事の嫌いな仙吉。五年、十年先を見込んで売買に興じる初太郎。しかし、初太郎は作品では重要な役割を果たしている。

その要点を、以下、初太郎の「死」までを、引用を含めて箇条書きにする。

①さと子にたみの流産を伝える（「狛犬」）。②仙吉と門倉の関係を「狛犬だな」と表現する（この場合もさと子に聞かせる仕組みになっている）（「狛犬」）。③初太郎と門倉とは気が合う。「元山師の老人と町の鋳物工場からのし上がった門倉は、はなしの合うところがあったようで、息子とは口も利かず、食事も事を構えて別にする初太郎が、門倉だと世間話をした。」（「蝶々」）。④金歯とイタチという山師仲間がいて、「三ナカ」（三人合同）で山賭けをする。その為に仙吉の賞与に手を出すが、その穴埋めを門倉がする（「蝶々」）。⑤初太郎は、山師仲間と商談中に倒れた。家に担ぎ込まれた初太郎には、もう「死相」が出ていた。その時、飛び込んできた門倉が、札束を出し、仙吉は猛反対するが、たみは初太郎の手ににぎらせた。「いくら、ある」とたみが問いかけると「初太郎の目に小さな灯がともった」。晴れ晴れとした門倉の大きな声が、札束を数えるように促す。以下、次のように続く。「こわばった右手が、白く乾きかけた唇にゆき、苔の浮いた舌が親指のハラをなめた。一枚かぞえて、しめりをくれ、二枚をかぞえて、またしめりをくれた。最後の力をふりしぼって、札に手をのばし、力尽きた。／胸に顔に百円札が散り、たみが嗚咽した。／仙吉が、ぐうとのどを鳴らし、初太郎にとびついた。自分

の顔を白髪頭にこすりつけ、「おとっつぁん」とうめいた。それから、子供のように声をたてて泣いた」(「やじろべえ」)。

初太郎に最もふさわしい「死」を、門倉は演出している。そして、たみはそれを助けている。山師として生きた初太郎にとって、これほど満足な「死」があるだろうか。のみならず、その「死」は、長年にわたる親子の絆を取り戻したのだ。仙吉の、子供のような無心は、父親の死によって呼び戻されたのである。

さと子が帰宅したのは、初太郎の死の後だった。それは、辻村の下宿で初めて接吻を経験した日の事だった。「さと子がうちに帰ったとき、初太郎の顔には白い布がかかっていた」。枕元に香華の揺れる場面で、さと子は家族の死を知り、そして死者となった初太郎の生前を回想する。家族の死と、接吻の初体験とが、さと子にとって、同じ日に設定されている。

初太郎は、人生の浮沈を象徴する人物として描かれるが、彼は、家族のすべてを知っている、いわば「傍観者」でもある。「初太郎は、門倉がたみを好きなこと、たみもまた門倉を好きなことを知っていた。しかも仙吉がそれを知っていることも、よく知っていた。息子に口を利かなかったように、そのことはひとこともしゃべらずに死んでいった。」のである。さと子に、「おとなは、大事なことは、ひとこともしゃべらないのだ」ということを、日常の中で自覚させたのも初太郎だったのだ。

初太郎の一周忌を機に、すがたを見せるのが初太郎の腹違いの弟作造である（「四角い帽子」）。作造は、仙吉と気があった。むしろ、仙吉は作造を手厚くもてなした。門倉修造と初太郎。水田仙吉と作造。作品後半における、この絶妙のバランスも見事である。さと子にとって、生涯忘れられない恋人となる石川義彦との出会いは、この作造老人を介したものだった。さと子の成長の過程で、初太郎と作造は欠かせない重要な位置にあると言える。

たみと君子

たみと君子は、日常の生活におけるさまざま事象の不均衡を糺《ただ》す、いわば天秤の役割を果たす女性たちである。特殊な時代を背景に、男性に従属して生きる〈女性〉のように描かれながら、実は〈男性〉のもつ無邪気で幼児性を浮かび上がらせる大人の〈女性〉である。その〈母性〉が、作品においては、危機を回避する存在となっているのだ。「特殊な時代」と書いたが、それは、昭和一〇年代のことを指し、その時代は日本が世界を相手に〈戦争〉に挑む「時代」のことを指したのであり、「特殊」とは現代の時点―平和な時代―を基軸に表現した言葉である。

『あ・うん』の時代は、その当時にあっては〈日常〉であり、一般の日本国民にとって、果たして「特殊」な時代と映っていただろうか。戦後の平和な視点から、向田文学を読むことは、その本質を歪曲することにはならないだろうか。当時の日本人は、明治以来の夢を海外に求めて、豊かな生活と志とを秘めて、高揚した人生を送っていたのではなかっただろうか。そのような日常の空間を襲う「男時女時」（『風姿花伝』）を向田文学は描いたのだ。

〈笑い〉は緊張を和らげ、均衡を保つ装置として作品に取り込まれた。酒を飲むと足の裏が痒くなるというたみ、さと子の見合いの場における「鶴と亀」の言葉、また、さと子の駆け落ちと心中を想像して、修善寺まで出かけたときの間男と誤解される場面等、その〈笑い〉は効果的に挿入されている。

君子の〈笑い〉は、「芋俵」における作造とふみの関係を解消する際に発揮される。君子の言葉は、作造とふみの気持ちをも忖度しながら、またその言葉は、夫門倉へも突き刺さる。「どんな男だって、主人は主人よ。よしんば主人よりも魅力ある男に誘われたからって、許したりしないもんですよ。そうじゃありませんか、奥さん」。たみがうなずくのを見て、君子は仙吉に話しかける。「水田さんもそうお思いになるでしょ」「うむ。まあ、それが人の道というものであるなあ」。「まってくれ」と思わず声を発したのは門倉であった。「門倉の口調はひとごとではない切実なものがあった」。

君子のこの発言は、抑圧された夫・門倉への気持ちの発露となるばかりではなく、その立場を逆転させる効果がある。こうして、登場する人物の全てが、その立ち位置を確保してゆくのである。ここに配された人物たちには、それぞれに優劣の差異はなく、時を得て自らの場を主張しているところに、向田文学の特色がある。

むすび

向田邦子は、『男どき女どき』（新潮社、昭和五七年八月五日）の内扉に、「時の間にも、男時・女時とてあるべし」という『風姿花伝』の一節を刷り込んだ。『風姿花伝』の「因果の花を知る事。極めなるべし。一切皆因果なり。」に続く章段にある。意味するところは、能を極め、有名になることも、稽古の結果であるという。人生もまた、因果によって禍福は混在する。「去年盛りあらば、今年は花なかるべき事を知るべし。」とある。順風満帆に時が過ぎる時間を「男時」、その逆を「女時」と喩えていう。

黒柳徹子は、「人生はあざなえる縄のごとし」というのが、向田邦子の人生観であったことをＴＶ番組で伝えているが（ＮＨＫクローズアップ現代「三三年目の向田邦子」平成二五年九月四日放映）、『風姿花伝』の「男時・女時」の考え方にも、それに通う思想がある。また、「秘する花を知る事」の章段には、「秘すれば花なり。秘せずば花なるべからず」ともある。さと子の成長の過程において、「おとなは、大事なことは、ひとこともしゃべらないのだ」と悟る場面には、初太郎の生涯を通して「秘すれば花」の人生観が投影されている。

たみとさと子の役割を見たとき、二人は母と娘の関係でありながら、作品ではそれぞれの役割を担っていることがわかる。初めに確かめたように、さと子は物語の「語り手」であり、たみは「四人家族」の「均衡」を保つ存在となっている。「門倉のおじさん」はさと子にとって「理想の男性像」であり、それは『姉貴の尻尾』（注６参照）にもあるように、向田邦子の思い描く「理想の男性像」だったのだ。作品では、その理想像が最大限にまで描かれたに違いない。

門倉修造と水田仙吉の間にあって、現実のさまざまな危機を回避するたみの存在は、この作品では重い。つまり、たみはシテ（為手）の役割を演じて、二人の男性に付き添うワキ（脇）では決してない。そして、たみの周辺には〈笑い〉がある。特に、深刻な場面における〈笑い〉の効果は狂言にも通じる機知がある。さと子の駆け落ちを誤解し、修善寺まで出向いたとき、仙吉が間男に間違えられる二重の誤解とその場面の〈笑い〉は、作中に描かれる幾つかの〈笑い〉の中でも特に印象的である。この場面は、たみを挟んで、水田と門倉が夫婦の反転を予想させ得るからである。だが、現実にはそうはならなかった。ここにも、この作品に通底する〈均衡〉の装置が生かされている。

なお、井上謙『あ・うん』の舞台をあるく[7]によれば、向田邦子の想い出に結びつく建造物や地名の多くは、この作品の要所に積極的に取り込まれていた。その意味でも、さと子の眼を通した家族の日常の回想が、この作品の骨格を形成して、それは彼女の成育・自立の物語ともなったのである。そして、弟・保雄と訪ねた「門倉のおじさん」こそ、『あ・うん』を際立たせる存在として、理想化されたのであった。

さと子は、出征することになった恋人・石川義彦の後を追い、その夜、家には帰らなかった。たみは、娘の成長を回想し、ジャワには行かなくなった家族と門倉のことを思う。「盧溝橋事件が起きたのは、この半年後である」（「やじろべえ」）と書きこまれており、昭和一二（一九三七）年七月に遡る「半年」前が、この作品の時代背景であることがわかる。「さと子の十九年の写真帳のなかに、影になり日向になっていつも門倉がいた。／暗い庭を見ながら酒をのむ二人の男のまんなかで、たみは、門倉の煙草の空箱から銀紙をとり、銀の玉に貼っていた。／なにか手仕事でもしていないと、居ても立ってもいられない気持ちだった。／銀紙で玉をつくり、献納する運動がはやっていた。」（「四人家族」）。

たみには、何かしていないと、居ても立っても居られなかったからだが、「こんなものが本当にお国の役にたつのだろうか。自分たちの行末と同じようにたみには見当もつかなかった。」と自問するところで、この作品は閉じられる。

『風姿花伝』の「三十四五」の段に「未だまことの花を極めぬ為手」とある。能楽に志して、三十四、五歳の頃には名望を得なければ、本当の「シテ」とは言えないと諭す箇所である。厳しい修行に耐えて成長する者への訓戒として読める。だが、人生は「あざなえる縄」と考える向田邦子は、たみの心の動揺を「自分たちの行く末」を「見当もつかなかった」という表現で説明した。たみはその説明によって「未だまことの花を極めぬ為手」として位置付けられている。ここにも、向田邦子の人生観が反映されている。

向田作品の読後には、井上謙氏の指摘されるように（冒頭引用）、演劇を鑑賞した後の余韻が残る。それは、一体なぜだろう。読者みずからが、みずからの人生の歩みを、その作品に重ねるからだろうか。現代を生きる私たちの前に、戦前の「昭和」も戦後の「昭和」も、未だ多くの課題を抱えたまま「まことの」すがたを見せることはない。〈戦争〉と〈家族〉、〈ことば〉と〈情報〉、〈もの〉と〈心〉、〈性〉と〈愛〉、〈病〉と〈死〉、〈組織〉と〈個〉、そして〈老い〉

などの課題は、今もなお、解決されることなく私たちの眼前にある。向田文学の余韻は、それらの課題が漂流する現代を生きる限り、〈笑い〉〈怒り〉〈苦悩〉などの感情と共に、〈哀しみ〉を帯びつつ、私たちの前から消え去ることはないだろう。

注

（1）井上謙「向田邦子―その誕生と終焉」（『向田邦子鑑賞事典』翰林書房、平成一二年七月七日）九頁。井上謙氏は、向田文学を総合的な視点から論じた同文の中で、乳癌を体験した彼女が、外面と内面（自己）とをじっくりと考えて見るようになり、文章も思索も深まったという。その表出した作品として『家族熱』『阿修羅のごとく』『あ・うん』等を挙げ、「そこから彼女は作家になったといえる。」（一二頁）と指摘している。

（2）例えば、半沢幹一氏の提言のように、「シナリオ文学としての価値」、また「役者がシナリオどおりにセリフを話しているか」「ト書きに指示された場面がどのように設定されているか」など、脚本（ドラマ版）を意識しながら、舞台や映像を鑑賞するのも興味深いものである（『向田邦子研究会通信』第七一号、平成二二年二月六日）参照。

（3）平原日出夫『向田邦子のこころと仕事』（小学館、平成五年八月二二日）参照。同書に「小説「あ・うん」は作者がシナリオ作家から小説家へと脱皮していく上で、その重要な回路となる作品であり、ドラマと小説という作者自身の両棲類的な性格を体現している作品といえる。」（九一頁）という指摘がある。
（4）注（3）に同じ。
（5）同「解説」で、『あ・うん』という小説は、昭和の反戦文学の傑作だと書いたことがある。門倉も水田も、戦前の市民の典型である。水田は、夜間の大学を卒業している製薬会社の部長であり、門倉は、めはしの利く実業家である。その二人が、二人とも、戦争や軍部の動きや国際情勢について、おそろしいぐらいに無智である。」（二一四頁）と説明する。つまり、この小説に登場する人物は、ごく一般的な戦前の「昭和の日本人」だと指摘している。
（6）向田保雄『姉貴の尻尾　向田邦子の想い出』（文化出版局、昭和五八年八月二一日）所収「門倉の小父さん」（四七頁〜五〇頁）参照。この中に「門倉の小父さんは、姉にとっては理想の男性像であり、あしながおじさんでもあった。」（四九頁）とある。当時、「小学校二年くらいの姉」とある。向田邦子の作品の多くは、この少女時代の彼女の追憶が活かされている。『あ・うん』も例外ではなく、ここでは、さと子が、その役を担っている。
（7）向田邦子研究会『向田邦子愛』（いそっぷ社、平成二〇年一二月二〇日）に所収。

付記

本稿に引用した『あ・うん』の本文は、『あ・うん』（文藝春秋、昭和五六年五月二〇日）を底本とした。また、脚本の本文には、『あ・うん』（新潮社、新潮文庫、平成三年七月二五日）を活用した。年譜・書誌に関しては、井上謙・神谷忠孝編『向田邦子鑑賞事典』（翰林書房、平成一二年七月七日）、『あ・うん』（前掲新潮文庫）掲載の「年譜」等を参考にした。『風姿花伝』は、日本古典文学大系『歌論集　能楽論集』（岩波書店、昭和三六年九月五日）所収の本文に拠った。

向田邦子小説論
——短編小説——

神谷忠孝

はじめに

井上謙氏との共編で『向田邦子鑑賞事典』（翰林書房、平成一二年七月）を刊行してから一八年になる。この事典は「向田邦子文学入門」の役割を担い、多くの愛読者を増やした。このたび向田邦子研究会の企画により、向田邦子の文学を総合的に研究する本を出版することになり、愛読者として喜びにたえない。短編小説を論ずる機会に恵まれたことを故人の井上さんに感謝している。横光利一研究の先駆者としての井上さんを追いかけるように研究してきた私は、井上さんが向田邦子に関心をもった理由がわからなかった。今になってみると、横光利一が昭和一〇（一九三五）年に提唱した「純粋小説論」の延長として向田邦子に出会ったことが理解できるようになった。「純文学にして通俗小説」が横光利一の悲願であった。通俗という言葉は、低級と誤解されそうだが、多くの読者を獲得する方法である。世界的な名作を読めばわかるだろう。現在では村上春樹が横光利一の悲願を達成しつつあるが、向田邦子が戦後文学で果たした役割を評価している。最近の芥川賞と直木賞の境界が見えなくなりつつある傾向をみても、向田邦子の先駆性が確認できる。

向田邦子の短編小説は、新潮文庫『思い出トランプ』、文春文庫『隣りの女』収録作品一八編である。発表順に列挙する。「りんごの皮」（『小説新潮』昭和五五年二月）、「男眉」（同、昭和五五年三月）、「花の名前」（同、昭和五五年四月）、「かわうそ」（『新潮』昭和五五年五月）、「犬小屋」（同、昭和五五年六月）、「大根の月」（『小説新潮』昭和五五年七月）、「だらだら坂」（同、昭和五五年八月）、「幸福」（『オール讀物』昭和五五年九月）、「酸っぱい家族」（『小説新潮』同）、「下駄」（『別冊文藝春秋』昭和五五年一〇月）、「マンハッタン」（『小説新潮』同）、「三枚肉」（同、昭和五五年一一月）、「はめ殺しの窓」（同、昭和五五年一二月）、「耳」（同、昭和五六年一月）、「ダウト」（同、昭和五六年二月）、「胡桃の部屋」（『オール讀物』昭和五六年三月）、「隣りの女」（『サンデー毎日』昭和五六年五月）、「春がきた」（『オール讀物』昭和五六年一〇月）。

　このうち、「花の名前」「かわうそ」「犬小屋」で、第八三回直木賞受賞。選考者は源氏鶏太、山口瞳、村上元三、今日出海、阿川弘之、五木寛之、水上勉などで、積極的に推したのは阿川弘之、山口瞳、水上勉であった。「りんごの皮」から「隣りの女」まで連続で書かれている。最後の作品「春がきた」は死後に発表された。

　作品を大きく分けると、作品の主人公が女性である場合と男性の場合がある。私見では女性主人公の作品に読み応えがあるのに比べ、男性主人公は「下駄」「三枚肉」「酸っぱい家族」「ダウト」「耳」「マンハッタン」などであるが、登場する男性に魅力が感じられないのである。「犬小屋」の若い魚屋店員は例外的に魅力的である。

　向田邦子の本領は、女性の内面にある「闇」ともいうべき嫉妬、妄想、自己愛、諦念などを描くところにある。いかつい体と「男眉」に生まれついた麻が、「地蔵眉」で周囲から愛される妹に嫉妬しながら、表面には出さずに、ひとり鏡に向かい毛抜きで眉毛を少しずつ抜く様子を描いた「男眉」。父の出奔のため家長の役割を務めることを余儀なくされた桃子の生き様を描いた「胡桃の部屋」。研いだばかりの包丁で幼い息子の指を損傷させてしまった母親の苦悩を描き、取り返しのつかない過ちをしてしまった人間はどうすれば自己救済できるかを問題提起した「大根の月」。いずれの作品にも味わいがある。

この稿では、向田邦子の短編小説から女性の内面にある「闇」に目を向けようとした作品を選び、作者の技巧が読者を作中に引き込む小説方法について書いてみたい。

「だらだら坂」

門脇トミ子は二〇歳、北海道積丹（しゃこたん）半島の生まれである。高校を出て上京し、庄治が社長をしている会社の入社試験を受けて最終面接に残った。算盤が出来ることと字が上手いのが評価されて面接にこぎつけたのだが、一番先に落とされた。面接した重役たちは、トミ子が部屋を出たあと、「こりゃどうしようもないや」「でか過ぎるよ」「ありゃ鈍いな。足首見りゃ判るよ」などと放言し、事務担当者は「目ン無い千鳥の高島田」と歌謡曲の一節を口ずさむ。トミ子は背が高く太りすぎていて目が細い。こういう外見を男の眼で品定めしたのである。「目ン無い千鳥」は「目の無い」から転じた表現で子供の遊びの一つ。「高島田」とつづくと、昭和一五（一九四〇）年の、サトウ・ハチロー作詞、古賀政男作曲の流行歌である。向田邦子は中年男たちが女性を品定めするときの常套句を端的に表現し、流行歌の一節をうまく取り入れている。

社長の庄治も皆と同じようにバツ印を付けるのだが、こっそり名前と連絡先をメモする。そしてトミ子を呼び出し、愛人になることを承諾させてマンションに住まわせる。庄治は動物に例えれば鼠のように小柄で色黒の貧相な外貌である。トミ子が大柄で色白であること、細い目がおふくろの手にあった「あかぎれ」を思い出させるところが気にいったのである。「あかぎれ」は寒さのため手足の皮膚が乾燥しひび割れを起こした状態になった皮膚病。寒い日に水仕事をする女性に多く、貧しさを表す。「母さんの唄」に「母さんのあかぎれ痛い生みそすり込む」と歌われる。庄治が「あかぎれ」に郷愁を抱くのは北国の貧しい家で育ち事業家として成功しながら母への慕情を大事にしていることを暗示している。色黒の背の低い男が色白の大女に惹かれるのは自然のなりゆきであるかのように作者は物語を進めていく。

週に一、二度、庄治はマンションのある坂下でタクシーを降り、煙草屋でタバコを買ってだらだら坂を上ってマンションに着く。とんとんと二つずつ三回叩いて覗き穴からトミ子が顔を見せたところで中にはいる。はじめのうち、トミ子は笑顔を見せなかったが、庄治が催促したので、半年前ぐらいから笑顔を作るようになった。笑うと「あかぎれ」が口をあいたように見えて庄治は和んだ。庄治の言いつけでパーマネントも化粧もしないほど従順なトミ子であった。

庄治がひとつ気にいらないのは、トミ子が隣に住む梅沢という近所にあるバーの雇われマダムと親しくしていることであった。算盤上手が見込まれて伝票整理を手伝っていたのである。咎めると、「なにもすることないから」と言うトミ子には妙な威圧感があると庄治は感じた。これは自分も稼げるという自信がついたからであろう。

梅沢は三五、六で、ちょっといい女に見える。西洋人形みたいに目鼻立ちが整っていて、日本人にはなかった顔である。整形手術でできた顔である。庄治が仕事で一〇日ほど日本を離れて、トミ子のマンションを訪ねると、覗き穴からサングラスが見える。男ができたのかと庄治は驚くが、トミ子は整形手術を受けたのだった。

一〇日ほどして目の周りの腫れがひくと、トミ子の目は隣に住むマダムと似た形になった。トミ子は口数が多くなり、顔にも身体にも表情が多くなり、自信がついてゆくようになった。反対に庄治は疲れやすくなる。疲れの理由を探ると、「気のせいか、手首が前より細く締まって来たような気がする。」「白くこんもりと盛り上ったずどんとした体は、足首がくびれ、胴がくびれてくる。」という文章が関わっている。トミ子が入社試験を受けたとき、面接のあと、ある重役が「ありゃ鈍いな。足首見りゃ判るよ」とつぶやく場面がある。

ここでの「鈍い」は性的感度を意味する。手首と足首は連動しており、トミ子が性的に成熟し、セックスに積極的になったため庄治が疲れるようになったのである。今まで大義だと思わなかっただらだら坂を上るのが億劫になる。ある日、坂の途中でトミ子のいるマンションに寄らず、家に帰るかどうかを迷うところで小説は終わる。

「だらだら坂」には幾つかの仕掛けがある。「あかぎれ」が母への郷愁を暗示しているのは明瞭である。ピンポン玉は坂に面して建てられているマンションの部屋が傾いているように感じて、庄治がトミ子に買わせたものである。床を転がるようであれば傾いていることになるのだが、転がることはなかった。トミ子が整形手術を受けたことを庄治が「どうして、俺に黙ってそういう真似をしたんだ」となじってトミ子を小突いた時、置時計の後ろに置いてあったピンポン玉が棚からゆっくりと畳の上で弾んだあと部屋の隅に転がってとまる。これは部屋が傾斜したのではなく、トミ子に変化が生じたという意味と、庄治とトミ子の関係が歪んできたことを暗示している。

トミ子の出生地が北海道積丹であると設定されている理由は、色白肌の大柄な女には漂流して積丹半島に上陸したロシア人の血が混じっているのではないかという作者の妄想の産物と考えられる。亡命ロシア人や漂流外国人にまつわる話が北海道には多い。積丹半島に関しては、謎めいた箇所がある。トミ子が庄治に生い立ちを語る中に、「肉といえば馬肉のことで、子供の時分、牛肉はあまり食べたことがなかった」と出てくる。馬肉が豚肉ならば問題ないのだが、北海道では馬肉を食べる人は少数である。開拓で馬の世話になったから馬に申し訳ないという伝統がいまも根付いている。馬のほとんどは熊本に送られて馬刺しが名物となっている。旧産炭地の一部で「ナンコ」という馬の腸を煮込んだ郷土料理がある。しかし、馬肉の常食は一般的ではない。向田邦子が馬肉の話をエピソードに用いたのはトミ子の肉体に潜在する「馬力」の伏線とも解釈できる。向田邦子が作品の行間に張り巡らせた仕掛けを読解するのも読書を愉しくさせてくれる。

「かわうそ」

厚子は、夫の宅次が定年まで三年になった頃から、二〇〇坪ばかりの庭にマンションを建てることを計画する。宅次は不賛成なのだが不動産屋にせっせと足をはこんでいる。夫に従属せずに行動するところは一般的な主婦とは違う。宅次より、九つ年下なので四〇歳を出たばかりである。年に似合わぬいたずらっぽいしぐさをし、西瓜の種みたいに小さな黒光りする目がいつも踊っている。目と目の間が離れていて、指でつまんだような小さな鼻は笑うと上を向く。

宅次はデパートの屋上で見たことがあるかわうそのようだと思う。

　宅次が脳卒中で倒れ休職して自宅療養を始めると、厚子は外出することが多くなる。厚子は脚が太いことを気にして和服で出かける。宅次や親戚の女たちと出かけるときは胸元を取り繕うことはないが、他人によく見られたいときは胸をぐっと押し上げる。さらに、ここ一番という時になると夏蜜柑のような乳房を持ち上げるような着付けをする。「かわうそ」の中心部をなすのは次のように書いているところだろう。


かわうそは、いたずら好きである。食べるためでなく、ただ獲物をとる面白さだけで沢山の魚を殺すことがある。

殺した魚をならべて、たのしむ習性があるというので、数多くのものをならべて見せることを獺祭図というらしい。

火事も葬式も、夫の病気も、厚子にとっては、体のはしゃぐお祭りなのである。

宅次は、牛乳瓶のうしろで死んでいる鳥が見えて来た。鳥は目をあいて死んでいたが、あの子は目をつぶっていた。

星江は、三つで死んだ宅次のひとり娘だった。

朝、出がけに、宅次は星江のおでこに自分の額をくっつけ、熱があるぞ、竹沢先生に往診を頼めよ、と声をかけて出張に出かけた。

三日後、出張先に電話がかかり、急性肺炎で危篤だという。仕事もそこそこに帰京した時、星江の顔には白い布がかかっていた。

厚子は、あの日竹沢医院に電話をしたが、取次の手違いで往診が次の日になったと泣いていた。竹沢医師も、新入りの見習い看護婦の手落ちということで、宅次に頭を下げた。宅次の父が、人を責めても死んだ人間は帰らないよ、と間に入り、ことを納めたのである。

それからしばらくして宅次は、結婚のため田舎へ帰る看護婦と出会い、「あの日、電話はなかったんですよ」という告白を聞く。星江が発熱した日、厚子はクラス会に出かけ、往診を頼んだのは次の日だったと看護婦は言った。厚子は竹沢医師と口裏を合わせ看護婦に責任を負わせたのである。厚子と医師が深い関係にあったことが暗示されている。

引用部分から浮かび上がって来るのは厚子の異常性格である。久しぶりのクラス会を優先し娘を犠牲にしたのである。面白さを追求するためには、実子の命さえも平気で見捨てる残酷さを備えているが罪の意識はない。厚子にあるのは自己愛だけである。

宅次は、マンションを建てようとする厚子の企みに気付きはじめる。厚子の発案で、宅次の今後のことを話し合う集まりに出かける厚子を見送る宅次の胸中はせつない。メンバーは、マキノ不動産屋の次長・坪井、銀行の支店長代理、医師の竹沢、宅次の大学時代からの友人・今里などである。マンションを建て、借入れした銀行に管理してもらって若い銀行員たちの社宅にする構想だと今里が教えてくれた。厚子は宅次が死んだ後の収入源を確保しようとしていた。これは子供がいない厚子にしてみれば利口な選択である。生涯を華やかに面白く生きたいと願う厚子の老後は保証されるのである。

向田邦子が描いた様々な女性像の中で、「かわうそ」の厚子は異彩をはなっている。顔、胸、脚、着物姿などの細部に及ぶ描写が他の作品に比べても詳細であることでも例外的である。宅次の観察が大部分だが、男には見えない部分を女の目でも捉えている。全体の印象は可愛く、いたずらっぽく蠱惑的である。異性を惹きつける要素を備えているのである。女性の魅力を全部持っている女性像を造型しながら、残酷な内面を潜在させたところが不可解という印象を免れない。敢えて言えば、新しいタイプの悪女を描きたかったのではないかと思えてくる。無意識の加害者が厚子の正体なのである。

水上勉は『思い出トランプ』（新潮文庫、昭和五八年五月）で、〈「かわうそ」は本集中でも秀逸といえる一編で、気立てもよく、調子もよく、明朗で、かわいいとみえていた女房が、押し売りなどがくると、夫の職業を、押し売り品の業種にとりかえて、追いはらうなど罪のないうそを役立てる。その日常のうらで、苔《こけ》のように裏打ちされて見えてきた、もうひとりの女に気づいた夫の心象が主題となっている。夫は手足にしびれを感じる初老の曲がり角にきている。脳卒中をおそれているのである。「頭のなかで地虫《じむし》が鳴いている」と形容されると、うまいもんだとうなったが、そのあかるい妻が、隣の細君と立話の大声で、夫の血圧の話などしているスキに、障子につかまりながら台所へゆき、庖丁をにぎるところで、この短編は終わっているのだ。〉と書き、小説の終わり方は「芸」だという。

「隣りの女」

内職のブラウスを仕上げるためミシン掛けに励むサチ子は二八歳。夫の集太郎と二ＤＫのつましいアパートで暮らしている。ミシンを踏んでいるサチ子の背にある白い壁から隣の部屋の物音が聞こえてくる。隣人は峰子というスナックのママである。サチ子から見た峰子は、「化粧してないときは、コーヒー色のあさ黒い顔で半病人みたいだが、かまうと別人になる。年はサチ子より七つ八つ上らしいが、けだるいしぐさも目尻の皺まで色っぽく」見えた。壁越しに峰子と「ノブちゃん」という現場監督風の若い男との荒い息づかいにサチ子は聞き耳をたてる。サチ子が買い物から帰りうたた寝をしていると、別の若い男（麻田）の声が聞こえてくる。「谷川岳ってどこにあるんだっけ」という峰子の問いに男は上野から土合までの四〇余の駅名を挙げる。峰子の求めに応じて男は再び駅名を声にだす。「サチ子は、耳たぶが熱くなり、息が苦しくなった。酔いが廻ってくるのが判った。」の後に駅名が続く。

サチ子は固く目を閉じた。まぶたの裏が赤くなり、山の頂上へのぼりつめてゆく。やがて頂きがきて、全身の力が抜けた。そのまま死んだように動けなかった。
夕焼けが夕闇に変ってゆき、アパートの下で子供たちの騒ぐ声がしたが、サチ子は壁に寄りかかったままだった。ミシンの上に縫いかけのブラウスがあり、時計が五時を打った。

作中で最も印象的な文章である。サチ子はまだ麻田の顔をみていない。なぜ陶酔したのだろう。かつて登ったことがある谷川岳を思い出したからとも考えられるが、陶酔することでもあるまい。浄瑠璃「心中天の網島」「曾根崎心中」に出てくる「道行き」のくだりを連想していることも考えられる。サチ子は男の声音に反応したと考えることができる。向田邦子は実践女子専門学校（現・実践女子大学）時代、近世文学の大御所・暉峻教授から西鶴、近松門左衛門の講義を聞いている。のちに親しくなり、一世一代の恋の相手となる麻田との出逢いは男の声音にあったのである。サチ子が音楽に精通していることは乏しい家計にもかかわらずレコードを買ってきて大きな音量を楽しむ場面があることからもわかる。

　隣室の、峰子とノブちゃんの心中未遂事件の第一発見者となったサチ子が、その件を麻田に伝えたのを機会に真昼のラブホテルでサチ子の恋は成就するのだが、麻田が三万円をサチ子のバッグに入れたためサチ子は傷つく。サチ子が恋に憧れる伏線として西鶴の「好色五人女」の文庫本がサチ子のバッグに入っているのを麻田が見つける。ニューヨークまで麻田を追うサチ子がミシンの音を聞いたように思い、恋から覚めるところでも「音」を効果的に使っている。峰子との間違いを、危いところで回避した集太郎の胸の中でサチ子は子供のように泣きじゃくる。

　この小説は隣にすむ峰子に刺激されたサチ子が女の幸福は恋にあると思い込んで大胆に実行したあげく、幸福が身近にあることを見出すという、童話の「青い鳥」大人版と言えよう。昼間から夕方にかけてタイプの違う若い男の両方に情を尽くす峰子に、江戸時代の「好色女」を託そうとした作者の意図を読み取らなければなるまい。

太田光は『向田邦子の陽射し』（文藝春秋、文春文庫、平成二六年）で、サチ子が麻田を追ってニューヨークへ行った意味を次のように書いている。

　日常の中で飛べなくなりそうになったサチ子は、ある時唐突に、ニューヨークへと飛ぶ。そこにいるのは、谷川岳の頂を見つめる男である。サチ子はそこで、三日間過ごした後に、キッパリとその世界を否定し、日常に帰る。「帰ってなんて言うの」という麻田に、「なにも言わないわ。なにも言わないで、一生懸命ミシン掛けるわ」というサチ子のセリフは〝遠い幸福〟に対する圧倒的な否定であり、男から見ても痛快で、それは胸のすくような女の復讐のようにも見える。

　冒険好きだった向田さんは、きっと自分の中に男があり、そんな向田さんは男を理解し、共感もしていたと思う。しかし、だからこそ、向田さんはこの作品の中で、無邪気にはしゃぐ女を、全力で男から守ろうとして、日常と心中する覚悟をしたサチ子に、ガンバレ！と声援を送っているように思えるのだ。

太田光は男と女の幸福にたいする考え方の違いを、遠い幸福と近い幸福から読み取ろうとしている。麻田とサチ子との関係については、明快な解釈だと思う。

「犬小屋」

向田邦子の短編は、総じて男の登場人物に精気がない。例外的なのは「犬小屋」のカッちゃんである。カッちゃんは田舎から出てきて魚富に住み込んでいる。魚富に子供がいないので、養子となって跡継ぎになれるかもしれない、という話を達子の家族の前で言う。これはカッちゃんが見栄っ張りの性格であることを表している。達子が短大に通っていたころ影虎という秋田犬を引っ張って買い物に出かけ、魚屋・魚富の店先で犬がイカの足をくわえたため、イカが路上に散乱した。犬好きの若い男が魚を犬に与えると犬は丸のみする。その後犬が急に苦しみだし、獣医に連れていくとフグを吐き出してことなきをうる。

カッちゃんは達子の家に出入りするようになり、犬を散歩させたり、魚を持参したりして世話する。カッちゃんは便利な下僕のような役割を果たしてゆく。

カッちゃんが大きな犬小屋を手作りして一年たったころ、達子の両親が婚礼に泊りがけで出かけ家の留守を達子に任せる。カッちゃんが達子を犯そうとするがはねつけられる。翌日、カッちゃんが犬小屋で寝ており、そばに酒瓶と薬があって、自殺をはかったことがわかる。その後魚富は店をたたみカッちゃんは姿をくらます。十余年後、大学病院の麻酔科の医師と結婚し五歳の長男を連れて電車に乗った達子は、妻子と電車に乗っているカッちゃんをみかけるが、声をかけずに電車を降りる。

達子の母が、犬の餌代への謝礼としてカッちゃんに与えた小遣いで犬小屋を作ると言い出したカッちゃんは通い詰めで犬小屋を完成させ達子の家族とも親しくなる。達子はカッちゃんをどう思っているのだろうか。

「達子がいると、カッちゃん、ブラシかける時間が倍になるねえ」

と母が言ったのを思い出して達子はすこし鬱陶しい気分になった。

影虎を散歩に連れ出すカッちゃんの声が聞えている。外国映画の主題歌らしい曲を口ずさんでいるが、達子に聞かせるために無理をして覚えてきました、という背伸びを感じた。

声をかけるのは知っていたが、達子はわざと知らん顔をした。カッちゃんと影虎が出てゆくのを窓から見送って、からだにまつわりつく魚の匂いを落すように、シャワーを浴びた。

カッちゃんのかなわぬ恋が悲しい結末を迎える直前の場面である。田舎から都会に出てカッコイイ青年を目指す男の悲哀を描いている。犬を仲介にして都会の短大生と近づきになった若者の一途さを作者は暖かい眼差しで描いている。「犬小屋」の読後感がさわやかなのは、十余年ぶりに見たカッちゃんの家族を達子はあたたかい目で見ているからである。

女性は自分を犯そうとした男を許せないのが普通だが、達子は一年以上にわたってカッちゃんと親しく接したから、男の性欲をはねつけたが、嫌悪感を持つほどの傷にはなっていなかったのである。達子の大らかな性格が読者に届く。

「花の名前」

完成度の高い作品である。結婚して二五年になる松男と常子は、二人の子供を育て上げ平穏な日常生活を送っている。松男は子どもの頃から名門校に入って首席を取ることを親に期待されて育った。数学と経済学原論が得意で会社で異例の出世を遂げ経理部長の地位にある。結婚前の松男は花の名前をほとんど知らなかった。常子は結婚してから少しずつ夫に花の名前を教える。夫は手帳にメモを付けて覚えていく。

常子は四〇半ば頃から足腰の冷えを感じはじめる。室内の電話機が寒そうにみえたので、残り布で小布団を作り電話機の下に敷き電話がかかってくるのを待っている。ベルが鳴ったので、「常子はやさしい響きに満足し、機嫌のいい声で返事をしながら、小走りかけ出して」受話器をとる。「どなたさま」の問いかけに、「ご主人にお世話になっているものですが」という声を聞いたとき、常子は、「まさかとやっぱり」と思う。やっぱりの根拠は、夫の手帳を盗み見たとき「実行」という文字があったことを確認できたからである。

女の名前が「つわ子」と知ったとき、常子はツワブキという植物名に夫が関心をもったに違いないと想像する。

仕事は出来、出世も人より早かったが、真面目の上にもうひとつ、あまり字面《じづら》のよくない字がのっかるところから女道楽だけは大丈夫と思っていた。

だが、女がいた。

女は花の名前だった。夫がその女にひかれたのは、恐らく名前のせいに違いない。

「教えた甲斐《かい》があったわ」

常子は呟《つぶや》き、もう一度大きな声で笑った。

無理に笑っていた。

女と約束した場所に出かけると、「つわ子と名乗った女は、三十をすこし出た、二流どころのバーのママらしかった。衣裳も化粧も地味で、おっとりした品の悪くないひとだった。」常子が用件を聞くと、女は、「こういう者がいるということを、覚えておいていただこうとおもって」と言う。そのあと、つわ子という名前について会話する。

常子は女の着つけがゆる目なのに気がついた。しゃべり方も、スプーンを動かす手つきもゆっくりしている。ほんのすこし、捻子《ねじ》がゆるんでいるとも思えるが、演技かもしれない。そうだとしたら、本当にこわいのはこの女だという気もする。

何でも知っている筈の常子は、結局なにも判らず、コーヒー代をつわ子と割り勘で払って帰って来た。

つわ子の本性は謎のままである。着付けがゆる目なのは演技かもしれないと常子は思うのだが、何のための演技なのだろうか。ゆる目に注目すると、初対面の人と会うときは着付けをきつめにするのが正常であるのに、ゆる目にするのは相手に警戒心を持たせないためであろうか。「かわうそ」の厚子も相手によって着付けを変える場面が描かれている。着付けを変える女の心理が男にはわからない。それこそが女性作家の本領かもしれない。

常子という名前は、「日常」「正常」の意味を内包する。一般的な主婦である。常子は良妻賢母を体現してきた女性である。これに対して、つわ子は妻子ある男と愛人関係になり、関係が解消された後で常子に電話し、「こういう者がいるということを、覚えておいていただこうとおもって」と言う。黙っていることもできたのに、敢えて平穏な家庭に波風を起こすのはなぜなのだろう。衣裳も化粧も地味で、品の悪くない人という印象を常子に与える。不思議な女であるが魅力的である。謎は謎として、そっとしておきたい気持ちになる。余韻を楽しみたいと思う。

「花の名前」で独創的なのは、松男の「性」である。若い時分、夫婦喧嘩のあと、「それがどうした」という態度を背中で見せて寝室に入る。

　そういう夜は、必ず隣の寝床から手が伸びた。日付の替わらぬうちに結着をつけ、優位に立って置かなくては納まらない性急《せっかち》なところがあった。闇の中で圧しひしがれながら、常子は新聞の隅に載っている角力《すもう》の星取表みたいだと思った。ひとことも口をきかず、常子の左耳のところに溜《た》めていた息を吐き、急に目方をかけてくる。自分の四股名《しこな》の上に勝の白星をつけてから眠るのである。

口喧嘩に負けた腹いせをセックスで結着をつける行為は、ある種の男性にありがちである。動物の雄は雌に受けいれられたとたんに攻撃的な動きをする。ライオンや猫の交尾が典型的な例である。このベッドシーンがユニークなのは、人間の性行為を交尾のように描いたことである。この他にも松男が常子を抱く場面が描かれるが、劣勢になったときに松男の性欲が噴出する。こういう夫婦関係を描いた小説は珍しい。

　もう少し深読みしてみよう。常子がつわ子という名前を知って、夫がその女にひかれたのは名前のせいに違いないと思い、「教えた甲斐があったわ」と呟き、大きな声で笑う場面がある。「甲斐があった」とは、真面目一方の夫に女ができたことへの皮肉を込めた述懐であり、「笑い」は泣き笑いである。だが、夫の不倫を知った常子が夫よりも優位になったこともたしかである。

この先夫婦関係が続く限り、常子は小出しに、夫に過去の話を持ち出し、夫は「花の名前。それがどうした」「女の名前。それがどうした」と背中で示し、常子を抱くに違いない。教えた甲斐の効果である。結び直前の文章、「女の物差しは二十五年たっても変らないが、男の目盛りは大きくなる。」というのも意味深である。妻が夫に要求する家庭の規範は不変だが、花の名前を知って愛人を作り、魅力的に成長する男の度量を作者は許容しているとも解釈できる。向田邦子の度量も大きかったのである。

『思い出トランプ』の表現
――相似形の反復――

岡田博子

解消されない問題

『思い出トランプ』は十三の作品を収めた作品集である。各作品に共通するのは、一日から数日という限られた時間枠の中で、話は現在から始まり、過去に回想し、現在に戻る枠組みであること、夫婦や家庭内の話であるということである。そうした中で現在の日常が切り取られている。

回想の中に現在抱える問題や悩みが垣間見え、そうした問題は回想を経て現在に戻っても、日常に変化はなく、問題も解消していない。悩みや問題を抱えたままの日常が残るのである。それはあたかも、『思い出トランプ』は「解決できないもの」、それが「思い出」であるといっているようでもある。「思い出」という言葉から連想される、何度も思い出し、忘れたくない、懐かしみたいという過去を愛おしむ回想ではない。それは消えない記憶である。

『思い出トランプ』に登場する人物は、「消えない記憶」を抱えて生きる人間の姿、ということで一貫している。このとき視点人物の「回想の契機」となり、「解決しない問題」を想起させるのは、人の「顔」や「目」といった身体である。たとえば、「愛嬌のある顔かたち、離れた目」「あかぎれのような目」といった外貌である。こうした外貌の表現は人物の外見だけではなく、その人物の性格や内面も象徴している。

また現在から過去への回想は、「ドア」や「扉」という境界を介して反転する。あるいは、日常と非日常が反転する。そして、「ドア」や「扉」の向こう側には、「顔」や「目」が現れる。それは、現在から過去への契機となる境界物と、人物の外貌（顔、目、体）とである。つまり、現在から過去へという時間の転換と、家の外から家の内側へという空間の転換が、視点人物の心理的な刻印（現在の解決されない問題そのもの、消えない記憶）を同時に示していることになる。

ここでは、男性の視点で書かれた「かわうそ」「だらだら坂」「三枚肉」を通して、結末では今後が示唆されるが「過去の問題は変わらず現在につながり継続してゆく」という「消えない記憶」が、どのように表現されているのかを、「襖・ドア・窓」といった空間的な「境界」を表す素材と、人物の「顔」や「目」などといった「身体の表現」（外貌の表現）とから検証する。

身体と内面

『思い出トランプ』の人物は、「離れている目」「指でつまんだような小さな鼻」「ポカンとした顔」「薄い肩」「夏蜜柑の胸」「薄い胸」などの外貌によって人物が描写されている。こうした描写は、人物の外見のみならず、人物の内面も示唆している。たとえば、「かわうそ」の厚子は、「西瓜の種子みたいに小さいが黒光りする目」とあるように、「目の形状」を描写するだけではなく、後に厚子と似ているかわうその「目」として描写される「油断のない」目のように、性格や性情として「油断のない」人物の内面を示す。

つまり、外貌という外在的な規定が、人の心や性情などの内在的な規定にもなっている。このように、人物の身体の描写は、人物の姿形と人物の内面を同時に示している。そして、人物の姿形は何かと何かが「似ている」「そっくり」「同じ」という言葉で相似が示されている。

停年を三年後に控え、脳卒中で倒れた宅次は、自宅で療養している。宅次は「病気のせいか、脳味噌のほうも半分分厚い半透明のビニールをかぶったようで焦れったく」なりながら、妻の厚子とかわうそが「そっくり」であることを思い出す。

〔資料1〕

顔の幅だけ襖《ふすま》があいて、厚子が顔を出した。

二十年前と同じ笑い顔だった。指でつまんだような小さな鼻は、笑うと上を向いた。それでなくても離れている目は、ますます離れて、おどけてみえた。何かに似ている、と思ったが、思い出せなかった。（14頁）

〔資料2〕

「なんじゃ」

わざと時代劇のことば使いで、ひょいとおどけて振り向いた厚子を見て、宅次は、あ、と声を立てそうになった。

なにかに似ていると思ったのは、かわうそだった。（16頁）

〔資料3〕

もともと、こまめなたちだったが、宅次が会社を休職して、寝たり起きたりになると、厚子は前にも増して、よく体を動かした。坐っているときは、豆の莢《さや》をむいたりレースを編んだり何かしら手を動かしていた。することがない時でも、目玉だけはいつも動いていた。（13頁）

〔資料4〕

そうかと思うと、ポカンとした顔をして浮いている。ポカンとしている癖に、左右に離れた小さな目は、油断なく動いているらしく、硬貨をじゃらつかせて餌《えさ》の泥鰌《どじょう》入れに近寄る気配を見せると、二頭は先を争って、泥鰌の落ちてくる筒の下で、人間の手のような前《まえ》肢《あし》をすり合せ、キイキイとにぎやかに騒ぎ立て催促する。（17頁）

資料1は、厚子の外貌が「離れている目」「指でつまんだような小さな鼻」、よく動く「体」や「手」「目玉」であることが書かれている。そして宅次が「なにかに似ている」と思ったのは「かわうそ」だったと気づく。かわうそは「ポカンとした顔」をして、「左右に離れた小さな目は油断無く動」き、餌を求めて「人間の手のような前肢《まえあし》をすり合わせ、キイキイとにぎやかに騒ぎ立て催促する」という様子である。厚子とかわうそは、顔や目、動きや様子が「そっくりである」と気づき、それがきっかけとなり、「獺祭図」と題された一枚の絵を思い出す。

日常と非日常の混在

宅次の記憶によみがえった「獺祭図」は、「旧式の牛乳瓶、花、ミルクポット、食べかけの果物、パンの切れっぱし、首をしめられてぐったりした鳥」が、卓上せましと並んだ絵だった。いわば「牛乳瓶や花、ミルクポット、食べかけの果物、パンの切れっぱし」といった平凡な日常と、「首をしめられてぐったりした鳥」という非日常の混在である。

この記憶は「獺祭図」にかかれている「首をしめられてぐったりした鳥」から、三才で亡くなった厚子と宅次の娘星江の死に顔へと連想が広がる。それは病死ではなく、厚子の過失だったのではないかと宅次は思い出している。

「そっくり」なのは、顔形、離れた目や体の動きだけではなく資料5に示すように「食べるためでなく、ただ獲物をとる面白さだけで沢山の魚を殺す」かわうその習性や、残忍な性情もまた「そっくり」なのではないかと思い当たる。

〔資料5〕

殺した魚をならべて、たのしむ習性があるというので、数多くのものをならべて見せることを獺祭図というらしい。

火事も葬式も、夫の病気も、厚子にとっては、体のはしゃぐお祭りなのである。

（21頁）

また、厚子にとって、並べる獲物は物に限らず、資料5にもあるように、「火事も葬式」も「夫の病気」も体のはしゃぐお祭りだという。

そのほかに、「かわうそ」と厚子の共通性は、資料6にあるように記される。

〔資料6〕

厚かましいが憎めない。ずるそうだが目の放せない愛嬌《あいきょう》があった。

ひとりでに体がはしゃいでしまい、生きて動いていることが面白くて嬉しくてたまらないというところは、厚子と同じだ。

（17頁）

目の動きや、体の動きや様子から「厚かましいが憎めない。ずるそうだが目の放せない愛嬌があ」ることだとしている。このように、身体で表される外貌の相似は、人物の性格や内面の相似を示していることがわかる。

宅次は現在から過去を回想し、火事や葬式、星江の死といった非日常の事態および、宅次が脳梗塞で倒れた今も、厚子の行動は、宅次からすれば残酷な獺祭なのだが、周囲には健気に振る舞う印象を与えているという思いに到る。

身体の相似と関係の相似

「かわうそ」では、身体で表される外貌の相似と人物の性格や内面との相似が認められたが、「だらだら坂」でも外貌の相似は示されている。資料7、資料8、資料9は、鼠と庄治と死んだ庄治の父親の描写である。

〔資料7〕

…目的地が近くなり、そろそろカシャッという音がするな、と思うと、ひとりでに腰が浮

いて、

「この辺でいいや」

車を停めさせ、あとはせかせか歩くのである。

鼠というあだ名も、これでは仕方がないなと自分を嗤《わら》いたい気分になることもあった。

（28頁）

〔資料8〕

トミ子がお辞儀をして出てゆくかゆかないうちに人事担当の男が声を上げた。

「でか過ぎるよ」

男としては小柄な、社長の庄治の機嫌を取る声色だった。

（30頁）

〔資料9〕

いつもは釣り銭の用意のいいうちなのだが、この日は珍しく小さいのを切らしていて、店番の老婆が奥へ取りに入っていった。店の奥に小さな鏡があって、待っている庄治の顔がうつっている。

死んだ父親にそっくりである。

年をとると枯れて萎《しぼ》む血筋らしく、また一段と鼠に似てきた。まあいいさ。鼠だって血

沸き肉躍るときがあるんだ。（34頁）

視点人物である庄治は、資料7にあるように、「鼠」というあだ名である。鼠自体の描写は本文中にはないが、敏捷な動きで、小さな姿が想像される。それは、資料7に「せかせか歩く」、資料8に「男としては小柄」とあることからもわかる。小柄な外貌は、資料9にも「年をとると枯れて萎む血筋らしく、また一段と鼠に似てきた」ともある。鼠と庄治の外貌が似ていることがわかる。

似ているのは、鼠と庄治とそして庄治の死んだ父親である。資料9に「死んだ父親そっくりである。年をとると枯れて萎む血筋らしく、また一段と鼠に似てきた」とある。

その他に、身体で表される外貌の相似は、庄治の愛人のトミ子と、庄治の亡父の愛人であったであろう崔承喜（朝鮮の踊り子）にも認められる。

次の資料10、資料11は、庄治の愛人トミ子の描写である。

〔資料10〕

はたちという若さと、色が白いだけが取柄のずどんとした大柄な体である。（27頁）

〔資料11〕

白くこんもりと盛り上ったずどんとした体は、足首がくびれ、胴がくびれてくる。（38頁）

トミ子の「色が白いだけが取柄のずどんとした大柄な体」「白くこんもりと盛り上ったずどんとした体」は、痩せて小柄な庄治と比べて圧倒的に大きく存在感が示されている。父の愛人であったと思われる崔承喜の描写は資料12と資料13である。

〔資料12〕

見馴れない色の民族衣裳《いしょう》をひるがえし、白い大柄な肌が汗で光っていた。自ら打つ太鼓のリズムは狂ったように激しくなり、狂ったように踊る人は、庄治の目には何もまとっていないように見えた。（35頁）

〔資料13〕

崔承喜も、ずどんとした白い大きな体をしていたような気がする。（35頁）

資料12では、庄治が子供の頃父に連れられて朝鮮の踊りを見に行ったが、父の様子から崔承喜が父の愛人であることを子供ながらに察する。崔承喜は「民族衣裳をひるがえし、白い大柄な肌が汗で光っていた」「崔承喜も、ずどんとした白い大きな体をしていたような気がする」とあり、トミ子との相似がみられる。

行動の相似

さて、「かわうそ」では、「身体で表される外貌の相似と人物の性格や内面の相似」が認められたが、「だらだら坂」では、外貌の相似と人物の内面が反映される行動の相似が認められる。

五十歳の庄治は二十歳の愛人トミ子を囲っている。死んだ庄治の父は、朝鮮の踊り子崔承喜を愛人にしていたようである。鼠とあだ名される小柄で痩せた庄治と死んだ父親はそっくりである。庄治の愛人トミ子は「色が白いだけが取柄のずどんとした大柄な体」であり、父の愛人崔承喜も「ずどんとした白い大きな体」だったとある。庄治は初老にさしかかり、大柄な女性を愛人にするという、父親と同じ行動をしていたということになる。姿形ばかりではなく、内面が反映される行動が重なっているのである。現在と過去という点からは、父のしたこと（過去）は自分がしていること（現在）と全く同じである。

「身体で表される外貌の相似と人物の性格や内面の相似」そして「行動の相似」は、「三枚肉」にも認められる。

五十歳に何年かある半沢は、部下の波津子とふとしたことから関係を持つ。波津子は半沢の娘と五つしか違わない。波津子の顔や体つきは次のように描写される。

〔資料14〕

波津子のことを、

「安いお雛様《ひなさま》みたいな顔した女の子」

といった重役がいた。半沢のうちの雛人形は、死んだ母親が嫁入りのとき持ってきたかなりの年代ものだったから、安い雛人形というのをしげしげと眺めたことはなかったが、成程言われてみると目も鼻も口も、チマチマとして通りいっぺんの出来と、いうところがあった。肌理《きめ》が細かいだけが取柄で、姿かたちのほうも、雛人形のように肉の薄い、洋服の似合わない女の子だった。（60頁）

〔資料15〕

レストランの暗い光りで、雛人形のひと皮瞼《まぶた》に真正面から見据えられると、これは案外な迫力があって、半沢は嫌だと言えなかった。（60頁）

〔資料16〕

波津子は同じ場所でＵＦＯを撃っていた。

泣いてはいなかったが、薄い胸に大きな銃を抱え込んでいるのを見ると、半沢はそのまま帰れなかった。薄い肩に手を置いた。（62頁）

波津子は資料14にあるように「安いお雛様みたいな顔した女の子」「肌理が細かいだけが取柄で、姿形の方も雛人形のように肉の薄い、洋服の似合わない女の子」で、目は「雛人形のひと皮瞼」、体つきは「薄い胸」「薄い肩」とあり、痩せている。「安い雛人形」は、「目も鼻も口もチマチマとして通りいっぺんの出来」で、波津子はそれと似ているというのである。身体で表される外貌の相似が認められる。

半沢が妻幹子と結婚する二十五年前、幹子は痩せていたことを連想する。

〔資料17〕

あの頃の幹子は痩せていた。
日本中、男も女もみな痩せていたが、幹子はとりわけほっそりしていた。（72頁）

半沢と結婚した頃の幹子は資料17にあるように「痩せていた」「とりわけほっそりしていた」とある。幹子の顔は「道具立ての大きな」という記述があるので、波津子と幹子の顔のつくりは全く逆で似ていない。けれども、「やせて」「ほっそりして」いるのは同じである。

波津子との関係が継続しないように半沢は部下の波津子を異動させる。しばらくして、波津子から半沢と妻幹子に結婚式の招待状が届く。決まりは悪いが半沢は夫婦で出席し、家に帰ってくると、大学の友人多門が自宅で半沢たちを待っていた。多門は二人の友人で、反対されていた半沢と幹子の結婚を誰よりも応援してくれた友人である。大学の頃、多門と幹子には関係があったのではないかと半沢は疑念を抱いている。

〔資料18〕
なにもないおだやかな、黙々と草を食《は》むような毎日の暮しが、振りかえれば、したたかな肉と脂の層になってゆく。肩も胸も腰も薄い波津子も、あと二十年もたてば、幹子になる。幹子がなにも言わないように、波津子もなにもしゃべらず年をとってゆくに違いない。
（73頁）

多門とのことは、幹子はなにも言わない、ということと、波津子も「なにもしゃべらず年をとってゆく」ことは同じであることが書かれている。幹子の行動と、波津子がとるであろう「行動の相似」が示されている。これは、半沢と波津子の現在と多門と幹子と過去の姿の相似でもある。

現在と過去の境界　襖、ドア、窓

このように姿形の相似と、性情や内面が反映される行動の相似、現在と過去の相似が「かわうそ」「だらだら坂」「三枚肉」に認められた。三作品は、現在から過去に回想し、現在に戻る形であるが、回想の契機となるのは空間の境界となる「襖」（かわうそ）、「ガラス戸」（だらだら坂）、「窓」（三枚肉）である。

資料19は「かわうそ」で、宅次の回想の契機となる場面である。

〔資料19〕

顔の幅だけ襖《ふすま》があいて、厚子が顔を出した。

二十年前と同じ笑い顔だった。指でつまんだような小さな鼻は、笑うと上を向いた。それでなくても離れている目は、ますます離れて、おどけてみえた。何かに似ている、と思ったが、思い出せなかった。病気のせいか、脳味噌のほうも半分厚い半透明のビニールをかぶったようで焦《じ》れったくなる。

（「かわうそ」14頁）

回想の契機となるのは、厚子の顔である。顔だけではなくて「顔の幅だけ襖があいて、厚子が顔を出した」とあるように「襖」という、こちら側とあちら側の境界に「顔」があり、「襖」＋「顔」となっている。このとき、「顔」は厚子の顔であり、「何かに似ている」の「何か」、つまり「かわうその顔」でもある。

「顔」は「かわうそ」に似ていて、似ているのは「愛嬌のある顔かたち、離れた目」や「しぐさ」「生きていることが楽しくてならない様子」という姿形と、内面がどちらも似ているということである。つまり外見の描写であり、内面の描写でもあるということである。厚子の顔はかわうその顔であり、かわうその残忍だが愛嬌があるというところは厚子と同じだ。そして、「身体の外貌」が人物の内面や、内面を反映する行動をも想起させるとすれば、襖と顔とを契機として、現在と過去が反転し、消えない記憶（娘の死は厚子の過失だったのではないか。厚子はかわうそである）に思いが到っているとみることが出来る。

日常と非日常の反転

また、回想の契機となる「襖」は家屋内にある。「襖」が回想の契機となり、日常と非日常の境界になっているということは、翻って考えれば、家庭内の日常に非日常が混在しているということである。それは、話の末尾で厚子が宅次に嘘をついていたことに怒りを覚え、台所で衝動的に庖丁を握る資料20の場面に象徴的に現れている。

〔資料20〕

宅次は立ち上った。

障子につかまりながら、台所へゆき、気がついたら庖丁《ほうちょう》を握っていた。刺したいのは自分の胸なのか、厚子の夏蜜柑の胸なのか判らなかった。

「凄《すご》いじゃないの」

厚子だった。

「庖丁持てるようになったのねえ。もう一息だわ」

屈託のない声だった。左右に離れた西瓜の種子みたいな、黒い小さな目が躍っていた。

「メロン、食べようと思ってさ」

宅次は、庖丁を流しに落すように置くと、ぎくしゃくした足どりで、縁側のほうへ歩いていった。首のうしろで地虫がさわいでいる。

「メロンねえ、銀行からのと、マキノからのと、どっちにします」

返事は出来なかった。

写真機のシャッターがおりるように、庭が急に闇になった。

（23頁）


宅次が衝動的に庖丁を握ったのは厚子への殺意であり、これは「非日常」的な感情の奔出である。それが、厚子の「庖丁持てるようになったのねえ。もう一息だわ」という屈託のない声で、宅次は「厚子の胸を刺したい」という衝動を「メロン、食べようと思ってさ」という、

「メロンを食べる」という日常に理由づける。家屋の中で、非日常と日常が交錯し反転するのである。

非日常と日常の交錯は、この場面以前にも認められる。過去に、宅次は、娘の星江が厚子の過失で死んだと確信し、厚子を思い切り殴ってやると思いながらも、帰宅すると、厚子を殴らず、「この女を殴らない方がいい」と思ってしまったとある。非日常の感情が日常に戻されているのである。過去が現在にも繰り返されている。

「襖」が家屋内にある境界であるということは、襖のこちら側も、向こう側も日常と非日常が混在しているということである。ちょうど、「獺祭図」にミルクポットやパンの切れっぱしという日常と、首を絞められた鳥という非日常が、かわうそによって同列に並べられているように混在するのである。そしてドアや窓が家屋の外側との境界にあり、いわば出口にもなっているのに対して、「襖」は家屋内にあり外には出られないという違いがある。

「だらだら坂」で庄治の回想の契機となるのは、資料21に示した「ガラス戸」である。

〔資料21〕

電話をかけずにいきなりノックしておどかしてやろう。トミ子の奴、覗き窓からどんな目をして見るだろう、と思うと、年甲斐《としがい》もなく弾むものがあった。

いつもの通り、坂の下でタクシーを降り、煙草屋で煙草をひとつ買った。煙草の買い置きはトミ子の部屋にもあるのだが、いつもの癖で、車を降りると煙草屋のガラス戸をコツコツと叩いていた。これが庄治の遊蕩《ゆうとう》の、芝居の幕開きの柝《き》なのである。

いつもは釣り銭の用意のいいうちなのだが、この日は珍しく小さいのを切らしていて、店番の老婆が奥へ取りに入っていった。店の奥に小さな鏡があって、待っている庄治の顔がうつっている。

死んだ父親にそっくりである。

年をとると枯れて萎《しぼ》む血筋らしく、また一段と鼠に似て来た。まあいいさ。鼠だって血沸き肉躍るときがあるんだ。

（「だらだら坂」35頁）

トミ子のマンションに行くのに「いつもの通り」タクシーを降り、「いつもの癖で」車を降りると煙草屋のガラス戸をコツコツ叩いていた、ここまでは、庄治にとっていつもと同じ、つまり日常の流れである。ところが、「いつもは釣り銭の用意のいい」煙草屋が釣り銭を切らしていた。つり銭を取りに行った老婆を待っていると、店の奥にある鏡に庄治の姿が映っていた。

いつもなら見なかったはずの姿である。ガラス戸の奥の鏡に映る庄治は「死んだ父親にそっくり」「また一段と鼠に似てきた」とあり、「ガラス戸」＋「庄治」と「死んだ父親」と「鼠」の顔が重なっている。それが回想の契機になっている。現在と過去が反転し、父親と自分は同じだという記憶に到っている。

資料22は、資料21に続く記述で、目の手術（二重まぶたに）をしたトミ子の変化が「窓」とあわせて示されている。

〔資料22〕

いつもの通り、庄治はノックをしたが、どういうわけか蒲鉾板の覗き窓は開かなかった。留守の筈はない。ノックをする前に、中から水洗便所の水音が聞えたばかりである。庄治はもう一度叩いたが、中からは物音もしない。物音はしないが、居るのは気配で判る。一体どうしたというのだ。こんなことは今までになかったことである。……（中略）……

覗き窓が向う側から開いた。

覗いたのは、トミ子の目ではなく、濃いサングラスであった。

（35〜36頁）

庄治は「いつも通り」にドアをノックしたのに、「蒲鉾板の覗き窓」はいつも通りには開かなかったとあり、「いつも」という日常が、「こんなことは今までになかった」という非日常に変化し、反転している。トミ子は変わってしまった。そして、目の手術をしたトミ子を強く咎めてもトミ子は結局「ひとことも謝らなかった」とあり、トミ子が強く自己主張するようになったことが示唆されている。それは、父の愛人だった「ずどんとした白い大きな体をしていた」崔承喜が、「狂ったように踊」っていた姿（資料12）と重なるものだったと考えられる。踊る姿は激しい自己主張の反映である。

「口も重いが動作も重いトミ子」「言われなければなにもしないが、言われただけのことはする」トミ子、マンションの六畳の真ん中で「西陽を受けて白く光っているピンポン玉はそのままトミ子であった」という。そして、「おふくろの手に出来ていたあかぎれみたいな」トミ子の目を、庄治は「気に入っていた」ことを考えれば、トミ子の変貌は信じがたい現実だったと思われる。六畳の畳の上で停まっていたピンポン玉も、目の手術後には、「ピンポン玉が棚からふわりと泳ぎ出してきた。ピンポン玉は、畳の上で二つ三つ小さく弾んでから……」動き出したとある。トミ子が自己主張し始めたことが示唆されている。

作品の末尾で庄治が「トミ子のマンションに寄らず、このままだらだらと坂を下り、下の煙草屋で煙草を買ってタクシーを拾ってうちへ帰ろうか」と「坂の途中で立ち止」るのは、変化したトミ子の様子から将来を考え足を止めたのである。

「三枚肉」では、自宅の「玄関のドアと多門の顔」、自宅の「窓と多門の顔」が回想の契機になっている。資料23と資料24である。

〔資料23〕

…ところが、玄関のドアをあけると、思いがけない顔が、

「よお」

と出迎えた。

大学時代の友達の多門である。（67頁）

〔資料24〕

幹子が、ふうっと、詰めていた息を長く吐くと、立ち上って窓をあけた。

あのときも窓のところだった。外から多門はガラス窓をコツコツと叩き、開けた半沢に黙って本を突き出すと、そのまま帰っていったような記憶がある。（71頁）

資料23は、半沢が幹子と、波津子の結婚式から帰ってくると、玄関のドアから大学時代の友達多門の顔が現れたという場面である。資料24は学生時代多門が半沢に本を返しに来た記憶である。それぞれ「玄関のドア＋多門の顔」「窓＋多門の顔」と、多門の顔が回想の契機になっている。訪ねてきた多門は、ここ半年で痩せ「目尻のしわが黒く深」くなっている。過去に多門が半沢に本を返しに来たときも行き詰まり「死のうか」と思っていたときだったという。「玄関のドア＋多門の顔」「窓＋多門の顔」が回想の契機となって現在と過去が反転し、痩せていた幹子、痩せている波津子、病を得ていた多門、幹子と多門の記憶が、顔とともに浮かんできている。

このように、「かわうそ」「だらだら坂」「三枚肉」の三作品では、襖、ドア、窓と「顔」が組み合わせられて、回想の契機となり、現在と過去、日常と非日常の境界になっている。この境界は即物的な襖、ドア、窓だけではなくて、「顔」と組み合わせられていることに特徴が認められる。というのは、作品の中で、「顔」に象徴される身体の表現は、単に外貌を描写するだけではなく、人物描写として人物の内面やそれまでの人生を背負うものとして機能しているからである。現在と過去の境界が「顔」を契機とすることで、人物の今抱えている人生と、今までの人生が境界（玄関のドア、窓）を境に反転するように見える。

回想を契機として、現在抱える問題が過去の問題と照らし合わされる。これは、「かわうそ」「だらだら坂」「三枚肉」の三作品に共通している。結果として、過去の問題が現在でも解決していないこと、記憶が消えないことがわかる。記憶は消えなくても、三作品はそれぞれ今後の方向が示される。

「かわうそ」は作品末尾で台所で厚子に「メロンねえ、銀行からのと、マキノからのと、どっちにします」と聞かれた宅次は返事が出来ず、「写真機のシャッターがおりるように、庭が急に闇になった」とある。脳梗塞の発作が起こったことが想像できる。その後、宅次が死に到ったのか、発作だけだったのかは不明であるが、いずれにしても厚子から逃れることが出来ない宅次の今後が「闇」として広がっている。宅次は厚子が「かわうそ」であることに気づくが改変することも奪われているのである。境界である襖の「こちら」も「向こう」も家屋の中だからであるが、どちらを選ぼうが、宅次にとっては厚子から逃れられない。自分もかわうその獺祭図に並べられる獲物なのである。「マキノからのメロン」と「銀行からのメロン」と同じように。宅次は「闇」に入っていったのである。

「だらだら坂」では、庄治は、瞼を二重に手術したトミ子の変化に、自己主張するトミ子に気づく。今後どんどん自己主張していくトミ子の姿を予測し、庄治はだらだら坂を上るのをやめることが予想される。

「三枚肉」の末尾では、半沢と妻幹子と、友人の多門の三人で三枚肉をつついている。これまで色々あっても、変化なく過ごしていくことが示唆される。

このように三作品は、様々な記憶を抱えながら、三様の今後が示唆されている。三作品とも異なる結末である。結末は異なるけれども、襖やドアや窓を境界に、顔や目といった人物の外貌とあわせて回想の契機をとなり、相似を見出し、消えない記憶に向き合うという点は三作品に共通している。

相似形の反復

『思い出トランプ』の「かわうそ」「だらだら坂」「三枚肉」の三作品では、視点人物が現在から過去に回想し、解決しない問題に気づくが、それを抱えて生きていく様が描かれている。「消えない記憶」を抱えて生きる様である。回想がその契機となるが、回想は襖、ドア、窓といった空間の仕切りと人物の「顔」や「身体」が組み合わされて回想の契機になっている。このとき身体の表現である「顔」は、姿形、美醜ということだけではなく、その人物の人生も背負うものとして機能している。だから、回想の契機で、ドア、窓といった空間の仕切りとともに「顔」や「目」が表現されることは、現在と過去という時間と、人物の人生もともに反転の契機になっていることになる。人物の内面や性情、それまでの人生を担う「顔」や「目」といった身体の表現は、複数回作品の中で反復される。厚子の目は「西瓜の種子みたいに小さいが黒光りする目」「左右に離れた西瓜の種子みたいな、黒い小さな目」、かわうそは、「左右に離れた小さな目」など、相似する外貌の描写の反復が見られる。「だらだら坂」では、トミ子の体は「色が白いだけが取柄のずどんとした大柄な体」「白くこんもりと盛り上ったずどんとした体」、父の愛人の崔承喜も「ずどんとした白い大きな体」と描写されている。「三枚肉」でも波津子の描写は、「薄い肩」「薄い胸」「薄い腹」「薄い腰」というように痩せていることが繰り返し描写される。半沢の妻幹子も二十年前は痩せていた。波津子も二十年経てば幹子になるというように相似が示される。

消えない記憶

視点人物である宅次、庄治、半沢が思い出した記憶は何であったのか。

「かわうそ」の宅治は襖からのぞいた厚子の顔が「かわうそ」そっくりであると気づく。似ているのは顔だけではない。食べるわけでもないのに獲物を並べて喜ぶような残酷にも見える性格も似ているのである。かわうそ─残酷な習性─残酷な厚子の性情─三歳で亡くなった娘星江の死は、厚子の過失だったのではないか─看護婦の話からそれを確信するが、宅次は厚子を咎めることが出来なかったという記憶に到る。

「だらだら坂」では、姿が鼠に似た父と自分、似ているのは小柄で痩せたところだけではなく、色の白いずどんとした大柄な女を愛人にしていたこと、そして、その女は「狂ったように踊」る、激しく自己主張する女だったということにも気づく。

「三枚肉」でも肩や胸や腰の薄い部下の波津子から連想して、妻の幹子が結婚前は痩せてほっそりしていたこと、その頃半沢の友人の多門と関係があったのではないかと思ったこと、痩せている波津子も二十年経てば幹子になり、何もしゃべらずに肉を蓄えるだろうと思う。そして幹子も二十年前は波津子だったことを思わせる。消えない記憶である。

ふいに自覚される老いと死

「かわうそ」「だらだら坂」「三枚肉」の三作品で視点人物は、「かわうそ」の宅次は「停年には三年」、「だらだら坂」の庄治は「ちょうど五十」、「三枚肉」の半沢は「五十にはまだ間がある」と書かれている。現代の年齢感覚とはやや異なるかも知れないが、中年、初老を迎えた人物の話である。宅次は脳梗塞で自宅療養中、庄治は小柄で痩せて萎み、半沢のひげには白い物が混じり始めている。病や老いの自覚は死の影さえ感じさせる。

過去の問題や傷は変わらないが、年齢の変化は容貌の変化や、身体の衰えとして示され、「老い」の影を見る。そういう現在の日常が切り取られている。

『思い出トランプ』の表現

「かわうそ」「だらだら坂」「三枚肉」は、話はそれぞれ異なるけれども、死の影が見え始めた人物が、回想を契機として消えない記憶に気づき、それぞれの今後が示されながらも、問題は継続して行く姿が描かれている。このことは、『思い出トランプ』の三作品に限らず、他の作品にも共通している。十三の作品は、視点人物の性別も年齢も、話の結末もそれぞれが異なるけれども、「思い出トランプ」という十三枚のトランプのカードがシャッフルされて並べられ、ゲームが終わるとまたシャッフルされてゲームが始まり……というように、十三枚のカードは並べ替えられても同じ問題が想起され繰り返されているように見える。

過去の問題は現在でも続いている。そのことに、回想で気づくが、その回想のきっかけになるのは「襖、ドア、窓」という空間の仕切りである境界に、「顔」や「目」「体」といった身体(外貌)が現れることであった。身体(外貌)の表現は何かと何かが「似ている」「そっくり」「同じだ」という相似として示され、外貌と内面の相似も示される。「西瓜の種みたいに小さいが黒光りする目」「白いだけが取柄のずどんとした大柄な体」といった表現が繰り返される。『思い出トランプ』は、こうした空間(襖、ドア、窓)を現在と過去の境界として、人物の外貌と内面、性情、行動の相似の表現の反復を通して「過去の問題は変わらず現在につながり続いている」という「消えない記憶」が表現されていると言えよう。

＊作品本文は、向田邦子『思い出トランプ』(新潮社、昭和五八年五月)に拠る。

短編「りんごの皮」
――神話として――

深谷満彦

エッセイから小説へ

「りんごの皮」は向田邦子が最初に書いた短編小説である。そこには周知の通り、実践女子大学での同級生・川野黎子の勧めがあった。しかし、それ以前に向田邦子は、いつかは小説を書きたいと思っていたのではないだろうか。実は背中を押してくれる人を待っていたのではないか。

これも周知のことであるが、向田邦子のエッセイには嘘が多い。それも周到にカモフラージュを施し綿密にアリバイを作り上げた上でつく嘘、ではなく、すぐにばれるようなもの、である。言ってしまえば、その場の雰囲気を壊さず会話を盛り上げるために、頭の回転の速い人が思わず口からでまかせに言ってしまったような、そんな嘘、である。

ところで、エッセイと小説の違いはなんだろうか。

色々と考えられるが、ここでは、一度エッセイに書かれた事は信憑性をおびてしまう、ということを挙げておく。逆に言えば、いったんエッセイに嘘を書いたということがばれると、信憑性を侵害したということになってしまうのだ。その結果、書いた本人は―それが感受性の鋭い人ならば―少なからず恥辱を覚えることになるであろう。もっと言えば、罪の意識を持つに至るかもしれない。

小説の場合は違う。小説―フィクション―はもともと嘘の世界なのだ。そこから、エッセイでは「嘘つき」であった向田邦子が、小説の世界で思い切り自分を広げることを夢想していた、ということはありえる。

では、エッセイから小説へ飛躍する条件とはなんであろうか。

エッセイで話題とされる事件は、なにか興味を引くこと、ほろりとさせられるようなこと、あるいはそこからちょっとした教訓を引き出せるようなもの、そういった一義性に収まるもので済むようなものだ。しかし、小説の場合は、テーマや迫真性へと収斂するように、また「次へ、次へ」と読者をして読み進めるよう促すために、エピソードをより複雑なものに構造化しなければならない。

「夜のエピソード」について

「りんごの皮」の中に挿入されているエピソードには――これを論者は「夜のエピソード」と呼ぶが――元になったと思われる向田邦子自身の体験がある。エッセイ「お化け」の中で書かれているものがそれだ。

これと「りんごの皮」の「夜のエピソード」とを比較してみると、ただ単に、「お化け」というエッセイの文脈で引き合いに出される、一夜の恐怖を語っているにすぎない。しかし「夜のエピソード」は違う。

「夜のエピソード」は、「りんごの皮」全体から掬い取る事のできる、ある構造におけるひとつの機能を担っている。

「りんごの皮」を精読した読者なら、際立った対照性の構造がそこにはあることが、ただちに観取できるであろう。それは重ねてテクストに刻印されている比喩表現や象徴表現を拾っていけば、浮き彫りに出来るものだ。つまり、「皮」と「中身」の対照である。

「皮的な生」は時子に、「中身的な生」は菊男にそれぞれ配置されている。完璧なものではないが図表化してみた（論末参照）。表中の「性的な対比」は、そのコントラストが比較的明瞭であるので、両項にまたがるように置いて強調した。

ところで、「りんごの皮」が、単なる教訓話めいたものにならずにすんでいるのは、「皮」か「中身」か、そのどちらを選ぶべきなのかといった価値判断は留保ないし宙吊りにされていることである。まさに両義的表現が行われているということだ。それは時子による「これは差しあたって、幸せなのか不幸せなのか、今日のところは幸せとして置こう。」というセリフにも現れている。我々が、小説を書く／読むことを欲する動機も、こういった両義表現を求めることにこそあるではないだろうか。

「りんごの皮」に、夢のように半ば唐突な感じで挿入されている「夜のエピソード」の機能は、「皮」か「中身」かの対照性を混濁させ、テクストに両義性を与えることにある。

神話性

ところで、「夜のエピソード」は非常に神話的な雰囲気を持っている。電気の止まった家に、姉弟二人だけで、親から離されて一晩を過ごさなければならない。我々が慣れ親しんだ、神話的秘儀における試練の場面である。そして試練を乗り越えた証―徴として、りんごという贈り物が与えられる。

そこから、「リンゴの皮」での、重要なキーワードのひとつである「入場券」をまた別の比喩表現である、と解釈し、この場面を通過儀礼＝イニシエーションを表象している、と考えることも可能であろう。

定型的な神話におけるイニシエーションでは、家長を巡る近親の相克が主要な秘儀である場合が多い。この「夜のエピソード」も、そういった覇権を巡る近親相克の挿話と考えられる。それと同時に、この場面は近親相姦との隣接も感じさせる、ナイーブでありながら、非常に迫真性を持った場面である。

しかし覇権を巡って激しく争う、という暴力的な状況からは程遠く、両者の関係と身振りはギリシャ神話や旧約聖書のように「劇的」ではなく、より脱臼していて繊細なものとなっている。

物語は時子の側から語られる。時子は逡巡しかつ焦燥している。このあたりの描写は、向田邦子特有の匂いの表現を伴って、切迫感のあるものとなっている。

しかし、なぜ時子は揺れ動くのだろうか。「家長＝男子」が固定している文化の社会では、この場面では全てを菊男にまかせて、時子はただ隠れていればよいではないか。なのに、時子は微妙に焦躁する。そこには、傍流であり潜勢的な勢力である「家長＝長女」という文化による圧迫があったことが読み取れる。

鴨下信一の『名文探偵、向田邦子の謎を解く』によれば、「向田邦子は家長になるかもしれない、という恐れをずっと抱いていた」とある。そしてそれは「戦後のまさに特異な時代にさらに高まった。」とも。もし、そうであるならば、これこそ姉が家長となるような文化が潜在していることのひとつの現われと言えるであろう。

また近親が相克する「試練」では、神話の定型では、どちらかが勝つ。勝って、証を与えられ、家長となる。敗者は舞台から消えていく。ところが、「りんごの皮」では、どちらが勝ったか、あまり明瞭ではない。曖昧である。少なくとも敗者はいない。二人とも舞台に残る。そして、双方に徴として、りんごが与えられる。ここもまた神話として読んだ場合は、特異な感じを受ける点である。

つまりこういう観点から読むと、「りんごの皮」は、奇妙な、ねじれたイニシエーションの物語と解釈できる。別の言い方をすれば、未完成、未完結のそれである。

定型的な神話が完遂された場合、神聖性をおびた「恵み」は、どちらか勝者のみに与えられるが、この場合りんごは両者に与えられている。両者ともが勝者なのだろうか。そうとも言えるし、そうでないとも言える。特に時子の側からすれば、時子は敗者ではなく、結果的にりんごをもらい安堵を得ている。そして物語の主人公を演じる。

両義的で、曖昧である。それも未決定的な、あるいは覚悟の無いような。特に時子にアクセントを置けば、イニシエーションを通過することによってあらかじめ予定されていた次のステージへ、ではなく、なんとなく躊躇・逡巡しているうちに、どこか別のステージへ到ってしまった、そのような状況である。葛藤、相克を解消するのではなく、先送りして回避するようなそれ。そのことはテクストにある「いったいどこへの入場券だか」という時子の感慨が象徴している。

時代の子 ―― そして小説へ ――

さて、次にエッセイから小説への飛躍の条件として挙げられるものとしては、登場人物の問題がある。

ここで強調しておきたいのは、フィクションにおける登場人物の固有名は全くランダムに名づけられるのではなく、必ずそれがそうつけられた背景があるということだ。つまり、テクスト内で発現されるべき意味がある、ということである。そして、この論究では「りんごの皮」が書かれた時代の状況へと敷衍して分析を進めるために、特に時代性を刻印されている姉弟の名前の象徴するものを解釈してみたい。

「時子」、時の子供、時代の子、時代を代表する人間。戦後日本のある種の代表であるということ。「菊男」、これは「菊＝皇室」の象徴と読み、さらに抽象化して、日本伝統文化的なもの、それも男子的な、としておく。これには前述したように、本来的に家長となるべき立場というような存在の意味も含めてもよい。

ここから、書かれた時代性を考慮した上で解釈してみると、戦後の日本はひとつのイニシエーションの過程にあったと考えていいだろう。

神話は、矛盾の解消のために働いてくれることがある。ある二つの規範に揺れ動く時、それは「答え」を与えてくれるように読める時がある。それも時として、AかBか、どちらかが正しいのだ、という提言的、命令的なものでなく、矛盾に対して妥協し、葛藤を懐柔する方向へと。

なぜそうなるか、それは神話の発生の時が、二つの文化が衝突し通底した時であるからだ。神話には、両義的ないし曖昧なものが多い。なぜそうなるか、それはその発生の時が、二つの文化が衝突し通底した時であるからだ。

二つの異なった文化が舞台の上に登場し衝突した時、そのどちらが「正しい」か、それはまた価値判断を伴うので、客観的で厳密に「こっち」と言うことは出来ないはずだ。

戦後日本においては、アメリカの文化が怒涛のように押し寄せてきた。ここにおいて、神話作家としての向田邦子は、矛盾を回避・懐柔するような物語を書いた、と言えよう。それも非常にナイーブで脱臼した形で。

向田邦子の場合の矛盾は、エッセイからも読み取れる。例えば「ごはん」。防空壕の中に、アメリカの映画雑誌を持ち込んで避難していた。その憧れのアメリカから飛来したB29が落とした焼夷弾により、目の前が火の海となった。向田家はまさに死と隣接するような経験をし、家長としての父はなすすべもなく、まったくの無力さをさらけ出した。

そして敗戦、その後はそのアメリカの文化に浴するように日本は高度成長していく。まるでりんごという果実を放り投げ与えられたかのように。向田邦子はそのアメリカ文化の華と言ってもいい、映画を紹介する雑誌の編集によって社会へ出て行く。

太田光は全集８巻「霊長類ヒト科動物図鑑」に寄せて書いている。「敗者であると同時に勝者でもあり、被害者であると同時に加害者であるこの国のオリジナルを言葉で表現することは、本当に難しいと私はその都度感じる。この思いを一番強く感じているのが、向田さんの世代なのではないかと思う。」

向田邦子は、エッセイでははっきりと書ききれないこうした曖昧な気持ちを小説でならば表現できると思ったのではないか。その思いこそが、エッセイから小説への飛躍を決意させたのではないか。

皮的な生
時子

装飾

背伸び

・釘の位置が高すぎる
・頭ひとつ背の高い
・5センチは高くなっている
・自分の頭よりほんの少し高くなっているだけで、引っかかる
・週に一度しか来ない男のために、月賦で無理をした絵

かつら
偽装

・かつらをかぶると落ち着かない自分→自分に良く似た他人のよう
・取ってつけたように美しく整った髪は、頭のお面のようでいささか薄気味が悪かった
・人毛はやめて、ナイロン製にする（ほんものよりも人工のものを選ぶ）
・しもぶくれの若い子のようで、かつらがよく似合う。

こだわり
フェティッシュ

・額縁が曲がっていると、直さずにはいられない
・壺も鉢も身分不相応にいいもの……外国旅行の時に骨董屋で買った古い銀製ナイフ　などなど

罪
後悔

被害者意識
自虐

・白い蛍光灯の下で三つも四つも老けて見えた
・黒い蕪のようになった時子の頭
・一様に不自然で品が悪い
・傷の痛みを楽しむ
・したり顔でやってくる乗り物まで自分をなぶっているように思える

自己処罰
死

・陽気な生首のようにみえる
・分別臭い死に顔
・人毛のかつらの毛先が左目に触れて容赦のない痛みを覚える（ほんものによる責め）
・かつらが引っかかって、首吊りになってしまう

自足

・今日のところは幸せとしておこう

性的な対比
（匂い、食べ物、色）

濃い
オルガズム

・赤　赤い筋
・虹
・生臭い
・ローストビーフの生焼けのところみたいな色
・鰻

薄い
つや消し

・白　青白い（灰色）
・焼き魚

中身的な生
菊男

家庭的
堅実

・ほどほどの身のまわり。ほどほどの就職……実りの匂い　などなど
・教材をあつかう会社に勤めている
・こどもが大学へ入ったので、公団住宅から転居

外面の欠如
無装飾

・若白髪だった髪はもう灰色
・髪と同じ色（灰色）の外套

短編「春が来た」の表現

水藤新子

はじめに

うちの電話はベルを鳴らす前に肩で息をする。

音ともいえぬ一瞬の気配を察すると、私は何をしていても手をとめ電話機の方を窺う。

「凶か吉か」

心の中で、刀の柄《つか》に手を掛け、心疚《やま》しい時は言訳など考えながらベル二つで電話を取るのがいつものやり方である。テレビ台本の催促でないと判ると、今度は私の方がほっと肩で息をする。

（随筆「新宿のライオン」）

「電話」は生き物ではない。ましてや人間ではない。「肩で息をする」はずもないが、面白い見方をするものだ。今や絶滅の危機に瀕している固定電話、俗に言う家電《いえでん》を使っていた世代なら、けたたましい呼び出し音を立てる直前の「音ともいえぬ一瞬の気配」に心当たりがあるかもしれない。

「凶か吉か」と「心の中で、刀の柄に手を掛け」る身構え方は、まるで腕に覚えのある剣客だ。常に原稿の締切に追われる売れっ子であったことを思えば、あながち誇張でもないのだろう。電話の気配に殺気立ったものの督促でないと知り安堵する流れを、「肩で息をする」で始め、同じ「肩で息をする」で締めたこの書き出しは、何の気なしに頁を開いた読み手の心をすんなりとつかむに違いない。

平凡な日常を離れ、非日常の世界に遊ぶことこそ読書の第一義であろうが、その際直接の窓口となるのは表現に他ならない。電話を擬人化したり自らを侍に見立てたりする工夫は、広く比喩表現と称される。「肩で息をする」を最初と最後に置くのは反復表現の一つである。物語の筋を追うことばかりでなく、このような表現の工夫を味わうことも読む楽しみなのだ。

本稿では小説「春が来た」を採り上げ、向田邦子の表現を見ていきたい。

「春が来た」は『オール読物』昭和五六年一〇月号に掲載され、絶筆となった作品である。同年一〇月発行の単行本『短編小説集　隣りの女』（文藝春秋）に収録された。

テキストは『向田邦子全集〈新版〉』第三巻（文藝春秋、平成二一年）を用いた。

「春が来た」に見られる表現の諸相

1　コーヒーの黒い色には、女に見栄をはらせるものが入っているのだろうか。それとも銀色に光る金属パイプとガラスで出来ている明るい喫茶店のせいなのか、直子は自分の言っていることが上げ底になっているのに気がついていた。

「春が来た」の書き出しは、主人公・直子の心内語で始まる。「コーヒーには、女に見栄をはらせるものが入っているのだろうか」でよさそうだが、敢えて「黒い色」を挟む。透明度が低く器の底が見えない、いわば闇の色をした飲料だけに、何が潜んでいるかわからない印象は確かにある。対照的に、光輝く喫茶店の内装は気持ちを高揚させる。好きな相手の前で見栄をはる心理を、自分の外に求める言訳には真実味がある。

「下駄を履かせる」という慣用句もあるが、コーヒーや喫茶店の描写に下駄はそぐわない。外側＝相手から見えない高さを与えるための物言いには、「上げ底」の喩えの方がふさわしく思われる。

2

灰皿まで間に合わず、マッチの燃えカスは風見の水を入れたグラスに落ちて、ジュッと音を立てた。

「ごめんなさい」

取り替えを頼もうと片手を上げかける直子に、風見は笑いかけると、黙って直子の飲みかけのグラスに手を伸し、ひと口飲んでみせた。

頬に血がのぼってくるのが判った。

二人だけでお茶を飲むようになってまだ五回かそこらだが、もう恋人と呼んでもいいのだ。

グラスの水がないとき、あるいはこのように汚れてしまったとき、同席している者のそれを分けてもらう――家族や親しい間柄なら当たり前にする動作だが、「二人だけでお茶を飲むようになってまだ五回かそこら」の相手である。ためらうことなくこちらの水に口をつける風見に、直子は「恋人」の姿を見る。

「笑いかけると、黙って」も見逃せない。謝罪に「いいよ」と返すのでも、「こうすればいい」と前置きするでもない。何もことばにはしないまま、一連の動作だけで「もう恋人と呼んでもいいのだ」と直子に理解させる。風見とはどんな男なのか――やさしさ、色気、また案外場馴れしているのではないかといった疑念まで、さまざまなものが読み手に伝わってくる。映像から活字への道をたどった書き手の面目躍如といいたくなる、間接的な表現の巧みさである。

3

「そうお、広告の会社やってるの」

（略）

風見は二十六歳である。朝のラッシュに、地下鉄大手町あたりから地上に吐き出されてくる、社名入りの封筒を抱えた代表的な若手サラリーマンである。

格別美男というわけでもないし切れるという感じでもないが、育ちがいいせいか直子とくらべると姉と弟に見えた。

直子はどう自惚《うぬぼ》れても燻《くす》んでみえた。

十人並みの姿かたちだが、化粧映え着映えのしないたちだった。（略）おもてで逢っても、紺の上被《うわっぱ》りを着ているみたいな女の子、と上役に言われたこともあった。華《はな》のない影のうすい存在だったのであろう。片思いが二つ三つあっただけで二十七になってしまった。諦めていたときに、取引先の風見と口を利くようになったのだ。

自分のまわりを飾って言うことは、あとになって大きな実りを自ら摘み取ることになる。結婚ということになれば、辻褄《つじつま》が合わなくなるのは判っていた。それでもよかった。いま、この瞬間が惜しかった。


風見は「そう」でなく「そうお」と相槌を打つ。どことなく間延びして、おっとりした人柄を感じさせる。「代表的」は典型的と読み替えてよいだろう。これといった個性もなく、「格別美男」でも「切れるという感じ」でもないが「育ちがいい」ので若く見える。会社の外でも「紺の上被《うわっぱ》りを着ているみたいな」地味な直子にすれば、そんな風見だからこそ好ましく感じられたのかもしれない。

風見を先に紹介し、続けて直子の描写がくる。「Aは〜、Bは〜」と語るのは、昔話の「おじいさんは山へ柴刈りに、おばあさんは川へ洗濯に」のようにそれぞれを引き較べる形式である。対等に並べた後で、この恋に賭ける直子の思いが述べられる。「自分のまわりを飾っ」た挙句、「大きな実りを自ら摘み取る」ことになってもいいと言い切る切実さ。見栄をはって嘘をついて、逢わなくなった辻褄を合わせるために苦しむさまを、比喩を用いてやわらげるのも間接化の一つであろう。

4　一人で帰れるからと頑張ったのだが、風見は自分にも責任のあることだからと、強引にタクシーに乗り込んできてしまったのだ。

ネオンのまたたきはじめた街の景色が、タクシーの窓からトランプのカードを切るようにうしろへ飛んでゆく。

飛んでいってしまったのはフランス料理だけではなかった。生れてはじめて味わった恋も、一月で終りになるのだ。直子はぐったりとシートに寄りかかり、ぼんやりと外を眺めていた。

小学校へ入りたての頃、桔梗《ききょう》の蕾《つぼみ》がポンとかすかな音を立てて開くのを見たことがあった。神様は本当にいるのだなと思った覚えがあるが、今夜の神様は薄情である。直子の見栄を許さず、すぐさま、しっぺ返しをなさる。

タクシーのドアに足を挟まれ捻挫した直子は、この恋も駄目なのかと落ち込んでいる。夜景が車窓を流れるさまを「トランプ」に見立てる直喩は斬新だ。シャッフルされるとカードは音を立てる。滑らかに連なる映像ではなく、一枚一枚が独立したコマ落としのような体感だろうか。カードが飛ぶのは物理的な現象だが、「飛んでいってしまった」で予定や計画が消えることをも意味する。同語の多義性を利用した隠喩によって、連想が自然に展開される場面となっている。

続く小学生の頃の挿話は唐突で関連が薄いように思われるが、「桔梗の蕾がポンとかすかな音を立てて開く」さまに「神様は本当にいるのだなと思った」のと同じ素直さで、このけがは見栄をはった自分に対する「神様」の戒めと感じる直子に、読者はいじらしさを感じずにはいられない。注意深く配された、効果的なエピソードである。

5　「ここで失礼します」

言いかけたとき、玄関の戸があいて、母親の須江が風呂道具を持って出て来た。

足首に繃帯《ほうたい》を巻き、風見の肩を借りている直子を見て、

「お前、どしたんだい」

と言った。

浴衣《ゆかた》地のアッパッパの裾から、シュミーズがのぞいていた。父親の男物のソックスに突っかけサンダルという格好だった。

万事休すである。

こうなったら、中途半端はかえって惨めだった。自分の頭を滅茶苦茶にブン殴るように、風見にうちの中をみんな見せて、綺麗サッパリ忘れることにしよう。

「ちょっとお上りにならない？」

せいいっぱい陽気に言ったつもりだったが、言葉尻はすこし震えていた。


けがを心配して家の前までついて来た風見と、銭湯へ行くところだった母親が鉢合わせする。「お茶とお花の心得があ」り「行儀作法にやかましい」はずが、「アッパッパ」で「どしたんだい」と驚いては取り繕いようがない。直子は「綺麗サッパリ」諦めようと、風見を招き入れることにする。「自分の頭を滅茶苦茶にブン殴るように」とは自虐的にとでも言い換えればよい

だろうか。いきおくれ、売れ残りなどと称された時代とはいえ、まだ二十代の娘が自らを「ブン殴る」とは、あまりにも痛々しい。

　意を決した直子は、風見に「ちょっとお上りにならない？」と声をかける。「送ってくれてありがとう、どうぞ」でもなく「上がっていかない？」でもない。敢えて気取った言い回しを選び冗談に紛らそうとしたのだろう。「言葉尻がすこし震えていた」というところに真実味がある。声が震えるというのは、ある発言全体が震えることを表す。「言葉尻」と限ったことで、「せいいっぱい陽気に言ったつもり」が最後になって崩れたとわかる。「もう恋人と呼んでもいいのだ」と思えた相手なのに、わずか数時間後には別れを覚悟させられる直子の虚勢がいたましい。

6

> 　口に出しては言わなかったが、風見はかなり驚いた様子だった。
> 下が六畳四畳半に三畳。二階が四畳半に三畳。たしかに畳敷きの部屋ばかりだが、根太がおかしくなっているのと、ここ何年も畳替えをしていないので、歩くと、キュウキュウ鳴いたりブクブクと凹《へこ》んだりする。雨戸も、最後の一枚は、どうしても戸袋から出てこない。

（略）

「直子がいつもお世話になってます」

てっぺんが里芋になった頭を下げて挨拶した父の周次は、ダランと伸びた、玄関の屋根にひっかかっていたのと五十歩百歩のアンダー・シャツ姿だった。

（略）

これでみんな終った。直子は、帰ってゆく風見の背中に、

「さよなら！」

大きな声でそう言った。

風見は黙って頭を下げ、何も言わずに玄関の戸をしめた。建てつけの悪い戸は一度ではしまらず、母親の須江が土間におり、ガタピシいわせて、やっとしまった。

「三十坪足らずの借地」に建てられた安普請は何もかもが古びている。踏めばきしみ沈む畳を、「キュウキュウ鳴いたりブクブクと凹《へこ》んだり」と、オノマトペを用いて活写する。「キュウキュウ」「鳴る」なら音だが「鳴く」と共起させることで声につながる。年月を重ねた家財道具に魂が宿った付喪神ではないが、この畳も何か生き物のように感じられる。「ブクブク」は

本来水から浮き上がったり沈んだりするさまに用い、それ以外では柔らかくふくれるさまを言う。また「凹む」はものの表面が内部に落ち込む意だが、ここでは畳本来の高さ厚さと言うよりは、古びて膨らんだ畳表が載った人の重さで元に戻り、さらに内側へ沈む体感を表しているのではないだろうか。

薄くなった頭頂部が「里芋」のような父親と「可愛気のない」「ねずみみたいな」妹も登場し、「近所でも一番安い」寿司を振る舞って「みんな終った」。無言で辞する風見の背中に、「さよなら！」と「大きな声で言」うことで、直子は区切りをつけようとする。

7　須江は、乳酸菌飲料の配達を内職にしていた。朝のうちに自転車で廻るのだが、外仕事《そとしごと》のせいか髪は脂気をなくしてそそけ髪になり、皮膚も灼《や》けて粗くなっていた。

「こうなったら木の幹にクリーム摺《す》り込むようなもんだわ」

一切手入れしないので、夫婦揃って坐っていると、首筋や手の甲だけ見ると、須江のほうが男に見えた。

（略）

「あたしが結婚すると、困るもんね」

月給の半分をうちに入れていることをあてこすりにかかると、須江は先手を打ってきた。

「誰も困りゃしないよ。遠慮しないでどんどん行っておくれ」

母親のくせに、娘のさわられたくないところをグサリと突いてくる。粗くなったのは皮膚だけではないのだ。


母親は自転車で外回りをするため肌も髪も傷み手入れが追いつかない。「木の幹にクリーム摺り込むようなもんだわ」と、女性の皮膚とは似ても似つかない、ごつごつと固い木肌を自ら引き合いに出すのには怯まされる。もはや手の尽くしようがないと諦めて萎れるのではなく、捨て鉢な言い方をすることでむしろ自分を奮い立たせているようにも見える。風見との縁は切れたと、こちらも捨て鉢になって八つ当たりの矛先を向ける直子だが、あっさりと返り討ちに遭う。「母親のくせに」ではない。母親だからこそ、娘の「さわられたくないところ」も「グサリと突いてくる」。「粗くなったのは皮膚だけではない」と、遠回しに無神経さを恨む直子だが、腫物にさわるような扱いが望みだろうか。

8

周次は仕事運のない男だった。

神武景気も高度成長も周次の横をすり抜けて通っていった。ひと頃は須江に稽古ごとをさせ、自分も謡を習うゆとりがあったが、転がる石のたとえ通り転がり落ちて、今は須江の内職のほうが収入《みい》りが多い。

周次がいじけた分だけ須江のしぐさが荒っぽくなっていった。うちのなかも、目に見えて荒れてきた。

周次が、そっと石を置いた。

「お父さん」

今度は父に喰ってかかった。

「碁石ぐらい、パチンと置きなさいよ」

あたし、そういうの嫌いなのよ、と言いかけたとき、玄関で声がした。

「ごめんください」

風見の声だった。

「あれからすぐ北海道へ出張してたもんだから……」

くじいた足の具合を聞いてから、大きな四角い箱を突き出した。

「じゃがいも、嫌いかな」

大好き、と言おうとしたが、直子は鼻がつまって声が出なかった。

父親は運に見放され、生活力のある妻に気を遣っている。「収入」は一般的な漢語名詞だが、送り仮名と振り仮名を添えて「みいり」と読ませ、少し古風な印象を与える。

「周次がいじけた分だけ須江のしぐさが荒っぽくなっていった。うちのなかも、目に見えて荒れてきた」と対句的に列挙して畳みかける。ひとり碁盤に向かうときも「そっと石を置く姿に、母親に負けた直子が「碁石ぐらい、パチンと置きなさいよ」と噛みつく。続く「あたし、そういうの嫌いなのよ」は鍵括弧に入らない。実際に口にし、ことばの形になる前に「ごめんください」が聞えてきたせいだろう。

北海道出張の土産にじゃがいもを携え、風見は屈託なく現れる。ちゃんと「足の具合を聞いてから、大きな四角い箱を突き出した」。けがを忘れず状態を確認するのはこまやかでわきまえた態度だが、差し出すのではなく「突き出し」、「じゃがいも、嫌いかな」と後付けで問うのは年相応の不器用さ、あるいは照れだろうか。

直子は、「大好き」と答えるつもりが「鼻がつまって声が出なかった」。この「大好き」は当然「じゃがいも」だけでなく風見のことも指す。連絡もないまま一週間が過ぎ、「諦めてはいても、気持のどこかで待ってい」たところでの再会、しかもわざわざこの家を訪ねてきたことへの驚き――さまざまな思いが募り、鼻の奥から涙がせり上がって来てことばにできなかったさまが、間接的に表されている。

9　週末ごとに風見が遊びに来るようになった。

直子は、二人きりで外で逢いたいと思ったが、どういうわけか風見はうちへ来たがった。ビヤホールで生ジョッキをあけると、直子を送りがてら寄って上ってゆく。お茶漬やカレーライスの残りものを出すと、お代りをしてよく食べた。

「近頃の若い人はしっかりしてるねえ。うちで食べりゃお金がかからなくていいものねえ」

「どういうつもり、してるんだろう」

須江は陰口を利いていたが、口ほどに腹を立てていない証拠に、週末になると、独身の男の喜びそうな、煮〆めやおでんを用意するようになった。今までは、用にかまけて、おかずは出来合いのお惣菜やで間に合わせていたのだが、出汁《だし》をとって物を煮る匂いが台所から流れるようになった。

「もう来ないと思ったわ」

二人だけのときに、直子は思い切って言ってみた。

「どうして」

「だって……あたし、見栄はったから」

「見栄はらないような女は、女じゃないよ」

おぞましいとは思わず、可愛いと思ってくれているんだわ。直子は、嬉しいときには、白湯《さゆ》を飲んだように胸のところが本当にあったかくなることが判った。


風見の訪問は週末恒例となった。直子には「二人きりで外で逢いたい」気持ちもあるが、「しっかりしてるねえ」と陰口を叩く母親が、週末には「煮〆めやおでんを用意」し、普段から「出汁をとって」料理するようになった姿を見れば、悪い気はしない。見栄を否定されなかったことに直子は感激する。喜びは温感となって「白湯を飲んだように」胸中に拡がる。実際に口にされていないので鍵括弧には入らない。「あたたかくなる」ではなく、くだけた「あったかくなる」の形を用いているのも、地の文でなく心内語だからであろう。「可愛いと思ってくれている」と安堵する直子だが、風見は「見栄はらないような女は、女じゃないよ」と言っただけで「可愛い」とまでは口にしていない。「どういうつもり、してるんだろう」である。よく見せようとして見栄をはり嘘をつく姿を「おぞましい」と見做すのは、実は直子自身の価値観なのだ。先回りして卑下するこのような姿にも、経験の少なさからくる怯えが透けて見える。

10　毎週金曜の六時半から七時の間に必ず来ていたのが、今日に限って連絡もなしで、顔を見せない。

（略）

あたしより、お母さんや順子のほうが気をもんでいる、と思った。悪い気持はしないが、自分の取り分を齧《かじ》り取られているような、ヘンな気分もすこしあった。

散々心配させたあげく、二人は十時を少し廻った頃、一緒に帰ってきた。

（略）

「風見さんよォ。風見さんよォ」

周次が寝言を言っている。

言い方に馴れと甘えがあった。いままで、女たちの話題に加わらず、一人でテレビを見ていたのに、今晩一晩で何を話したのだろうか。直子は、また少し、自分の持ち分を霧り取られた気分になった。

アイロンをかけ終った須江が、

「あ、そうだ。枕もとにお水、置いとかなくちゃ可哀相だわ」

腰を浮かした。

「あたし、やる」

直子は一瞬早く立ち上り、台所から薬罐に水を入れ、コップを二つ盆にのせて持ってきた。

「はい、ありがと」

当然のように須江は受け取ると隣りの部屋へ入っていった。

音を殺して沢庵を噛んでいた順子が、上目遣いに姉の顔を見た。知らん顔をしていたが、直子は、またまた自分の持ち分を霧られた気分になった。

「酒の飲めない」父親は「待ち伏せ」して風見を焼鳥屋へ誘い泥酔して連れ帰られるし、母親はその結果汚れた風見のズボンに「アイロンを掛け」「枕もとにお水」を運ぶ。風見は今や母親、妹、そして父親までもが心待ちにする相手となっている。それも毎週末となればおかしな気持ちがしてきて当然だ。食べ物なら家族で一口ずつ分け合うこともあろうが風見は恋人である。「齧《かじ》り取られ」続けるのは尋常ではない。

さらにこの後、直子は風見のオフィスで妹と出くわす。友人二人と「近所にあるホールへ映画を見に来た」ついでに、ミニコミ誌に入選した詩を「見せに来たのよ」と言われ、風間も「満更ではない様子で」ケーキを奢ったりしている。「直子は、自分の持株を一部別の名義に書き替えられたような、妙な気分を味わ」う。三度繰り返された比喩に手を加え、食べ物から「持株」という明確な「財産」に格上げしたことで、直子の違和感はより具体的なものとなる。

11

「こうやっていると、家族だわねえ」

須江が風見を見て呟くように言った。

それから、ちょっと改まって、

「風見さん、そう思ってはいけないかしら」

直子は、のどがつまりそうになった。

こんな形で、こんなところで持ち出されるとは思っていなかったからだ。

風見は、すこし眩しそうな顔をして、三人の女を見てから、こくんとうなずいた。須江と順子、そして直子が詰めていた息をフウと吐き出した。

「じゃあ、来年の春でしょうかねえ」

当事者同士で切り出すでもなく促すでもない、母親の単刀直入な確認をプロポーズと呼べるのだろうか。「こくんとうなずいた」風見も、「息をフウと吐き出した」直子もことばはなく、またもや母親が「来年の春」と決めつけ、口約束の婚約が調う。

12

「毎週金曜日にうちへご飯食べにくるの、一週置きにして欲しいの」

風見が何か言いかけたが、直子はかまわずつづけた。口下手なのは自分でも判っていたが、これだけはどうしても言っておかなくてはいけない。

「うちへくると、どうしても、家族ぐるみでつき合うことになるでしょ。でも、それは結婚してからでいいと思うの。考えてみたら、あたし、あなたと一対一で、ちゃんとご飯食べたり話したりしたこと、なかったような気がするの」

風見はしばらく黙っていた。

鏡に、向き合った二人の姿がうつっていた。

「ぼくのほうが先に言わなきゃいけなかったんだけど……」

煙草の煙を吐いて、

「血液型がＡＢ型のせいかな、どうも決断力がないんだ」

直子の目を見ず、鏡のほうを見て、

「このはなし……」

あとはピョコンと頭を下げた。

「自信がなくなった」

「ぼくには荷物が重過ぎる」

理由はその二言だった。

直子はぼんやりと鏡を眺めていた。

あの日、見栄をはって自分を飾って言ったときから、何だかこうなるような気がしていた。

「次の木曜日の夕方」、二人が距離を縮めたあの喫茶店で、「一対一で、ちゃんとご飯食べたり話したりした」いと初めて口にした直子は、あっさりと裏切られる。風見は血液型を持ち出して「決断力がない」と言い訳し、はっきり拒絶のことばを述べる代わりに「ピョコンと頭を下げ」る。お祭りの浴衣まで調えた母親の手前、その日には断れなかったのだとしても、そもそも直子の家に来たがったのは風見の方ではないか。

しかし直子は激高せず、泣いてすがることもせず、「ぼんやりと鏡を眺めていた」。なりゆきに呆然としたのは勿論だが、「あの日、見栄をはって自分を飾って言った」この場所で、罰が当たったと考えてしまうのが、直子の性格なのだろう。

13

初七日が終った頃、直子は大手町の駅で、ばったり風見に出逢った。

「お」

バツが悪そうに手をあげた。

「みんな元気?」

実は、母が、と言いかけて、直子は口をつぐんだ。この人のおかげで、束の間だったがうちに春が来たのだ。

「直子さん、どうしたの。此の頃綺麗になったわねえ」

と言われたことがあった。

頑なな蕾だった妹も、花が開いた。

いじけていた父は男らしくなったし、母は女になった。

死化粧をしようと母の鏡台をあけた直子は驚いた。新しい口紅や白粉がならんでいた。

濃い目に化粧して、留袖を着せられた須江は、娘の結婚式に出かけるときのように美しかった。

「元気よ、みんな元気」

風見のなかで、もう少し母親を生かしてやりたかった。

「そうお。お母さん、あれから痴漢のほう大丈夫かな」

「大丈夫みたいよ、もうお祭り終ったから」

「そうか」

風見も笑い、直子も少し笑った。

「さようなら！」

自分でもびっくりするくらい大きな声だった。

破談になったまさにその夜、「蜘蛛膜下出血」で母親が亡くなる。「ヘソクリで買った」「安物の」「新しい留袖」を羽織って、幸福なまま逝ったのだ。

「バツが悪そうに」しながらも風見は逃げずに「手をあげ」話しかけてくる。最後まで何を考えているのかわからない相手ではあったが、「みんな、元気？」と尋ねる「みんな」の筆頭は母親に他ならない。「風見のなかで、もう少し母親を生かしてやりたい」いと、「この人のおかげで、束の間だったがうちに春が来たのだ」と思う直子は、桔梗が音を立てて花開くさまに神様の存在を信じた素直さを失っていない。

見栄も嘘もばれた夜、「大きな声で」「さよなら！」と声をかけたのは、「帰ってゆく風見の背中」だった。すべてが終わり、偶然出逢った二人は向かい合っている。相変わらず「そうお」とおっとりした相槌を打つ風見に、再びの「さようなら！」を「自分でもびっくりするくらい大きな声」で言えた直子の顔にはきっと、笑みが浮かんでいるだろう。

おわりに

「春が来た」を表現面から概観した。結局恋は実らず、再生したかのように見える家族も母親は急死し、妻を亡くした生活力のない父親、多感な高校生の妹もこの後どうなるかはわからない。それにも拘わらず読後感は爽やかで、明るいものすら感じる。恋愛小説は当事者二人とせいぜいその周囲、殊に同世代を中心に描かれることが多い。家族は外野に置かれがちで、中でも親は敵役を振られることが少なくない。風変わりな男との出会いによって、主人公だけでなくその家族までもが変わっていくさまを丹念に、愛情をもって描き、この結末を用意した作家の力量には並々ならぬものがある。

ドラマに続き小説でも男女の機微を巧みに描き高い評価を受けた作家ではあるが、主役を務めるのは中高年で、若者はむしろ遠景に配置されることが多かった。「春が来た」は、新しい試みではなかったか。最後の作品となったことが惜しまれてならない。

以下、分析対象とした表現の修辞的分類と具体的な数値にふれておく。

比喩表現は九二例あった。内訳は、直喩四一例、隠喩四六例、諷喩五例であり、下位分類として、活喩二例、擬物法六例が含まれる。

オノマトペはのべ六六例／異なり四五例見受けられた。複数回使用の最多は四回で「びっくり」「ぼんやり」「ぶら／ブラ」だが、「キヤキヤ」も三例あった。古語で心配するさま、身体が痛むさまをいい、はらはら、ひやひやに通じるが、ここでは「足許がキヤキヤするの」のように、更年期の母親が足の冷えを言う際に用いられていた。

表記では片仮名使用が一三九例に上った。外来語が九七例を占め、オノマトペ三三例、その他九例と続く。オノマトペには「綺麗サッパリ」のように平仮名でよさそうなもの、その他では「(寿司の)ナミ」、「イカヤキ」のようにむしろ漢字を用いるのが自然と思われるものもあった。また、「お母さんだって、好きでこうやってンじゃないよ」のように、発話内のアクセントを受け持たされた例もある。その一方で「せいいっぱい」は漢字でなく平仮名で記される。また、漢語名詞に振り仮名と送り仮名を施した「収入《みい》り」、手紙を封じたところに書く「〆」の字を当てた「煮〆め」は、登場人物だけでなく作家自身の世代もあろうが、いずれも古風な印象で目を引く。

書き出しで「コーヒーには」でなく「コーヒーの黒い色には」と挟んで具体化を図る。相手が自分の水を飲んで見せる動作に「恋人」になったと直感する。前者は情報を付け加えてより限定された意図の伝達を狙い、後者は本来描くことは省いて違う角度から間接的に真意を伝えようとする。

風見の「そうお」という相槌、「飴色《あめいろ》になった若布《わかめ》のような」「父親のアンダー・シャツ」、「足許がキヤキヤする」母親が履く父親のお古の靴下の「ダンダラ縞」、「自分の取り分を齧られ」たという直子の思い、お祭りの夜痴漢に遭った母親の「くくく」という笑い、そしてはじまりと終わりには大声の「さよなら」と「さようなら」が、呼応するかのように配置される。さまざまな語句がそれぞれのインターバルで反復され、作品世界のイメージを具体化し、登場人物にリアリティを与える。作品全体からすればささやかな一語、一文、一場面が、一篇の物語を組み上げていくのである。

参考文献

尼ケ崎彬『日本語のレトリック』（筑摩書房／ちくま文庫、昭和六三年／平成六年）
小野正弘編『擬音語・擬態語４５００日本語オノマトペ辞典』（小学館、平成一九年）
加藤典洋『言語表現法講義』（岩波テキストブックス、岩波書店、平成八年）
水藤新子「向田邦子の感情表現―『思い出トランプ』を対象に―」（『中央学院大学人間・自然論叢』第四四号、五九―七六頁、平成二九年九月）
中村明『比喩表現の理論と分類』（国立国語研究所報告五七、秀英出版、昭和五二年）
中村明『比喩表現辞典』（角川書店、昭和五二年／平成七年）
中村明『日本語レトリックの体系―文体のなかにある表現技法のひろがり』（岩波書店、平成三年）
中村明『文体論の展開―文藝への言語的アプローチ』（明治書院、平成二一年）

鍋島弘治朗『日本語のメタファー』（くろしお出版、平成二三年）
野内良三『レトリック辞典』（国書刊行会、平成一〇年）
野内良三『日本語修辞辞典』（国書刊行会、平成一七年）
半沢幹一『向田邦子の比喩トランプ』（新典社新書、新典社、平成二三年）
半沢幹一『向田邦子の思い込みトランプ』（新典社新書、新典社、平成二八年）
山口仲美監修『暮らしのことば　擬音・擬態語辞典』（講談社、平成一五年）

＊

川本三郎『向田邦子と昭和の東京』（新潮新書、新潮社、平成二一年）
久世光彦『向田邦子との二十年』（ちくま文庫、平成二一年）
小林竜雄『久世光彦　vs　向田邦子』（朝日新書、朝日出版社、平成二一年）

第三章　向田邦子随筆

【参考】向田邦子随筆人気作品（向田邦子研究会会員アンケート結果）

第一位　手袋をさがす
第二位　字のない葉書
第三位　父の詫び状
第四位　ねずみ花火
第五位　お辞儀
第六位　ごはん／海苔巻の端っこ
第七位　ゆでたまご／夜中の薔薇／心にしみ通る幸福

（向田邦子研究会編『向田邦子愛』より）

向田エッセイのバランス感覚
―― 思い出の中のあのライスカレー ――

深津謙一郎

文春文庫版『父の詫び状』解説の中で、作家の沢木耕太郎は、すぐれた職人芸を思わせる向田作品に「ひとつ物足りなく感じ」るのは、「あまりにも自分を語ることが少なすぎること」だと指摘している。「彼女は自分の父や母や弟妹や猫や友人については多くを語ったが、自らの本質を語ることがほとんどなかった」というのだが[1]、はたしてそうだろうか。

たとえば、「昔カレー」（初出は『銀座百点』昭和五一年四月。当初のタイトルは「東山三十六峰静かに食べたライスカレー」）は、昭和五一年二月から昭和五三年六月まで『銀座百点』に連載された『父の詫び状』所収二四編のエッセイの中の二作目にあたり（一作目は「薩摩揚」。当初のタイトルは「わが人生の薩摩揚」）、一作目同様、食べものの思い出にことよせた「私」のルーツ確

認の話である。(2)

にもかかわらず、そこには「自らの本質」がほとんど語られていないと評価されるとすれば、それは、作中、個人的な思い出語りをつうじてたち現れる「私」が、逆に一定の普遍性を持って読者に受けとめられ、「ここに記されているのは、むしろ自分（読者）自身の思い出でもある」と共感された結果ではなかったか。むしろ、そうした「私」を構築しえたところに、〃昭和〃を代表するエッセイストとしての向田邦子の成功要因があると思われる。以下本稿では、主に「昔カレー」を取り上げながら、この点について説明を試みる。

※

「昔カレー」の語りは、「人間の記憶というのはどういう仕組みになっているのだろうか。他人様のことは知らないが、私の場合、こと食べものに関してはダブルスになっている」という「私」の告白からスタートする。そして、その「ダブルス」の一例として、「東海林太郎と松茸」、「天皇とカレーライス」という意表を突いた「組み合わせ」が示されるのだが、じつはこの二つのエピソードの中で、「私」は、「松茸」も「カレーライス」も食べていない（少なくとも、食べたとは書かれていない)。である以上、これを食べものに関する記憶と纏めるには、じつは若干無理がある。

もういちど確認すれば、「東海林太郎と松茸」という組み合わせで語られるのは、夜更けの急な来客(おそらく、酔った父が無理に?連れてきたのだろう)により祖母と二人で買いものに出かけた記憶であり、「天皇とカレーライス」の組み合わせで語られるのは、些細なことで父に叱られ、罰として食事抜きになった記憶であった。である以上、食べ物に関する記憶は「ダブルス」になっているというより、子供の頃の家族(とりわけ父)に関する記憶は、(実際それを食べたわけでもないのに)なぜか食べものと「ダブルス」になっている、としたほうがより実態に近くはなかったか。

もちろん、家族に関する記憶は食べものと「ダブルス」になっているという物言いは、ある意味ありきたりで新鮮味に乏しいから、あえて現行の表現が選ばれたのかもしれない。そうであるにせよ、「昔カレー」で語られる内容は、その冒頭から父の思い出話が〝主〟で、食べものはあくまでも〝従〟であることを確認しておきたい。そのうえで、「昔カレー」(の本題)で語られたのは、次のような話であった。

「私」が子供のころ、夕食のライスカレーは、父だけが、「家族用」より辛くて肉が多い「別ごしらえ」の「お父さんカレー」を、しかも「一人だけ金線の入っていた大ぶりの西洋皿」で食べていた。くわえて、「食事中、父はよくどなった」。「晩酌で酔った顔」を「飛び切り辛いライスカレー」で「ますます真赤」にして家族の者に叱言をいい、汗を吹き出しながら、「それ水だ、紅しょうがをのせろ、汗を拭け、と母をこき使う」。父が怒り出すと、家族の者たちは、「お匙が皿に当って音を立てないように注意しいしい食べ」たから、今でも「カレーの匂いには必ず、父の怒声と、おびえながら食べたうす暗い茶の間の記憶がダブって」くる。

発表当初のタイトル（「東山三十六峰静かに食べたライスカレー」）は、こうした、「一家団欒の楽しさ」とはほど遠い「食卓の緊張感」をユーモラスに伝えたものであるが、七年前に父を亡くした今の時点からふり返ると、「子供の頃は憎んだ父の気短も」、「懐かしい」。なぜ父だけが「別ごしらえ」の「お父さんカレー」だったのか。なぜ父は食事中、家族の者をこき使い、「よく毎晩文句のタネがつづいたものだと感心」するほど叱言をいったのか。子供の頃は分からなかったその理由が、今になってようやく理解できたからである。

父の夕食だけ「特別扱い」なのも、食事中家族の者をこき使い、叱言をいうのも、今思えば、「家庭的に恵まれず、高等小学校卒の学歴で、苦学しながら保険会社の給仕に入り、年若くして支店長になって、馬鹿にされまいと肩ひじ張って生きていた」父にとって、それらがすべて

「父親の権威を再確認するための」儀式だったのである。このように、「懐かしい」父の発見は、「子供の頃は憎んだ」父の思い出を、今、あらためて読み直すことでもたらされる。当然そこには、「私」の今のありようが大きく関わってくるだろう。

では、「昔カレー」において、「私」の今はどのように語られているだろうか。たしかに、作中語られる情報は少ないが、それでも、「辣腕で聞えたテレビのプロデューサー氏」を友人に持ち、ある程度のキャリアを重ねた、「幾つになっても嫁の貰い手がない」（むろん、これは自虐であろうが……）独身女性という姿は浮かんでこよう（前作「薩摩揚」を参照すれば、「格別の才もなく、どこで学んだわけでもない私が」、「テレビのホームドラマを書いて暮らしている」との情報も示されている）。

だとすれば、食事中家族の者をこき使い、叱言をいって怒った父の姿には、〝生き馬の目を抜くような〟男社会（放送業界？）の中で、女ひとり「馬鹿にされまいと肩ひじを張って生きて」いる今の自分自身が重ねられているかもしれない。いや、むしろ重ねられたからこそ、――つまり、思い出の中の父の姿が今の「私」のルーツとして読み直され、父とよく似た娘としての自分の姿を確認（発見）したからこそ、「子供の頃は憎んだ」「父の怒った姿」は、今の「私」にとって、かけがえのない「懐かしさをそそる」のである。

※

ここまで見てきたように、「昔カレー」で語られるのは、父の娘としての「私」のルーツ確認という、きわめて個人的な話柄——もう一度、沢木耕太郎の言葉をかりれば、それこそ「自らの本質」の話であった。にもかかわらず、沢木を「物足りなく感じ」させるほどそれがほとんど表に現れず、むしろ読者の多くが、「私」が語る個人的な思い出話にリアリティを感じ共感を覚えたとすれば、それは、父の娘としての「私」が、少なくとも作品が発表された昭和五〇年前後の文脈において（昭和が懐かしく回顧される今日でも、事態はさほど変わらないと思われるが）、ある種の普遍性を持ったからに他ならない。つまり、同時代を生きるほとんど誰もが、「私」と同じ立ち位置に身を置くことができたのである。

その背景にあるものとして、日本近代文学研究者の高橋重美は、『父の詫び状』で繰り返し語られる、「頑固で威張りん坊で、何よりも家族を愛していながらその表現が下手なため容易に理解されない」父親像に注目する。高橋によれば、日本中の父親が「私」の父と同じであったわけではむろんないのだが、こうした父親が、「しばらく前までは日本中のどこにでもいた」

という「イメージの力」は、一九五〇年代の「ホームドラマ」映画によって形作られ、それが七〇年代には、向田邦子自身も深くかかわったテレビの「ホームドラマ」によって継承・拡散されていたというのである。(3)

こうした「ホームドラマ」の中の父親像は、おそらくは、高度経済成長に伴う家族変容に直面した社会の戸惑いに起因するノスタルジー（＝すでに失われた、郷愁の対象）であろう。しかし、それはノスタルジーであるがゆえに、つまり、すでに現実には存在しないひとつの虚構であるがゆえに、誰もが心置きなく、そこに感情移入できたのではないだろうか。もういちど高橋の言葉を借りるなら、『父の詫び状』は、語りのレベルでは「私」の「個人的回想という型」を選択しながらも、しかしそこで語られる父親像は、時代が共有する「ポピュラーな原型」としてのそれだったのである。だとすれば、そうした父の娘である「私」もまた、時代が共有する「ポピュラーな原型」、つまり、同時代を生きるほとんど誰もが、そこに身を置くことができる交換可能な記号だったということになるだろう。

それにくわえて、「ポピュラーな原型」としての「怒った父」の姿が、子供の頃の思い出の中の「ライスカレーの匂い」と一緒に想起される点も、「私」の普遍化に一役買ったと思われる。

※

ちなみに、父の思い出と「ダブルス」で語られる食べものに、たとえばカルメ焼きが挙げられる（「お八つの時間」『銀座百点』昭和五一年六月。当初のタイトルは「お八つの交響楽」）。終戦後の一時期、カルメ焼きに凝った父が、夕食後、子供たちを火鉢の周りに集めてカルメ焼きを実演するのだが、子供たちが全員集まらないと機嫌が悪く、また、何かの加減で失敗すると、それを子供たちのせいにして怒鳴ることもあったという。

こうしたエピソードこそ、前述した「頑固で威張りん坊で、何よりも家族を愛していながらその表現が下手なため容易に理解されない」父親像にぴったり重なりそうだが、しかし、「ポピュラーな原型」としての父の娘である「私」が思い出す食べものは、やはり、カルメ焼きではなくライスカレー――それも、「厳密にいえば、子供の日に食べた、母の作ったうどん粉のいっぱい入った」ライスカレーでなくてはならなかった。というのも、この意味でいうライスカレーこそ、戦後の日本において、誰もが共有できる家族へのノスタルジーを喚起しながら、逆にそうであるがゆえに、自分だけのかけがえのない思い出も担保してくれる特別な食べものだからである。このことをよく物語るエピソードが、友人達との雑談のひとコマとして、次のように語られる。

「何が一番おいしかったか、という話になった」とき、「辣腕で聞えたテレビのプロデューサー氏」が、「おふくろの作ったカレーだな」と呟く。それを聞いた「私」が、「『コマ切れの入った、うどん粉で固めたようなのでしょ?』」といったら、「うん……」と答えたその目が潤んでいた」（辣腕というからには、おそらく彼は普段、人前で目を潤ませることはないのだろう）。そのとき「私」は、「私だけではないのだな、と思った」というのである。

このエピソードで重要なのは、「コマ切れの入った、うどん粉で固めたようなの」のひと言で、それは「私だけではない」というイメージ――すなわち、子供の頃食べた母の手作りカレーを懐かしむ共同性のようなもの――が、「私」と「プロデューサー氏」とのあいだで共有される点である。

実際のところ、戦前（昭和一〇年代）の庶民的な家庭において、「私」が食べたライスカレーがどれだけ一般的なメニューであったか、正直言って疑問も残る。怒った父の姿とともに語られる「私」のライスカレー体験は、あるいは、当時としては〝ハイカラ〟の部類に属するものだったかもしれない（逆に、「私」の女学校時代、高松の下宿でおばあさんが作ってくれたという「鰹節カレー」のほうが、むしろこの時代の庶民の標準だった可能性もある）。

しかし戦後になり、小麦粉と油脂でカレー粉を固めた市販ルーが普及してからは、「コマ切れの入った、うどん粉で固めたような」カレーと言えば、そのひと言だけで（多言を要せずとも）、もっともポピュラーな家庭料理の代表として、（かりにそれを実食した経験がなかったとしても、）誰もがそのイメージを共有できたはずである。

このことは、いっぽうで、それ以上言葉を交わせば顕在化するはずの個別的な差異――たとえば、カレーに使うコマ切れは豚肉だったか、牛肉だったか。カレーにはソースをかけたか、しょうゆをかけたか。添えものは福神漬けだったか、ラッキョウだったか。……等々の、細かな分節化の果てに行き着く自分だけのかけがえのないライスカレー体験を、そのまま温存してくれることを含意する。

「私」も「プロデューサー氏」も、ライスカレーという抽象的なイメージ（母の手作りカレーを懐かしむ共同性のようなもの）を共有しながら、いっぽうでは、それぞれ、思い出の中のあのあのライスカレー（それぞれ別のライスカレー）を思い浮かべられるという点が、ここでは重要なのである。

「昔カレー」において、個人的な思い出話の中に立ち現れる「私」が、逆に一定の普遍性を持って受け止められるのはこのためであり、そこには、各人の思い出の中のあのライスカレーも担保されているからこそ、〝ここに記されているのは、むしろ私（読者）自身の思い出でもある〟と読者に感じさせることができた。その結果が、本稿冒頭で示した沢木耕太郎の評価につながるのである。繰り返せば、向田作品は「自分を語ることが少なすぎる」わけではない。「自分の本質」を語りながら、しかもその個別性は担保しながら、同時に一定の普遍性も語り得ている。その見事なバランスのうえに成立するのが、「昔カレー」なのである。

それにしても、父の思い出と「ダブルス」になる食べものとしてカルメ焼きではなくライスカレーを選び、ライスカレーの思い出とともに、父の娘としての「私」を構築しえたセンスは見事である。そうした〝嗅覚〟こそが、〝昭和〟を代表する名エッセイストとしての向田邦子の成功要因だったのかもしれない。

※『父の詫び状』本文の引用は、文春文庫版（平成一八年新装版）に拠る。

注

（1）沢木耕太郎「解説」『父の詫び状』（文春文庫）

（2）「薩摩揚」では、一〇歳から一三歳までを過ごした鹿児島時代の三年間が、「テレビのホームドラマ」を書き、「曲がりなりにも「人の気持のあれこれ」を綴って身すぎ世すぎをしている」「私」の「原点」としてふり返られる。今思えば、それは「春霞に包まれてぼんやりと眠っていた女の子が、目を覚まし始めた時期」、あるいは「うれしい、かなしい、の本当の意味が、うすぼんやりと見え始めた」時期であり、その「さまざまな思い出に、薩摩揚の匂いが、あの味がダブってくる」という。

（3）高橋重美「記憶の収束、ドラマの拡散―向田邦子が描いた〈家族〉と〈日常〉」『社会文学』二三号（日本社会文学会、平成一八年二月）。なお、一九五〇年代の「ホームドラマ」映画の嚆矢として、昭和二六年の『雪割草』『西城家の饗宴』（ともに大映）、『我が家は楽し』（松竹）があげられるという。

「父の詫び状」

石川美穂

向田さんは数多くのエッセイを書いている。どのエッセイも誰もが体験するような身近な事柄を取り上げているが、その一篇一篇はきらりと光る珠玉のエッセイである。

私は多くのエッセイの中でも特に「父の詫び状」を中心に取り上げ、他のエッセイ「知った顔」(『霊長類ヒト科動物図鑑』所収)と比較し、その異同にも触れてみたい。

「父の詫び状」の初出は『銀座百点』の昭和五二年一一月号である。その時の題名は「冬の玄関」であった。昭和五三年に「父の詫び状」と改題し、それが書名ともなり、文藝春秋より単行本として出版された。文庫本と合わせると一〇〇万部のベストセラーとなった。ちょうどこの時期に、向田さんは乳癌の手術後で、テレビの仕事を休んでいた。

『父の詫び状』の「あとがき」で、向田さんは「テレビドラマは、五百本書いても千本書いてもその場で綿菓子のように消えてしまう。気張って言えば、誰に宛てるともつかない、のんきな遺言状を書いて置こうかな、という気持もどこかにあった。」と吐露している。向田さんは「のんきな遺言状」と書いているが、心の底には癌に対する死の恐怖と衝撃や葛藤が渦巻いていたことだろう。結果的に、『父の詫び状』が大好評となった嬉しさが、癌に打ち勝つ原動力となり、小説やエッセイに力を注ぐきっかけとなった。

「父の詫び状」は、父親の敏雄さんが仙台で保険会社の支店長だった頃の話である。向田さんは実践女子専門学校在学中で、帰省していた。仙台の冬は厳しく、父親は家に来た代理店や外交員の人に、ねぎらいの言葉をかけドブロクをふるまった。朝方、母親が玄関で酔いつぶれた客が粗相した吐瀉物をひび割れた手で掃除していた。それを見て「私がするから」と爪楊枝で掘り出し始めた。気がついたらすぐ後ろに父親が立っていたが、「悪いね」「すまないね」のねぎらいの言葉はなかった。東京へ帰ると父親から巻紙に筆の手紙が届いていて、その最後に「此の度は格別の御働き」という一行があり、そこだけ朱筆の傍線が引かれてあった。「それが父の詫び状であった。」と述懐している。この巻紙に筆の父の詫び状で、向田さんはどんなに心が温まり、父親の感謝の気持をひしひしと感じたかが端的に示されている。

私は向田邦子研究会で平成一二年に能登旅行に行った際、父敏雄さんが小二の時、一年間お世話になっていた平山さん宅で「身元保証書を送ってほしい」という巻紙の達筆な毛筆の手紙を拝見した。「父の詫び状」を想起する、敏雄さんの誠実な人柄が伝わってくる筆法であった。

「知った顔」というエッセイでは、物凄い夕立がきた時、向田さんが傘を持って父親を迎えに行った時のことが書かれている。駅までの近道の小さな森の中は灯もなく真暗闇であった。そこで人とスレ違うたびに「向田敏雄・向田敏雄」と父親の名前を呟いた。すると「馬鹿」といきなりどなられた。「歩きながらおやじの名前を宣伝して歩く奴があるか」といわれ、父親は傘をひったくると先に歩き出したという。あとで母親から「お父さんはほめていたわよ」と伝えられ、「あいつはなかなか機転の利く奴だ」と言って、おかしそうに笑っていたという。

この二つのエッセイの共通点は、父敏雄さんは向田さんに面とむかっては一言も「ありがとう」という感謝の言葉を発していない点である。しかし、「父の詫び状」では毛筆の手紙を送り、「知った顔」の父親は、妻には「機転の利く奴だ」と話しているのである。向田さんには素っ気ない態度で一言もお礼を言っていないが、父親の感謝の気持ちはちゃんと伝わっていたのである。

向田さんの父親は、幼少期は母子家庭で苦学し、保険会社に入ってからは昇進し、読書好きであり、機転が利き、カンも鋭かった。父親譲りの性格の向田さんは、そういう父親の生涯を反芻することによって、テレビドラマや小説、エッセイに昇華させ、名作を遺した。

「父の詫び状」は、向田さんにとっては「父への感謝状」でもあり、その愛情が今も私達にも伝わってくる傑作である。

「細長い海」

深谷満彦

「細長い海」は、『父の詫び状』に収められたエッセイの中でも、とりわけ心に迫ってくるものがある一篇だ。作品に満ちている性的なニュアンスと、加えて、小説家へ向けての向田邦子の助走が見て取れることである。

「細長い海」が『銀座百点』に発表されたのが昭和五二年七月、小説家としてのデビュー作「りんごの皮」が発表されたのが「小説新潮」昭和五五年二月号である。

その時間的距離を長いとするか、短いとするか、それはまた別の基準が必要であろう。ただ、エクリチュールとしての距離は非常に近い。ほぼ隣り合わせと言ってよい。時は熟していた。

「細長い海」は冒頭で蝦蟇口《がまぐち》について語られる。その個物が導体となって、以後、思い出の場面が語られていく。「りんごの皮」は、りんごを放る行為を蝶番として、主人公・時子の思春期のエピソードへと小説は接続する。そして共に展開される過去は性的なニュアンスに満ちたものだ。

「細長い海」については、繰り広げられる思い出の場面は五つある。それぞれの連接の仕方はかなり唐突で、不連続的だ。海とそれにまつわる性的なエピソードを核として思いついたままを並べた、エッセイの形象としては自己指差的とも言える、断章形式である。

そしてそのそれぞれの断章で、主題になる性的な体験が象徴的に語られ、その周りにそれに隣接した比喩表現が散りばめられている。それもかなり執拗に、詰め込まれた形で。精読するものは、それらにいちいち躓きながら、かなりギクシャクとした読みを強いられるだろう。エッセイとしては、決してエレガントで「読みやすい」ものとは言いがたい。

ここでは枚数の都合上、そうした表現を全てなめ回すように逐一分析することはできない。いくつかを挙げておくにとどめる。

四国の高松の場面では、小学校六年生の頃の思い出が語られる。ここでの蝦蟇口はもちろん女性器的なものの比喩であり、それを「絶対的な存在」つまり畏敬の対象──モラルの規範的存在であるべき水兵──にかすめ取られる。これは目上の男性による破瓜的体験の象徴表現と捉えることができるだろう。

　鎌倉の海岸では、海を沖まで泳いでいったところで、知人とぶつかる。こちらは成人してからの思い出だ。しかし、普通このような偶然があるとは思えない。出来すぎである。まさに唐突であり、作為性が感じられる。そしてその帰りに鰹の烏帽子に腕を絡まれて引っかき傷を負う。その傷は後々までしつこく残る。これは本論究に沿って考えれば、行きずりの性的交渉の表現と取るのが順当だ。そして、「鰹の烏帽子はポルトガルの軍艦というのだそうな」と付け加えることで、高松の水兵が反復される。加えてこの相手の知人が外国通信社関係の人間であることの強調も読み取れる。こう考えてくると逆に、鰹の烏帽子＝ポルトガルの軍艦という知識をどこかで得たことでこのエピソードを「創作」したのではないか、と勘繰りたくもなる。

　向田邦子が、本当にこれらのようなことを経験したのか、それを調べるのはかなり困難であろう。そしてそれを追求すること自体もあまり意味の無いことに思える。エッセイだからと言って、必ず真実を書かなければならないという決まりはどこにもないのだから。

「細長い海」には、現代小説の大きな潮流のひとつであるミニマリズムに通じるディテールの描写表現も多く埋め込まれている。「瀬戸内海にしては珍しく風があったのか波は音を立てて堤防の左側を叩いていた」「ポタポタと水が垂れて足許のコンクリートに黒いしみがひろがっていた」等々。ここではそうしたミニマリズム的表現のひとつを、磯浜の場面から挙げて、簡単に分析・解釈してみる。

磯浜では「私」は小学校四年生であり、家族で浜へ出かける。そこで漁師に軽くいたずらされる。しばらくぼーっとしてしまった後に「私」は井戸で手を洗う。ポンプはギチギチと音を立て、手を拭いたハンカチの「向田邦子」の字が薄くなる。「初めて自分の名前を知らされたような、不思議な気持ちがあった。」

秀逸な文学的表現である。ポンプの金属性＝無機性と対比させることで、逆に、いたずらによって知らされた自分の身体性とそれへの戸惑いのようなものが照射されている。また、自分の名前を知らされた＝新しく到来した自己認識は、しかし、字が薄くなっていた＝まだ確固としたものになっていなかった、揺らぎ霞んでいる状態である。性の世界を垣間見た時の混濁して曖昧な「不思議な気持ち」が非常にうまく表現されている。

繰り返すが、これらのことが本当のことであり、向田邦子がその抜群の記憶力によって覚えていたのかどうか、それはまた別のテーマである。

「細長い海」はエッセイとして発表され、エッセイ集の中に収められている。だから、エッセイである。だから、どうしても我々は語っている主体は向田邦子であり、自分のことを語っているという前提を持って読んでしまう。そしてそれは多少の脚色はあるが、真実を語っているのだ、とも。「小説にくらべて見た、エッセーの宿命、それは《信憑性》を避けられぬこと[1]」。もちろんエッセイを書いた向田邦子本人も、読者がこういった条件の下で読むであろうことは認識していたはずである。

では、より自分の内奥の真実を自分のこととは無関係であるように、つまり信憑性をかわすような形で語るためにはどうすべきか。

「こしらえごと」＝小説にして書けばよい。

そのための技法としては、いくつかあるだろう。ここでは簡単に挙げておくが、まずは人称を変えること。三人称での語りにするのが一番手っ取り早い。さらには、各々の思い出の断章のつながりが滑らかになるように全体を構成する、つまりはストーリーという流れを作り、登場人物のキャラクターを作り配置する。

「細長い海」から「りんごの皮」へ、その間の陥穽は、エッセイと小説の違いとして深いかもしれない。だが、飛び越す距離は案外短い。あとは誰かに背中を押されて、跳躍を決意するだけだった。

ここまで論を進めてみて、「細長い海」という光景そのものが、小説家となる態度決定によるものと取れることに気がつく。つまり、枠取りと覗き見る視線である。無限界に広がる外界の象徴としての海、それを語るためには枠取りする＝分節化することが必要だ。そのことは同時に、一つの穿たれた隙間から覗き見る―自分自身を事が起こっている現場からは退引させながら―という、小説家の立ち位置を確立することでもある。

向田邦子は、「学生のころ読んだものをもう一度、この年齢、いまの気持ちで読みたい」として、プルーストの名を挙げていた(2)。

長大な『失われた時を求めて』を紐解いて見ると、語り手である「私」が隙間や窓から覗き見る場面が―そこで展開されるのは性的な光景である―あちらこちらに見られる。

例えば、第一篇「スワンの方へ」でヴァントィユ氏の娘の倒錯行為を、そして最終篇「見出された時」で、シャリュリュス男爵の快楽の現場を「私」は覗き見る。

周知のように『失われた時を求めて』は、子供の頃から読書好きでずっと本を書きたいと考えていた「私」が、マーマレードの味を導体として過去を想起し、そして、ついに一冊の本を書くことを決意するまでの小説である。

向田邦子は小説家への助走期間中に、はたして『失われた時を求めて』を読み直したであろうか。もしそうなら「見出された時」の次のような文章をどういう気持ちで読んだであろうか。

「そうだ、そういう作品のことなのだ、私がいましがた抱いた時の観念が、私にいよいよ着手すべきだと告げていたのは。時は熟しているのだ。しかし……私にはまだそれだけの時間があるだろうか、私はまだ大丈夫それに着手できるだろうか？」(3)。

注

(1) ロラン・バルト、佐藤信夫訳『彼自身によるロラン・バルト』みすず書房、昭和五四年、一三一頁
(2) 久世光彦『触れもせで―向田邦子との二十年』講談社、平成四年、七五頁
(3) プルースト、井上究一郎訳『失われた時を求めて』ちくま文庫、平成五年、六一二頁

「消しゴム」

正　久　り　か

初めて読んでからしばらくの間、私はこの「消しゴム」をずっと小説だと勘違いしていた。エッセイ集『眠る盃』に掲載されているにも拘らず、こんな危険なことが実際に向田さんの身に起こっていたとは、容易に想像できなかったからだ。

冒頭の「軀の上に大きな消しゴムが乗っかっている。」で、まずグッと文章に引き込まれる。「中野のライオン」や「新宿のライオン」のように、にわかに信じ難い、それでいてクスッと笑えて驚かされるエッセイもあるが、それとも異なるミステリー・タッチの書き出し。

部屋に充満するガスの重さや匂いを消しゴムに見立て、それがマットレスの大きさになり、更にふくれ上がって手の指股まで入り込むという、奇異な発想でありながら状況を巧みに表現する文脈。向田さんの幼少期や思春期の記憶、日常の中の細かい襞をめくるような、繊細で趣深い作品とは毛色が違って、長いこと、このエッセイのインパクトが強く心に残っていた。そして、その中でも強烈に私の心を掴んで離さない最後の一文。『研究会30周年記念手帖』の「向田さんの言葉」にも選出していただいた「本当に恐ろしくなったのは、それからである。」

キャベツの中や抽斗のハンカチ、バッグの中の小銭入れの中にまでガスが残っていたことから、通常の理解ではこのままガス中毒で死んでいたかもしれないという恐ろしさを表していると考えられるが、私はその「恐ろしさ」と「それから」についてずっと引っ掛かっていた。

向田さんの歳を越えてしまった今、改めて読み直すと、この中には別の「恐ろしさ」が潜んでいたのではないかと思えてくる。家族なり同居人なりがいれば、この状況は起こらなかっただろう。生涯独身だった向田さんの、ひとり暮らしという恐さ、これからも一生独りなのかという、漠然とした不安からの恐ろしさ。いまだに「手袋をさがしている」ことを財産だと言い、今の自分、今の状況を全肯定しながらも、時折ふと湧き上がる一抹の「恐ろしさ」。

もしそれが、向田さんの隠れた一面だったとすると、どうしても私の中では小説「りんごの皮」とリンクしてしまう。時子は服や装飾品、家具を吟味して選び、男性や日常のしぐさひとつにも強いこだわりを持って過ごしてきたが、正反対の弟が、すべてにほどほどの暮らしの中で少しずつ実りはじめているのを見る。そして「こんなことが一体、何だというのだろう。」の一文に集約されたひとときの虚無感。

本当のことは小説に書く、と聞いた憶えがあるが、りんごの皮を口に入れ実をほうり投げた時子は、向田さんの一部だったようにも思える。

並べることも甚だ烏滸がましいが、未婚と既婚という違いこそあれ、子どもを持たず、フリーで仕事をしている私も、一般家庭の平安な幸せの情景を垣間見て、それに近い心持ちになることがある。それぞれの心に様々な葛藤や思いを持ちながらも家族が寄り添い、小さな泣いたり笑ったりが毎日の中にある、昭和の向田ドラマのような家庭こそが本来の人間らしい在り方なのではないか、と。

もっと言えば、向田さんが「それから」の「恐ろしさ」の中に、現代の女性の自立からの未婚率の高さ、現代人の孤独や高齢化社会の現状をも予見していたとしたらどうだろう…とは、深読みしすぎだろうか。

手袋をさがしていた二二歳のときに、かりそめに妥協して家庭を持ったとしたら、やはりその生き方に不平不満をもっていたのだろうが、今では主婦で小説を書き続けていて作家デビューする方もいるのだから、向田さんもそうなっていた可能性もあるはずである。夫や子どもを持ったときの向田さんの小説やエッセイ、ドラマも見てみたかったという興味も湧いてくる。

更に、もしも向田さんが現代を予見していたならば、叶わぬこととわかってはいても、この現代での向田さんの考えや思い、物語を聞かせていただきたかったと強く思う。

しかし、向田さんは短すぎたけれど、太く濃い五一年を、向田さんらしい生き方で駆け抜けていった。たくさんの功績、素晴らしい作品、憧れられる「人となり」、人々の心に強い記憶も残した。その元となる自分が選んだ人生への全肯定と一抹の恐ろしさ、その狭間に雲のようにふんわりと漂いながら、台湾の空に消えていってしまったのかもしれない。

「字のない葉書」

栗原靖道

向田邦子は昭和五〇年一〇月に乳がん手術を受けた後、輸血による血清肝炎の後遺症で苦しんでいたとき、『銀座百点』からエッセイの執筆依頼があり、昭和五一年二月号から昭和五三年六月号まで連載し、その連作が出世作である『父の詫び状』（文藝春秋）となった。「字のない葉書」はエッセイ集『眠る盃』（講談社）に収録されている。初出は『家庭画報』（世界文化社）に昭和五一年一月号から連載していた「心に残る一通の手紙」の七月号に掲載されたものである。この連載は作家、詩人、随筆家が自分の心に残っている一通の手紙について綴ったエッセイで、どれも感動的な内容である。

『銀座百点』では連載開始から昭和五二年四月号までの一〇作はタイトルに「食べもの」が

ついており、食べものの思い出が中心になっている。昭和五二年五月号以降の連作エッセイでは父親の姿を描いている。向田邦子は、父親を知らずに母の手一つで少年時代を過ごした自分の父親を、一つは直ぐに怒鳴り、手を上げる家長としての横暴な父親像として、もう一つは子ども、特に幼弱な子どもに対して心優しい父親像として描いている。父親像を描いたエッセイは、『銀座百点』より『家庭画報』に掲載された「字のない葉書」の方が先である。後遺症で右手が不自由な時期に、『銀座百点』の連載だけでなく、『家庭画報』にも「字のない葉書」を執筆していたことに興味が引かれる。

太平洋戦争末期、学童疎開する、まだ字が書けない末娘に持たせた葉書は、はじめは「紙いっぱいにはみ出すほどの威勢のいい赤鉛筆の大マル」が書かれて届いたが、やがて「情ない黒鉛筆の小マルは遂にバツに変った」。そして、疎開先からやせ細って帰ってきた娘を抱いて父親は声を上げて泣いたという。

向田邦子は「私の父が、大人の男が声を立てて泣く」光景を初めて見たという。自分の強い父親が声を立てて泣く姿は衝撃だっただろう。普段は家長として横暴な父親の心の底にある幼い子どもに対する深い優しさを思いながら、エッセイに父親の姿を書き込んでいったに違いない。

「字のない葉書」は小、中学生向けの教科書や文学ガイド本にも採用され、エッセイではあるが優れた文学作品としても認められている。

戦後七〇年を越え、学童疎開を経験した人も高齢となり、記憶も薄れがちになっているであろう。学童疎開の思い出を記録しておく活動が聞こえる昨今であるが、学童疎開の様子が端的に書かれた「字のない葉書」に目を通すことによって、自分が経験した、辛く、ひもじかった学童疎開を思いだす人も多いだろう。

向田邦子は記憶の達人といわれている。向田邦子のエッセイはどれも驚くほどの記憶力に裏付けられており、それだけに読む者にとっては具体的な出来ごととして心に響いてくるものがある。

向田邦子はエッセイの中で、「思い出」について語っている。「思い出というのはねずみ花火のようなもの」（「ねずみ花火」）、また同じように、「記憶というのは、糸口がみつかると次から次へと自然にほどけてくる」（「学生アイス」）。思わぬときに突然思いだした昔の記憶はそれがきっかけとなって次から次へと思い出が浮かび上がってくるものだ。また、向田邦子は「思い出に加筆修正するほど勿体ないことはない」（「ツルチック」）ともいっている。思い出は口に出しているといつの間にか色がつき、形が変わってきて時には膨らんでくる。思い出が変わってしまうことを勿体ないというのが思い出を大事にする向田邦子である。

「字のない葉書」と同じ内容が書かれたエッセイに「無口の手紙」（『男どき女どき』所収）がある。このエッセイは『サンデー毎日』（昭和五四年二月一一日号）の「ペンは声よりも強し手紙のすすめ」という特集に掲載されたもので、手紙離れの時代に手紙を書くことを推奨する内容である。向田邦子はこのエッセイを「手紙にいい手紙、悪い手紙はないのである。（略）書かなくてはいけない時に書かないのは目に見えない大きな借金を作っているのと同じである」と結んでいる。これも心に残したい名文だ。

「無口の手紙」の主題は手紙を書くことを勧める内容であって、「字のない葉書」の部分は挿入話であるから、多少大まかになることもあるだろうし、両方を比較することは無理があるかも知れない。しかし、記憶されている思い出をどういう風にエッセイに生かしたかを見ることは興味深い。何か所か比較してみる。

「字のない葉書」では「雑炊用のドンブリを抱えて、妹は遠足にでもゆくようにはしゃいで出掛けて行った」、「無口の手紙」には「自分の名前を書いた雑炊用のドンブリを手に、学童疎開をしたのだ」とあり、別行で「遠足にでも行った気分だったにちがいない」とある。ここでは、「雑炊用のドンブリ」と「遠足にでもゆくようにはしゃいでいた」がキーワードである。

また、妹からの最初の葉書が届いたのは、「字のない葉書」では「一週間ほど」であり、「無口の手紙」では「四、五日して」とあり、微妙な違いがある。

疎開先での歓迎は「字のない葉書」では「地元婦人会が赤飯やボタ餅を振舞って」、「無口の手紙」では「地元の国防婦人会がお汁粉を作って」となっている。赤飯かボタ餅かお汁粉ははっきりしないが、何か美味しい甘いものを食べさせて歓迎してくれたことは確かであろう。

帰ってきた妹を迎えたときの光景については、「字のない葉書」では「茶の間に坐っていた父は、裸足でおもてへ飛び出した。防火用水桶の前で、痩せた妹の肩を抱き、声を上げて泣いた」とある。「無口の手紙」では「茶の間に坐っていた父は、裸足で門へ飛び出し、妹を抱えこむようにして号泣した」となっている。「防火用水桶の前で」と当時の街の様子を描写する言葉が「字のない葉書」には書かれて一層臨場感がある。そして、「字のない葉書」では「私は父が、大人の男が声を立てて泣くのを初めて見た」とあるのが、「無口の手紙」では「私は父が」の言葉が取られている。「私は父が」によって、強いはずの自分の父親が声を立てて泣く姿に衝撃を受けた気持ちが強く表されているように思う。

「字のない葉書」と「無口の手紙」では多少の表現の違いや言葉の多い少ないはあるが、記憶している思い出はしっかりと押さえられているということなのだろう。

ところで、「字のない葉書」に書かれているエピソードは、演出家・久世光彦が向田邦子との二〇年間にわたる付き合いを振り返って書いた『夢あたたかき』（講談社）の「姉らしき色（2）」にも記されている。ただ、内容に微妙な違いがある。学童疎開中の上の妹と下の妹の二人が出逢ったときのことである。

二人の妹はそれぞれ山梨県の別のところに学童疎開していたが、「字のない葉書」には、「少し離れた所に疎開していた上の妹が、下の妹に逢いに行った」とある。それが「姉らしき色（2）」では、「先生に引率されて校外授業で山に出かけた際に、偶然二つの学年が出会ったことがあった」となっている。上の妹が下の妹のところへ個別に逢いに行ったのと、校外授業で山に出かけた際に偶然出逢ったという違いがあるのである。

また、「姉らしき色（2）」には、「まず向こうのグループの中に姉（筆者注：上の妹）の姿を発見したのは和子さん（筆者注：下の妹）だった。」とあり、更に「息を呑んだついでに、和子さんはしゃぶっていた梅干しの種を飲み込んでしまった」とある。一方、「字のない葉書」には「下の妹は、校舎の壁に寄りかかって梅干の種子をしゃぶっていたが、姉の姿を見ると種子をペッと吐き出して泣いたそうな」となっている。下の妹は、懐かしい、上の妹の姿を見つけ、思わず、しゃぶっていた梅干の種子を呑み込んだか、ペッと吐き出したかしてしまった。

そして、「姉らしき色（2）」には、「いまでも、その話をするとき、二人の妹さんは涙を流して笑い転げる」とあり、更に「生前の向田さんも、自分がその場に立ち合ってはいない話なのに、やっぱり泣きながら笑ったという。切なくて、可笑しくて、いかにも向田さんの好きそうな話である」となっている。

二人の妹のこの出逢いのエピソードについては、久世光彦の方が詳しく書いている。そして、「この話は、話好きの向田家の歴史の中でも、かなり上位にランクされるエピソードらしい」ともある。確かなところはわからないが、向田邦子も家族と何回もこの思い出話をしていたのであろう。

家族から離れて寂しく学童疎開していたときに、偶然、懐かしい姉の姿を見つけたときの妹の気持ちが胸に迫ってくる。しゃぶっていた梅干の種子を思わず飲み込むか吐き出すかしてしまった咄嗟の出来ごとも想像できる。梅干の種子は、お八つのお菓子も乏しかったであろう食糧難の中では、ひもじく哀しい疎開生活を思い出させるものであることも間違いない。

子どもの頃に経験し、記憶した思い出は心の底から消えることがなく、向田邦子は「思い出とは何と強情っぱりなものであろうか」と書いている（「鹿児島感傷旅行」）。

優れた記憶力により刻みつけられた思い出は一枚の写真のようなものかも知れない。そのピンポイントの写真に様々な具体的な事象が加えられ、そして、より生き生きとした表現を与えられることによって、読む人の心に響くものになっている。そこには、向田邦子がテレビドラマの脚本執筆で築き上げてきた表現力が十分に生かされていると思う。

「字のない葉書」

半沢幹一

向田邦子の数あるエッセイの中でも、中学一年の国語教科書に載っているという点で、「字のない葉書」がもっとも有名であろう。実際、教科書でこの作品に接したことがきっかけで、彼女のエッセイや小説を読むようになったという若い人が少なくない。それほどに学校教材に取り上げられることの影響は大きい。

しかも、実践言語技術教育シリーズ中学校教材編の一冊として、渋谷孝・市毛勝男編『「字のないはがき」の言語技術』（明治図書、平成九年）という指導用参考書も出ているくらいであるから、教材としての重要度もそれなりに高いことがうかがえる。

ただし、無邪気に喜んでばかりはいられないところもある。高島俊男「教科書の、向田邦子改竄」(『諸君!』文藝春秋、平成二一年三月)が指摘するような、一〇〇カ所近くの表記の手直しという問題も、たしかにある。が、それ以上に考えなければならないのは、この作品の取り扱われ方である。

「字のない葉書」というエッセイは短い文章であるし、表現も内容も難しくはないので、今の中学一年生でも読解は十分に可能であろう。しかも、親子関係を描いたものであるから、共感も得やすいかもしれない。だからこそ、教材として選ばれたとも言える。しかし、じつはそこに、一つの大きな落とし穴があるように思えてならない。

東京書籍の教科書では、この教材の「学びの窓」として「「わたし」の心に残る父の姿を、次の二点から読み取ろう。①父の人がらを直接表している言葉。②父の人がらが行動に表れている箇所。」とあり、同社の指導書は、「人物の行動から人物像を理解する」ことを「学習目標」とし、「心の成長の著しい中学一年生という時期に、また近年の核家族化の傾向の中で、かつてのように生活の苦労を分かち合いながら家族の絆を確かめ合う機会が少なくなっている現代、親子の絆、家族の愛情を考えるのにふさわしい内容を含む作品」と解説している。

これらを読む限り、文学教材の定番とも言うべき指導内容であって、とくに問い質すべき点はなさそうである。しかし、ここには隠された、確固たる前提がある。それは、このエッセイが向田家の実話そのままであると捉えられているということである。

この点に関して注意しておきたいのは、エッセイ最後の一段落である。「あれから三十一年。父はなくなり、妹も当時の父に近い年になった。だが、あの字のない葉書は、だれがどこにしまったのか、それともなくなったのか、わたしは一度も見ていない。」とある。つまり、件んのエピソードの核心とも証拠とも言うべき、肝心の実物がない、ということを、わざわざ断っているのである。

子供の頃の思い出の品がいつの間にかなくなってしまっているというのは、けっして珍しいことではない。あまつさえ戦中・戦後の混乱状況を考えれば、むしろ当たり前とさえ言える。とすれば、向田の断わりは、ただその事実を示しているにすぎないととることもできる。しかし、もしそれだけのことならば、なくもがなの一段落ではないだろうか。

しかも、「父はなくなり、妹も当時の父に近い年になった。」という一文を受けて、「だが、あの字のない葉書は」のように、なぜ「だが」という逆接の接続詞を用いたのか。それは、事実として確認できることと確認できないことを対比するためであった。もちろん、「字のない葉書」という物のほうは、今や向田の記憶の中にしか存在していない。

このことは、それがかつて実在したことを否定するのではまったくないし、まして向田が勝手に作り出した虚構ということでもない。ただ、最後の一段落は、このエッセイがあくまでも向田の記憶の中の事実として描かれていることを示そうとしたのである。

そこには、当然ながら、時間の経過とともに、記憶につきまといがちな歪曲や偏向も含まれているはずである。「「わたし」の心に残る父の姿」というのも、まさにそのようなものとして理解されなければならない。

エッセイの中では、「威厳と愛情にあふれた非の打ちどころのない父親」も「暴君であったが、反面照れ性でもあった父」と表現されている。けっして嘘ではあるまい。しかし、これらは、大人になり、父を亡くしてからの向田の見方なのである。

「字のない葉書」のエピソードの時、向田は一六歳という思春期真っ盛り、戦時中の東京市立目黒高等女学校の生徒だった。それをエッセイにまとめたのが四六歳の時。この時間の隔たりはあまりにも大きい。中学生がリアル・タイムで、「親子の絆、家族の愛情を考える」のとは、訳が違うのである。

「字のない葉書」も含め、向田のエッセイの多くは、昭和の庶民生活を描いた記録としても読まれることがあるが、向田作品はそれを超えた、文学としての普遍的な問題性を含んでいる。「字のない葉書」ならば、さしずめ家族・親子のあり方という問題になろう。

この点をふまえ、このエッセイを中学生に読ませる時、真に問われることは、文章に描かれている、もはや対等の位置にある大人の目からの父親像をとおして、まだ立場に大きな落差のあった少女の目から見た父親像はどうだったか、ではないだろうか。

向田が小さい頃から大人びていて、利発で感受性豊かだったことは、第一エッセイ集の『父の詫び状』のエピソードを読めば、よく分かる。それでも、父親の理不尽な言動に、やむをえず黙ってはいたものの、子供なりの反発や反感を強く感じていたこともしばしば記されているのである。

「字のない葉書」というエッセイから、「父の人がら」さらには「親子の絆、家族の愛情」を読み取ることは、中学生にとってはむしろ余裕すぎるほどであろう。今時のアニメが描く「神話」あるいは「伝説」に出てくるキャラクターのように。言うまでもなく、神話化・伝説化されるのは、現実にはありえないからである。向田も、「字のない葉書」をとおして、父親のまさにそういう「神話」を描いたのであった。

とすれば、教材として取り上げるべきことは、その神話をいかに中学生の多様なリアルに結び付けるか、であろう。それはすなわち、「字のない葉書」の神話性を問い直し、生ま身の親子関係がどうだったかを考えさせることに他ならない。

「無口な手紙」

平間美紀

「無口な手紙」というエッセイが『男どき女どき』に所収されている。初めて読んだとき、あれれと思った。「字のない葉書」（『眠る盃』所収）とエピソードも内容もほぼ同じだったからである。

向田のシナリオや小説の中には、同じエピソードを用いたものが散見される。しかしエッセイにおいてもとなると、ちょっと驚いたのである（「灰皿評論家―幕あい」（『女の人指し指』所収）と「お釣り」（『夜中の薔薇』所収）も同じエピソードを用いているが内容は全く違う）。

それにしても、「無口な手紙」を読んだときの違和感はなぜなのだろう。国語の教科書で読んだ「字のない葉書」が、初めて触れた向田作品だったせいだろうか。あるいは、この作品は

「直木賞台風」の中で、向田が「生き急ぎ、書き急いだ」時期の作なのではないかとも思ったが、初出は昭和五四年二月一一日の『サンデー毎日』だったので、直木賞受賞後に原稿を断ることが出来ずに追い詰められていた時期（昭和五五年七月）以前であり、ちょっと考えにくい。

「無口な手紙」には、「今までで一番心に残る手紙といわれると、戦争末期に、末の妹が父あてに出した何通かの手紙ということになる。」と書いたうえで、「これは以前に随筆に書いたので気がさすのだが、代わりが思い浮かばないので書かせていただくことにする。」とある。つまり向田本人が自作の本歌取りをしますよと宣言したうえで同じエピソードを書いているのである。

そのことに気付くまでに長い時間がかかっている。なんとなく目にしたくないような気持ちがあったからかもしれない。手元にある『夜中の薔薇』や『眠る盃』は、もう一冊買ったらというほどに角まで擦り切れているのに、『男どき女どき』の方はきれいなままなのである。

このころの向田はなにをしていたのだろう。『向田邦子鑑賞事典』をひいてみたところ、とある偶然に出会った。「2月11日、三十八年ぶりに鹿児島に向かう。13日まで二泊三日の旅行。」とある。同窓会に出席したのである。そして仕事の方では、同じ二月一一日に「無口な手紙」以外に『週刊読売』に「マハシャイ・マミオ殿」が掲載されている。

これは…と勝手な推理が働く。四〇年近く「故郷もどき」と称して思い続けた鹿児島旅行直前の原稿締切。何も思い浮かばない……ときて、エイと自分から但し書きをしたうえで、同じ内容を書いたのではないだろうか。

もちろん、これは個人の憶測にしかすぎないし、向田さんにしてみれば、大いなる余計なお世話であろう。しかし、長年なんとはなしに、同じ作者なのに、贋作に見えてしかも開き直っているこの作品への違和感が、年表との楽しい一致により、内情が分かった気になり、ちょっと可笑しくなった。

「アー、終わった。」といいつつ、機上の人となった向田が垣間見えるようである。

「一冊の本　我輩は猫である（夏目漱石著）」

小川雅也

私は人がどんな本を読んでいるかが気になる性質です。それは世間でベストセラーになっているものが何かというのではなく（それが気になることもありますが）、親しい人、自分が興味を持っている人がどんな本を読んでいるかに興味があるのです。自分の本棚を覗かれるのは、自分のヌードを見られるようで恥ずかしいと言った著名人がいましたが、本棚はその人の嗜好、思考、志向、勿論、見ようによっては赤裸々な欲望が並ぶ場所であり、大袈裟に言えば、その人の人生を象徴する場所でもある気がします。

かつて実践女子大学日野キャンパスの立派な図書館の一角に向田さんの本棚がありました。小説、ルポルタージュ、旅行記、料理本、写真集、病気に関する本、辞書・事典類、雑誌など多岐に渡るジャンルの本が大振りの本棚四つにぎっしりと詰まっていました。並べ方はほぼランダム。自他共に整理整頓が苦手と言っていた向田さんの面目躍如？の本棚のあり様は妙に親しみを感じさせてくれます。向田さんはどんなふうに本を読んできたのか。本棚を目の前にして、想像力をかきたてられます。向田さんの読書はどんなものだったのでしょう。

そんな私の好奇心に対し、ヒントを与えてくれるようなエッセイがいくつかあります。その中の一つが『眠る杯』に収録されている「一冊の本」。副題に「我輩は猫である（夏目漱石著）」と添えられています。「この本に出会ったのは、小学校五年生のときです。」の一文で始まるこのエッセイは、本好きな父親が月給の二割近くを注ぎ込んで買い揃えた本でいっぱいの納戸に、向田さんが忍び込み、そこに並ぶ本を隠れ読んだ話です。あの有名な「我輩は猫である。名前はまだ無い。」の冒頭から向田さんは引き付けられ、学校へ行く時間が惜しいと思うほど、この小説を読みふけったと述懐しています。親に内緒でおとなの小説を読む最初となったらしいこの体験を「おとなの言葉で、手かげんしないで、世の中のことを話してもらっていました。」と表現しています。ひげをはやした偉そうな夏目漱石から一人前のおとな扱いされている。少女時代のそんな素直な、微笑ましい心情を述べています。そして、その数行後に、ちょっとドキッとするような感慨が……「初めて手にした本は、初恋の人に似ています。初めて身をまかせた男性ともいえるでしょう。」このエッセイが女性誌（『ジュノン』昭和五二年六月号）に掲載されたものであることを考えると、さもありなんという表現です。

しかし、続けての一文「さして深い考えもなく、だれにすすめられたわけでもなく、全く偶然に手にしたこの一冊は、極上の薫り高い『ほんもの』でした。このことを私はとてもしあわせに思っています。」を読むと、少し複雑な心境になります。前文そのままに「一冊」を「一人の男性」と置き換えれば、向田さんの切ない女心を表現しているように思えて、ちょっと胸が苦しくなります。偶然出会った最初の男性が「ほんもの」で自分はとっても幸せだった。この心情を読書にかけて吐露していると言えば勝手過ぎる想像でしょうか。

穿った見方かもしれませんが、向田さんが読書を語るときには官能的なものを感じます。「この本を隠れ蓑にして、バルビュスの『地獄』や鷗外の『ヰタ・セクスアリス』を読んだ。」（「良寛さま」『霊長類ヒト科動物図鑑』所収）といったエロチックな本を隠れ読んだことや、「読書は、開く前も読んでいる最中もいい気持ちだが、私は読んでいる途中、あるいは読み終わってから、ぼんやりするのが好きだ。砂地に水がしみ通るように、体の中になにかがひろがってゆくようで『幸福』とはこれをいうのかと思うことがある。」（「心にしみ通る幸福」『夜中の薔薇』所収）とは高度に精神的でもあると同時に、とても官能的な感想でもあるように思います。

深い考えもなく、人に奨められたわけでもなく、全く偶然に出会った人が、本気で愛するに足る「ほんとう」の人だった、そのことを心から幸せに思う…そう言いたい気持ちを読書に託して向田さんは文字に綴ったのではないでしょうか。フランスのモラリスト、ジューベールの言葉「悲しいかな！　最大のよろこびをあたえるものは書物であり、最大の苦悩の原因となるものは人間である。」を思い出します。早熟で多感な少女が、おとなになり愛する人間によって喜びも苦悩も与えられ、失った官能を、最大のよろこびを得られる読書に託したと言えば、向田さんに叱られるでしょうね。

平成一七年公開の映画「いつか読書する日」（監督・緒方明、脚本・青木研次、主演・田中裕子・岸部一徳、モントリオール世界映画祭審査員特別賞等受賞）を御覧になったことはあるでしょうか。青春時代に同級生だった、同じ町に暮らす中年男女の切ない恋物語です。田中裕子演じる主人公・美奈子の寝室の壁には本がぎっしり詰まった古い本棚。この部屋で「カラマーゾフの兄弟」の冒頭の一節を繰り返し読み、啜り泣く美奈子。「……この娘は、幾年かの間、ひとりの男に謎のような恋をささげていたが、いつでも平穏無事に華燭の典をあげることができるのに、けっきょく自分で打ち勝ちがたい障害を考え出して……」（「カラマーゾフの兄弟」米川正夫訳）。数十年の秘めた思いがかない、やっと結ばれた愛する男性を川で溺れる事故で失った美奈子。悲しみを乗り越えようとする決意表明にも似たセリフは「読書でもします」でした。向田さんの読書はどんなものだったのでしょう。

「拾う人」

大脇多恵

今、NHKで「サラメシ」という、様々な職種の人のお昼ごはんをのぞく番組があり、そこには人生そのものというお弁当が登場する。社員食堂で、気合の入った上司手作りの昼食が月一回ふるまわれるとか、妻の手作り弁当を山でたったひとりで食べる木こりの人のお昼とか、興味は尽きない。それらを見るたびに、向田さんのエッセイ「拾う人」に出てくるお弁当の数々とオーバー・ラップするのである。

機動隊員のお弁当を値踏みするシーンがおかしい。稲荷ずしと海苔巻のセットを見て、「二八〇円！　命を張って市民を守る機動隊の昼食は意外につつましい」。一方のデモ隊の方はさらに安く、二三〇円。昭和五五年のことなので、今ならさしづめワンコイン、五〇〇円というところか。

また、花見のころ、若いカップルが、臨時のゴミ捨て場に捨ててあったお弁当の中からプラスティック容器入りの醤油を、何の抵抗もなく拾って、彼女手作りらしきお弁当に使うというシーン。その間、少し離れた所にいて、じーっと観察しつつ、ビックリして肝心のおかずを見逃してしまうという失敗をする向田さん。私としたことが…とホゾをかむ様子が微笑ましい。

次がすごい。山手線の電車の中で、アルミの弁当箱を開いて食べている男性が登場する。なんと箸の代わりに万年筆と鉛筆を使っていたのである。

次の予定までに、とにかく、どうしても、そこでお弁当を食べなければならない事情があったのであろう。あえて黙々とお弁当を食べることに集中する、その男性の、人目を憚らない強い意志を天晴れと思ってしまう。

私も、いつだったか、駅前のロータリーにある花壇のブロックに腰を下ろして、お弁当を食べる若い女性に出会ったことがある。ここでしか食べられないから、という切羽詰まった感じだった。周りの人は、アラッ、と一旦は目を止めても、皆そのまま通り過ぎていた。自分が気にするほど、普通の人は見ないものなのである。

このエッセイのラスト三行は圧巻である。「食べたかったら万年筆の箸で食べればいいのである。（略）欲しいものがあってもはた目を気にして素直に手を出さないから、いい年をして、私は独りでいるのかも知れない。何だか粗大ゴミになったような気がして来た」。

ここに、ズバリ向田さんの人生観を感じる。人の生き方をも見透かしているようで、大好きである。

「手袋をさがす」

伊藤まき

私が向田エッセイに出会ったのは高校生の頃で、『父の詫び状』が最初でした。その軽妙洒脱な文章に大変感銘を受け、以後向田作品のファンになり、折に触れては彼女のエッセイに親しんできました。

そんな私も気がつけば、向田さんの亡くなった歳を越えていました。そして、歳を重ねるごとに、エッセイの読み取り方も変わってきたのですが、そのひとつに「手袋をさがす」があります（『向田邦子愛』の中の「わたしの好きな向田作品」で一位になった人気のエッセイでもあります）。

このエッセイは、お気に入りが見つからなかったため、手袋なしで冬を過ごしたという、彼女の若い頃の思い出話から始まります。なぜそうしたのか、それは自分の持ち物一つにしても妥協はしたくない、という自身の性格によるものであり、手袋一つのこだわりは、生き方へのこだわりにもつながり、周りから何と言われようと妥協せず、自分の人生を模索してきたということを語っています。

向田さんは、自分自身のことはあまり語らなかった人と言われています。そんな向田さんが、このエッセイでは手袋になぞらえ、いつになく自身の本質について語っているのです。

このエッセイは昭和五一年に『ＰＨＰ』という雑誌に発表されたものです。この時、向田さんは四七歳でした。『寺内貫太郎一家』の放映開始が四五歳の時だったので、人気脚本家としての地位を確立していた頃です。

一方で、向田さんは四六歳の時に乳癌を患い、人知れず手術をしています。向田さんは代表作であるエッセイ集『父の詫び状』を執筆した理由を、そのあとがきで、「誰にあてるともつかない、のんきな遺言状を書いておこうかな、という気持ちもどこかにあった。」と書いていますが、この「手袋をさがす」もそんな気持ちがどこかにあったのではないでしょうか。大病を患い、死の恐怖と隣り合わせた日々の中、己の人生を振り返り対峙する時間も多々あったことでしょう。このエッセイは、そんな中で書かれたものと思われます。

エッセイの中で、自問自答を繰り返しながらも、夢中で走り続けた若い頃を、向田さんはこう書いています。

私は若く健康でした。親兄弟にも恵まれました。暮しにも事欠いたことはありません。つきあっていた男の友達もあり、二つ三つの縁談もありました。今考えればみな男としても人間としても立派な人たちばかりで、あの中の誰と結婚していても私は、いわゆる世間なみの幸せは手に出来たに違いありません。

にもかかわらず、私は毎日が本当にたのしくありませんでした。

私は何をしたいのか。

私は何に向いているのか。

向田さんの生きた昭和の時代、女性の生き方の選択肢は多くありませんでした。「女のくせに」「女だてらに」などという言葉がつきまとう中で、結婚もせず仕事ひと筋で生きるのには様々な葛藤があったことでしょう。

そしてエッセイの後半で、仕事も軌道に乗り、自立した女性となった現在の自分をこう語ります。

たったひとつの私の財産といえるのは、いまだに「手袋をさがしている」ということなのです。

この一文は、妥協することなく自身のこだわりを貫いた、己の生き方の肯定ともとれます。私自身を振り返ってみると、結婚、出産をし、主婦となり、向田さんのような自立とはほど遠い平々凡々な人生を歩んできました。それでも、ささやかでも、生活の何かにこだわりを持ちたいと模索はしてきました。

そう考えているのは私ばかりではないようで、近年、「こだわりのある衣・食・住」を扱った本が次から次と出版されています。私は小さな図書館に勤めているのですが、これらの本はいつも予約でいっぱいです。向田さんの衣・食・住へのこだわりに関する本も数多く出版され、雑誌の特集でも毎年のように取り上げられています。

大量消費をやめ、ものにこだわりを持って身の回りにお気に入りを置くことで心豊かになりたい。でも巷にはさまざまなものが溢れ、何がよいものなのか、何を選んだらよいか分からない。そしてまた、自分自身は何を目指し、どこへ向かえばよいのか。

向田さんの生きた昭和の時代に比べれば、ずっと自由になったはずなのに、多種多様過ぎて分からなくなっているのです。

向田さんが死後三五年以上経った今でも、多くの支持を得ているのは、妥協することなく選んできたものに間違いがなかったということ、そしてまた、迷いの中でも、見失うことなく自分らしい生き方を貫いてきたという自負を、押し付けがましくなく、ユーモアたっぷりに、いわゆる向田流に語っているからだと思うのです。

日々の生活のいろいろな場面で、流されそうになった時、パラパラッとページをめくり、向田さんの本質に触れ、トントンと背中を叩いてもらう、私にとって「手袋をさがす」は、そんなエッセイなのです。

「手袋をさがす」

橋本多嘉子

「手袋をさがす」は、向田さんのエッセイの中でも一番の人気のようである。

決して妥協はせず、理想を求め、頑張る生き方に、私ももちろん、初めて読んだ時から、完全に虜になったし、歳を重ねた今でも、読み返して、共感する気持ちは変わらない。

ただ、向田さんが亡くなった後、恋人の存在（私は、『向田邦子の恋文』は公刊して欲しくはなかったが）、ご家族の色々な問題など、最初に読んだときは知らなかった〝秘められた顔〟が白日にさらされたことによって、読み手の方にも、感じ方の変化は当然あっただろう。

このエッセイは、「二十二歳の時だったと思いますが」で始まるが、寒い冬の夜、向田さんに五目そばをご馳走して、女の人生訓を説いた、三五、六歳の職場の上司というのは、ひょっとしてカメラマンN氏ではなかったのでは?

まあ、これは見当違いとしても、このアドバイスは、向田さんにとって自分を見つめ直し、その後の人生を大きく左右した、貴重なものだった。彼女はこの出来事を契機に、最初の職場を退職し、新たな職場で、後の活躍のスタートを切った。

カメラマンN氏は、映画雑誌の記者となった彼女の仕事にアドバイスを与え、日々女として成熟していく姿をカメラで捉え、公私ともに、二人の関係は深まっていく。

しかしながら、二人の間柄は、世間には公にできない恋、非売品の手袋だった。その上に、N氏が病に倒れるという、彼女にとっては想定外のことがおこり、最後は自死という結末を迎えた。向田さんは、N氏の写真機のシャッターが下りるまでの一三年間を、周囲には何も語らなかったそうだが、どんな思いで、N氏とかかわったのだろう。

もう一方、長女として生まれ、なにくれとなく一家を支えてきた向田家にも、丁度この時期彼女が愛してやまなかったお父さんの浮気という問題が起こり、波風が立っていた様である。

このエッセイの中で、私が、一番注目したのは、「私は「清貧」ということばが嫌いです。それと「謙遜」ということばも好きになれません。清貧はやせがまん、謙遜は、おごりと偽善に見えてならないのです。」という件り。

向田さんは、仕事はもちろん、衣食住、自分の好みに合わないものは受け入れない、たとえ分をわきまえないと言われようと、妥協なんて真っ平、なにがなんでも頑張って、気に入った手袋をさがせばいい、と書いている。気に入らない手袋のままだったら「私の一生は不平不満の連続」であったとも。だが、しかし、N氏との恋、家族の問題に関しては、およそ、この強い意志、生き方を貫けるものではなかったはずである。はめたくはなかった、気に入らない手袋、理想通りに行かない、不平不満の日々。彼女はその手袋をじっと見つめ、裏の裏まで観察し続けたのではないだろうか。そして、その厳しい現実を埋めるため、仕事に没頭し、面白いもの、欲しいものを手に入れるために、がむしゃらに働いたのではないだろうか。

その結果、苛察《かさつ》の人の手の、人間と言う厄介な生き物のその手袋は、数々の向田ワールドの作品に化け、最高の手袋に変身したのではないかと思う。

二二歳のある日の出来事が、感動の作品になったのは、向田さん四七歳、二五年後のことである。時という、忘却と赦しの流れの中を通り抜けて、書くことが出来た名エッセイ。

諸々の真実を知らぬが故に、勝手に想像・解釈しながら、あらためて読んで、「完璧主義、欲張り、お洒落、一流好み、いい格好しい、博識家、遊び人、鋭い好き嫌い、嘘つき、サボりたがり、隠れ努力家」等々、少女の可愛さ、少年のようなしなやかさ、そして、したたかな人生の達人の〝女の中のをんな〟、向田邦子を、私は今も愛して止まない。

「夜中の薔薇」

井内温雄

「眠る盃」というエッセイでは、「荒城の月」という名曲をなるべく歌わないようにしている、とある。理由は必ず一ヶ所間違えるところがあり、「春高楼の花の宴　眠る盃かげさして」と歌ってしまう、というのである。

「眠る盃」の半年後に書いたという「夜中の薔薇」では、友人の出版を祝うパーティーで、小声でいきなりシューベルトの「野中の薔薇」を歌い出す女性が登場する。その人は「随分長いこと、夜中の薔薇と歌っていたんです」と囁く。それを受けて、「眠る盃」を発表して以来、歌詞を間違って覚えてしまう、似たようなことは、どなたにも覚えがあるとみえて、かなりの手紙や電話を頂戴した、と記憶間違いの例を数例挙げている。

私も「まだあります」と向田さんに言いたい。北島三郎の「函館の女」である。冒頭の「はるばる来たぜ函館～逆巻く波を乗り越えて」、ここまではよいのだが、「あとは女と言いながら～」と覚えてしまった。随分思い切った卑猥な歌詞だなあ、そこまで女に焦がれて函館へ乗り込むのか。題名が「函館の女」だからかなあ…。ところが最近、カラオケでこの歌を歌う人がいて、「あとは追うなと言いながら～」と歌っていた。私は絶句した。なるほど！、これで納得した。五〇年近く「あとは女」と思い込んでいたのである。

それはともかく、向田さんはこの手の話をすぐに切り上げ、話題を子供の頃に振る。それは子供が夜中にご不浄に起き、戻りしなに茶の間に夜目で見た薔薇のことである。かと思うと今度は、ど忘れしていた「夜中の薔薇」の女性の名前を思い出し現在に戻る。そうして再び小学校の三年か四年の時に茶の間で爪を踏んで血がにじんだという話になり、小道具とも言うべき「爪」を出す。それからまた過去の駆け出しの脚本家時代に移り、「男と女の爪は違う」という意味のセリフをディレクターに削られた悔しさへと繋げ、別のドラマで台詞を使い鬱憤を晴らした、と現在に戻る。このように薔薇、爪という小道具をネタに現在と過去を繋げる。この展開が絶妙だ。

それから、夜更けの電話で中年の女の身の上相談のこと。「甘ったれるのもいい加減にして下さい」と切る。そして今度は、戦争が終って一、二年めの女学校の女の先生宅での一晩のお泊りの話になる。その夜中に女の先生と男との言い争いを聞き、翌朝その男が先生の叔父さんで食糧を置いて帰ったと聞く。本当？と思わせる。

何でこんな全く関連しない話が出てくるのか。支離滅裂である。しかし、ここが向田さんの真骨頂と言っていい。鍋の中に色んなエピソードを放り込んで、テーマである「夜中の薔薇」というさじでかき混ぜるという感じだ。

終盤に、夜中に帰った時、新聞紙にくるんでドアの前に置いてあった薔薇の花束が登場する。その花のわけを記して、浴槽に入れた、とある。これが「くれない匂う夜中の薔薇」であると締めくくると思いきや、その前に、何年か前に乗ったタクシーの運転手がノモンハンの生き残りというエピソードを出す。ひどい負傷をして後方に運ばれ、ＴＶドラマ『コード・ブルー』のトリアージの様に、軍医が生きる見込みのある者には青札、見込みのない者には赤札をつける。その人は、本当は赤札をつけられる筈だったが、軍医がくたびれていたのか間違えて、青札を付けられ九死に一生を得たという。これは何を言いたかったのか。このタクシー運転手が夜中の薔薇だというのだろうか。解らない。向田さんに聞いてみたい。

私は向田さんのエッセイを他と比べて違いを述べたり、自分ならこうこう読むとか偉そうな事は到底書いたりできない。ただ向田さんのエッセイは最近の映画の展開に似て、冒頭から全然関連のないシーンを現在と過去で交互に出し、最後には繋げて落ちを付ける。「お見事！」と言いたくなる。だから私はいつも映画を見ている気分で、向田さんのエッセイを読み、展開と落ちを楽しんでいる。

「クラシック」

谷山めぐみ

向田さんのたくさんのエッセイの中には、すばらしく面白くて共鳴するものが多いのですが、中にはちょっぴりがっかりしてしまうものもあります。私のような素人が言うのも何ですが、がっかりしてしまうのはだいたい、テーマに向かって一直線に書かれたエッセイです。たとえば、「ハンドバッグ」ならハンドバッグに関するエピソードが並べられ、最後か途中で向田さんの持論が述べられるようなパターン。

しかし、ここで取り上げる「クラシック」というエッセイはそのパターンとは大違いで、次の五つのエピソードから成っています。

①　ヨーロッパで聞いた「ロザムンデ」のこと。
②　お父様の会社の社歌のこと。
③　小澤征爾さんが指揮した中国オーケストラのこと。
④　疎開と妹さんの夢のこと。
⑤　歌声喫茶のこと。

短い文章の中に、こんなにたくさんのエピソードが入っているのです。書きたいことが構想の器から、順序を選ばず溢れだしている感じです。「クラシック」というタイトルからは完全に脱線しているところが、じつに面白く、魅力的です。どうせなら、もっともっと脱線してほしかったと思います。

①のクラシックのエピソードは、②のお父様のエピソードを導くためだったのでしょうか。このエッセイの一番良いところは、音痴なくせに口伝えで社歌を教えるお父様と、それに従順な家族の皆さんとの間の、ほのぼの、びくびく感です。発表会で実際のメロディーを耳にした後、家族の間では、いったいどんな話になったのでしょうか。話題にすることは避けられたのかもしれませんが、あえてそこまで書かないところに、向田さんの優しさが感じられます。

③と④は正直なところ、あまり面白くないので飛ばして、最後の⑤の歌声喫茶のこと。「ではそこのお父さんとお母さん、歌ってみて下さい」と言われた時、向田さんはどう対応したのか、それについても何も書いていないのですが、すごくすっきりした終わり方で、思わず笑ってしまいます。

せっかちで粗忽、と自己分析する向田さんには、長編小説は似合いません。やっぱり歯切れの良いエッセイと短編小説が絶対に良いと思います。何かについて、いちいち長く説明せず、男と女の別れさえもさりげなく、これが向田流ではないでしょうか。

「ゆでたまご」

田村俊雄

現在、某女流作家が書いている新聞の朝の連載小説がある。それを読んでいると、金がすべて、金があると何でもできると主張しているような気がして、毎朝、それはないだろうと反感を持つ。

私は父の転勤で西宮の中学に一時在籍したが、今も四年ごとの同期会に呼ばれる。昨年も東京から大阪に行き出席した。クラスごとのテーブルで級友が「わしらの中に有名企業の社長、役員はおらんけど、皆とこうして話ができるのは幸せや。」と大阪弁で言うのに、心から同感した。

東京のある集りで、東京ミッドタウンのマンションに住む女性と話をする機会があった折、西宮のその級友の話をした。すると、「まあ、私の周りには、いろんな有名企業の社長が多いのよ。」と言い出した。アレッと思い、何かが違うと感じた。慎ましい中での幸福とは違う、世俗的なものに価値を置く人が、この世には多いのだと思った。

向田さんの「ゆでたまご」というエッセイには、金持ちのきらびやかさとは対極の、貧しい一生徒の生活ぶり、その母や女の先生の行動が描かれている。

「小学校四年の時、クラスに片足の悪い子がいました。（略）足だけでなく片目も不自由でした。背もとびぬけて低く、勉強もビリでした。ゆとりのない暮し向きとみえて、衿があかでピカピカ光った、お下りらしいセーラー服を着ていました。」

その子の母親が秋の遠足の時に、大量のゆでたまごを、「これみんなで」と言って、向田さんに押し付けたのである。

クラスのお荷物になりがちな娘を受け入れてもらいたいという母の願いがぽかぽかと温かいゆでたまごに表れている。向田さんはそこに愛を見たのである。

じつは、最初にこのエッセイをざっと読んだ時、「セーラー服」と書いてあるにもかかわらず、女の子ではなく男の子と思い込んでしまっていた。向田さんの弟の友人に関するエッセイがそう読ませたのかもしれないが、自分の子供のためにたまごを茹でて持ってくる父親はいないであろう。昭和の初めの頃、男性は料理をすべきでないという考えもあり、ゆでたまごを作る父親はいなかったであろう。

息子ではなく娘であると分かると、娘への母の愛つまり母性愛ということに気付いた。

後半に、かなり年配で、小言が多く気難しい、学校で一番人気のない女の先生が、運動会の時、徒競走で一人だけ残され、片足を引きずってよろけている、その女生徒を抱きかかえるようにしてゴールしたことが出てくる。

この先生も女性である。母性本能がそういう行動を命じたのかもしれない。男の先生でも同じようなことをしたかもしれないが。

向田さんは『父の詫び状』で作家デビューしたが、そこでは父と娘の交感が中心になっているのに対し、この「ゆでたまご」では、娘に対する母の愛が描かれている。それは、貧乏な家庭だからこそ際立つのであろう。

「ゆでたまご」で、そのような母と娘の関係をすくいあげた、向田さんのセンスの良さは、何度読んでも感じられる。

ちなみに、ムック『向田邦子ふたたび』の中で、山本夏彦氏が選ぶ「向田邦子エッセイベスト5」には、この「ゆでたまご」が選ばれている。

第四章　向田邦子研究案内

向田邦子研究会刊行物

「向田邦子研究会通信」（年四回）

没後一〇年記念『素顔の幸福』（私家版、平成四年）

研究会一〇周年記念『向田邦子熱』（いそっぷ社、平成一〇年）

『「向田邦子研究会通信」第五〇号記念別冊』（私家版、平成一六年）

『合冊版「向田邦子研究会通信」第一号〜第五〇号』（私家版、平成一八年）

研究会二〇周年記念『向田邦子愛』（いそっぷ社、平成二〇年）

没後三〇年記念『〔ラジオ台本〕森繁のふんわり博物館』（私家版、平成二三年）

『「向田邦子研究会通信」第一〇〇号記念別冊』（私家版、平成二九年）

『研究会三〇周年記念　向田邦子研究会手帖』（私家版、平成二九年）

向田邦子研究史および参考文献

山口みなみ

本稿は向田邦子研究が現在までどのように発展・展開していったのかについて、文献紹介を交えつつ研究史的観点から論ずるものである。

向田自身とその作品が研究対象として本格的に論じられるようになって三〇年余り、現在に至るまで着実に歩を進めている。それについては比較的早い時期に研究拠点が整えられたことも功を奏しているといえるだろう。まず、研究発展の一翼を担っている機関等について触れておかねばならない。

実践女子大学図書館の向田邦子文庫は、向田没後三年を経て、向田の母校である同大学に旧蔵書が寄贈されたのを受けて設置された。昭和六二年に編まれた『向田邦子文庫目録[1]』は、所蔵資料の目録のみならず、著作文献および参考文献目録をも併載した利便性の高いものである。これにより研究に必須の関連資料や参考文献の情報を得やすくなった。翌六三年には、同大学教職員有志によって向田邦子研究会が発足した。資料集・論集の少なかった時代に、いち早く『向田邦子研究会誌　素顔の幸福』(2)をまとめあげ上梓している。現在は入手困難となっているが、研究に携わる者ならば一読しておきたい。同研究会は定期的に研究集会をひらき、会報・資料集を発行するなど、成果をあげている。ほかに、かごしま近代文学館も向田関連資料を多数収蔵しており、一部を常設展示しているほか、特別展を開催するなどしている。

また、没後一〇数年を経て『向田邦子鑑賞事典』(3)が刊行されたことは、基礎研究の充実という意味でも大変重要である。本事典は単独・共作、発表媒体・形態の別を問わず、向田関与の作であれば作品名を年譜に記載し、その年の行動や仕事と合わせ見ることを可能とした。また、代表作については解説を付しており、作品鑑賞の手引きとしてはもちろんのこと、向田研究において必携の書といえる。

さて次に、文学研究の題材として扱われるにいたるまでの道筋について、ごく簡単にさらっておくこととしよう。

脚本家・エッセイストとしてすでに名声を博していた向田は、昭和五五年、第八三回直木賞の受賞により、これまで以上に衆目を集めることとなった。しかしその翌年、旅客機事故により不慮の死を遂げる。向田が小説を執筆した期間は短く、その数もけっして多いとはいえない。だが、向田が活字の世界へ進出したことによって、向田自身やその作品が、のちに文学研究の題材・対象として扱われるようになったのである。

先んじて、主にテレビ業界関係者、交流のあった小説家や親族らによって向田に関する数々の逸話が語られることとなる。代表的なところでいえば、山口瞳『木槿の花』（新潮社、昭和五七年四月）、久世光彦『触れもせで――向田邦子との二十年』（講談社、平成四年九月）、向田和子『向田邦子の青春』（ネスコ、平成一一年四月）や、上野たま子『雑誌記者向田邦子』（扶桑社、平成一九年一〇月）などがあげられる。

しかし、これらは向田とのやりとりを追想したものであり、われわれは書かれた事柄をそのまま受け取るほかない。「姉がこの世を去ってから、姉の友達だった方々と話す機会がたくさんあった。／古くからの友人を含めて、それぞれ姉の話になると微妙に違う。ある人は姉の一、二面を、ある人は三、四面を、またある人は多面的に……というぐあいである。」（向田保雄『姉貴の尻尾――向田邦子の思い出』文化出版局、昭和五八年八月、一五頁）とあるように、それぞれの関係者によって語られた向田像は、向田の作品とともに興味をもってひろく一般に受け入れられることとなった。加えて、作品の背景には向田自身の人生や家族の存在があり、登場人物の造形にも深くかかわっているということをもあらためて読者に気づかせるものであった。

たとえば、『寺内貫太郎一家』のプロデューサーを務めた久世は、その著書『触れもせで』で向田の父が主人公貫太郎のモデルであることについて頻繁に触れている。「ドラマの中身は、石みたいに頑固で一本気で、いまどき流行らない言葉だが、癇癪持ちの父親をめぐる一家の話、つまり向田さんの亡くなったお父さんをモデルにした家庭劇ということで大方きまっていたのだが（略）」（五一頁）、「この「貫太郎一家」に限っては彼女のお父さんがモデルなだけに一人で全回書いていたのである」（一三〇頁）。しかし向田自身、すでに父親が貫太郎のモデルであると明言しており、(4)そのこと自体は既知であった。だが、事実そのものではなく、向田自身による語りと関係者による語り、この両方を得たことにこそ意味がある。初期向田研究は、向田のエッセイや発言のほか、これらの証言を重要な論拠とすることによって展開していったのである。

関係者らの証言が一通り出そろったころ、向田自身やその作品が作家論的視点でもって論じられるようになる。小林竜雄『向田邦子の全ドラマ――謎をめぐる一二章』（徳間書店、平成八年三月）、『向田邦子最後の炎』（読売新聞社、平成一〇年六月）、松田良一『向田邦子心の風景』（講談社、平成八年六月）は、向田の来歴および作品鑑賞の手引きとして現在も広く読まれている。両氏は向田と直接的な関係にはなく、第三者的立場から関係各所への取材と周辺資料の掘り出しを行い、そこに作品の解釈を織り交ぜつつ論を展開している。だが、作品そのものを読み解くというよりは、いかに家族や父親が、向田のアイデンティティに影響を及ぼしているのかを裏付けようとするものであった。

たとえば、小林は『向田邦子の全ドラマ――謎をめぐる一二章』の「第二章　なぜ寺内貫太郎は怒るのか？」において、登場人物のモデルについて論じている。そもそもモデルが「誰」であるかを作者でない者が明確に答えることは難しい。したがって、向田のエッセイなどから「答え」を引く構図である。

また松田は、向田が「私自身のホームドラマには、祖父は、欠落して、姿をみせない(5)」と述べているのに対し、「祖父は鋭い形で登場している」（九九頁）と指摘している。ただ、その人物造形のもととなっているのは父・向田敏雄と、当時としては奔放な生き方をした祖母・向田きんであり、向田のいう祖父の欠落とはそのことを意味するのだと補う。そのうえでドラマにおいて描かれる「色気も性的な関心も高い老人の姿は、邦子が父親から学んだというより、祖母向田きんの応用問題であった」と分析している。「晩年の名作『あ・うん』の初太郎は、一流とはいかないまでもちゃんとした会社で、相当な地位にあった会社員だが、山にとりつかれ息子の仙吉の実印を持ち出して仙吉の財産を根こそぎなくしてしまった老人である。以来、孫のさと子は祖父とじかに口を利こうとしない父の苦り切った表情を見続けることになる。（略）おそらく、この初太郎と仙吉の姿は、祖母と父とをモデルにしたものであろう」（一〇〇頁）。なるほど、未婚のまま自分を産んだきんに対して絶えず苛立つ敏雄の姿も、我が子に詫びるでも取り繕うでもないきんの姿も、彼らを見つめる向田自身も、『あ・うん』の登場人物たちに投影されているように思われる。

エッセイに書かれた事柄を一つの拠り所として、向田の家族観に迫るこのような見方が、向田研究においてもっともオーソドックスであるといえ、それは現行研究にも引継がれている。

川本三郎『向田邦子と昭和の東京』（新潮社、平成二〇年四月）は、懐かしい昭和の語り部としての向田をクローズアップしている。評論の内容はエッセイを論拠にしたものだが、終章「昭和の東京」は向田作品を地理的観点から論じている点で興味深い。「向田邦子の作品の多くがホームドラマであるために、舞台は当然のように、住宅地になり、それは、目黒区や世田谷区、杉並区といった戦前の昭和に発展したところが選ばれる。(略)／山田太一が「現代の東京」に注目したのに対し、向田邦子は「戦前昭和の東京」にこだわった。七〇年代から八〇年代にかけて完全に消えてしまった「戦前昭和の東京」を愛惜し続けたためである。縁側のある家や卓袱台のある暮らし。向田邦子にとっては、関東大震災のあとに生まれた東京郊外の暮しこそが、自分の「故郷」だった」(一六四頁)。

以上、見てきたように、向田自身の家族と作品の登場人物とを合致させて論ずることは、従来の向田研究において常套手段であるといえる。ただ、そこに問題がないわけではない。たとえば、父親の影響を強調するあまり、向田について「ファザーコンプレックス」であるとする場合がある。ファザーコンプレックスということばは表面的には非常にわかりやすく、また的を射ているようにも思われるが、そのように結論付けてしまうのはやや早計である。父娘の関係であれば当然あり得る事柄や感情を、さも特殊なことであるかのごとく歪めてしまうのは非常に危ういといわねばならない。たとえ向田本人がそのように思い、また言及していたとしても、われわれは慎重であるべきであろう。

さて、作家論的見方が主流ななかにあって、『父の詫び状』の生成過程から、題材としての家族をたどったのが栗原敦「『父の詫び状』の本文」（『実践女子大学文学部紀要』第四二集、平成一二年三月）である。本論文は雑誌『銀座百点』に発表された初出と、『父の詫び状』本文との異同を調査したものである。向田は「あとがき」で、「未熟も目についたが」「敢えてそのままお目にかけることにした[6]」と述べているが、実際には大幅な手入れ、順序の入れ替えのあったことが栗原の調査により判明した。栗原は「雑誌等の初出本文に手を入れること自体は一般的なこと」（二〇三頁）と前置きしつつ、『父の詫び状』は家族を主題としたエッセイへと、巧妙に作り上げられたものであることを指摘している。

なお、雑誌発表と単行本との異同については、半沢幹一がいち早く着目し検証している。[7]向田は推敲過程を残す作家ではなかったため、逐次稿を重要な手掛かりとする生成研究には発展しにくいのが実情である。しかし両氏によって雑誌発表と単行本との異同調査が行われ、一部の作品に関しては生成論的アプローチも可能であることが示された。このような異同の検証は、いわば向田の思考の変遷を知る画期的試みであるといえる。

なかでも『あ・うん』は生成論的検証がもっとも必要とされるべき作品である。『あ・うん』はテレビドラマの放映（後にシナリオ集として大和書房より刊行）と雑誌発表、単行本刊行が立て続けに行われている。一般的にはドラマの脚本が先行し、小説はそれを下敷きに書かれたものであると見做されるが、実際にはほとんど同時に成立しているのである。性質の異なるテレビドラマはひとまずおくとして、雑誌発表と単行本とを実際につきあわせてみると、一部で内容が大きく異なっていることがわかる。タイトなスケジュールにありながら、かなり込み入った手入れを行っていたこととともに、単行本化に際して取捨されたエピソードの存在が浮かび上がってくるのである。このことについては拙論「向田邦子『あ・うん』雑誌発表形と単行本における異同および生成について」（実践女子大学文芸資料研究所『年報』第三六号、平成二九年三月）で取り上げている。

さて、向田の人柄や作品は、好意的・肯定的に論じられる傾向があるが、これについては名だたる小説家らによる評価も影響を及ぼしているように思われる。たとえば「向田邦子は短編小説に巧みな作家であった。短編の技法をよく心得て縦横無尽に駆使していた」（阿刀田高）(8)、「すきまのない仕上がりぶり」（水上勉）(9)、「意表をつく出だし、過不足ない情景説明、スリリングな展開、巧みな心理描写、そして卓抜なエンディング」（沢木耕太郎）(10)などである。なかでも当時直木賞銓衡委員を務めていた山口瞳は「向田邦子は、あきらかに、私より上手だった」(11)と絶賛し、さらに向田の人柄について魅力的に語っている。もちろん優れた書き手、魅力的人柄であったからこその評価には違いないだろうが、正しく見ようとするならば、彼らの関係性を差し引く必要もある。したがって、いったん向田の人となりや作品を突き放して論じてみようという動きのあったことは、向田研究において重要であった。

高島俊男『メルヘン誕生——向田邦子をさがして』（いそっぷ社、平成一二年七月）は批判的に論を展開しており、これまで向田の長所と見做されていた点をあらためて問い直している。「万般におよぶ男女のことのなかで、向田邦子にわかるのはごくせまい性のことだけであった。／要するに、小説の内実をゆたかなものにすべき人生体験が彼女には希薄である。そのかわりに精力をかたむけたのが結構の緻密だった。／その結果、彼女の書く小説は、よくできた小さなおもちゃのようなものになった。ふくらみも奥行きもないが、とにかく念入りに精巧に出来ている。」（一七八頁）

さらに毎回同じような構成・展開であるとし、「キンタロウ飴」と表現している。

また、従来の評論および研究は向田の人物評に偏っており、本来論じられるべきである作品の内容についてはほとんど議論されていないと高橋重美は批判している。「複数のジャンルを渡り歩いた向田が一貫して描いたとされる昭和初期の父親を中心とした家族像は、一方で卓越した記憶力を根拠に向田個人の回想としての事実性を強調されながら、もう一方ではその生活描写に共感し、そこにさり気ない中にも強い信頼で結ばれた肉親間の愛情を読み取る読者たちによって、普遍的な〈真実〉とされる。こうした〈個〉と〈一般〉の無批判な相互乗り入れ的読解は、向田に二つを繋ぐ超越的な権限を付与しなければ成立しない[12]」とし、『父の詫び状』などのエッセイが向田自身の話ではなく、記憶の総体として扱われてしまう状況を「不幸な事態」であると述べている。

昨今の傾向として、作品をより重点的に読み解こうという動きが高まりをみせている。高橋行徳『向田邦子『冬の運動会』を読む』（鳥影社、平成二三年二月）および『向田邦子、性を問う――『阿修羅のごとく』を読む』（いそっぷ社、平成二六年一〇月）、鴨下信一『名文探偵、向田邦子の謎を解く』（いそっぷ社、平成二三年七月）や、半沢幹一『向田邦子の比喩トランプ』（新典社、平成二三年二月）、『向田邦子の思い込みトランプ』（新典社、平成二八年一月）などで、それぞれのタイトルからも読解に力点がおかれているとわかる。これは既存研究において、作品の読解が十分なされていないことを意味するものである。

なかでも高橋行徳はシナリオを読むことに注力しており、実に丁寧に読みほぐしている。高橋がシナリオにスポットを当てる理由は、向田が残した作の大半はテレビドラマ、すなわちシナリオなのだから、それについて積極的に論じられるべきだと考えているからである。

とはいえ、向田のシナリオ研究がやや多難である理由は、実のところシナリオの取り扱いそのものにあると思われる。文学テクストとして見做すことは可能ではあるが、いざ扱おうとするとすぐさま小説との性質の違い、事情の違いが浮き彫りとなるだろう。収録済みの台本を活字におこしていると思われるが、その台本自体の出所はどこであるのかがいまいち判然としない。向田自身が「自分の台本を提供した」[13]そうだが、そのようにはっきりしているにもかかわらず断り書きがないこと、また提供された台本はどのように管理されているのか、気になるところではある。これらの点についてはシナリオを研究対象とする際、多少なりとも引っかかってくる問題ではある。さらにいえば、流布のシナリオ集では映像作品を活字におこすという転倒が起こっていないといえるのだろうか。また、どのような整理を経て流布に至ったのかということに関して（もちろん限りなく台本のままであるとしても）、じゅうぶんな記述がない。もっとも現状として、シナリオ集として刊行されたものを底本とするほかないことも事実であり、向田の優れた仕事を無視すべきでもない。

ついその取り扱いに躊躇してしまうが、高橋はシナリオを文学作品として読むことを徹底する。その際の注意として、「放映された作品ではなく、活字段階の脚本に重点を置かなければならない。この段階では他者からの介入がなく、向田の世界に直接触れることができるからである[14]」と述べている。また、戯曲を引き合いにシナリオの文学的価値について次のように語る。「戯曲は演劇のために書かれながら、それ自体が文学において一つの独立した領域を占めるまでになった。同様にシナリオも、映像芸術を下支えしてはいるものの、それ自体も一つの芸術作品として成長していったのである。[15]」これらの点について、おおむね同意するところであるが、文学性を見るのであれば論者はやはり小説にその比重を置きたい。晩年、脚本のノベライズという形で、同名の小説をいくつか著しているが、これはテレビドラマが後に残らないものであると強く認識していたことを裏付ける。高橋も指摘しているように、脚本家向田邦子の表現したい内容が、制作側と必ずしも合致するものではない。もちろんそのような状況下にあっても、可能なかぎりでイニシアチブを握ったであろう。けれども、制約の多いテレビドラマの脚本と、自分一人の手によってなる小説とでは、そもそも創作のモチベーションに違いがあってしかるべきである。実際、『幸福』は小説版においてかなりそぎ落とされ、描くべきテーマが絞り込まれている。これは「文学性」をより高めたいという、向田自身の欲求そのものだ。

だが、シナリオは文学を超えようとする性質を端からもっているのであり、そのこと自体に面白みがある。演じられなければ表現として完成せず、かつ、活字として残りながら文学作品にもなりきれない、そういうジレンマ、不安定さを抱えているのがシナリオであると思われるのである。ともあれ、小説にしろシナリオにしろ、その内容について議論されるべきであることは確かだといえる。

以上、参考文献紹介を兼ねて向田研究の推移についてみてきた。ここで取り上げた参考文献は向田研究において名の通ったものばかりであり、あらためて紹介するまでもないかもしれない。とはいえ、研究史の観点でみれば、やはりこれらを取り上げないわけにはいかないだろう。また、紙幅の関係で、紹介できたものはごく一部であることをここに断っておく。

ところで、時を同じくして重点的作品読解の動きが高まっているのは興味深いことである。論者もまた同じ頃、『あ・うん』について再検討しようと考え、つたないながら論を展開したのであった。(16) 向田作品は多分に読み解かれる余地を残しているにもかかわらず、作品研究自体は深められてこなかった。研究が行われて三〇年の月日を考えてみれば、これはやはり損失であるといわねばならない。けれどもまた、ほんとうの意味で読む試みは、いつからでも可能であるといえる。

注

（1）『向田邦子文庫目録』実践女子大学図書館、昭和六二年七月
（2）『向田邦子研究会誌　素顔の幸福』向田邦子研究会、平成四年八月
（3）『向田邦子鑑賞事典』翰林書房、平成一二年七月
（4）『寺内貫太郎一家』産経新聞社出版局、昭和五〇年四月　「著者のことば」に「貫太郎のモデルは、私の父向田敏雄である」との記述あり。
（5）『父の詫び状』「あだ桜」文藝春秋、昭和五六年一二月
（6）右同「あとがき」
（7）『向田邦子研究会誌　素顔の幸福』所載、『思い出トランプ』本文校異」
（8）阿刀田高『短編小説のレシピ』集英社、平成一四年一一月二〇日、「第二章　向田邦子〈鮒〉そして、その他の短編」、四九頁
（9）水上勉「向田さんの芸」（文庫版『思い出トランプ』の解説）新潮社、昭和五八年五月二五日初版発行、平成一七年八月二〇日第七三刷
（10）沢木耕太郎『路上の視野』文藝春秋、昭和五七年六月三〇日第一刷、「記憶を読む職人」、二〇二頁
（11）山口瞳『木槿の花』新潮社、昭和五七年四月二〇日発行、昭和五八年一月二五日九刷、二三〇頁
（12）高橋重美「記憶の収束、ドラマの拡散――向田邦子が描いた〈家族〉と〈日常〉」、『社会文学』

第二三号、平成一八年二月、六五頁
(13) 高橋行徳『向田邦子『冬の運動会』を読む』鳥影社、平成二三年二月、一二頁
(14) 右同一六頁
(15) 右同
(16) 山口みなみ「再考『あ・うん』――自我と他我とのせめぎあい――」、『実践国文学』第八二号、平成二四年一〇月

向田邦子文庫の歩み

土居道子

開設の経緯

「向田邦子文庫」が実践女子大学図書館（日野キャンパス）に開設されたのは、昭和六二年六月です。その翌年、昭和六三年に「向田邦子研究会」が発足したことを記憶しています。当時実践女子短期大学部長であった内尾久美教授が、文庫開設までの経緯を、そして、同じく実践女子大学文学部教授であった栗原敦先生が研究会発足の経緯を、“Library Mate”（実践女子大学図書館報）七号（平成三年一二月）に、寄稿してくださっています。

その記事によると、内尾先生はかねてから「向田邦子研究の拠点」はぜひ母校に置きたいと考えていた同窓生達の意向を受けて、向田さんの三回忌（昭和五八年八月）に列席した折、向田さんのクラスメイトであり、当時小説新潮の編集長であった川野黎子さんにその意を伝え、向田さんの遺蔵書を母校へ寄贈して頂けるように、ご家族への口添えをお願いしたそうです。その後程なくして、当時図書館長であった分銅惇作教授と今野千鶴子事務部長、芳賀圭子司書が、ご家族の元へお願いに出向き、その年（昭和五八年）の一二月に向田さんの遺蔵書が、大学図書館（旧渋谷キャンパス）へ納められました。川野黎子さんからも向田さんの自筆原稿四編（『男どき女どき』所収）を寄贈していただき、また森繁久彌氏からは「重役読本」はじめ「七人の孫」などの台本を寄託（現在は寄贈）されました。大学図書館においては芳賀圭子司書が、向田邦子関連資料の収集に当たり、各方面へ所蔵の確認や寄贈の依頼を行う

昭和六二年当時：日野キャンパス向田文庫内

など、大変な尽力をしています。

その間に実践女子大学が昭和六〇年に日野市大坂上へ全学移転し、向田邦子関連資料は、大学図書館の貴重なコレクションの一つとして、図書館（当時の日野キャンパス）の一隅に、「向田邦子文庫」として開設されることになりました。

そして向田さん七回忌を前にした、昭和六二年六月には、「向田邦子文庫」の開設と同時に「向田邦子文庫目録」が刊行されました。

資料収集と展示（没後一五年、二〇年、二五年記念展示）

向田文庫には向田邦子の著作図書（初版本）をはじめ著作記事が掲載された雑誌、台本（森繁久彌氏寄贈の「重役読本」「七人の孫」他）、旧蔵書（約二九〇〇冊）と遺品類（四二点）、関係者からの寄贈資料（自筆原稿など）を所蔵しています。また、「参考文献」として大学図書館が収集している向田邦子について書かれた図書・雑誌記事等も所蔵しています。昭和六二年刊行の「向田邦子文庫目録」にはこれら所蔵資料が収載されています。そしてこの目録は単に所蔵目録というだけでなく「書誌目録」という面を持っており、目録中に「所蔵番号」が無い書誌記述が出てきます。これらは、向田文庫では原資料を所蔵していませんが、向田邦子が雑誌に執筆した記事や台本等の書誌記録として掲載されているものです。

実践女子大学図書館では、現在も文庫創設時の意思を受け継ぎ、「向田邦子研究の拠点」となるべく、向田邦子について書かれた図書、雑誌記事、新聞記事や関連情報を収集し、「参考文献データベース」として図書館ＨＰにおいて公開しています（http://www.jissen.ac.jp/library/info_collection/book_collection/index.html）。

これら「参考文献」・「関連情報」の収集には、向田邦子研究会会員の皆さまからの情報提供協力が、大きな力となっております。

また、向田邦子文庫では、収集した資料を所蔵しているだけではなく、定期的に企画展示を行っています。特に実践女子大学の日野キャンパス時代には、向田文庫は大学図書館内の一角に開設されたことで一般に公開されていませんでした。学園祭や市民公開講座が開催される時や節目の時にだけ、企画展示会を開催して公開してきました。

なかでも、向田邦子没後一五年目の「向田作品にみる―衣・食・住―」、二〇年目の「向田邦子の原点をさぐる」、二五年目の「向田邦子展〜その魅力に出逢う〜」というテーマで行った記念展示は、学内外から大変多くの来場者をむかえることができました。特に没後二五年目は向田邦子研究会の全面協力を得て、妹の向田和子氏を招いて「トークイベント」を同時開催することができました。

大学の渋谷移転と共に

実践女子学園は平成三一年に創立一二〇周年を迎えます。その記念事業の一環として平成二六年から、再び渋谷でのキャンパス展開をすることになりました。渋谷キャンパスには文学部、人間社会学部、短期大学部、日野キャンパスには生活科学部という二キャンパスで展開をすることになりました。それに伴い大学図書館も平成二一年頃から、渋谷キャンパスでの新図書館構想について検討を開始しました。その際、当時日野キャンパス大学図書館内にあった「向田邦子文庫」を、向田さんが卒業した渋谷の地で、広く一般の方にも見ていただけるような展示室を作り一般公開できる展示室にしたいと考えました。向田さん最後の住まいとなった南青山第一マンションから程近いこともあり、学内での賛同を得て渋谷キャンパスでの「向田邦子文庫展示室」の開設に至りました。

平成二六年一〇月二六日の「向田邦子文庫展示室」のオープニングテープカットに、向田和子氏の臨席を賜り、大勢の注目の中でお披露目を行うことができました。

渋谷キャンパスの展示室では、移転後から年三回の企画展示を行い、広く一般の方々にご来場いただいています。一年目は「向田邦子に出会う」をテーマに、二年目からは「向田邦子を知る」をテーマにそれぞれ企画展示を行っています。是非お訪ねください。

これからの展望

渋谷キャンパスで展開する「向田邦子文庫展示室」は、一般の方々へも公開しています。沢山の方々が興味を持って見に来ていただけるよう企画展示を行っています。また、新しく収集した資料なども、積極的に公開していきます。

「向田邦子」をリアルタイムで知らない世代が増えつつある現在、大学キャンパスの中にあ

渋谷キャンパス向田邦子文庫内　写真　平成二六年

る「向田邦子文庫展示室」は、往年のファンだけでなく、若い世代へ向けても「向田邦子」の業績や作品世界を伝える役割を担っています。

昭和六二年に実践女子大学図書館（日野キャンパス）の一隅に開設されて以来、三〇年が過ぎました。今後さらに向田邦子の作品世界を若い世代に伝えていく役割を担っていく所存です。どうぞ皆様のご協力とご支援をお願いいたします。

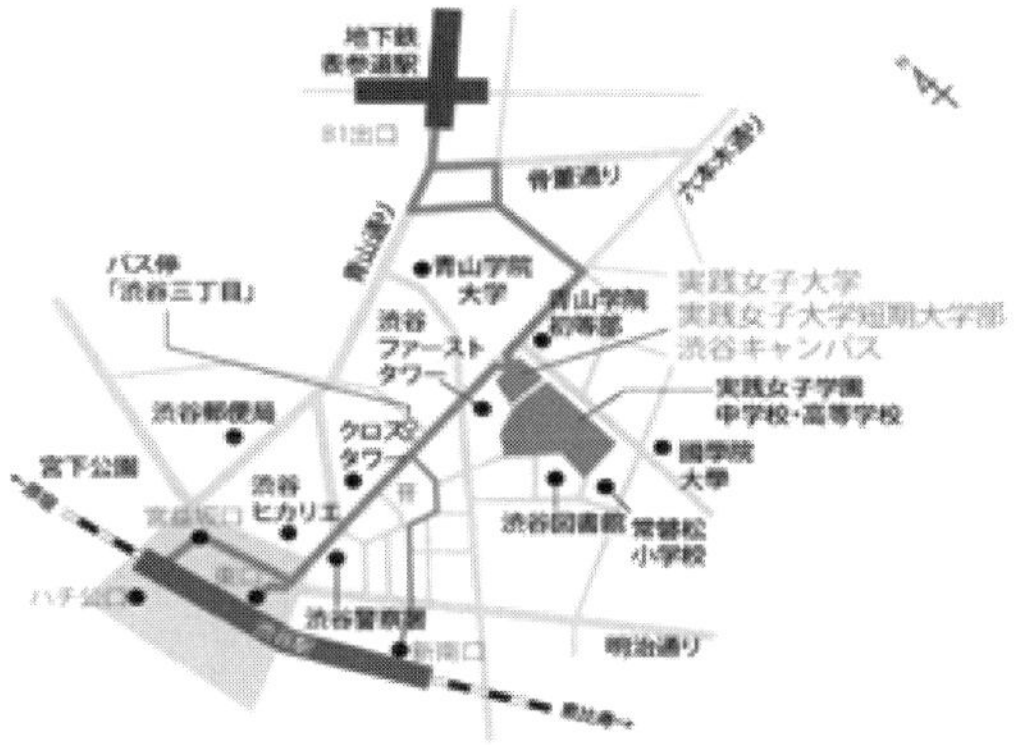

『向田邦子文庫』（実践女子大学図書館）
開室日　月曜日～土曜日
開室時間　9：00～17：00
休室日　日曜日・祝日・休校日、他
所在地　〒150-8538
東京都渋谷区東1・1・49
実践女子大学渋谷キャンパス
創立120周年記念棟１階プラザ
http://www.jissen.ac.jp/library/

向田邦子研究会　はじめの十年

石川幸子

きっかけ

向田邦子研究会が発足したのは、今から三〇年前の昭和六三年七月のことである。きっかけはその前年、私が勤務していた実践女子大学図書館に「向田邦子文庫」が開設され、著作や参考文献情報を網羅した『向田邦子文庫目録』が刊行されたことであった。

実践女子大学の前身は、渋谷のかつて常磐松と呼ばれたところにあった女学校で、向田さんは戦後、実践女子専門学校の時代にここを卒業された。時を経て、大学の郊外進出の流れに乗って、実践も都下日野市に一部を移転したが、昭和六一年にはついに全面移転となっていた。向田さんとは縁のない土地ではあるが、以後長きにわたって、研究会の活動拠点は日野大坂上キャンパスとなったのである。

向田文庫は、卒業生で初めての直木賞受賞作家である向田邦子さんを記念したもので、向田家から大学に寄贈していただいた遺蔵書、遺品約四〇〇〇点が核となっている。この文庫と文庫目録の事業を成し遂げるにあたっては、同窓生や学内外の様々な方のお力添えがあったのはもちろんのことだが、一人の図書館司書の存在を忘れることはできない。研究会もまた、その人がいなくては生まれなかったのである。

その人

昭和五八年、私は思いがけなく母校の実践女子大学図書館で働くことになった。そこで出会ったのが、向田邦子書誌の作成を研究テーマとしている先輩の芳賀圭子さんだった。彼女は「書誌作成研究分科会」という私大図書館協会下にある分科会に所属して、諸先輩の指導を受けて、個人的に向田さんの文献探索を進めていたのである。新人教育のつもりからか、芳賀さんは私をそうした勉強の場に連れ出してくれたり、「手伝って」と声をかけてもくれて、よく面倒をみていただいた。

今は情報機器が発達して、データベースという大変便利なものがあるが、当時、どのように文献探索をしたかといえば、特別な伝手でもない限りは、出版社や新聞社、放送局、関係する個人に手紙などで問い合わせをする、出向いて調べるという、非常に手間暇のかかる方法であった。芳賀さんもこの流儀で地道に調査を行っていた。向田さんは約二〇年間、放送界で仕事をされたので、そこで書いた膨大な放送台本、ドラマの脚本等の一部分でも見つかることを願っていたが、その頃は、どこの放送局も保存はせいぜい二年までとのことで、調査に取り合ってもらうのも難しかったという。シナリオを文学ととらえることも、もちろん未だであった。

同じ時期、向田家から大学図書館に遺蔵書を寄贈していただくことが進み、その整理と芳賀さんの個人的な向田邦子書誌作成とがまとまって、図書館の事業に発展したのである。そうして七回忌を前に、「向田邦子文庫」が設立され、旧蔵書並びに著作・参考文献目録を兼ねた『向田邦子文庫目録』が刊行されたのであった。

文庫のお披露目

昭和六二年秋、向田邦子文庫の一般へのお披露目は、実践女子大学公開市民講座での川野黎子氏（新潮社校閲部長・当時）の講演に合わせて開かれた見学会であった。

川野さんは『小説新潮』編集長の時、直木賞受賞作となる短編小説を向田さんに書かせた方である。向田さんと川野さんは実践での同級生で、友人という縁もあって、早くから向田さんに小説を書くことを勧めていらしたという。講演の日、二〇〇名のホールは満員の盛況ぶりで、向田さんのことを知りたいという熱気に溢れていた。

その時の講演の素晴らしさには胸がときめいた。友人としての思い出話も興味深かったが、優れた編集者ならではの小説作法のお話は、私にとっては初めて聞く待望の向田邦子「文学論」であった。お話の中で文庫目録に触れた部分があった。

「とにかく一個人の作品目録としては、これだけ詳細、完全なものはないのではないかと思います。今後の向田邦子研究の貴重な資料になると思います。（略）どんなに向田さんを大切に思っていたか、そして愛情を持っていたかということが非常によく判ります」（「向田さんを偲んで」『実践女子大公開講座シリーズ』二所収)。

このように語っていただいたのは、何より光栄なことであった。

いよいよこれから、文庫も目録も大いに利用されて磨かれて行ってほしい。母校を拠点として向田邦子研究が進むことを願うばかりであった。

しかしながら、実際には思うに任せぬ組織の現実が立ちはだかった。図書館としてはここでいったん文庫の仕事に区切りをつけるとされたのだ。このことには納得がいかないばかりか、世間が向田文庫を放っておかないのは目に見えていた。芳賀さんの胸中を推し量ることはできなかったが、それがバネになって、ならば有志で向田文庫の一層の充実を、側面から支援するような活動ができないだろうか、と徐々にそのように切り替えていかれたのだと思う。それが向田邦子研究会発足に至る着想であった。

有志五人で始める

昭和六三年夏、栗原敦教授(初代代表幹事)と芳賀さんを中心に、学内の教員、事務職員、図書館司書の計五名の有志で研究会を発足した。前年の川野さんの講演を引き継ぐような気持ちで、向田さんの仕事をより深く理解し、さらに広めるような活動をしていきたいとの思いがあった。栗原先生は初めの頃の目的を次のように書いておられる。

「まだ収集されていない資料を求めること、人と仕事をめぐる語りつくされていない思い出などの記録、文庫の存在が広く知られることで一次資料はもちろんのこと、二次的な言及すなわち研究やエッセイ等の情報及び現物が寄せられることなどを期待して、〈公開講演会〉の開催を目玉に活動を開始しました。」（「向田邦子研究会のこと」『Library Mate』七号）

「研究会」という名前は学術的で、向田邦子に合わないという意見もあったが、向田さんの魅力や幅広い人気を包摂しつつ、人と文学（芸術）を深めていく会でありたい、という願いが込められている。三〇年経った今では、「研究」の域まで深め、発表する会員が出てきたし、向田さんを愛好する会員同士の親交も深まったと思う。会員でいることが心の拠り所というか、その人の人生の大切な、なくてはならない一部分になり得ているようにも思うのである。

一気に会員一〇〇名に

発足した夏から初冬にかけて、読書会やビデオ上映会を開き、「向田邦子研究会通信」第一号を発行して徐々に研究会らしくなってきた。

その年の一二月、向田ドラマを手掛けたプロデューサーの大山勝美氏を招いて第一回の公開講演会「テレビ・ドラマと向田邦子　『幸福』『家族熱』を中心として」を開くことができた。不安な気持ちで迎えた当日、二四〇名もの来場者があり、大山さんの講演はたいへん盛り上がり、一転して喜びと安堵感でいっぱいになった。そこへ閉会後、参加者の約半数が入会を申し込むという予想だにしなかった展開となったのである。受付前は人だかりとなり、手続きにてんてこ舞いしながら、これからこの会をどうしていったらいいのだろうという戸惑いが頭をよぎった。今思えばこれが初めて実感した向田邦子熱であった。

はからずも、研究会が学内にとどまらない広がりを持ってしまったわけだが、五名の幹事の思いは「これは向田さんが脚本家としても作家としても心に響く珠玉の作品を書かれたことに加えて、ライフスタイルの魅力、自立した女性の生き方のお手本を見せてくれたからにほかならない。思いがけなく百人の規模になった会だから、会員の要望に耳を傾けつつ、できることから地道に活動し、組織もゆるやかなものにしよう」というもので、この方針は三〇年後の今も変わっていないと思う。

公開講演会は、その後、平成二年一月にエッセイストの甘糟幸子氏に「友人としての向田邦子さん」と題して、同年一〇月には元ＮＨＫディレクターの深町幸男氏に「戦友としての向田邦子さん　テレビ・ドラマ『あ・うん』『胡桃の部屋』をめぐって」と題してご講演いただいた。そして翌平成三年一一月には、実践女子大・短大公開市民講座と共催で、プロデューサーで作家の久世光彦氏をお招きして「向田邦子との二十年」と題してご講演いただだいた。

いずれの回も盛況で、仕事を共にされた方ならではの貴重なお話を聞くことができた。

転換期

年に数回は読書会やビデオ鑑賞会を開いた。「研究会通信」も随時発行し、催しの案内や関係文献の紹介などを掲載した。栗原先生が調査して、資料として連載した雑誌記者時代の向田さんの編集後記は、『向田邦子・映画の手帖』（徳間書店、平成三年）として出版された。

催しの時には、はるばる遠方から足を運んでくれる熱心な会員も多く、年代は国語教科書で向田さんの作品に出会ったという若い方から、向田さん世代までと幅広い。初対面でも不思議と旧友に再会した時のように交流できるのが、この会でしか味わえないとても不思議な感覚なのだがそれも嬉しい。最近、その理由を大山勝美氏の記事の中にみつけた。曰く、向田さんは

「はじめて会った人でも、古い旧知のような親しみを感じさせる人」（『週刊読書人』昭和五七年一〇月）だったそうだ。向田さんのＤＮＡが我々会員にも！　そんなことがあるのだろうか。

学内外での認知度が高まった研究会には、マスコミからの取材が頻繁に来るようになり、向田文庫の紹介とともに、私たちの名前や写真が紙面に載ることもたびたびで、向田さんの力に驚くばかりだった。こうして発足から三年余りの活動で、研究会の基礎が築かれたように思う。

三年目のある日、頼りにしてきた芳賀さんが会を解散したいと言い出した。初期の目的をある程度達成したとはいえ、会員の期待も大きく、これからという時期を迎えていた。個人の意見で解散できるような状況ではないのでは、と言葉を返したものの、翻意は得られず、しかし芳賀さんが去ってしまうのは止められないと思った。この先、知識も力量も足りない私がこの会をやっていくことは到底不可能に思われた。帰り道、道路に落ち葉が貼りついている中を歩きながら、どうしてか「解散してはいけないのだ」という確信が心の隅にあり、その声に従おうと思ったのである。

会誌『素顔の幸福』と向田保雄さん

平成二年八月二二日、ご命日のことだった。二〇人ほどで多磨霊園にお墓参りに伺った折、墓前で保雄さん（邦子さん実弟）に出会った。思いがけないことに、保雄さんはその晩、ご自宅に幹事役など数人をお招きくださったのだが、そこはなんと、邦子さんの終の棲家の南青山第一マンション五〇八号室であった。まるで夢のようなひとときであった。これも向田さんの「お引き合わせ」に違いない。それから保雄さんは亡くなるまで研究会をお心にかけてくださり、後年、居所に残っていた邦子さんの遺品の食卓テーブル、イス、留守番電話機、食器、ハンドバック、万年筆、手帳などの貴重な品々を向田文庫にご寄贈くださった。

平成三年、向田さんの没後一〇年を迎えた。展覧会、ドラマ、ドキュメントの放映、雑誌特集が組まれるなど、人気は衰えるどころかなお高まって、その仕事は時を経て一層輝きを増してきた。渋谷西武百貨店で催された初の向田邦子展（文藝春秋主催）の盛況ぶりを見たとき、向田さんはこれからも愛され続ける作家に違いないと心から感じたのを憶えている。

この年、会としても記念の意味で、研究会誌を作ってはどうかという話が持ち上がった。幹事の交代もあり、節目だったのだと思う。

向田さんゆかりの方に原稿をお願いし、会員からも原稿を募って一五〇ページの会誌『素顔の幸福』が出来上がった。保雄さんが寄稿された邦子さんの思い出や、ご自身の心境を綴った四編のエッセイが目玉になった。ご著書『姉貴の尻尾』が講談社文庫で復刊（平成五年）されたときに、この四編が再録されたこと、いくつかの新聞に取り上げられたこと、更には米国議会図書館から求められたことは、私たちの誇りとなった。

試　練

平成四年になると、栗原先生が代表幹事を退かれた。いよいよ舵取り役を失うことになり、それまで安心して雑用係をしていられたものが、そうはいかなくなってしまった。この会と大学や図書館、向田文庫との関係、成り立ちの事情等々を考えたときに、代表の引き受け手は見当たらなかった。ここに至っては、覚悟を決めるしかなかった。とりあえずのつなぎ役で代表になって会を存続させよう、そのうちいつか、この会を盛り上げてくれる、代表に相応しい人が出てくる、それまではやるしかないという思いだった。

いざやってみると、予想に違わず、代表は私の力量に見合わぬ大任で、活動は滞りがちになるし、他方、本務で体力を消耗し、平成五年の冬から翌年春まで休職する事態に陥った。会員に対して申し訳ないと思いつつも、平成六年は「研究会通信」さえ出せないまま時ばかりが経っていった。期待外れと失望感を抱いた会員もいたと思うが、なぜか苦情もなく事情も問われず、研究会を見限る会員も現れず、皆さんが会費を払い続けてくださったのである。そこにある気持ちとは何であろうか、と常に考えさせられたのである。

救い

この窮状を救ってくれたのは、平原日出夫先生だ。先生は『向田邦子のこころと仕事』（小学館、平成五年）を出版されたばかりで、年末には「向田邦子シナリオ文学講座」（連続四回）を開いてくださった。向田ドラマのシナリオの奥深くに、古今東西の名作を深く勉強された足跡があること、それを血肉化して独自の境地まで高められていることを教えていただいた。

もう一つの救いは『日本経済新聞』「文化」欄への執筆依頼である。四苦八苦して書いたものが掲載されると、全国から大きな反響があり、弱っていたところへ応援の追い風をいただいたような気持ちになった。入会希望が相次いで、会員は二〇〇名を超えた。

平成七年五月には、初の試みで会員交流会を開いた。会員が倍増し、それまでの運営方法から脱する時期が来ていたのだと思う。集まった会員からは今後につながる意見交換や提案が出され、新幹事も決まって、新たな運営方法が見えてきた。以降、会員交流会は定例化して毎年五月に開催するようになった。

代表の交代、そして今

平成九年の会員交流会の折、永年実践の講師をされていた半沢幹一先生（共立女子大学教授）が、窮状をみかねて代表を引き受けてくださることになった。発足から一〇年が経ち、これを機に、私は幹事を退いて、雑用係兼連絡係になった。それから今日までの二〇年間は、第三期ともいうべき活動の黄金期になる。半沢先生にバトンを渡すことができて本当に良かった。代表になると決心したときの願いが、やっとかなったのである。

私は平成二四年に実践女子学園を退職して今は故郷の長野県にいる。退職に際して何よりも悩んだことは、研究会の雑用係のバトンを渡す人がいない事であった。発足以来、学内の事務職員に会員を増やすことができなかったのは誠に不徳の致すところで、後継者問題は深刻であった。研究会の連絡先は「大学図書館気付」となっていて、図書館職員の皆様には大変お世話をかけてきたが、受け取る者がいなくては続けられない。研究会が生まれたいきさつを思っても、連絡先は実践に置きたかったし、何より向田さんも私も実践が母校なのだから、どうにかして実践にこの会を残したいと願ったのである。

もうギリギリというところで、その役目を引き受けてくれる人が現れた。その人、吉本邦子さんには名前からしてピッタリなのにもかかわらず、永らく入会の誘いを断られてきた過去がある。だが、この時は私が退職の意志を伝えると、キッパリと「やります」と言ってくれたのだ。とても、とても嬉しかった。

平成二六年、大学の都心回帰の流れで実践女子大学の一部が再び渋谷キャンパスに戻ってきた。向田邦子文庫も渋谷に引っ越した。いろいろなことが変化してゆき、研究会の連絡先はついに実践を離れることになった。大きなものに支えられているようでいて、水面下での個人の営みに支えられているのがこの会であると思う。だから三〇年も楽しく続いているのではないだろうか。そして言うまでもなく、向田邦子さんの会だから続いているのである。

向田邦子とかごしま近代文学館
――特別企画展・企画展・収蔵品展等を中心に――

古閑　章

かごしま近代文学館は、平成一〇年一月二九日にオープンした。

鹿児島県が明治維新の成立に貢献したことは周知であるが、かごしま近代文学館はその立役者である西郷隆盛が明治一〇年九月二四日、西南戦争で自刃した城山麓《ふもと》に立地する文学館である。近くには、鹿児島市立美術館・照国神社・鹿児島県立博物館・鹿児島県立図書館・黎明館等の文化施設や歴史的建造物が存在し、鎌倉時代以来およそ七〇〇年以上にわたって鹿児島県と宮崎県の一部を領有した島津氏の鶴丸城があった一郭だけに、今も歴史の薫り豊かな雰囲気が漂っている。同じ敷地内に、主に乳幼児から児童までを対象としたかごしまメルヘン館が併設されており、従来の文学館とはひと味違ったコンセプトによって運営されている。

鹿児島は武の国であると言われ、文学不毛の地として自他ともに認識して来た嫌いがある。実際には文学不毛とは言えない多彩な歌人・俳人・詩人・小説家等の作品が存在し、多種多様な文学遺産がある。その豊かな資料を一堂に集め、鹿児島県民のみならず、全国各地から鹿児島県を訪れる人々にその情報を周知させることがかごしま近代文学館の使命ということになろう。ましてやグローバル社会と言われる二一世紀においては、海外からの旅行者も多く、言葉は違っても人類に普遍的な喜びや悲しみを描く文学作品を世界に発信する手段が模索されている。異言語間の言葉の障壁は大きいとしても、かごしま近代文学館が所蔵するさまざまな資料の見た目の有用性（書物の印刷や製本・装幀等の視覚に訴える力）を効果的に生かせば、外国人の興味を刺激し、日本文化に対する志向や関心、ひいては国際交流の輪を広げることは不可能ではない。文学館の将来像を真摯に問い続けることは、かごしま近代文学館においても軽視できない重要な課題と言えるであろう。

ところで、平成一〇年に開館した時点の展示形態は、一階の常設展示室１に「鹿児島ゆかりの六人の作家」として、海音寺潮五郎・林芙美子・椋鳩十・梅崎春生・島尾敏雄・向田邦子の所蔵資料が展示され、二階の常設展示室２に「鹿児島文学の群像」として、有島武郎・有島生馬・里見弴の芸術家三兄弟を初めとする小説家・詩人・歌人・俳人等の文学者二二人が紹介されていた。その後、平成二二年になって、固定化された展示資料をフレキシブルに入れ替え可能にするための改修工事期間（平成二二年七月五日～二三年三月二九日）が設けられ、平成二三年三月三〇日にリニューアル・オープンした。その結果、「鹿児島ゆかりの六人の作家」として一階常設展示室1に設けられていた向田邦子コーナーが二階の文学サロンを「向田邦子の世界」という単独の専用展示室に改装する形で、常時約一〇〇点の資料が観覧できるようになったのである。

これは、かごしま近代文学館における向田邦子の立ち位置を明示するものであろう。個々の文学館の使命がそれぞれの特色を生かした文学者の顕彰を目的に設立されていることは言うまでもなく、「かごしま」という冠をかぶせている以上、鹿児島県にゆかりのある文学者のニーズに応じた処遇が決まって来るのは致し方がない。向田邦子は、テレビドラマの世界では一流の人気を博した脚本家であり、その知名度は今も衰えていない。のみならず、現代の世相を反映した食やファッション感覚を通して、その支持基盤たる女性ファンを惹きつける魅力になっている。直木賞作家・向田邦子の顔だけでなく、テレビや映画等のビジュアルな世界の華やかさ、ファッションや食べものや日用雑器に注ぐ繊細な美意識から醸し出される生活スタイルの豊かさ等が、通常の文学の世界とは異なる興味や関心を生むとともに、そうしたマスコミの動向を左右する女性の後押しが活字だけを対象とした文学者よりも入館者を期待できる媒体になっている。文学館が単なる営利目的の施設でないことは誰しも承知しているが、その一方で、公的な資金を投入して運営されている現実も否定できないならば、向田邦子のような呼び水が手厚い保護を受けるのは当然であろう。

向田邦子の重要性は、彼女の特別企画展や企画展や収蔵品展が毎年誕生月の一一月前後に行われて来た経緯に反映されている。試みに、その一覧表を掲げてみると、今さらながら、かごしま近代文学館における向田邦子の役割の大きさが了解できる。

向田邦子特別企画展・企画展・収蔵品展等の一覧表（平成11年度〜平成29年度）

（平成二二年度はリニューアル工事のため、向田邦子を含むすべてのイベントが開催されていない）

・開催期間 ・場所	名称	内容	備考
・平成11年10月7日〜11月29日 ・文学ホール	特別企画展「向田邦子の魅力」展	向田邦子とその文学の魅力を〔顔〜交流〜〕〔腹〜食〜〕〔姿〜ファッション〜〕〔手〜作品世界〜〕〔足〜旅〜〕の５つのキーワードを切	入場者数6497人。関連イベントとして、８月１日に演出家・深町幸男氏の文学講演会「拝啓向田邦子様」、女優・重田千穂子氏の朗読会とトー

		り口に展示。	クショー、8月～11月にかけて全6回の文学講座が実施された。
・平成12年11月3日～30日 ・文学サロン	「文学と音楽　向田邦子愛蔵のレコードを聴く」	向田邦子のパネルを展示するとともに、愛蔵のレコード約300枚を公開し、レコード鑑賞会（11月3日）を開催。	入場者数139人。関連イベントとして、11月23日に向田邦子の同級生3人を招き「向田邦子の「ふるさともどき」を語る会」を実施した。
・平成13年7月25日～9月3日 ・ライブラリー	夏休みパネル展「マミオのおもいで日記～作家向田邦子の愛した猫」	向田邦子の没後20年にあたるのを記念して、大の猫好きだった一面にスポットを当て、愛猫マミオとの写真や遺品等、約55点を展示。	入場者数2118人。
・平成13年11月1日～12月24日 ・文学サロン	収蔵品展「向田邦子の装い～こだわりのおしゃれ～」	向田作品のエッセイに登場する洋服・靴・帽子・カバン等、約110点を展示。	入場者数2619人。前年に引き続き、11月3日に文化の日特別イベント「向田邦子　愛蔵のレコードを聴く」を開催するとともに、11月23日には同級生による「向田邦子の「ふるさともどき」を語る会」を実施した。
・平成14年11月1日～12月27日 ・文学サロン	収蔵品展「向田邦子と器」	愛用の器・料理のレシピ・エプロン等、約160点を展示。	入場者数4438人。関連イベントとして、11月3日にメルヘンホールで「向田邦子のポートレート～写真で辿る彼女の面影～」をスライドで上映し、彼女の最後の声となっ

			た留守番電話の音声を初公開した（参加者数224人）。
・平成15年10月10日～11月30日 ・文学サロン	収蔵品展「向田邦子と旅」	向田が旅した場所を辿りながら、原稿・旅行トランク・カメラ・土産品等、約100点を展示。	入場者数10476人。
・平成16年11月1日～12月18日 ・文学サロン	収蔵品展「向田邦子の仕事～編集者・脚本家・小説家～」	脚本家・エッセイスト・小説家としての側面に光を当て、原稿・構想メモ・台本等、約110点を展示。	入場者数3913人。
・平成17年11月2日～12月18日 ・文学サロン	収蔵品展「～写真とエッセイで綴る～向田邦子の時間」	向田の肖像写真を中心に、写真・図書・遺品等、約100点を展示。	入場者数4679人。
・平成18年11月22日～12月25日 ・文学サロン	没後25年記念イベント収蔵品展「向田邦子に出逢う」	前半（11月22日～12月11日）、後半（12月13日～25日）で展示の内容を入れ換える。原稿・草稿・台本・写真・遺品等、約130点を展示。	入場者数2018人。関連イベントとして、8月19日に「作ってみませんか？　向田邦子の手料理」（講師・長友ゆかり氏。参加者数36人）、9月10日に、向田和子氏の特別記念講演会「姉・邦子との日々」（参加者数369人）、「向田邦子映画上映会」（「あ・うんⅠ～Ⅱ」「父の詫び状」「寺内貫太郎一家」）が開催された（参加者数376人）。

・平成19年11月14日〜20年1月7日 ・文学サロン	収蔵品展「向田邦子『思い出トランプ』の世界」	直木賞受賞作の直筆原稿を紹介しながら、写真・図書・遺品等、約50点を展示。	入場者数2261人。「作ってみませんか？　向田邦子の手料理」（講師・長友ゆかり氏。参加者数36人）
・平成20年11月19日〜21年1月5日 ・文学サロン	収蔵品展「向田邦子と鹿児島」	鹿児島関連のエッセイを中心に、原稿・写真・図書・遺品等、約40点を展示。	入場者数2304人。関連イベントとして、11月29日に文学ホールで「朗読で旅する〜向田邦子の感傷旅行〜」と題して、ＫＫＢアナウンサー・田中早苗氏の「薩摩揚」「鹿児島感傷旅行」「向田邦子の恋文」の朗読会を実施した（参加者数62人）。その他、向田邦子の山下小学校時代の同級生と、エッセイ「ねずみ花火」に登場する「冨迫くん」の思い出話を集めたＤＶＤを作成。
・平成21年10月16日〜11月30日 ・文学ホールおよび常設展示室２	生誕80年記念特別企画展「向田邦子展〜彼女のすべて26のキーワード〜」	アルファベットＡ〜Ｚの26文字のキーワードを手がかりに（たとえば、ＡはＡｒｔ（絵画）、ＢはＢｏｏｋ（本）というふうに）、向田邦子の全貌を紹介した。展示品は、原稿・書簡・絵画・台本・写真・肉声テープ・遺品等約450点。	入場者数5123人。関連イベントとして、10月20日に市民文化ホールで、妹・向田和子氏とテレビプロデューサー・中津留誠氏による文学講演会「向田和子が語る、向田邦子の生誕80年と、かごしま近代文学館の収蔵物」（入場者数407人）が開催された。さらに、企画展開催中、

			学芸員による展示解説（全5回、参加者数121人）、文学講座や作品朗読会等（全4回、参加者数432人）を実施した。
・平成23年9月28日～24年1月30日 ・常設展示室2および向田邦子の世界	没後30年記念企画展「脚本家　向田邦子の顔」	昭和32年、ドラマ「ダイヤル110番」で出発した脚本家・向田邦子の業績を構想メモ・ドラマ原稿・台本等、約130点を展示。	入場者数14058人。
・平成24年11月7日～25年2月25日 ・常設展示室2および向田邦子の世界	企画展「向田邦子の随筆～『無名仮名人名簿』&『霊長類ヒト科動物図鑑』」	エッセイ集『無名仮名人名簿』と『霊長類ヒト科動物図鑑』の原稿・挿絵・「「う」の抽斗」等、約54点を展示。	入場者数5632人。
・平成25年11月20日～26年2月11日 ・常設展示室2	企画展「向田邦子の女　向田邦子の男」	向田作品（エッセイ・小説・脚本）に登場する女性と男性に焦点を当てて、原稿・雑誌・ジャケット・格子縞のワンピース等、約95点を展示。	入場者数3280人。関連イベントとして、平成25年11月30日、日本文芸家協会との共催で、向田和子氏と作家・関川夏央氏、編集者・横山正治氏を交えて「『向田邦子の恋文』の成立」という鼎談を文学ホールで開催し（参加者数193人）、翌年1月25日には、学芸員・井上育子氏と小林潤司氏およびゼミ生を交えて、カフェ潮音館で『思い出

			トランプ』を読む読書会を実施した（参加者数20人）。
・平成26年11月19日〜27年3月2日 ・常設展示室2および向田邦子の世界	企画展「続　向田邦子の装い」	向田邦子の衣装や小物類に光を当て、その生き方や人生観を紹介した。展示パネル・スーツ・ロングブラウス・バッグ・靴・勝負服・帽子等、約90点を展示。	入場者数3767人。関連イベントとして、平成27年2月22日、文学ホールでKKBアナウンサー・田中早苗氏が聞き手となり、向田和子氏とファッションディレクター原由美子氏のトークショー「向田邦子のおしゃれ」を開催した（参加者数181人）。
・平成27年10月28日〜11月30日 ・常設展示室2	企画展「向田邦子と久世光彦〜真剣半分、面白半分〜」	向田邦子と演出家・久世光彦との2人展。原稿「正論」、自筆ノート「遺書にかえて」、台本「夏目家の食卓」、創作メモ「謎の母」、書簡等、約200点を展示。	入場者数3665人。関連イベントとして、11月23日に文学ホールで中園ミホトークショー「脚本の現場〜向田邦子、久世光彦をとおして」（参加者数184人）を開催した。
・平成28年11月16日〜29年3月27日 ・常設展示室2	没後35年企画展「向田邦子の目」	向田邦子が旅したタイ・カンボジア・モロッコ・チュニジア・アルジェリア・ケニア・ブラジル・ベルギーで撮った写真とエッセイ等、約120点を展示。	入場者数12880人。関連イベントとして、平成29年3月17日、鹿児島市民文化ホールとの共催事業として市民文化ホールで、角田光代氏と廣尾理世子氏の対談「作家の目　向田作品を見詰めて」を開催する

			ともに（参加者数241人）、県内各局のアナウンサーやキャスターによる「写真」「下駄」「鮒」「かわうそ」の朗読会を実施した。また、装画『あ・うん』の世界展」を開催。31点を市民文化ホール（市民ホールロビー）、文学館（エントランスホール）に展示した。
・平成29年11月22日～30年2月26日 ・常設展示室2および向田邦子の世界	企画展「向田邦子と日々の器」	向田邦子が日々の生活で使用していた器を中心に約270点を展示。	入場者数3532人。関連イベントとして、平成30年2月25日に文学ホールで、直木賞作家・中島京子氏による講演会「作家から見た向田邦子」（参加者数126人）が開催された。

これ以外の向田関連のかごしま近代文学館の事業として、この表に盛り込まなかった図録の刊行が挙げられるので、次に掲げる。

①　かごしま近代文学館編『図録「向田邦子の魅力」展』（A4判・33ページ。かごしま近代文学館、平成一一年一〇月）

②　かごしま近代文学館編（編集担当：山口育子・森山鮎美）『図録　収蔵品展「向田邦子と鹿児島」』（A５判・18ページ。かごしま近代文学館、平成二〇年一一月。なお、この企画は平成二〇年度文化庁芸術拠点形成事業（ミュージアムタウン構想の推進）を受けている）

③　かごしま近代文学館編（編集担当：山口育子・川原友・森山鮎美）『図録　生誕80年記念特別企画展「向田邦子　彼女の日々」』（A４判・40ページ。かごしま近代文学館、平成二一年一〇月。なお、この特別企画展は、「独立行政法人　日本芸術文化振興会」の「芸術文化振興基金」の助成を受けている）

④　かごしま近代文学館編（編集担当：山口育子・川原友・吉村弥依子・森山鮎美）『図録　生誕80年記念特別企画展「向田邦子展～彼女のすべて２６のキーワード～」』（A５判・95ページ。かごしま近代文学館、平成二一年一〇月。なお、この特別企画展は、「独立行政法人　日本芸術文化振興会」の「芸術文化振興基金」の助成を受けている）

⑤　かごしま近代文学館編（編集担当：山口育子・森山鮎美）『図録　没後30年記念企画展「脚本家　向田邦子の顔」』（A５判・28ページ。かごしま近代文学館、平成二三年九月。なお、この企画展は、「独立行政法人　日本芸術文化振興会」の「芸術文化振興基金」の助成を受けている）

⑥　かごしま近代文学館編（編集担当：井上育子・大津あゆみ）『図録　装い―向田邦子のおしゃ

れ術』（A5判・100ページ。かごしま近代文学館、平成二六年一一月）。なお、この図録は増補・再編集されて、向田和子・かごしま近代文学館編『向田邦子　おしゃれの流儀』（A5判変形127ページ。新潮社、平成二七年五月）として発売された。

⑦　かごしま近代文学館編（編集担当：井上育子）『図録　企画展「向田邦子と日々の器」』（A5判・100ページ。かごしま近代文学館、平成二九年一一月。なお、この企画展は、「独立行政法人　日本芸術文化振興会地域文化施設公演・展示活動（美術館等展示）」の助成を受けている）

＊このほか、一覧表に掲載した各種事業においては、その都度ポスターやチラシが作成されている。

参考文献

＊『かごしま近代文学館・メルヘン館 年報』平成一二年度〜二九年度（編集・発行：かごしま近代文学館　かごしまメルヘン館、平成一三年八月〜平成三〇年八月）

＊『かごしま近代文学館　かごしまメルヘン館　館報』創刊号〜第二一号（編集・発行：かごしま近代文学館　かごしまメルヘン館、平成一〇年一二月〜平成三〇年三月）

＊井上謙・神谷忠孝編『向田邦子鑑賞事典』（翰林書房、平成一二年七月）
＊三嶽公子ほか編『向田邦子　かごしま文学散歩』（K＆Yカンパニー、平成一五年一〇月）
＊全国文学館協議会編『全国文学館ガイド』（小学館、平成一七年八月）
＊栗原靖道「かごしま近代文学館　学芸員井上育子さんの解説（概要）「企画展の開催と収蔵品」について」（向田邦子研究会編『向田邦子研究会通信』第一〇一号、平成三〇年七月）

付記

本稿を執筆するに当たり、かごしま近代文学館学芸員・井上育子さんには多大のご教示を頂いた。本文中に掲載した向田邦子関連の各種イベントを一覧表で作成する初期の段階はもとより、図録の提供等に関しても大変お世話になり、この場を借りて厚くお礼を申し上げます。

〔付録〕

向田邦子ラジオ台本番組一覧

僅か五一歳九か月の若さで、光輝く流星のように天空を駆け上って行った向田邦子さん。雄鶏社で雑誌『映画ストーリー』の編集をしながら雑誌ライターの仕事をしているうちに、テレビ作家グループと出会い、毎日新聞の今戸公徳の紹介で昭和三四年秋頃から毎日広告社企画・制作のラジオ番組のディスクジョッキー番組の台本を書き始めた。「森繁の奥様、お手はそのまま」である。

「森繁の奥様、お手はそのまま」は昭和三三年一二月一日から昭和三六年二月四日まで文化放送で放送された。この番組の台本は何人かで分担して書いていたが、向田がそのうち何本書いたかはわからない。向田の書く台本は軽妙で実に味があり、森繁久彌も驚くほどの出来ばえであった。同じく毎日広告社企画・制作の次のラジオ番組の「森繁の重役読本」の台本は森繁の強い推しもあり、向田に任された。「森繁の重役読本」は二四四八回、七年九か月間、東京放送と文化放送で放送された長寿番組で、向田は全て一人で書き上げた。

「森繁の重役読本」は、家族の絆、夫婦、男と女の心の動き、心の襞を見据えた感情の動きを描いた向田のその後のテレビ作品、エッセイや小説等の原点になる作品といえる。

向田は「森繁の重役読本」を書いている間にも「ラジオ喫煙室」、「ミッドナイト・ストリート」、「森繁のゴールデン劇場」(幕間三〇分)等々書いている。その後も多数のラジオ番組を書いており、テレビ「徹子の部屋」で向田はテレビ台本を一〇〇〇本、ラジオ台本を一〇〇〇〇本書いたと語っている。

近年、向田の作品全集やシナリオ集も刊行されているが、ラジオやテレビの台本は代表的なものが収録されているだけである。はじめの頃、向田はラジオもテレビも放送が終われば全て消えてしまうものとして、台本は捨ててしまうといって残していない。また、放送局や放送関係者も当時の台本は保存していないようだ。ラジオ、テレビ、映画などの脚本や映像を保存する脚本アーカイブズが文化庁の支援を受け、国会図書館を中心に関係者の努力で進んで来たのも最近のことである。

「森繁の重役読本」の台本は実践女子大の向田邦子文庫と早稲田大の演劇博物館に森繁久彌が寄贈したものが残っているだけのようだ。だが、それも放送されたもの全てが保存されているわけではない。だから、現在、全ての台本を見ることはできないし、これまで刊行されたものも放送されたものの極く一部に過ぎない。また、「森繁の重役読本」の音源も放送局での録音テープの保存状態が悪く痛んでおり、僅か九回分が東京放送にあるだけだという。

資料を調査していると、向田が書いたラジオ番組を思わぬところから発見することもある。例えば、『向田邦子の恋文』（新潮社）にはN氏の日記が掲載されているが、向田が書いたラジオ番組を聞いたときのことが書いてあり、これも貴重な記録となる。しかし、向田が書いた何らかの番組があることは判りながら、具体的な番組名等が判明しないものもいくつかある。これからも一つ一つ積み重ねていくしかないと思っている。

最近は向田邦子をいろいろな角度から放送されることがある。向田が書いた台本による番組ではないが、これも向田邦子研究の資料として記録しておく必要があるのだろう。

向田邦子のテレビドラマの台本はかなり保存されてきている。だが、ラジオ番組は保存されていない台本が多い。以下には、現在までに判明した限りでの、向田邦子執筆台本によるラジオ番組の一覧と、参考までに、向田邦子関連のラジオ番組の一覧を掲げておく。（栗原靖道）

〔資料の調査先〕

国立国会図書館、東京都立中央図書館、同多摩図書館、その他の公立図書館、実践女子大図

書館向田邦子文庫、早稲田大学演劇博物館、かごしま近代文学館、大宅壮一文庫、松竹大谷図書館、NHKアーカイブス、NHK放送博物館、横浜情報文化センター、日本脚本アーカイブズ、他（一覧内の「出典等」では略称を用いた。）

向田邦子のラジオ台本番組

タイトル	放送局	開始	終了	放送時間	備考	出典等
ラジオ喫煙室	NHK	昭和二五年一一月一一日	昭和四〇年四月二日		七〇一回？ 向田執筆は昭和三七年から、三〇～四〇本執筆、最終回（昭和四〇年四月二日）は「猫の歌」	演博、NHK年鑑
日曜名作座	NHK	昭和三二年四月七日	平成二〇年三月三〇日	午後九時〇五分～九時三五分	二一三七本、向田脚本は昭和四〇年七月の井上靖原作「城砦」。向田原作「かわうそ」は昭和五六年一一月に放送	
森繁の奥様、お手はそのまま	文化放送	昭和三三年一二月一日	昭和三六年二月四日	午前七時〇五分～七時一〇分	グループで執筆	マスコミ・スーパーレディ
ミッドナイト・ストリート	東京放送	昭和三四年七月二八日	昭和三八年六月八日	午後一一時三〇分～〇時	ミッドナイト・ストリート（演博台本、「東京放送のあゆみ」）	演博、TBS社史、読売、アーカイブズ
森繁ゴールデン	文化放送	昭和三六年九	昭和三七年一		全六七回？（「幕間三十分」	演博

劇場		月七日	二月二七日		は六二回放送、うち向田執筆は四九回？）	
森繁の重役読本	東京放送 文化放送	昭和三七年三月五日	昭和四四年一二月三一日	午前七時四五分～七時五〇分	全二四四八回？ 昭和三七年三月五日～昭和四四年四月一九日は東京放送、昭和四四年四月二一日～昭和四四年一二月三一日は文化放送、月～土、毎日広告社制作	文化、朝日、日経、毎日他
九ちゃんであンす	文化放送	昭和三七年九月一日	昭和三九年三月三一日	午前七時四〇分～七時四五分	月～日、パーソナリティは坂本九	読売、文化、恋文
森繁のふんわり博物館	文化放送	昭和三七年一〇月一日	昭和三八年二月二八日	午前七時一〇分～七時一五分	毎日広告社制作	演博、朝日、文化
森繁のなんでも博物館	文化放送	昭和三八年三月一日	昭和三八年三月三〇日	午前七時一〇分～七時一五分	一三一回（昭和三八年三月一日）～一三七（昭和三八年三月八日）、毎日広告社制作	演博、朝日、文化
お早う瓦版	文化放送	昭和三八年四月一日		午前七時一〇分～七時二〇分	「渥美清の『お早う瓦版』」、パーソナリティは渥美清、後、一龍斎貞鳳	朝日、恋文
ミッドナイト・ストリート	東京放送	昭和三八年一一月二五日		午後一一時三〇分～〇時	途中中断して再開、淡路、牟田、藤間、田宮、朝丘、森繁久彌によるDJ	朝日、毎日、読売、アーカイブズ
五輪アラカルト	文化放送	昭和三八年一二月二日	昭和三九年一〇月二四日	午前九時一五分～九時三〇分	小沢昭一、久里千春でオリンピックのエピソード等、月～土	朝日、文化

舶来講談	NHK	昭和三九年一月一日	昭和三九年一月三日	午後四時~四時三〇分	三夜連続放送 一、ドン・キホーテ、二、ロメオとジュリエット（向田執筆）、三、三銃士	恋文、かごしま、朝日
おはようぺぺです	TBS	昭和四一年一〇月三日	昭和四二年九月三〇日	午前七時三〇分~七時四〇分	脚本は向田、出演：中村メイコ、黒柳徹子ほか	TBS社史
メイコのドカーン	TBS	昭和四四年三月三一日	昭和四四年一二月三〇日	午前七時三〇分~七時四五分	中村メイコの当世社会風俗漫談	朝日、文庫、かごしま
ドレミファソラシド	TBS	昭和四四年四月二一日	昭和四四年四月二六日	午前九時一五分~九時四五分	ドラマシリーズ「おんなと男・おとこと女」の第二話（計六回）を向田執筆	朝日
ルリ子—浅丘ルリ子のDJ	ラジオ関東	昭和四四年一〇月二〇日	昭和四五年四月一一日	午後一一時二〇分~一一時三〇分		朝日、文庫、かごしま
あなたと夜のハーモニー	ラジオ関東	昭和四五年五月三日	昭和四八年一〇月二八日	午後一〇時一〇分~一〇時三〇分	半年弱？の放送、一一月一日「とりかえっこのオハナシ」（向田）、一六冊所蔵	シVI、脚本アーカイブズM18、かごしま
（ロイ・ジェームスの）意地悪ジョッキー	文化放送	昭和三五年	昭和五九年四月一日	午前七時五五分~八時	月~土、昭和五二年？以降ニッポン放送、水原明人、神吉拓郎、向田邦子	脚本アーカイブズ
河内桃子のゴールデンジョッキー	関西放送					マスコミ・スーパーレディ
フレッシュ・コーナー	ラジオ関東			午後一〇時三五分~一〇時四五分	昭和三八年一一月、水垣洋子 三七年三月、九月、三八年三月、四月等放送あり	マスコミ・スーパーレディ、恋文

現代劇場	文化放送		昭和三九年三月二九日	午後六時〜六時三〇分	向田執筆「離婚行進曲」	恋文、毎日
やじうまジャーナル	ラジオ関東				出演：渥美清、向田は一時的に書いた？	かごしま、サンケイタ刊（昭和四一年六月三日）、アーカイブズ、朝日放送の社史
われら夫婦	TBS	昭和四一年四月一一日		午前九時二五分〜九時四五分		かごしま、サンケイ、毎日

向田邦子のラジオ出演番組

日曜喫茶室	NHK-FM	昭和五二年七月九日		午後〇時一五分〜二時	「独身貴族のホームドラマ」、布施明と出演	かごしま「印刷資料二一五四」・カセット
日本列島ここが真ん中	ラジオ北陸放送	昭和五四年七月三一日		午後二時〜五時一五分	向田邦子のルーツ探し。能登島・向田の火祭り訪問記（向田邦子・秋山ちえ子）	北国新聞（昭和五四年七月三一日）
NHKラジオアーカイブス「新春炉辺対談・美味にしひがし」	NHK第二	平成二六年一月六日	平成二六年一月一三日	午後八時三〇分〜九時	対談者：團伊玖磨「美味にしひがし」（昭和五六年一月七日 NHKTV放送の音声）	『オール讀物』（昭和六四年一月号）

向田邦子のラジオ関連番組

私の文庫本	文化放送	昭和五四年九月一六日		午前八時〜九時	「父の詫び状」朗読：渡辺美佐子	鑑賞、読売、朝日、毎日
女性のためのラジオスペシャル	TBS	昭和五六年三月二二日		午後七時三〇分〜九時	「思い出トランプ」の朗読（栗原小巻、渡辺美佐子、奈良岡朋子）	TBS社史、読売、朝日、毎日
いきいき倶楽部「姉、向田邦子がのこしたもの」	NHK第一	平成一四年九月一八日		午前八時三〇分〜八時五五分	向田和子	
新春朗読への招待「向田邦子の世界〜日常をリアルに描く」	NHK第一	平成一六年一月二日		午前七時〜八時	「ごはん」、「かわうそ」など。ゲスト：早坂暁　聞き手：松田喜和子　一日「賢治と白秋」、三日「阿刀田高の世界」	再放送：同日NHK第二、午後九時〜一〇時、七日及び八日ラジオ深夜便
脚本家筒井ともみさんに聞く	NHK第一	平成一六年三月九日		午後六時〇五分〜	筒井ともみ、向田邦子との接点、映画「阿修羅のごとく」	
いきいきホットライン「いい出会いしてますか」	NHK第一	平成一六年四月二日		午後五時〇五分〜午後六時	諸田玲子、向田邦子作品との出会い	
「ラジオ深夜便」森繁久彌「ラジオと私」	NHK第一	平成一七年六月三日		午前一時一〇分〜二時	森繁久彌が自らの歩みを振り返りながらラジオへの思いを語る。「日曜名作座」や「森繁の重役読本」などのエ	国際放送七〇年記念放送（平成一七年六月一日）を

					ピソード	再構成
今夜も大入り！渋谷・極楽亭	NHK第一	平成一八年八月二六日		午後七時三〇分～午後九時	立川志らく、向田和子	
わたしの図書室	ラジオ日本	平成一八年九月		午後一一時三〇分～一二時	向田邦子作品の朗読、羽佐間道夫、井田由美	
日曜喫茶室「向田邦子が残したもの」	NHK-FM	平成一八年一二月一〇日		午後〇時一五分～二時	太田光、向田和子、轡田隆史	
爆笑問題の日曜サンデー「向田邦子さん、二七人の証言スペシャル」	TBS	平成二〇年八月一七日		午後一時～五時	四時間丸々の向田邦子特集！ 樹木希林&太田光のロケ対談、向田和子出演	
ラジオ深夜便「わが心の人、素顔の向田邦子」	NHK第一	平成二〇年一一月一七日		午前一時一〇分～二時	向田和子	
大沢悠里のゆうゆうワイド　？	TBS	平成二一年九月二二日		午前八時三〇分～八時四五分	向田邦子生誕八〇年に因んで、向田邦子の魅力に迫る。	
森繁久彌追悼「日曜名作座選」	NHK第一	平成二一年一一月一六日	平成二一年一一月一九日	午後一一時二〇分～一二時	第一夜「人生劇場〝青春編〟」、第二夜「かわうそ」、第三夜「セロ弾きのゴーシュ」、第四夜「夜の雷雨」	
森繁久彌追悼番組、「森繁の重役読本」座談会	TBS	平成二一年一二月二五日		午後九時～一〇時	小澤昭一、向田和子、爆笑問題	読売新聞夕刊（平成二一年一二月二四日）、

						TBSに残る録音は九回分だけ。
金沢発ラジオ深夜便〈能登ゆかりの文芸作品〉	NHK第一	平成二五年八月三一日		午前一時台～午後二時	向田邦子「お辞儀」朗読：石井かおる、水上勉「奥能登」朗読：二見和男	
ラジオ深夜便「読書の秋・私の一冊」	NHK第一	平成二五年一〇月一日		午後一一時一五分～〇時	宇崎竜童、須磨佳津江　高倉健朗読「ふるさとのお母さん」（『南極のペンギン』所収）→映画「あ・うん」	
著者に聞きたい本のツボ	NHK第一	平成二七年八月二三日		午前六時四〇分～六時五〇分	向田和子が『向田邦子　おしゃれの流儀』（新潮社）を紹介	
ラジオ深夜便「母を語る」	NHK第一	平成二七年九月二二日		午前一時〇五分～一時五〇分	向田和子が母親せいさんについて語った。	
鹿児島発ラジオ深夜便〈鹿児島を愛した作家たち〉	NHK第一	平成二八年六月二四日		午後一一時一五分～〇時三〇分	向田邦子のエッセイにより鹿児島への思いを語った。三島盛武、井上育子	
北海道発ラジオ深夜便〈アンカーを囲む集い〉	NHK第一	平成二八年一二月二八日		午前三時三〇分～午前四時	桜井洋子：「舌の記憶～あの時、あの味～向田邦子の「味醂干し」」、石澤典夫	〈アンカーを囲む集い〉平成二八年一二月一〇日
比喩からみた日本語表現	NHK第二	平成二九年二月四日	平成二九年二月二五日	午後九時～午後九時三〇分	半沢幹一（共立女子大教授）、第四回「向田作品の比喩表	

					現」	
ラジオ文芸館「鮒」	NHK第一	平成二九年七月一日		午前八時〇五分〜午前八時四五分	語りと演出：福井慎二　向田邦子作「鮒」	
高橋一清「あの人　あの言葉」	RCCラジオ（中国放送）	平成二九年八月二〇日		午前八時〜午前八時一〇分	高橋一清（元文藝春秋各誌編集長）、聞き手RCC長谷川努アナ。	中国新聞（平成二九年八月二六日）
すっぴん！〈源ちゃんの現代国語〉「キーワード『昭和』に関連して」	NHK第一	平成二九年一〇月二〇日		午前八時三三分〜五〇分	高橋源一郎、藤井彩子『父の詫び状』から「子どもたちの夜」、「父の詫び状」、「お辞儀」	
ラジオ深夜便「絶望名言　向田邦子」	NHK第一	平成三〇年二月二六日		午前四時〇五分〜五〇分	文学紹介者　頭木弘樹、聞き手：川野一宇アンカー	

『父の詫び状』本文異同一覧

はじめに

向田邦子の連作エッセイ集の初出誌『銀座百点』と単行本との本文異同の一覧を、単行本での再録表題と再録順によって掲げる。

単行本化に際し、全二四編のうち九編の表題が変えられた他、配列に大きな違いがある。紙幅の都合で初出一覧との対照表などは省略するが、連載の順に読むのと単行本とでは印象に歴然たる差がある。「父の詫び状」「身体髪膚」「隣の神様」「記念写真」「お辞儀」「子供たちの夜」と続く六編の配列が一気に高めてゆく主題性の集中度は、連載のままの配列の比ではない。連載中の評判と単行本としての緊密な構成（および本文への手入れ）との成功が、いっぽうで、向田邦子といえば、日本の家庭、日本人の家族を名文の日本語で書いた作家であるとする安直な図式を、世間に思い込ませてしまうひとつの要因になったかもしれない。

異同は、句読点の有無、位置、修飾語の位置の移動など、主に文調・リズムを整えるための変更も含めると、限りがない。ルビの有無・変更もかなりの数にのぼる。川柳・俳句の引用、記憶の誤り等を正したものもある。その中で、特に注目される幾つかを例にあげておこう。

「東山三十六峰静かに食べたライスカレー」の「跛である」を「片足を引く武士」（「昔カレー」）に変えたのは、「差別」的表現になることを避けたもの（「田原坂」の歌詞の思い違いに「跛」の字は外せないので、そのまま残してはあるが。現在では巻末に編集部の注が添えられている）。それと類似の事情なのか、あるいは親族などへの配慮なのか、父の生い立ちを「私生児として生れ」としたのを「家庭的に恵まれず」（「昔カレー」）の類に直すのは、「チーコとグランデ」、「ねずみ花火」などにもある。

無駄な感想や説明を削除する例としては、「こういう親を持つと子供は本当に苦労をする。」（「身体髪膚」）、「生まれながらに父親の顔を知らなかった父は、自分が一度もされたことのないことを、子供たちにはしたかったのだろう。」（「子供たちの夜」）。反対に、説明のための追加には、「「コキール」「フーカデン」などの食べたことのない料理の名前と作り方を覚えたのも、防空壕の中である。」（「ごはん」）などがある。その他、大量の削除・変更は「お軽勘平」の末尾、「わが拾遺集」の冒頭などに見られる。

単行本『父の詫び状』の生成は、かくして、先に触れた作品の配置替えなどの再構成と、かかる本文の手入れなしではありえなかったというべきなのである。

底本として、単行本『父の詫び状』（平成九年五月二五日、文藝春秋刊、第四六刷）を用いた（初刷と同じと見なす。なお、文藝春秋版『向田邦子全集　第一巻』（昭和六二年六月三〇日、第一刷）の本文との間に表記に若干の異同があるが、今回は取り上げなかった。文春文庫版の場合もかなりの異同があるが、これは別の意味でここでは取り上げていない）。

初めに異同のある底本本文の頁・行、次に異文の生じる直前の必要最小限の本文を示し、異文の生じているところから［印で開いて、初出本文を示し、以下↓印で底本本文を示したあと、］印で閉じ、その直後の本文を必要最小限示す。挿入は「〈ナシ〉↓」で、削除は「↓〈削〉」で示す。その他必要な説明は〔　〕によって補った。

（栗原敦）

「父の詫び状」〔冬の玄関↓父の詫び状〕

009・05［あとから考えると、その頃読んだ、山口瞳氏の「江分利満氏の優雅な生活」の一節のせいである。記憶違いだったらお詫びをしなくてはならないのだが、たしか↓その頃見たテレビのシーンに］「四角い蛙」のはなしが［のってい↓あっ］た。大道［香具師《やし》↓香具師］が／010・07［ひるすぎ↓昼前］私は／010・09 海老一匹［つく↓料］れなくて／013・01 石の上［で↓に］／013・02 だからと、［私達↓家族］の靴の／013・04 不幸な人で、父［〈ナシ〉↓親］の顔を知らず［〈ナシ〉↓、］／013・06母親に［い↓言］われ［い↓言］われ／013・07 脱ぎたい［〈ナシ〉↓も］／015・04 ホッ［ケ↓キ］貝／015・08 ねかせる。［ドテラ↓古いどてら］や／016・11 ［〆↓締］切りの夜／016・15 固く［凍り↓凍て］ついたおもての雪のせいか［〈ナシ〉↓、］［凍↓痛くな］るほど冷たい。／017・06 上がり［が↓か］まち／017・07 ［はばかり↓手洗い］に／017・09 黙［し↓っ］て、素足のまま、私が終るまで［寒い朝↓吹きさらし］の玄関に

「身体髪膚」

019・09 鈴蘭［型↓形］／021・02 ［鍵↓鉤］の手になった縁側／022・07 馬肉［を食べると胸の奥まであたたまってくるの↓馬肉は体が暖まるというのは、本当］である。／023・01 ように、［喪服の母が白足袋↓母が足袋はだし］で飛び出し、妹を横抱きにすると［〈ナシ〉↓、］物も／023・02 あとかたもないが［〈ナシ〉↓、］大体において［、↓〈削〉］／024・11 こらえてい［る。〈改行〉こういう親を持つと子供は本当に苦労をする↓た］。／025・03 妹［たち↓達］／025・07 サイクリングが［はや↓流行］り始め、／025・10 のべたてた手前［、↓〈削〉］引っ込みが／027・04 おなかに［異↓違］和感を／028・06 つまみ出して［頂↓戴］いた。／028・09 豆の［莢↓莢《さや》］／028・14 四人［兄↓姉］弟も、／029・01 身体［髪膚↓髪膚《はっぷ》］之ヲ／029・05 ［喪服の↓〈削〉］母の着物に

「隣の神様」

030・03 夏冬の［留袖や↓〈削〉］喪服／031・11 「［ほら↓それ］見たことか」／034・07 近い［ひと↓女性］が／034・14 十二月［××日↓〈削〉］の、／035・05 私は、［ビシリと、↓〈削〉］しっぺ返しを／035・

06　私より［三→二］歳年上で／035・07　ところがあり［〈ナシ〉→、］新米の／036・06　まさか、［たの→頼］もしい／037・16　［マジメ→真面目］な顔をしていた。／038・10　弟は黙って［豆絞りをのけ、→〈削〉］ポケットから［出した→〈削〉］白いハンカチ［〈ナシ〉→を出し、豆絞り］と取り替えた。／038・12　さすがにしょげて［、→いた。］／038・16　［といって、→〈削〉］笑いながら／039・02　［画竜点睛、→〈削〉］ここ一番という時に、／039・13　時［々→時］間の抜けた／039・14　何よりの［中→緩］和剤に／041・05　葬儀に行くのだ。［〔改行ナシ〕→〔改行〕］／041・06　［お→〈削〉］隣の神様

「**記念写真**」

042・05　同じ［間→間《ま》］で自然に／044・05　肩を組んだり［笑った→微笑んだ］りで／044・09　子供［達→たち］は床屋へ／044・12　私は、［二、三日→三日］前から／046・06　［とどなられ→父がどなり］、その直後に／046・09　裏山に［生って→生い茂り］、大風の日に／046・09　夏みかんや［琵琶→枇杷］の匂いが／047・15　他人の［請判→請判《うけはん》］／048・054　［「→〈削〉］新兵サンハ／048・06　泣クノカネ［」→〈削〉］／050・10　父も賞めていた。［〔改行アリ〕→〔改行ナシ〕］／052・08　［野上→野上《のがん》］どんとよんでいた

「**お辞儀**」［親のお辞儀→お辞儀］

053・07　電話［器→機］／057・09　きかせたのだが［〈ナシ〉→、］死出の旅路に／057・13　三度［々々→三度］の食事の／060・04　「死んだお父さんに［悪い→怒られる］」とか／062・02　空の一点が［雲母→雲《うん》母《も》］のように／064・01　［〆→締］切の時期に、／064・03　母は子供［達→たち］に

「**子供たちの夜**」

066・10の次　［〔行アキナシ〕→〔行アキ〕］／066・13　姉弟三人が［、→〈削〉］パジャマの／068・14　ご帰

館にな［った父が↓り］、「子供たちを／069・02 たかっていた。［こら↓みせ］しめのためか、／070・01 たしかに［安倍川餅の↓餅を焼く］匂いが／070・03 親［たち↓達］は／071・01［臙脂↓臙脂《えんじ》］の地色に、／071・08 聞いた話になるのだが［〈ナシ〉↓、］翌朝の／071・13 追加して［誂《あつらえ》↓誂］えたそうだ。／072・01 入れてくれる。［〔改行〕↓〔改行ナシ〕］夕食が／072・07 白い［珐瑯↓珐瑯《ほうろう》］引きの／073・02 鳴るようなきしみを［〈ナシ〉↓、］天井を／073・03 記憶もある。［ブーンと↓〈削〉］飛んでくる／074・08［私の↓〈削〉］記憶の中で／074・10の次［〔改行〕生れながらに父親の顔を知らなかった父は、自分が一度もされたことのないことを、子供たちにはしたかったのだろう。〔改行〕↓〈削〉］／074・13 私達きょうだいは［、↓〈削〉］それに包まれて

「細長い海」

075・05 忘れていた［或る↓〈削〉］海辺の光景が／077・03［黒い↓〈削〉］こうもり傘を／077・04 引率者は大［低↓抵］祖母で／078・02 手で［縛↓絞］るように／078・08 弟は［悔↓口惜］し涙のたまった／078・13 背負って［〈ナシ〉↓て］やるよ」／079・03 用を［達↓達《た》］している時／079・07 のだろう。［それにしても↓〈削〉］お父さん／079・08［海の中で、↓〈削〉］泳いでいる／079・10 ゆっくりと［伸↓伸《の》］しで泳いでいた。［それにしても↓〈削〉］／079・13 手短［〈ナシ〉↓か］に十年間の／080・08［咄嗟↓咄嗟《とっさ》］に払いのけたが、／080・11「縛られたあとですか」［〔改行〕↓〔改行ナシ〕］／080・12 鳥帽子は［一名↓〈削〉］ポルトガルの／081・03 ただ、［カッと首のうしろが↓首のうしろがカッと］熱くなったことと、［必死で首に食い込む誰かの手を↓首に食い込む誰かの手を必死で］振り払おうと／081・06 青い空があった。［〔改行〕↓〔改行ナシ〕］課外授業／081・06 熱い［飴湯↓飴湯《あめゆ》］を／081・16 立って

いた。〔〈ナシ〉↓男の子が〕泳ぐ時に／082・01　赤帽の〔〈ナシ〉↓、〕紐をしめて／082・02　水が垂れ〔た↓て〕足許の／082・06　錦江湾の〔内懐《うちぶところ》↓内懐〕にある。／084・01　「ジャッキン・ジャッキン」〔〔改行ナシ〕↓〔改行〕〕／084・04　「〔ムコウダクニコ↓向田邦子〕」／085・04　いわしを食べに〔餌場↓餌場《えさば》〕に通う／085・05　ペルーの南〔〈ナシ〉↓、〕ベド・ペントの／085・09　やさしくていい。〔そして、↓〈削〉〕中でも

「ごはん」〔心に残るあのご飯↓ごはん〕

086・02　〔依怙地↓依怙地《えこじ》〕な気がするし、／087・03　酔っぱらった〔フリ↓ふり〕をして／088・05　〔聖林《ホリウッド》↓聖林《ハリウッド》〕だけは／088・10の次　〔〈ナシ〉↓「コキール」「フーカデン」などの食べたことのない料理の名前と作り方を覚えたのも、防空壕の中である。〕／088・13　「シュークレーム」の〔食べ↓頂き〕かた、／089・01　〔〈ナシ〉↓三月十日。〕／089・02　その日〔。↓、〕私は／090・05　荷物を背負い〔〈ナシ〉↓、〕家族の／090・13　〔ハガキ↓葉書〕大の火の粉が／092・05　絨〔緞↓毯〕爆撃が／092・06　食〔って↓べて〕死のう／092・11　食べた。〔〔改行〕↓〔改行ナシ〕〕あたりには、／093・02　〔イ草↓藺草〕がささくれ立っていた。／093・06　年端もゆかぬ子供〔達↓たち〕を／094・01　肺門〔リンパ線↓淋巴腺〕炎／094・08　使っ〔た↓てしまった〕という徹底ぶり／095・01　この〔〔うな↓鰻〕丼だって、／095・05　今は〔直↓治〕っても、／095・06　気もした。〔〔改行〕↓〔改行ナシ〕〕鰻はおいしいが／095・10　気もする。〔〔改行〕↓〔改行ナシ〕〕どちらにしても、／096・02　似た〔母子↓おやこ〕を見つけようと／096・04　母の〔うな↓鰻〕丼のおかげか、父の〔たばこ↓煙草〕断ちの／096・04　今日に〔到↓至〕っている。／096・05　昼餐の〔そ↓次〕の日から、／096・08　〃ごはん〃を〔〈ナシ〉↓と〕指を折って／096・08　翌日の最後〔〈ナシ〉↓の〕昼餐。／096・09　食べた〔うな↓鰻〕丼なのだから、／096・12　釣針〔にも↓の〕「カエリ」

［がある。〈改行〉↓のように、〈改行ナシ〉］楽しいだけ

「お軽勘平」

097・05　床の間の［万↓千］両や／097・07　あとは重詰［め↓〈削〉］がいたまぬよう／099・03　こういうことは時［時↓々］あった。／099・14　［「↓〈削〉］やすらはで／099・15　月を見しかな［」↓〈削〉］／100・04　［「↓〈削〉］明けぬれば／100・05　朝ぼらけかな［」↓〈削〉］／100・07　［「↓〈削〉］月見れば／100・08　秋にはあらねど［」↓〈削除〉］／101・06　頭痛がした。［火照↓火照《ほて》］った／101・13　急に［お↓〈削〉］友達のところで／102・07　父がかんしゃくを［飛ば↓起］して、／104・08　［駅馬↓駅馬《えきば》］という運がついている。／105・01　いまでもお三［が↓箇］日のテレビ／106・12　ある。［〔一行アキ〕↓〔行アキナシ〕］／107・02　そう考えると、［私の「白鳥の湖」↓猿芝居の新春顔見世公演「忠臣蔵」］も、／107・03　の後〔作品の末尾〕［戦後間もなく私は麻布の市兵衛町に住んだ時期があった。私が居候をしていた家のすぐ裏手に、土地に古くからいる酒屋さんがあった。そこの次男坊だか三男だかが、当時はやり始めていたバレーに凝り、そのうちのおばあさんは自慢そうに吹聴をしていた。町内のお祭りの時に、その青年がバレーを披露することになった。古い土地柄でもあり、町内の顔役であるトビの頭などは、「お神楽をやるんならともかく、なんで男の裸踊りなんぞやるんだ」とヘソを曲げていたというが、とにかく空地に組んだ俄造りの舞台の上で踊るところへこぎつけた。是非見てくれと、半ば強制的に頼まれ、私は一番前の席で見物していた。スピーカーが「白鳥の湖」のさわりのところを流しはじめ、タイツの青年が舞台に出て、大きく跳躍をした、そのとたんに舞台は大きく揺れ場内は真暗になった。停電してしまったのである。一同大笑い。青年は再び舞台にあらわれず、代わりに太鼓が運び込まれ、少し遅れて盆踊りが始まった。駅

馬の運は、せわしいお正月だけでなく、こんなところにもあらわれているような気がしている。↓〈削〉」

「あだ桜」

109・04 のではないか。［〈ナシ〉↓それにしても、］この／110・03 ［かたわ↓異形］の者が／110・04 多いのだが、［〔改行ナシ〕↓〔改行〕］／110・14 それを［〈ナシ〉↓更に］二つに切ったのを、［半分ずつ↓〈削〉］海苔の／111・09 木の肌は［地↓〈削〉］は、／111・09 ささらのように［磨へ↓減］っていた。／111・14 息が［ギュッと↓〈削〉］つまるほど、／112・02 滅多なことで［形崩↓形崩《かたくず》］れしなかった／112・05 熱心な仏教徒［の信者↓〈削〉］で／112・09 吹か［む↓ぬ］ものかは／112・11 「おぼ［ん↓く］さん」／112・13 「おぼ［ん↓く］さん」／112・13 ［真鍮↓真鍮《しんちゅう》］／112・14 ［お↓〈削〉］線香／113・09 祖［母↓父］は、欠落して、／113・15 そういう［祖母↓母親］を最後まで許さず［〈ナシ〉↓、］／113・16 祖母も［、↓〈削〉］期待はしていなかったろう。／114・05 私に教え、［それから↓〈削〉］毎晩のように／114・09 ［「↓〈削〉」］鯛やひらめの／114・11 夢のうち［」↓〈削〉」］／114・12 ［また↓浦島太郎］が亀の背中に／115・07 仏壇の前での［、↓〈削〉］この歌は、／115・09 幸［い↓か不幸か］、私は／115・10 しごとの原稿の［〆↓締］切の方に／115・14 「どうぞ」と［い↓中へ入って書くように言］って下さるのだが、／116・01 ［小型の↓玄関の前に停まっている］オート三輪の／116・03 丁度いい。［〈ナシ〉↓早速拝借して］つづきを／116・03 十五字ばかり書くと［、↓〈削〉］ガクンと／116・04 移動させながら［、↓〈削〉］走り書きで、／116・07 ［と↓〈削〉］私が机代りにしていたのは、／116・11 ［そういえば、↓〈削〉］こんなこともあった。／117・01 「このへんは鳩［の↓ノ］巣というんだ」／117・03 台本打ち合わせに［〈ナシ〉↓テレビ］局へ／117・04 目を白黒させながら［、↓〈削〉］考えるのだが、／117・07 しなくてはならないことを先に〔伸ば→延〕し、／117・13　一日〔のば→延〕しにする。／118・07　一度よ〔ー→〈削〉〕くしらべてみよう／118・09　〔」→〈削〉〕あだざくら／118・09　散りやすい桜〔」→〈削〉〕／118・10　とあった。〔〔改行〕→〔改行ナシ〕〕ことのついでに「おぼ〔ん→く〕さん」というのも／118・12「おぼ〔ん→く〕さん」／118・13「おぼ〔ん→く〕さん」／118・14〔〈ナシ〉→」〕おぶく〔御仏供〕仏への供物〔。→」〕／118・15　一日〔の→延〕しに〔の→延〕して〔〈ナシ〉→、〕はっきり

「車中の皆様」

120・11　右手に〔千→五百〕円札／120・13　つまったよう〔な声を出し→うなり〕、カスれた／121・05　右手に〔千→五百〕円札／121・13「どうぞお〔待ちしてました→上がり下さい〕」／122・02　夕方まで〔空→空《あ》〕いてます／122・10　私の〔粗忽→粗忽《そこつ》〕から／127・05　実に〔きちょうめん→几帳面〕に／127・06　その一切を〔諳→諳《そら》〕んじており、私にこの中〔、→の〕どこと／127・08「〔アンタ→あんた〕損してるよ」／127・12　外に出たいのであろう。〔そして、→〈削〉〕その証拠を人に

「ねずみ花火」

130・02　十年ほど前に〔〈ナシ〉→、〕売立会／130・05　手に負え〔ない金額になってい→る金額ではなかっ〕た。／130・07〔宗→宋〕元画に傾倒／131・05　しもた屋で〔〈ナシ〉→、〕看板も何もでていないが〔、→〈削〉〕日本刺繡の／132・06　片足は〔萎→萎《な》〕えていた。／132・08　足元まで〔滴→滴《したた》〕った。／134・01　富迫君だけは〔特→〈削〉〕別だった。父は〔私生児として生まれ→、父親を知らない自分を〕、親戚から／135・07　ひとつ〔、ポツンと→〈削〉〕かかっていた。／136・05〔薪《まき》→薪〕ざっぽうのように／137・10　教科書を閉じ〔毅然《きぜん》→毅然〕とした／138・07　廊下の真中に〔突っ立つと→立って〕、／139・16　古材木の

浮かぶ［〈ナシ〉↓濁った］掘割に／140・01 投げ込まれていたと聞いて［〈ナシ〉↓、］私は／140・11 文［学↓字］の上の知識

「チーコとグランデ」

143・10 弟妹［たち↓達］の頭数／144・02 私の席の［真↓〈削〉］前の網棚／146・03 お恥［〈ナシ〉↓ずか］しいはなしだが、／146・16［私生児として生れ↓幼い時から肩身をせばめ］、他人の家を／146・16 大きな絵［凧↓凧《たこ》］を買ってきて、／147・01 もっと［〈ナシ〉↓もっと］大きいの［、↓〈削〉］と／147・04 マドリ［ッ↓ー］ドのマイヨール広場横の、／148・12 共演の人［たち↓達］の面倒見も／149・15 森光子さんに借［〈ナシ〉↓り］があるような、／150・05「おいしそうね［ぇ↓え］」といえば、／150・11［〈ナシ〉↓これもアルバイトの学生が、］開店前に／150・14［学生アルバイトの男の子だった。↓〈削〉］床は、／150・16 押しのけるようにして［、↓〈削〉］かがむと、／151・04「いらっしゃいませ［!↓〈削〉］」／151・09 今日［、↓び］こんなことはないだろう。／151・13 苺は大［低↓抵］買い置きがある。／151・16［「あら↓〈削〉］こっちのほうが立派で悪いわねえ」［〈改行〉↓〈改行ナシ〉］と頂きものは［〈ナシ〉↓ちゃっかり］冷蔵庫に／152・07 衰えたか、［この頃では、↓〈削〉］量よりも／152・09 私は蒲焼［き↓〈削〉］の大きさを／152・11［「泣く泣くもい↓泣き泣きも良］い方を取る形見分け［」↓〈削〉］／152・15 上つ［か↓が］たに知り合いのあろう

「海苔巻の端っこ」

155・14［まず↓〈削〉］目に浮かぶのは／156・04 むねの奥が［白湯↓白湯《さゆ》］でも飲んだように／156・14［アインシュタインに似た顔立ちの↓飼っていた外国産の鼻の長い犬とおなじような顔をした］人で、

大学［教授↓の先生］だという。／157・14 先へ［伸↓延］す。蒸し返しの［宛↓当て］もなく／159・05 延長かも知れない。［〔改行〕↓〔改行ナシ〕］戦前、／痩せぎすで［疳↓癇］の強い人／159・15 固い［薪《まき》↓薪］で鉄の釜で炊くご飯。／161・04［大阪↓京都］に［鱧↓鱧《はも》］を専門に／162・04 このとき、［スーと↓〈削〉］隣の部屋の間じきりの襖が［〈ナシ〉↓音もなく］一センチほど／164・10［大坂↓京都］の仲居さんには

「学生アイス」［アイスクリームを愛す↓学生アイス］

165・08 名作［『↓「］ヴィナスの誕生［』↓」］／166・03 坐り込み［〈ナシ〉↓、］富士額に／166・16 ルネッサンスとは［『↓「］再生［』↓」］の意味／167・01 ルネッサンスと［云↓い］えるかも知れない。／167・08［渥美清↓中村メイ子］さんのお顔の輪郭／167・11 アイスクリームを［〈ナシ〉↓一度に］二つ／167・13 二十三年の夏であった。［〔改行〕↓〔改行ナシ〕］／167・14 我［が↓〈削〉］家は仙台に／169・08［云↓い］われて気がついたのだが、／169・15［〈ナシ〉↓やっと］半分［ほど↓〈削〉］さばく↓169・15［「↓〈削〉］ふるさとへ廻る六部の気の弱り［」↓〈削〉］／170・01 街には［『↓「］銀座カンカン娘［』↓」］のメロディ／171・02 その［夜↓頃］、渋谷の／173・05 心やさしいお［ニイ↓にい］さん達／173・16 終わってみて［〈ナシ〉↓、］子供の頃から／174・06 やがて［改札↓検札］があったが、／174・15 と［云↓い］いたいのだが、／175・04 列車の［トイレ↓手洗い］まで乗客が／176・03［〈ナシ〉↓同潤会アパートの方角へ］飛んで帰って／176・04 二十五年前に腰を［おろ↓下］した表参道

「魚の目は泪」［魚の目に泪↓魚の目は泪］

177・02 魚の目を［藁↓藁《わら》］／177・05 半分焦げた［団扇↓団扇《うちわ》］をばたつかせ、／177・09 四人［兄↓姉］

弟のせいか、四人［兄↓姉］弟の／180・07 弱かったせいもあって［〈ナシ〉↓、］滋養になるからと［、↓〈削〉］祖母は／180・11 ［「↓〈削〉］行く春や鳥啼き魚の目［に↓は］泪［」↓〈削〉］／181・05 「そろそろ白麻の季節ですね［ゑ↓え］、おばあちゃん」／182・01 ［曲曲↓曲曲《まがまが》］しいほど真赤な／183・06 ［手↓指］にとまらせると、／183・13 五匹の［きょうだい↓兄弟］のうち／184・02 ［と↓〈削〉］開きかけの片目が／184・11 実に［ジャケン↓邪険］に噛みついたりするのに、／185・03 インドの［現↓〈削〉］ガンジー首相／185・09 お子さん［〈ナシ〉↓の］でもお孫さん［〈ナシ〉↓の］でもよろしい、／185・13 ［〈ナシ〉↓それを］一匹と、おこぜの顔を／187・12 ［「↓〈削〉］行く春や鳥啼きウオの目［に↓は］泪［」↓〈削〉］／187・13 もののあわれは［〈ナシ〉↓、］わが足許なのである。

「隣の匂い」

188・03 お目見［得↓え］に行く朝は、／188・08 立ってゆく［と、↓。］祖母は、／191・03 帰った父が、［〈ナシ〉↓間違えて］校長先生宅の／191・12 ゆくゆかないで［も↓揉］めたとかで、／191・13 生垣越しに、［〔改行〕↓〔改行ナシ〕］「ヘンな風に頭が痛いのよ」［〔改行〕↓〔改行ナシ〕］と青い顔をして母に訴えていた［〈ナシ〉↓という］。／192・03 私を指さして、［〔改行ナシ〕↓〔改行〕］／192・05 ［〈ナシ〉↓家の造りが同じなので］殺人事件の／192・09 気の［使↓遣］い方は、／192・11 坂道の途中［に↓で］どこか落着かない感じで／194・02 春先には［陽炎↓陽炎《かげろう》］が立ち、／195・15 女［所↓世］帯のようであったが、犬好き［で↓らしく］、白地に黒の［斑↓斑《まだら》］のある／195・16 グレート・デンの［メス↓牝］がいた。／197・02 国会議員［〈ナシ〉↓T］の秘書をしている［友人↓級友］のところへ／197・02 よかったら［〈ナシ〉↓私の］秘書の／197・08 ［〈ナシ〉↓私が］母の実家に居候を／197・16 呼びとめ、［〔改

行〕↓〔改行ナシ〕〕「靴を買いなさい」と

「兎と亀」〔リマのお正月↓兎と亀〕

200・02　暮からお三〔が↓箇〕日を／201・01　〔〈ナシ〉↓土産物屋の〕ペットで／201・15　街灯〔の↓が〕少ないせいか、／201・16　立ちふさがり、〔こわれたマリオネットのように↓〈削〉〕急に折れ曲がって／202・04　お椀に〔清↓清《すまし》〕汁仕立てである。／203・15　〔因幡↓因幡《いなば》〕の白兎／204・09　兎と亀〔と↓を〕間違えた／205・01　着物を着て、〔薪↓薪《たきぎ》〕をかつぎ、／205・14　たしかに〔『↓「〕兎〔』↓」〕がいた。／206・09　二重遭難〔〈ナシ〉↓したの〕がニュース種になる〔始末↓程度〕であった。／207・15　この人は〔パッと↓〈削〉〕メモを／208・08　目を更に三角〔形↓〈削〉〕にして、／210・02　生の〔いくら↓イクラ〕の入った／210・05　青〔くさ↓臭〕かったサボテンの実。

「お八つの時間」〔お八つの交響楽↓お八つの時間〕

211・03　宇都宮の〔郡道↓軍道《ぐんどう》〕のそば／211・03　〔臙脂《えんじ》↓臙脂〕色の／211・04　黒っぽい〔刳↓刳《く》〕り抜きの／211・05　向〔か↓〈削〉〕いの女学校の／214・08　氷水は〔疫痢↓疫痢《えきり》〕になるから／214・09　〔綿飴《わたあめ》↓綿飴〕とアイスキャンデー／216・11　今思い出しても〔、↓〈削〉〕あれは何とも／216・04　一人は〔チャブ台↓食卓〕で勉強／217・02　〔衣↓衣《きぬ》〕かつぎやしんじゃがの／217・12　戦争が終わって〔一時期、↓、一時期〕父は／217・14　始まる〔のだ↓。〕こういう時、／219・03　子供の癖に〔疳↓癇〕が強くて／219・06　何を焦〔が↓〈削〉〕れていたのか／219・08　当たっているか〔〈ナシ〉↓どうか〕が気になって〔、↓〈削〉〕ついラストの／219・10　体験した。〔そして↓〈削〉〕気がついたら／219・12の後〔〔一行アキ〕↓〔行アキナシ〕〕／220・02　猫は〔本当に↓〈削〉〕嬉しい時前肢を揃えて押すようにする。

［これは↓〈削〉］仔猫の時、母親の乳房を押すとお乳がよく出る［〈ナシ〉↓。］［〈ナシ〉↓出る］と嬉しいから／220・04 持っている［と思うので、フロイト流に考えると何か因果関係がある↓〈削〉］のではないか［と思えるからである↓〈削〉］。／220・06 砂糖の具合［い↓〈削〉］や、［ドロップの↓〈削〉］袋の底に

「わが拾遺集」

221・01の前 ［道端で財布を拾う。開けて見ると百万円ほど入っている。途端にわが胸は呼吸困難となり、よくない心が起きかけるが、いやいや親兄弟もいることだと反省し、交番に届けようと駆け出す。ところが途中で落っことすかスられるかしてしまう。こういう場合、私は一銭も頂けないのだろうか。テレビの脚本の締切が迫って、催促の電話の声が尖り、いいわけをするこちらの声も我ながら卑屈になってくると、私は差し当たって一番必要のないことをゆっくりと考えて憂さ晴らしをする。百万円の財布の件は、法律知識ゼロなのでどういうことになるのか皆目見当がつかない。そこで、自分が今までに落としたものと拾ったものについて考えてみることにした。落としたものは、現金を筆頭に、ハンドバッグ二個、懐中時計、万年筆、あとは傘、手袋といったところである。ところが拾ったほうは、犬猫にはじまって、せいぜい定期券、赤ん坊の毛糸の靴下ぐらいで、計算をするまでもなくかなりの持ち出しになっている。↓〈削〉］／221・01 七歳の時である。［〔改行ナシ〕↓〔改行〕］／221・04 天井の高い［〈ナシ〉↓、］／222・02の後［〈ナシ〉↓落としたものは、現金を筆頭に、ハンドバッグ二個、懐中時計、【万年筆、↓〈削〉】あとは傘、手袋といったところである。ところが拾ったほうは、犬猫にはじまって、せいぜい定期券、赤ん【坊↓ぼう】の毛糸の靴下ぐらいで、計算するまでもなく【〈ナシ〉↓、】かなりの持ち出しになっている。］／222・08 ［大和撫子↓大和撫子《やまとなでしこ》］の象徴／222・14 体操の時間を終え［〈ナシ〉↓、］足洗い場で／223・06 ひ

と［畝→畝《うね》］を分けてもらい、／224・09　悲しみが［急につきあげて来→ひろがってき］た。／226・10の次［〈ナシ〉→さあ落ち着いて飲み直そうということになったが、どうも落ち着かない。私の横のビニール袋に包んだバッグが、やはり匂うのである。皆さん紳士であるから、ひとことも口には出さないが、口数が少なくなってくる。私は一足お先に失礼することにした。］／227・04　その晩は、［〈ナシ〉→寝室の］窓の外にある／227・04　翌朝、［早く、→口うるさい父が出勤してから、庭の真中で開けてみた。口紅もコンパクトもハンカチも全滅である。私は町なかの生れ育ちで、畑仕事や下肥えを丹精したことはないが、これだけの威力があればこそ、作物も大きく育つのであろうと、遅ればせながら感心した。ほかのものは諦めたが、お金だけはそうはゆかない。］／228・10　可愛がってくれ［〈ナシ〉→、］気がつかない間に［、→〈削〉］父の／230・07　落とすことだろう。［締切に追われながらの気分転換に私は拾ったものと落したものを思い出してみた。だが、→〈削〉］／230・08　拾ったりしているに違いない。［そのことは、また別の、締切に追われた時にゆっくり思い出してみようと考えている。→こちらの方は、落したら戻ってこない。その代り拾ったものは、人の情けにしろ知識にしろ、猫ババしても誰も何ともおっしゃらないのである。］

「昔カレー」［東山三十六峰静かに食べたライスカレー→昔カレー］

231・03［『→「］東海林太郎と松茸［』→」］／232・02［〃→〈削〉］ほうら／232・03　わしじゃない［〃→〈削〉］／232・06［『→「］田原坂［』→」］／232・07［〃→〈削〉］雨は降る降る　跛は濡れる［〃→〈削〉］／232・13［〈ナシ〉→越すに越されぬ田原坂］／232・16［『→「］天皇とカレーライス［』→」］／233・09［こ→そ］んな罰当たりなこと／233・10　オジサン［ぇ→え］、／235・06　悪い人であった。［私生児として生れ→家庭的に恵まれず］、高等小学校卒の／235・10　と思ったものだ［った→〈削〉］。／236・07　気を

［使↓遣］いながら、食べにくそうに／236・16 ［〃↓〈削〉］東山三十六峰 草木も眠る丑三つどき ［〃↓〈削〉］／237・03 自分でも ［サッパリ↓〈削〉］見当が／237・04 油面小学校の、［学↓〈削〉］／237・06 「三笠会館」［〈ナシ〉↓、］／237・07 バンコク ［〈ナシ〉↓の］／238・13 ［〈ナシ〉↓この家には］ 私のほかに／239・07 飛びこんだのだろう ［。↓、］ 息が出来なくて、／241・13 勿体ない ［〈ナシ〉↓の］

「鼻筋紳士録」

242・04 うちの犬を ［凌↓凌《しの》］がないように／243・12 ［狆《ちん》↓狆］も悪くはないが／247・01 違いない ［の↓〈削〉］が、同時に／247・10の次 ［整形といえば私の好きなはなしがある。ご本人にはお許しを頂いていないのだが、志村喬氏のエピソードである。教えてくれたのは、悠木千帆――いまは樹木希林というややこしい名前に変ったが、彼女であった。ある番組の本読みで、三、四人の女優が声をひそめて整形手術の噂話をしていた。誰それはしたとかしないとかいった類のはなしである。隣に座って端然と台本を読んでおられた志村氏はポツンとひとこと、こういわれた。「わたしは、口をやって失敗しました」↓長いことアメリカで暮している友人が里帰りをした女ひとり仕事をして、かなりの成功をおさめていると聞いたので、早速お祝いにかけつけた。ところが、何だか変なのである。二十年ぶりに逢うせいか、と思ったが、別の人と話しているみたいで落着かない。はっきりいうと顔が変っている。相手もすぐ気づいたらしく、さらりとこういった。「美人になったでしょ。アメリカへ行ってすぐ直したのよ」日本人の外人コンプレックスは、背と鼻が低い、目が小さいの三つだという。背だけは直らないが、直るものはみな直したそうだ。私はやっと合点がいった。彼女は目と鼻だけがアメリカ人であった。ポスター展で世界の子供たちの絵を見たことがあったが、インドの子供の描く絵の中の顔はみなインド人である。私達にしたところで、へのへのもへじを描いても、日本人の顔になる。それと同じように、アメリカの整形外科医は、やはり生れ育った自分の国の顔を作ってしまうのであろう。この顔には日本語より英語が似合うと思った。その国の言葉は、声だけでしゃべるのではない。顔や髪の毛の色や目鼻立ちや、そういうものが一緒になってしゃべるものだということが判ったのである。」／249・08　［〈ナシ〉→水］洟や鼻の先だけ暮れ残る／249・13　イプセン、チ［エ→ェ］ーホフ／249・15　馬鹿［々々→馬鹿］しいと笑われる／250・08　欲しかったのだが、［〈ナシ〉→見る］目がない／251・09　ソロバン［〈ナシ〉→玉］よばれる形で、／251・14　小学校三年の時［、→〈削〉］東京から／252・01　［うちの→〈削〉］棚にならぶ

＊なお、この発表が最終回になるので、文末に一行あけて、次の挨拶文がある。単行本では削除される。

　おわりに　六回の約束が年を越し、到頭二年半もお邪魔してしまいました。身内の取るに足りぬよしなしごとを、取りとめなく書くことにためらいもありましたが、編集部のおすすめと、皆様からの励ましに気をよくして、ここまでたどりついたという気がしております。長い間、つたない筆におつきあいいただきました。ありがとうございました。

「**薩摩揚**」［わが人生の「薩摩揚」→薩摩揚］

253・01　初めての土地［へ→に］行くと、／253・04　私は途端に落［ち→〈削〉］着かなくなる。／253・07　「多分［、→〈削〉］駄目だろうな」／254・07　夏場は丸裸で、［褌《ふんどし》→褌］の上に／255・08　刺身のサク［種→程］の大きさに／255・14　買ってもらった本を上に置き［〈ナシ〉→、］／256・08　のことだった［〈ナシ〉→の］か、／256・08　首を出し、［キャッと叫んで→〈削〉］大騒ぎ／256・11　漱石の中では「［倫敦塔→倫敦塔《ろんどんとう》］」を何度も／256・15　小僧さん［たち→達］が新聞を／256・16　使うのだろう、［駄々→だ

だ」っ広い二階の／258・09 入るとね［ぇ↓え］……／259・03鉄拳を振［る↓〈削〉］ってどなりつけた。／259・09 「さつきでしょ」［〔改行〕↓〔改行ナシ〕］と答える／260・01 うちの一族は［ヤボ↓野暮］天揃いで、／261・01 形相で押［し↓さえ］こみながらの／261・03 些細なことで［〈ナシ〉↓、］当時の／261・05 公会堂で［弔《ちょう》詞《じ》↓弔詞］を読む、／261・08 実地教育と、増［長↓上］慢の鼻／261・15 ずっしりと重い［その↓〈削〉］包みの中は／261・15 意味のことを［〈ナシ〉↓聞き取りにくい鹿児島弁で］いって／262・06 目を覚［〈ナシ〉↓ま］し始めた時期

「卵とわたし」

264・07 祖母は、［散蓮華↓散蓮華《ちりれんげ》］で、／266・06 押し返そうとしたが［、↓〈削〉］ほうり出す／266・11 ところが、我［が↓〈削〉］家では／267・04 「ウワ［ァ↓ア］」、気持ちが悪い」／267・13 口紅を、［痛↓疳］性にナ［フ↓プ］キンで／269・08 一息に描くと、［鳥↓鳥《とり》］の子餅に／270・07 大丈夫です」［〔改行〕↓〔改行ナシ〕］式の／271・11 五歳の［オス↓牡］だったが、／271・12 寒い晩に、［メス↓牝］猫の呼ぶ声に／272・01 猫にも［利↓効］くだろう」／272・07 ガラス戸のところに［座↓坐］っていた。／272・09 「オーン［。↓、］オーン」／272・13 ただでさえ、［き↓さ］びしい冬の／272・16 猫の［お↓〈削〉］皿があった。その［お↓〈削〉］皿／273・10 こぼれた米や［、↓〈削〉］地虫を／273・10 混合飼料で［速↓促］成に育った／273・12 知人は、［〔改行〕↓〔改行ナシ〕］「日本の卵は生臭い」［〔改行〕↓〔改行ナシ〕］といって／274・13 ないのだろう。［〔改行〕↓〔改行ナシ〕］私の掌が

（栗原敦『「父の詫び状」本文の生成』『実践女子大学文学部紀要』第四二集、平成一二年三月による）

小説『あ・うん』本文異同一覧

はじめに

『別冊文藝春秋』昭和五五年三月号掲載の「あ・うん」及び、『オール読物』昭和五六年六月特別号掲載「やじろべえ（あ・うんパートⅡ）」と、単行本『あ・うん』の本文異同一覧を示す。

○昭和五六年五月二〇日文藝春秋刊『あ・うん』を底本として用いた。

○底本本文の頁・行を示し、初出本文と異なる箇所を［　］で括り、［初出本文↓底本本文］のように表す。必要に応じて前後の文脈も抜き出す。

○初出にはない語・文の挿入を底本に認められる場合は［〈ナシ〉↓底本本文］、初出にある語・文が底本で認められない場合は［初出本文↓〈削〉］とした。また、改行を伴う字下げを〼で、文中の一字空きを□で表す。［　］内では［〈改行ナシ〉↓〼底本本文］とする。また、登場人物のセリフなど、文頭がカギ括弧で始まる場合も改行字下げとみなす。記号が続くことによりかえって煩わしいと思われる箇所については、可能な限り表記を簡略化した。また、複数頁にわたる挿入は、著作権に配慮し、中略とした。

（山口みなみ）

「狛犬」［1→狛犬］

007・10 カフス［釦→釦《ボタン》］／008・07 ［簀→簀《す》］の子も［〈ナシ〉→、］新しい／008・11 注文は［座→坐］っていても／009・01 門倉と違って［つつましい→つましい］／009・04 門倉は［住→社］宅探しを／009・09 所帯道具を［整→調《ととの》］える／010・06 ［露→路］地を入ったところで見つけたのである。［〈ナシ〉→たみは］疲れが出たのか、／010・09～11 □仙吉は門倉とあい年である。［〈ナシ〉→門倉は羽左衛門をもっとバタ臭くしたようなと言われる美男で、銀座を歩けば女は一人残らず振り返るといわれたが、仙吉のほうは、ただの一人も振り返らない男だった。］見映えのしない外見に／011・03 大きな［もくれん→木蓮］が／011・04 ［もくれん→木蓮］が／011・06 さと子は、［五→六］年前のことを思い出した。／011・07 東京［支店→の本社］へ／011・09～11 ［「→〈削〉］今度もそうかしら［」→、］／012・01 □たみも［相槌→相槌《あいづち》］を／012・08 ［札→熨斗紙《のしがみ》］をつけた／012・13 無駄［使→遣］い／013・10 ［枡→枡《ます》］が／013・12 違う［?→の］／014・01 ［美しか→綺麗だ］った。いままでさと子は、母を［特別美しい→格別綺麗だ］と／014・02～05 ［平凡な顔立ちである。ムキになった→からだも小作りだし、色の白いだけが取柄のありきたりの顔立ちである。□なにかというとすぐムキになり、ムキになると「いい年をして、一年生が駈けっこしているような顔」になると仙吉は言っていた。その」ときの顔は好きだったが、／015・14　□［いきなり芋俵→あったかい塊］が隣りに／016・02　この店を［買い→借り］切って／016・12　四角い大きな箱を抱え［た→て入ってくる］門倉に／017・01　仙吉が飛び出［て→して］来た。／017・06　たみは［、→〈削〉］／017・09　□たみが上り［が→か］まちに／017・11　□［「奥さん」→〈削〉］仙吉が、／018・13　刺繍［をするしぐさ→の真似］をしてみせた。／019・01　凝っているらし［かった→い］。／019・02［座→坐］っていた。／019・04　よお［、→〈削〉］という風に／019・11　□と取りなし［、たみが低い声ではなしを引き取った。□「そうでもないんですよ」→たが、］／019・14～020・02　□［〈ナシ〉→鳥屋は鳥に似てくるし、鰻を割く職人の顔はだんだん鰻に似てくるというが、初太郎は木に似ていた。古木である。からだつきもがっしりしていたし立派な顔立ちだが、暗く孤独で鬱蒼《うつそう》としていた。耳の穴には御丁寧にも剛毛が生えていた。］初太郎は山師である。／020・10　［叱言→叱言《こごと》］ばかり／020・14～021・01　［〈改行ナシ〉→□］これは志賀直哉の［「小僧の神様」→『小僧の神様』］の書き出しだが、／021・10　いくら考えても［答えが出→判ら］なかった。／023・07　と［座→坐］った／023・12　怒るとも恥［しい→じらう］とも／024・07　［人魂→人魂《ひとだま》］のように／024・10　叩いて［整→調］えた／025・03　生［ま→〈削〉］れるときは／025・10　ならんで［座→坐］っていた。／026・11　［舶来の→〈削〉］「エアシップ」である。一本抜いて火をつけた。／027・02　恩賜の煙草でも［吸→喫］うような／027・14　母が子供を［生→う］む。／028・02［見えて→浮かんで］きた。／028・07　胸が［突→つ］っかえて」／028・10　書いてあるじゃない［〈ナシ〉→か」］／028・11　おやこ電［気→球］の／028・12　汚れた足袋の［、→〈削〉］片方に［〈ナシ〉→、］もう片方を／030・08　［到→至］れり尽せりの／032・10～11　軍隊から帰って［体をこわし→肺を患い］、三年ほど療養所にいた時に縁が出来た。［〈ナシ〉↓顔立ちも整っているが、気性のほうも］よく出来た女で、／033・10 □こんどは門倉が棒立ちになる番だった。［〈ナシ〉↓□「いま、なんて言った」」／033・12 「子供はあなたの子でしょ［〈ナシ〉↓、と言ったんですよ」」／033・14 「［お前は↓〈削〉］なんてことを言うんだ。／034・02 「あいつ――［じゃあ↓〈削〉］」／034・12 哀しみと嫉妬［と↓〈削〉］は見たくない。／035・06 □毎度のことだ［。↓、］ほっておけ／036・08 庭で［焚火↓焚火《たきび》］をしていた。／036・13 □初太郎は［〈ナシ〉↓、］名前を言えば［、↓〈削〉］大抵の人が知っている／036・14 かなりの地位までいった［人だという↓のだ］が、／037・01 山にとり［憑↓憑《つ》］かれて／037・03 値を［推↓推《はか》］り、／038・12 ［濯↓濯《すす》］ぎ物／038・14 ［淩《さら》↓復習《さら》］っているらしい。／039・04～05 いま［流行↓流行《はや》］りの断髪だった。［〈ナシ〉↓突き出した唇を真赤に塗っているせいか、縁日で売っている狐のお面に似ている。］カフェ「バタビヤ」の／040・12 □下腹を押［さ↓〈削〉］えながら、／040・13 碁石をひとつ［〈ナシ〉↓ずつ］のせて、／040・14 斜め［座↓坐］りで、／042・04 「拍子抜けだ［〈ナシ〉↓よ］なあ。／042・14 □門倉は頭を掻いてみせた。［〈ナシ〉↓仙吉が取りなし顔で、］／043・09～10 ［軀↓からだ］のなかで、なにかが引き［攣↓攣《つ》］れねじくれて煮えている。［〈ナシ〉↓さっきから］打ち消し／044・08 □たみは、［腹を抱え↓お腹を押え］、［体↓からだ］を二つ折りにした。／044・14 ［もくれん↓木蓮］の蕾が割れ、／045・04 □上り［が↓か］まちのところに初太郎がうずくまって［〈ナシ〉↓煙草を喫って］いる。／045・06 □沓脱［ぎ↓〈削〉］に／045・11 □医［師↓者］と看護婦が／045・13 庭を向いて［座↓坐］っていた／045・14 すこし離れたところに［座↓坐］った。／046・10～11 一同頭を垂れて聞いたが、［〈ナシ〉↓父と母と門倉のおじさんの場合は、］それだけではないのだ。

「蝶々」［2↓蝶々］
047・10　黒皮の［瓢箪↓瓢箪《ひょうたん》］型のケースが／047・13　ここを貸してくれ［。↓、］本式で／050・03　□徴兵検査［があり、↓で］甲種合格者［は↓になると］兵役の／050・04　寝台のふたりは［、↓〈削〉］一組とみなされた。／051・06　［〈改行ナシ〉↓□］門倉は、初太郎の［煙管↓煙管《キセル》］を借りて刻みを［吸↓喫］い、いまアルマイトの折り畳み弁当［箱↓〈削〉］を試作している、／052・03　［〈ナシ〉↓気がつくと茶箪笥や柱に寄りかかっている。］夜、寝汗をかくこともあった。／052・04　人の心にも体にも［ため↓溜息を／052・11　［〈ナシ〉↓便所の］戸を半開きにして、金［かく↓隠］しを／052・12　袂で鼻を押［さ↓〈削〉］えながら、／053・09　□［〈ナシ〉↓封を切る前に］まず神棚に／054・06　［「金、気をつけろ」↓□初太郎の咳き込む気配がした。」］／054・07　［□初太郎の咳き込む気配がした。↓「金、気をつけろ」］／054・11　［仇↓徒《あだ》］や［おろそ↓疎《おろそ》］かに／055・04　［「蚤↓蚤《のみ》］いるの？／055・07　［〈ナシ〉↓「おじいちゃん、お金のほう、全然見てなかったわよ」］／055・08　［「〈ナシ〉↓そういうときのほうが、かえって危いんだよ。」いやだけど、なんかあってからじゃあ、おたがいもっと嫌だものねえ」］／056・07　□徹底的に［直↓治］せ。／056・13　［「〈ナシ〉↓じゃあ］千五百円か」／057・01　大学病院につてのあるのがいる［。↓、］さと子ちゃんを［かつ↓担《かつ》］いででも、／057・09　おふくろ［〈ナシ〉↓が］死んで［さ↓〈削〉］、／058・07　まんなかに［すわ↓坐］って／058・13　買わないことが［愛↓門倉の気持］だったのだ。／059・01〜03　そのまま離れて［すわ↓坐］っていた。［〈ナシ〉↓生まじめな顔をして正面を向き、見合いでもしているように固くなっていた。仙吉抜きで門倉がたみと出掛けたのは、これが初めてなのである。］そこだけ／059・12　□［〈ナシ〉↓あわてて締めた］帯を／059・13　［〈ナシ〉↓あっちはちゃんと立てた上で、］

血のつながった／060・01〜11　どうも［馬力↓馬力《ばりき》］にぶつかったらしいという。［この騒ぎのさなかに、いつの間に目を覚したのか初太郎が、曝《さら》してあった賞与に手をつけた。初太郎は、こわばった手で百円札を握りしめ、↓「こりゃひどいわ。とにかく上って、足洗わなきゃ駄目だわ」□「そりゃいけない。水田のいない留守に上り込んで、靴下なんか脱いじゃいけないよ」□「怪我してる人がなに言ってるんですか。早く」□引っぱり上げようとしたたみは、茶の間のほうで、かすかな物音を聞いた。たみは小さく「あ」と叫ぶと、奥へ駈け込み、棒立ちになった。□初太郎のほうも、晒《さらし》を二重にしたたみの腹巻から、賞与の袋を出し、百円札を手にしたまま凍りついた。二人向い合って棒立ちになったところは出来の悪い菊人形である。□「おじいちゃん」」／060・13〜063・13　□「貸してくれ。必ず返す。半年で倍にして返す」□［と繰り返した。久しぶりでうまい山をみつけた、仲間の金歯とイタチと、三ナカでやりたいという。三ナカとは三人で共同出資することだが、百円やそこらで、どれほどのことが出来るのか。□門倉がとりなしたが、たみは貸さなかった。↓「勘弁してくださいな」□「うまい山、めっけたんだよ。天竜のなあ」（中略）□自分もいくらか用立てるという門倉にこれ以上反対することは、子供の誕生にケチをつけるような気がして、たみはそれ以上押せなかった。」／063・14　□初太郎が［、↓〈削〉］じろりとたみを見た。／064・01〜02　□口では［「やっぱりおめでとうございますでしょうねえ」↓めでたい］と言ってい［ながら↓るが］、門倉と禮子の間に子供が生れることを、お前さん［、↓〈削〉］心底から喜んじゃいないな、と言っている目［に見え↓であっ］た。／064・04〜13　□「バタビヤ」を［や↓辞］めた禮子にアパートを見つけ［、引越しを手伝ったのは、↓たのは］仙吉である。［〈ナシ〉↓アパートを見つけながら、門倉がつき合っていた禮子以外の女に手切れ金を配って歩いたりするのだから大変である。□「驚いたねえ。門倉の奴、おれに隠してるのもいてさ。あんまり数が多いんで、言いにくかったんだな」□こういうとき、たみはあまり口を利かない。切れて駄目になった電球を使って、仙吉の靴下の繕いをしている。□「資生堂のパーラーで泣かれてねえ。どう見たってカフェの女給だから、みんな見るしさ。おれの女じゃありませんて看板下げとくわけにゃいかないし、もうくたびれたよ」」／064・14～070・09　□日頃のお返しに「働くのはいいのだ↓役に立つのはいい」が、くたびれた「〈ナシ〉↓くたびれた」と愚痴をこぼす「なか↓仙吉の口調」に、「〈ナシ〉↓いつにない」弾んだものをかぎつけて、たみは「少しおもしろ↓面白」くなかった。□「仙吉にたのまれて、たみが、禮子のアパートに岩田帯を持って見舞いにいった日のことだった。□たみが風呂に入っていると、門倉の家の耳の遠いばあやが、勝手口の戸を細目にあけ、奥様の様子がおかしいという。子供が出来たことを知ったらしい。仙吉は、庭下駄を突っかけて走った。□仙吉が飛び込んだとき、君子は洗面所で昇汞《しょうこう》水《すい》の瓶を持ってぼんやり立っていた。↓「結構楽しかったんじゃないんですか」□仙吉は、「宮本武蔵」第二巻をひろげた。（中略）それから昇汞水《しょうこうすい》と大きく書いた紙の貼ってある瓶を手に持った。」／070・10～071・

13　□飲めば死ねるものを手にして、「何↓なに」かを待っているという感じだった。「〈ナシ〉↓玄関のドアも縁側のガラス戸も、みな開けてある。□仙吉が飛び込んで来たのは、このときだった。」□仙吉「が↓はものも言わず、昇汞水の」瓶をもぎ取「ると、↓った。」□「水田さん。あたし、生きてるの「がいや↓嫌」になった」□「「奥さん」↓〈削〉」□身を揉んですすり上げる痩せた「体↓からだ」を、仙吉は強く抱きしめた。いま「、↓〈削〉」出来ることはこれしかなかった。これしかないが、これから先、どうしたらいいのか。「〈ナシ〉↓□はだけた君子の衿元から、白い胸がのぞいている。子供を生んだことがないせいか、いつか門倉が岡山から送ってくれた白桃のように大きく豊かである。目の下に大きな二つの白桃が息をして、すこしひしゃげて上ったり下ったりしている。□「奥さん」□ヘンなところから声が出たせいか、仙吉はかすれ声になった。□本当にこれから先どうしたらいいのか。」立往生したとき［〈ナシ〉↓、］玄関に気配が［し↓あっ］た。仙吉は昇汞水の瓶を［手に↓持って］出ていった。［〈改行ナシ〉↓□］門倉［が↓は玄関の三和土《たたき》に］立って、［〈ナシ〉↓大きく外股に脱ぎ捨ててある］仙吉の庭下駄を見ていた。［〈改行ナシ〉↓□］仙吉は昇汞［〈ナシ〉↓水］の瓶を［〈ナシ〉↓門倉に］突き出すと、［せい↓目は見ないで、精］いっぱい威張ってどなりつけた。／071・14～075・03 □「女房泣かすような真似しちゃ駄目じゃないか。［〈ナシ〉↓気をつけろ、］馬鹿［〈ナシ〉↓！］」□門倉に瓶を渡し、［目を見ないで、そ↓そのまま反］っくり［返↓かえ］って出ていった。［〈ナシ〉↓□仙吉がうちへ帰ったとき、たみは風呂に入っていた。（中略）初太郎はほんのすこし、口をつけ、また夜の庭へ目を移した。〈一行アキ〉］□土曜ごとのヴァイオリンの稽古は、［秋↓夏］いっぱいつづいた。／075・05 せいいっぱい合［わ↓〈削〉］せようとした。／075・07 麦茶を入れている。［〈ナシ〉↓〈一行アキ〉］蝶々□蝶々 菜の葉にとまれ／075・12 とまれよ遊べ□遊べよとまれ［〈ナシ〉↓〈一行アキ〉］さと子は、／076・02 ならんで［すわ↓坐］って／076・03 たみは、［まるで果物のように↓別の女のようにみずみずしく］みえる。

「青りんご」［3↓青りんご］

077・06 仙吉が［ポーズ↓様子］をつくり、／077・08 見物のたみもさと子も［、↓〈削〉］おかしくて／077・10 ワイヤー・ヘアード・フォックス［ド↓〈削〉］・テリヤという／077・11 剛《こわ》い毛［足をもっ↓をし］た／077・14 肉［、↓〈削〉］食わないぞ」／078・04～085・03 □［松茸のお返しをもって、門倉の妻君子がたずねて来た。↓スキーの格好をしたせいか、仙吉は風邪を引き勧めを休んだ。（中略）□禮子はおっかなびっくり紘をはじいた。ボヨヨンとおかしな音がでてしまい、二人の女は折り重なるようにして笑いをこらえた。□君子は勿体ぶった手つきで」紫の風呂敷から［出て来たのは、↓〈削〉」若い男の写真［だっ↓を出して見せてい」た。さと子の縁談［で↓を持ってきたので］ある。□「まだ年も十八だし、病気のほうもあとひと息だからと、言いかけるたみに、↓「奥さん」□無精ひげを気にしながら、仙吉が写真を押しやって頭を下げた。（中略）□「治ったも同然だっておっしゃってたじゃないの。病いは気から。いいおはなしがありゃ肺門淋巴腺炎なんてすっ飛んでしまいますよ。元看護婦が言うんだから間違いなし」□うなずきながら、もうひとつ浮かぬ顔の夫婦に、」□「あたしの持ってきた［はなし↓縁談］じゃ［、↓〈削〉］お嫌かしら」「□目は笑っていたが、声は笑っていなかった。↓〈削〉」□「とんでもない」□「だったら、逢うだけでも逢って［くだ↓下］さいな。あたしもひとつぐらい［、↓は］お役に立ちたいんですよ」／「君子は、こういう形で、割り込みたいと思っている。たみは断れなかっ↓ことばはやわらかいが、夫婦をのぞき込む目の色には有無を言わさないものがあっ」た。／085・07　顔が［たみに↓母親］そっくりになった。／085・10　ワイヤー・ヘアード・フォックス［ド↓〈削〉］・テリヤが／086・01　怒ったような顔をして［座↓坐］っていた。／086・02～06　［〈ナシ〉↓色白の凛凛《りり》しい顔によく似合って、さと子はどきんとしてからだが熱くなるのが判った。」門倉ははしゃぎ、君子は立ったり［座↓坐］ったりして気を［使↓遣］った。［〈ナシ〉↓たみはさと子と同じのぼせた顔で、口で息をしていた。くる途中はなぜかふさぎ気味だった」仙吉［は↓も、辻村の顔を見ると］、おかしくもないのに笑っ［てばかりい↓たりして、これもいささか逆上気味だっ］た。／088・01～091・10　［座↓はなし］が［和《なご》↓弾］んだのは、それからだった。／「その晩、↓新しいスキーの道具が入ったぞ、と門倉が仙吉を書斎に誘った。（中略）／「毛布出しときましょうか」／いつもの夫婦にもどっていた。」さと子［はいつまでも↓も遅くまで］寝つかれず、寝返りばかり打っていた。／091・14 ポツリと洩らした［、↓。］／092・02 ／［のひとことも原因のひとつかも知れない↓それと、他人に金を用立ててもらって縁談でもないだろうというのが本当の理由である］。／092・04 君子の仲立《なかだち》で［、↓〈削〉］さと子を／092・07 決っている［と思った↓〈削〉］。／092・08 ［夫や仙吉夫婦↓たみ］をさそって／093・09～12 ［〈ナシ〉↓「巷に雨の降るごとく／わが心にも 雨ぞ降る」／自分に詩が作れたら、こううたっていたと思った。ヴェルレーヌという人も、見合いをして断られたのだろうか。］／094・07 さと子は［びっくりし↓魂消《たまげ》てしまっ］た。／094・08 ［仲間と符牒で山のはなしをする時の↓／金歯とイタチの前で、］初太郎は［、↓〈削〉］別の／094・09 歯の土［堤↓手］で／094・10 木曽の［檜《ひのき》↓檜］や／095・01 ［「さと子。↓〈削〉」何やってんだ。／095・02 ［カバン↓鞄《かばん》］と／095・10 箪笥の［抽斗↓抽斗《ひきだし》］を／095・12 ／夜鍋《よなべ》をしながら［、↓〈削〉］うたた寝を／096・05 競争相手続出で［、↓〈削〉］苦しいらしいと、／096・07 社長なんておだてられて［〈ナシ〉↓、］倍にも三倍にもでっかく見せて［た↓〈削〉］無理してたのが、／096・11 ［いや、↓〈削〉］一番先に／097・02 ［「素寒貧↓素寒貧《すかんぴん》］になったけど、／097・12 □狭苦しい玄関［〈ナシ〉↓の三和土］いっぱいに犬小［舎↓屋］があった。／097・13～101・12 ［仙吉は犬小舎に頭をつけて、君子に挨拶した。↓〈削〉］□門倉の新しい［うち↓住居］は、仙吉から見てもお粗末の一語［だ↓であ］った［が、君子は姐様かぶりに割烹着で生き生きと働いていた。門倉が三日に一度は、うちで夕飯を食べてくれるという。金がないこともあるが、門倉は細君に罪ほろぼしをしているのだと思い、文化アパートの一室で、せり出してゆく腹を抱えている禮子の姿を考えて、仙吉は重いリュックサックをふたつ背負ったようにくたびれてうちへ帰ってきた。↓。表札がわりの名刺が貼ってあった。（中略）□その晩、仙吉はたみをぶん殴ってしまった。」□へそくりを出して［〈ナシ〉↓やって］くれ、と［いわれたたみは↓頼んだのを］、□「そんなもの、ありませんよ」□［と答えた↓たみが断ったからである］。□「ないわけないだろ［〈ナシ〉↓う］」。お前ほどの女が、へそくりがないなんて、そんな馬鹿なこと［〈ナシ〉↓が］あるか」／101・14　おなかの子供のために、［〈ナシ〉↓お前の分として］アパートへ金を／102・02　□仙吉［は↓の手が］たみの［横面を張り倒してい↓頬で激しい音を立て］た。／102・03～06［〈ナシ〉↓□たみの気持は判らないでもないが、無性に腹が立った。持ってゆき場のない気持を、どうしたらいいか見当がつかなかった。大切にしている大きな壺でもあったら、それを叩きこわしたかった。仙吉は自分を殴る代りに、たみを殴ったような気がしていた。」どなるのは毎日のことだが、手を上げたのは十年ぶりのこと［だった↓である］。／102・08［〈ナシ〉↓琴の］お師匠さんに／103・01「うちでは［〈ナシ〉↓、］飲ませて／103・05　あたし、新聞［、↓を］三面記事から／103・14［〈ナシ〉↓□夜遅くなって門倉が来た。（中略）□奥のほうに虫歯があって大きな洞《うろ》が出来ているのだが、歯医者のおっかない仙吉は治療を一日延ばしにしているのである。」］

「やじろべえ」［4↓やじろべえ］

105・06～107・03［〈ナシ〉↓□仙吉は朝の町を韋駄天走りで走っていた。（中略）バロンをかまいながら、門倉の子が徴兵検査までには、あと二十年だなあと当り前のことを考えて溜息をついた。□〈一行アキ〉］／108・02　□辻村は［厨川白村↓厨川白村《くりやがわはくそん》］や／108・05～06「でも、うちの母と［、↓〈削〉］門倉のおじさん［〈ナシ〉↓は］、手を握ったこと［〈ナシ〉↓も］ないと思うんです。手どころか、ことばに出して好きだと言ったこともないと思うわ。［〈ナシ〉↓父も］知っていると思うんです。／108・12～13「恋愛。

やっぱりそうなのねえ」□［辻村がたばこをくわえたのでマッチをつけようとしたら、きびしくたしなめられた。□「カフェの女給みたいな真似はやめてください」□「門倉のおじさんの二号さん、カフェの女給さんなんです。この間、男の赤ちゃんが生れたんですけど、父も母も夜明かしで手伝いに行ってたんですよ。それでも恋愛でしょうか」□「男女の愛は、どんな愛も恋愛です」→〈削〉］恋愛ということばを、／109・01［苦→苦《にが》］くて／109・11 ［〈ナシ〉→さと子は、］お母さんと同じ／110・03〜123・02 ［〈一行アキ〉□次の稽古日、さと子がおもてに出ると、初太郎が立っていた。たみに言われて、迎えに来たらしい。辻村の姿はなかった。さと子は、まっすぐ帰りたくなかった。□門倉が、たちの悪い風邪をこじらせて寝込んでいる。見舞いにゆこうと初太郎をさそったが、□「気がすすまんな。男は落ちぶれてるとこ、人に見られたかないだろ」□「じゃあひとりでゆく。いいでしょ」□初太郎はうなずいた。□「よろしく言ってくれ」□そのまま、すたすた行ってしまった。□その背中を見ていると、蛾房へはゆけなくなった。蛾房のドアを開けて、もし辻村が居なかったら、あたしは本当に失恋したことになってしまう。逢いたい気持を押えて、一回や二回逢わないことこそ、恋愛だという気がした。それでも門倉のうちの方へ向って歩きながら、学生服の男を見かけると、胸がドキンとした。□門倉は、無精ひげをはやして、出て来た。君子はお使いに出掛けて留守で、バロンが、狭い玄関いっぱいに犬の匂いをさせて尻尾を振った。□ひげのせいか、門倉は年寄りじみて見えた。パジャマの上にどてらを重ね、敷きっぱなしの布団にすわって、お茶をいれるさと子を見ていた。門倉の視線が、自分の横顔のあたりを這っているのに気がついた。□「お母さんに似てきたね」と言うかと思ったが、門倉は何も言わなかった。□茶碗を手渡すと、□「お、いい色にはいった」□と呟いただけだった。□目をつぶって、ゆっくりと茶を味わっていた。さと子のいれたお茶は、たみのいれたお茶と、似ているのだろうか。□さと子は、門倉に辻村のことを話すつもりだった。□父に殴られたこと。こういう形の男女のつきあいは間違っているかどうか。恋愛のはなしもしてみるつもりだった。だが、目を閉じてお茶を味わっている門倉を見ると、それでいいと思えて来た。□門倉には、たしかに父の仙吉の持っていないものがある。暗いところへゆくと、ひょいといたずらして抱きすくめられそうな。ほかの女には思い切り下品で、たみやさと子にだけは上品に振舞っているような。□そばに座っているだけで、どこか騒ぐものがある。もしかしたら、子供の頃から、あたしも門倉のおじさんのことを好きだったのではないかと思った。□今日、門倉を、老けた、年寄りじみたと感じたのは、病み上りということもあるが、さと子の心の中に、辻村がいるということなのだろう。□君子が帰ってきた。□もうすこし、ゆっくり帰ってきてくれればいいのに、というものと、ほっとしたものがまじり合って、こういう気持をひとことで言うとどういうことばになるのか、さと子は判らなかった。↓□琴の稽古には初太郎が送り迎えをすることになった。（中略）□さと子は、母親の鏡台の前で口紅を濃くつけ、足音を立てないように勝手口から出ていった。」／123・05　東京駅［〈ナシ〉↓二、］二等待合室だった。／123・07　本来は［、↓〈削〉］／123・10　ときどき［、↓〈削〉］ここで／123・11〜13［初太郎は、↓イタチの猫ババをとがめ、イタチは必死でいいわけし、あとはお決りの初太郎の自慢ばなしだった。］札入れが百円札でふくれ上っていた全盛時代のはなしをしながら、［〈ナシ〉↓初太郎は］前のめりに／123・14　うちにかつぎこまれたとき［〈ナシ〉↓は］、［初太郎には↓〈削〉］もう死相が／124・02〜03　目で［、↓〈削〉］もう駄目なのよ、と教えた。門倉は［、↓〈削〉］布団の裾に［座↓坐］る仙吉にはひとこともいわず、初太郎の枕もとに［すわ↓坐］ると、／124・09　仙吉の腕を［取↓と］ろうとしたが、／125・05［〈ナシ〉↓門倉は］けしかけるように／125・06「自分で［かぞ↓数］えてみなさいよ」／125・10　百円札が散［った。□↓り、］たみが、／125・11　自分の顔を［、↓〈削〉］白髪頭に／125・14　子供のよう［な↓に］声を／126・02〜03　本箱にならんだ［〈ナシ〉↓なつかしい］本の背文字がぐるぐる［と↓〈削〉］廻ったかと思うと、生あたたかいものが［押↓お］しつけられた。／126・12　［香華↓香華《こうげ》］がゆれ／126・13　飴色に使い込んだ［やはり↓〈削〉］初太郎の［〈ナシ〉↓象牙］箸が／126・14　腕組みして［すわ↓坐］っていた。／128・04　顔も見たことのない［、↓〈削〉］仙吉の／128・05　酒を［飲↓の］みすしを／128・09　そばに［すわ↓坐］った。／129・02　□［しかし、↓〈削〉］たみは、／129・08　これ、［ちが↓違］って／129・09　お母さんの落度［、↓が］判らないように、／129・11〜12　□［はじめて見る母の顔だ↓「おじいちゃんのお通夜に笑ったりして、お父さんにみつかったら叱られるね」と言いながらまた笑］った。／130・03〜08　□さと子は［白菜の↓〈削〉］漬物を出しに台所へ立った。［□「夫婦相和シ」□「朋友相信ジ」□勅語の一節が聞えてきた。□たみと門倉は、これからも決して言葉に出して好きだと言うことはないだろうと思った。だからこそ、仙吉も門倉を信じ、たみを信じて生きてゆけるのだろう。どんな時代になろうとも。↓〈削〉］□隣りのラジオが、ニュースを伝えていた。□［蘆溝橋事件勃発を知らせるものだったが、↓〈削〉］勢いよく蛇口をひねり［、↓〈削〉］水を出しているさと子には［聞えなかった。↓、南京特電、蔣介石、徹底抗日、抗日即戦主義を避け、柔軟なる和平外交を以て臨みたい、というような言葉がきれぎれに聞き取れただけだった。□蘆溝橋事件が起きたのは、この半年あとである。］

「四角い帽子」［一　四角い帽子↓四角い帽子］

131・09　父親の［水田↓〈削〉］仙吉と［親友の↓〈削〉］門倉［修造↓〈削〉］である。／132・03　と仙吉の痛いところをついて逆襲した。［仏は材木専門の山師だった。↓〈削〉］／132・13〜14　ようやくけりがついた。□［仙吉は短軀矮小《わいしょう》にして醜男。門倉は長身美男。仙吉は月給取りだが、門倉は門倉金属の社長で、軍需景気に乗って金はうなっている。年だけはあい年の四十三だが、見かけも中身も正反対の二人のまんなかに坐って、気を揉《も》んだり仲裁をするのが、仙吉の女房のたみであった。↓〈削〉］そういえば死んだ初太郎が、／133・01　□「［猪鹿蝶↓猪鹿蝶《いのしかちょう》］の／133・08　おつき合いできません［〈ナシ〉↓よ］」／133・13　□門倉は［、↓〈削〉］そのままで／133・14　一番［の↓〈削〉］幸せなのだ。／134・04　［雛《ひな》↓雛］祭り、お花見、海水浴、［松茸《まつたけ》↓松茸］狩りに／134・06　さと子は十九［であ↓になってい］る。／134・13　すぐ門倉が［〈ナシ〉↓、］女房の／お経の最中に［盛大に↓〈削〉］洟をすすり／136・01〜02　□［もとカフェの女給だったが、きのいい女だった。□「こんどのひとは感じがいいじゃないの」□とたみに言われたひとことが引き金になって、店をやめさせて面倒をみるようになった。男の子が生れ、子種がないと諦めていた門倉は、嬉しさのあまり、一番にたみに知らせようと往来に飛び出して馬力《ばりき》にぶつかり怪我をするという騒ぎだった。↓これだから御座《おざ》に出せないんだよ、といいたげに門倉は苦笑してみせたが、ひっくり返せばこういうところが気に入っているんだよということらしい。］□ところが、／136・05　□一分の［隙《すき》↓隙］もない黒の紋［つき↓付］姿で／136・06　□「頭痛が少し［納↓治］まった／136・09　□たみの［気↓機］転で、／137・13　□お［内儀↓女将《かみ》］が恐縮《きょうしゅく》して、／138・04　流行《はやり》っ［妓↓妓《こ》］を／138・05　ヤボな客で断［わ↓〈削〉］るのが／138・06　糸目をつけないから、［う↓こっ］ちの座敷に］／138・14　のぼせるだけあって［〈ナシ〉↓、］上背のある／139・09　「おい［、↓〈削〉］水田」／139・10　「あら［〈ナシ〉↓、］こちら［、↓〈削〉］子爵様じゃないの」／139・12　床柱背負ってたんじゃ［、↓あ］飲んだ気が／140・

06　なにかが走った。［柱↓電気］時計を／141・07　名前を繰［り↓〈削〉］返した。／142・03　女は子供［生↓う］むと／142・04　沢庵を［噛《か》↓噛］んだ／142・05　老けた顔になるということは［〈ナシ〉↓、］言わずにおいた。／142・09　二号［〈ナシ〉↓さん］の禮子も、／143・01　思いが［〈ナシ〉↓、］夜の／143・05　「梅ヶ枝の［〈ナシ〉↓□］手水鉢《ちょうずばち》［。↓□］叩いて／143・06　「梅ヶ枝の［〈ナシ〉↓□］手水鉢」は／143・08　聞えたので［、↓〈削〉］腹を／143・12　お盛りものの［饅頭《まんじゅう》↓饅頭］を／143・13　あんた［は↓が］嫁さんだ［〈ナシ〉↓った］な／145・13　「おい、鳥屋、［替↓代］えろよ」／146・11　／老人とならんで［〈ナシ〉↓、］四角い／146・12　これも［〈ナシ〉↓、］とりわけ／147・02　／学生は痛いだろ、とよけながら、［〈改行〉↓〈改行ナシ〉］「もう坊ちゃんて年じゃないよ。／147・13　［覗《のぞ》↓覗］き込んだ／148・06　［煙管《きせる》↓煙管］を出し、／149・12　さと子は［駆↓駈］け出した。／149・13　オリエ津［坂↓阪］みたい／149・14　帽子の［歪《ゆが》↓歪］みを／150・07　洗面所の鏡に［〈ナシ〉↓、］歯ブラシをくわえたまま［、↓〈削〉］ぼんやり／151・02　／卵の［殻↓殻《から》］の／151・12　及ばぬ鯉の滝［登↓上］りに／151・14　おい［〈ナシ〉↓、］言うなよ、と釘を［差↓さ］した／152・04　何も金［使↓つか］って／153・02　［ご↓御］真影が／153・05　型崩れした［盤広《ばんびろ》↓盤広］の／154・04　玄関の［ガラス↓格子］戸を／154・14　羽［交↓搔］いじめにして、／155・06　『天網［恢恢↓恢恢《かいかい》］疎ニシテ［漏↓洩］ラサズ』／155・08　たみの目が［〈ナシ〉↓、］階段の／155・14　□話が［途切↓とぎ］れると、／156・12　［洒落《しゃれ》↓洒落］か」／157・09　お父さんに曲［が↓〈削〉］られたら／157・11　そう簡単に曲［が↓〈削〉］るか」／159・02　小［抽斗《ひきだし》↓抽斗］が／159・11　片［附↓付］いてるのか／159・12　入用だと［そっくり返↓居直］った。／160・06　お金［使↓つか］って／160・08　「出かける前に［ガタガタ↓ゴタゴタ］言うな」／160・10　口に押し込み

［〈ナシ〉↓、］食べはじめた。／161・06　こういう［争《いさ》か↓諍《いさか》］いを／161・12　二の次［〈ナシ〉↓、］三の次に／161・13　たみを泣かせ［〈ナシ〉↓、］金を／162・09　目を覚［〈ナシ〉↓ま］していた／162・14　晩酌もやめ［〈ナシ〉↓、］元気が／163・06　袋を下げていた。［□↓〈削〉］ガチ袋と／163・08～09　［稽古↓稽古《けいこ》］をしていたが、ゴ［ポ↓ボ］チンスキーとか、デ［ポ↓ボ］チンスキーと／163・14　大道具のかげで［〈ナシ〉↓、］笑ったら／164・03　□「でもうち［〈ナシ〉↓、］ミシン［、↓〈削〉］無いんだわ。／165・13　［一六↓一六《いちろく》］勝負に／166・02　禮子と［、↓〈削〉］引っぱるように／168・03　近づいた。□［「水田」↓「おい門倉」］／168・04　□仙吉は［〈ナシ〉↓、］ゆとりを／168・05　□［「門倉、↓〈削〉］前とは違うんだぞ。／169・01　□「［〈ナシ〉↓坊や］これ落としてったわよ」／169・02　片方を手に［して来↓出てき］た／169・08　黒出目金のように［腫↓腫《は》］れているのは、まり奴に［子供↓守］の靴を／170・06　三号は断［わ↓〈削〉］るね。／170・09　［落籍↓落籍《ひか》］したんだろうが、／171・07　おごっても［〈ナシ〉↓も］らっている／172・01～02　それまでだけどさ［、↓。］生れて［始↓初］めて女にのぼせたんだ。気を利かすのが［〈ナシ〉↓、］友達ってもんだろ。／172・05　身を［誤《あやま》↓過《あやま》］る。／172・11　仙吉が［〈ナシ〉↓、］綺麗ごと言うなよ、／173・04　出さないでくれと［〈ナシ〉↓、］言いたい放題／173・06　仙吉は［〈ナシ〉↓、］今日明日と／174・03　立って［〈ナシ〉↓、］大きな

「芋俵」［二　芋俵↓芋俵］

176・09　玄関の［ガラス↓格子］戸が／176・10　目が［す↓据］わっている。／176・11　仙吉と［修造↓門倉］を／176・12　押入れをあけ［る↓た］。／177・07　仙吉と［修造↓門倉］は／177・10　［梯子↓梯子《はしご》］段を／178・11　仙吉と［修造↓門倉］を見くらべると、いきなり［修造↓門倉］の／179・04　お［幾↓幾《いく》］

つ／181・03 『おかみさん、お［いく↓幾］つ』／183・07 酒乱で［〈ナシ〉↓、］飲むと／183・11 ［駆↓駈］け出せない。／183・14 □作造［〈ナシ〉↓と］は断じて色恋沙汰ではない［〈ナシ〉↓、］と［、↓〈削〉］一同を／184・13 たまったもんじゃないよ」［〈ナシ〉↓□勢い込んで言う門倉に、ふみは、］／184・14 □「こちら、［息子↓ご主人］さんですか」／185・01 □［息子は↓門倉は一瞬たじろぎ、主人］はあっちだと仙吉を指さし［、↓た。］／185・02 ［息子↓親戚］といっても、／185・05〜06 作造［にはやさしい↓をもてなす］のが／185・07 ［煙管《きせる》↓煙管］を／185・08 やわらかく［、↓〈削〉］作造を突［〈ナシ〉↓っ］ついて［〈ナシ〉↓、］物かげへ／185・14 考えてやらなきゃなあ」［〈改行ナシ〉↓□］あてこすりを／186・03 顔を見合［わ↓〈削〉］せ溜息をついたところで、事情を察したらしいふみが［〈ナシ〉↓、］／186・07 結局［〈ナシ〉↓、］作造に／187・02 ドキドキして［、↓。］／188・01 義彦は［〈ナシ〉↓、］笑いながら／188・11 鯱《しゃちほこ》の鱗《うろこ》［が↓〈削〉］盗まれたの、／188・12 入ってくりゃ［〈ナシ〉↓、］あたしに／188・14 大事にされて［い↓〈削〉］ない／189・02 おやじさんのほうが［、依怙地↓依怙地《いこじ》］だった／189・07 数［〈ナシ〉↓を］教えてるの。一、二、三、四。二［って↓つと］いうとき、／189・10 ここがカア［〈ナシ〉↓ツ］と／189・12 けり［が↓〈削〉］ついた／190・04 これ［〈ナシ〉↓、］なんでしょう。／190・07 □こういうとき［〈ナシ〉↓の］門倉を／190・11 ［鞄《かばん》↓鞄］を受けとったのは［、↓〈削〉］白い割烹着を着た［〈ナシ〉↓、］芋俵の／191・01 うち［に↓へ］置くことにしたと言われて、門倉は広い玄関に［案山子↓案山子《かかし》］のように／191・05 □［用達↓用達《ようた》］しに／191・06 ドンブリがけと［〈ナシ〉↓、］割烹着が／192・01 ［〈ナシ〉↓女って］こんな／192・02〜03 出かけ直したんですけどね［、↓。］待てよ、やっぱりおかしい。そう思って［〈ナシ〉↓、］もう一度、／192・04 井戸端に［たらい↓盥］を／192・09

淡［々↓淡］としていたが、／192・10　ふみは絵［で↓に］描いたように［下↓〈削〉］うつむき［〈ナシ〉↓、］洋間なので［〈ナシ〉↓、］畳のケバの／192・14　珍しく［、↓〈削〉］どもっていた。／193・07　煙管でひ［よ↓ょ］いと／194・04　□門倉は［〈ナシ〉↓、］参ったと／194・10～11　それを［、普通の人間は↓みんな］まわりに気兼ねして、／194・12　うしろを［ぶん↓ブン］殴られた／195・01　そう手［放↓離］しで／196・04　□「年寄［〈ナシ〉↓り］って／196・09　恥かかせることになる［かしら↓わ］ねえ」／196・10　□「ほんとだったんです［、↓。］作造さん、／196・11　作造さんに［は↓ゃ］かないやしません。／196・12～13　肝［心↓腎］の体のほうが［、↓〈削〉］／197・13　或日［、↓〈削〉］突然／198・02　いやにリキ［ン↓ん］で／198・10　□「そう［〈ナシ〉↓よ］。そうですよ」／200・03　枯木に花が咲いたんだ［。↓、］／200・04　ちらちらと覗［っ↓い］た。／200・05　許せない［〈ナシ〉↓よ］。／200・13　必死に［、↓〈削〉］ことばを／201・02　女房としては嫌だ［って↓と］言って／201・03　絶対［に↓〈削〉］嫌よ」／201・09　□と繰［り↓〈削〉］返した。／202・01　□［袷↓袷《あわせ》］の下に追加のルパシカをかくして縫っているところをたみに見つかった［。↓〈削〉］さと子は、／202・04　ロシ［ア↓ヤ］ですと／202・07　正直に言えば［、↓〈削〉］怒られることは／202・09　□「よし［。↓、］言いたくないのなら／202・10　水も飲むな［。↓、］便所にも／202・11　とりなしたが［、↓〈削〉］仙吉は／203・01　震え［だ↓出］した。／203・03　食ってかかり、［結局、↓〈削〉］その晩は／204・01　ぼくだけじゃないでしょう［、↓。］日本という／204・07　かぶれるんだ」［〈改行ナシ〉↓□］と［〈ナシ〉↓どなって］力ずくで／204・10　子供の手［、↓〈削〉］引っぱって［〈ナシ〉↓、］／205・05　肩で風切ってるってこ［と↓〈ナシ〉］も／205・09　大工の下［〈ナシ〉↓っ］働きにしか／206・01　態度が変ってきた。［三流の製薬会社の万年課長の↓月給取りといっても先行き多寡の知れている」仙吉が、／206・03　さと子は思った。［〈改行ナシ〉↓□］近々に、／206・06　□日取りの打［ち↓〈削〉］合わせに、さと子がはじめて［、↓〈削〉］義彦の／206・08　裏から逃げろ［。↓、］万一、／206・14　□仏壇に［灯↓燈］明を／207・06　コロッと引っくり［かえ↓返］って、／207・11　□［灯↓燈］明の／208・01　言い直し［た。↓て、］／208・02　□「おじいちゃん死んでから、世の中どんどん悪くなるなあ［。↓」□「］お前のとこは儲かっていいかも知れないが」／208・08　□「む［ず↓つ］かしいなあ」／208・11　□「む［ず↓つ］かしいな。

「四人家族」［三　四人家族↓四人家族］

210・02　禮子が［〈ナシ〉↓、］けたたましい声で／211・04　□「どうしたの［。↓、］ねえ」／211・05　ゆさぶると、［門倉は↓〈削〉］のどの奥をぐうっと鳴ら［すと↓して］、／211・09　男の［癖↓くせ］して／214・01〜02　帰るとこだよ［。↓、］西瓜持ってきたからお上りといって［、↓〈削〉］手を振り［〈ナシ〉↓、］歩いていった。／214・10　尻尾［を↓〈削〉］振って／215・11　□「門倉［。↓、］お前、／216・10　つき合ってくれ［。↓、］仕事の／216・11　［おれ↓お前］の紙入れは［お前↓おれ］のもの。／217・10　□［蒼《あお》↓蒼］い顔をして／217・11　つき合いを［絶↓断］つと／217・12　遊びにくること［は↓が］あっても、／217・13　見合［わ↓〈削〉］すだけ／218・02　言われたよと［、↓〈削〉］しゃべっていると、／218・05　□「たかりって［〈ナシ〉↓、］ゆすりたかりの／218・13　［布団《ふとん》↓布団］に起き上って煙草を［す↓喫］っている／219・09　仙吉は［ごろりと↓明方まで］寝返りを打っ［〈ナシ〉↓てい］た。／220・12　ほてった［体↓からだ］を／221・01　□朝刊をひろげた［ものの↓まま］、／221・03　［『舞踏会の手帖』↓「舞踏会の手帖」］／221・14　門倉ならこうするな［。↓、］そこに／222・14　たみの［割烹着《かっぽうぎ》↓割烹着］の裾を／223・02　□

「奥さん［。→、］すみませんが、／224・12　さと子は、［二号さんの禮子とぶつからないように、合図の白い豆腐屋の旗を出さなくてはいけないなと思いながら→お茶を出すと仙吉に叱られるかなと迷い、やっぱり出そうと決めながら］、もうすこし、／224・13　聞きた［いし→くて］、［と迷→台所へ入るのをためら］っていた。／225・01　仙吉は［〈ナシ〉→歩いていて］人に／225・06　□目黒駅を［下→お］りたところの／225・09　手を差［し→〈削〉］出した。／225・12　目と鼻［〈ナシ〉→のところ］におでん・かん酒の／226・12　薬品のほうやって［る→〈削〉］んだけどね、／227・06　□「勿論［、→〈削〉］そんなことは／227・09　気が短いもんで［〈ナシ〉→、］絶交だと／227・14　老人は、［がつがつ→ガツガツ］と食い、／228・11　一緒に［引→ひ］っぱって／230・01　□「お宝が入ってるから［、→〈削〉］手出す［〈ナシ〉→、］か。／230・14　□「お前はもの知らないね［、→。］／233・03　上り［が→か］まちに／235・01〜02　［両天秤→両天秤《りょうてんびん》］に／236・05　いまにも噛んでやるとい［った→う］風に／236・14　□「召集令［〈ナシ〉→状］がきました」／238・09　□といったようだが［〈ナシ〉→、］門倉にも／239・07　［悔《くや》→悔や］んでいた／239・09〜240・14　［〈ナシ〉→□初産《ういざん》で長引いたせいか、さと子は生まれたとき頭が長く格好が柿の種子に似ていた。（中略）□さと子の十九年の写真帳のなかに、影になり日向になっていつも門倉がいた。］／241・08　少なかった。［〈改行ナシ〉→□］門倉も［〈ナシ〉→、］言い過ぎたよ、／241・09　門倉は［〈ナシ〉→、］ちょくちょく／241・10　男の［煙草の→〈削〉］空箱で

※なお、『向田邦子全集　第三巻』（文藝春秋、昭和六三年八月）収録の『あ・うん』と初版本とでは本文に若干の相違がある二カ所を、底本頁・行（全集頁・行）［底本→全集］で異同の順に示す。

026・11（226・13）［〈ナシ〉→大事そうに］一本抜いて火をつけた。／140・02（318・07）「だまして［すみま

→申訳ありま」せんでした」

（山口みなみ「向田邦子『あ・うん』雑誌発表形と単行本における異同および生成について」（『年報』第三六号、実践女子大学文芸資料研究所、平成二九年三月による）

『思い出トランプ』本文異同一覧

はじめに

向田邦子の生前唯一の短編連作集『思い出トランプ』の公けになっているテクストは複数あるが、向田自身によって本文に手が加えられた可能性があるのは、その時期から考えて、次の二種である。

①雑誌『小説新潮』（新潮社、昭和五五年二月号～昭和五六年二月号）
②単行本『思い出トランプ』（新潮社、昭和五五年一二月）

①では、校正刷の段階で元原稿からの手入れがあったことが想定される。ただし、元原稿は一部の作品しか保存されていない。

②については、初出誌からの手入れがあったことが想定される。ただし、「はめ殺し窓」の初出は、奥付上は②と同年同月であり、「耳」は②の後の、翌年一月号、同じく「ダウト」も翌年二月号であるから、これらについては②との相互関係が不明である。

向田の没後に出版されたテクストとしては、次の三種がある。

③文庫本『思い出トランプ』（新潮社、昭和五八年五月初刷）

④『向田邦子全集』第三巻所収『思い出トランプ』（文藝春秋、昭和六二年八月）

⑤『向田邦子全集　新版』第一巻所収『思い出トランプ』（文藝春秋、平成二一年四月）

いずれもとくに本文に関する「凡例」は設けられていず、明らかな誤植・誤記に対する編集者による修正は多少あったかもしれないが、原則的には②を底本としたと見られる。

ここでは、④を一応の定本として、その本文を基準に、初出の①と校合し、異同のある箇所すべてを提示する。

異同の全体的な様相を示せば、異同箇所は計四一六箇所（四二二例）ある。④の頁数が一九八頁であるから、一頁あたりの平均が約二箇所、異同があることになる。作品別に見ると、最多が「かわうそ」で五七箇所、以下、「花の名前」で四九箇所、「りんごの皮」で四三箇所、「犬小屋」で四二箇所、「三枚肉」で三八箇所、「はめ殺し窓」で三一箇所、「大根の月」と「酸っぱい家族」で各二七箇所、「男眉」で二六箇所、「だらだら坂」と「耳」で各二四箇所、「マンハッタン」で二三箇所、最少が「ダウト」でわずか五箇所である。

異同の種類としては、文字・表記に関するものが三一三例、語句・表現に関するものが一〇九例となる。このうち、文字・表記では、漢字にたいするルビ（振り仮名）の異同が九七例（削除が七三、付加が二四）、符号の異同が九二例（読点の削除五四、読点の付加二三、句点への変更八など）、文字の書き換えが七九例（仮名から漢字三三、漢字同士二二、漢字から仮名九など）、送り仮名が三〇例（減二七、増三）、改行が一五例ある。なお、改行の異同一五例のうち一〇例までが「りんごの皮」に集中し、いずれも新たに改行されている。語句・表現については、差し替えが四三例、付加が三六例、削除が二八例、順番の入れ替えが二例ある。これらの中には、一文以上の表現から助詞一語の場合まで含まれる。

以下、②の作品掲載順および異同の出現順に並べ、頭の数字は④における頁・行、次に④の本文、矢印、その下に異同のある①の相当本文を示す。各異同の間に／を挟む。（半沢幹一）

「かわうそ」

011・08　終る↑終わる／012・01　文書課長↑信書課長／012・11　呟いた↑呟《つぶや》いた／012・16　みたいに小さいが↑みたいに、小さいが／012・16　躍って↑躍《おど》って／013・01　億劫↑億劫《おっくう》／013・03　摑む↑摑《つか》む／013・05　最初の↑第一の／013・07　降りた↑おりた／013・08　助け起されて↑助け起され／013・11　桟↑桟《さん》／013・14　じじ、じじ、と↑じじ、じじと／014・04　ないのよ。そのうち↑ないのよ、そのうち／015・04　程度の他愛ない↑程度の、他愛ない／015・04　なるのを一緒に↑なるのを、一緒に／015・06　うちのため役に立つ↑うちのために役に立つ／015・07　幅↑巾／015・10　病気のせいか↑気のせいか／015・10　半分分厚い↑半分、分厚い／015・14　溢れて↑溢《あふ》れて／016・14　衿元↑衿元《えりもと》／017・01　夏蜜柑《なつみかん》↑夏蜜柑／017・01　夏蜜柑↑夏みかん／017・05　鎮め↑静め／017・13　のぞいた、子供の↑のぞいた子供の／017・13　コーナーのプール↑コーナーの隅の臨時のプール／017・15　しているということ↑している、ということ／018・01　浮んだ↑浮かんだ／018・03　餌↑エサ／018・04　前肢↑前足／018・11　火事ですよ。↑火事ですよオ、／018・11　火事ですよお」↑火事ですよオ」／018・12　寝巻で↑寝巻に／018・12　叩き↑さげ／018・15　厚子は新調の↑厚子は、新調の／019・04　恢復↑快復／019・06　冴えた↑冴《さ》えた／019・09　ときの刺すような↑ときの、刺すような／019・11　じじ、じじ、と↑じじ、じじと／019・12　慰め↑慰さめ／019・13　鬱《うっ》憤《ぷん》↑鬱憤／20・01　一日中↑一日／20・03　一頭↑一匹／20・14　まあ、こうなったら、↑こうなったら、／21・04　管理↑監理／21・05　考えているらしい。↑考えているらしいという。／21・10　健気《けなげ》↑健気／21・10　浮んで↑浮かんで／21・13　油絵で、画面↑油絵で画面／21・13　いっぱいに旧式の↑いっぱいに、旧式の／22・05　魚をならべて↑魚を、ならべて／22・08　鳥は目をあいて死んでいたが、あの子は目をつぶっていた。↑あの子は目をつぶっていたが、鳥は目をあいて死んでいた。／23・08 頼んだ↑たのんだ／23・14 楓も五輪も↑楓も、五輪も／23・15 いずれはみんな↑いずれは、みんな／24・06 ついたら包丁を↑ついたら、包丁を／24・16 返事は出来なかった。↑返事はなかった。

「だらだら坂」

028・03 億劫↑億劫《おっくう》／029・14 車を停めさせ↑と車を停めさせ／030・11 蔦↑蔦《つた》／030・15 散らしていた、坂↑散らしていた坂／030・15 桜は、いまは↑桜はいまは／031・06 小柄な、社長↑小柄な社長／031・13 碌な↑碌な／032・06 男たちが、煮しめを↑男たちが煮しめを／033・01 ジワジワビショビショと↑じわじわビショビショと／033・02 雫↑雫《しずく》／033・03 利かない↑利《き》かない／033・04 済んだし、体裁を↑済んだし体裁を／033・08 発音すると、馬鹿にした↑発音すると馬鹿にした／033・14 西瓜↑西瓜《すいか》／034・06 揉めた↑揉《も》めた／034・08 会釈《えしゃく》↑会釈／034・11 算盤《そろばん》↑算盤／035・04 塊↑塊り／035・06 さし込む赤く↑さし込む、赤く／036・05 崔承喜↑崔承喜《さいしょうき》／038・01 バンコック↑バンコク／038・08 ジワジワビショビショ↑じわじわビシャビシャ／038・10 坐って↑座って／040・01 蜜柑↑蜜柑《みかん》

「はめ殺し窓」

041・01 貌↑貌《かお》／041・07 晒され↑晒《さら》され／042・06 まめで↑マメで／043・05 蚤↑蚤《のみ》／043・14 裾↑先／043・14 皺↑しわ／044・01 ぶら下って↑ブラ下って／044・05 襟巻↑襟巻《えりまき》／044・13 翌朝↑明日／044・16 錆びた↑錆《さ》びた／044・05 猪口《ちょく》↑猪口／047・02 隅に、見覚え↑隅に見覚え／047・05 籐《とう》↑籐／047・15 角力《すもう》↑角力／047・15 敵《かな》う↑叶う／048・01 アルミニュウム↑アルミニューム／048・08 幼い↑幼ない／048・12 箱だけが↑箱が／048・16 掛けも、ねずみ色↑掛けもねずみ色／049・01 覚めたら↑さめた

ら／049・03 気がする。↑気がするが、／049・12 少なくとも↑少くとも／052・12 おいてあなたが↑おいて、あなたが／053・01 している。↑している、そのことが↑そのことが／053・03 癇↑癇《かん》／053・10 下さる↑くださる／053・16 律子も隣りの茶の間で↑律子も襖を半分立てた茶の間で／054・05 お父さんにも↑お父さんに／054・12 タカよりも母親の美津子に↑母親の美津子に／054・14 仇《かたき》↑仇／055・04 どれとどれに重たい意味があったのか。↑どれが本当だったのか。

「三枚肉」

057・01 軀↑軀《からだ》／057・05 癇性↑癇性《かんしょう》／057・05 胡椒↑胡椒《こしょう》／058・11 利く↑利《き》く／059・07 滴《したた》る↑滴たる／059・13 下さい↑ください／060・01 成程言われて↑成程、言われて／060・02 出来と、↑出来、と、／060・04 ひと皮瞼に真正面から↑ひと皮瞼に、真正面から／060・14 顔中赤紫色↑顔中、赤紫色／061・07 思い浮べた。↑思い浮かべた。／061・07 思い浮べながら↑思い浮かべながら／062・02 オールドミスの教師↑オールドミスの女教師／062・07 「酸漿に爪楊枝で穴あけるとき、プツッていうでしょ。あれと同じ音がしたわ」↑ナシ／062・09 若返った↑若返えった／062・15 どうしたのかしら↑どうしたのかしら／062・16 仕舞いながら幹子は↑仕舞いながら、幹子は／063・07 笑い↑嘲い／064・04 その奥の、↑その奥に／065・03 壜↑壜《びん》／068・12 一時期、幹子が学資稼ぎに↑一時期、学資稼ぎに／069・01 半沢は、親を↑半沢は親を／069・02 間遠↑間遠《まどお》／069・05 億劫↑億劫《おっくう》／069・11 焼酎↑焼酎《しょうちゅう》／069・15 半沢に借りっぱなしになっていた一冊↑一冊の本／069・16 ひとにまた貸ししてた↑おれひとにまた貸ししてた／069・16 取りにいって↑返してもらいにいって／070・02 選《よ》って↑選って／070・12 目のなかを↑目の色を／070・14 なかにはゴヤの↑なかにゴヤの／071・11 引っぱったのよ」↑引っぱったの」／072・05 肋のところで↑牛の肋のところで／072・07 脂《あぶら》↑脂／072・09 光↑光り／072・12 肉や脂肪↑肉の脂肪／073・07 「西洋見学」↑『西洋見学』／073・07 来たのだろう。↑来たのだろう、

「マンハッタン」

075・09 腕や軀が↑腕が軀が／075・09 軀↑軀《からだ》／076・01 凝る↑凝《こ》る／076・03 五カ条↑五ヶ条／076・15 利かない↑利《き》かない／078・03 真中で↑まん中で／078・06 白い天幕のような大きな三角形↑大きな三角形／078・11 猪首《いくび》↑猪首／078・14 睦男の首の下で光ったエプロン↑光ったエプロン／079・02 擦る↑擦《す》る／079・02 真中を↑まん中を／079・07 飲みはじめ↑のみはじめ／079・15 俄《にわ》か↑俄か／080・12 潰れた↑潰《つぶ》れた／080・14 思ったけれど、↑思ったら、／081・14 何でもいい、軀の中で↑何でもいい軀の中で／082・03 伸して↑伸ばして／083・03 滴り↑滴《したた》り／087・05 落着いた↑落ちついた／088・09 揉めた↑もめた／088・13〜14 「マンハッタン」「マンハッタン」〔改行〕睦男のなかで、日がな一日車を廻していた二十日鼠は死んでしまった。↑ナシ／089・03 見馴れない老人↑老人

「犬小屋」

092・12 みごもってから、坐りたい↑みごもってから坐りたい／092・12 一心からか降りる↑一心からか、降りる／093・02 一日延しで↑一日延ばしで／093・04 達子は眺めていた。↑達子は、眺めていた。／093・08 危うく↑危く／094・02 烏賊が↑皿盛りの烏賊が／094・05 鯖《さば》↑鯖／094・10 そのうち口から↑そのうちに口から／095・03 おかみさんの同道↑おかみさん同道で／095・11 しめていると、↑しめえいると、達子に／096・04 わたは↑はらわたは／096・05 食べさせる↑と、食べさせる／096・12 うちへ帰ったり↑うちへは帰ったり／097・02 小遣い↑お小遣い／097・09 いるので肝を↑いるので、肝を／097・09 み

ると血と↑みると、血と／097・14 利かして↑利《き》かして／098・08 押されている街の魚屋↑押されて街の魚屋／098・15 こわい、といった風に、↑こわい。といった風に、／098・16 煙草に↑たばこに／098・16 煙草が↑たばこが／100・01 ズン銅鍋に、持ってきた↑ズン銅鍋持ってきた／100・05 前からこうしている、↑前から、こうしている／100・06 取りに帰った↑取りに久しぶりに帰った／100・09 口吻↑口吻《こうふん》／101・05 招ばれて↑招《よ》ばれて／101・09 仕舞い夕食を↑仕舞い、夕食を／101・13 鬱陶しい↑鬱陶《うっとう》しい／101・14 口ずさんでいるが、↑口ずさんでいるらしいが、／102・14 青痣が↑青痣も／103・01 口吻↑口許／103・04 殺したのかと小屋を↑殺したのかと、小屋を／103・05 足がのぞいていた。↑足が、のぞいていた。／103・11 少なかったのと影虎に↑少なかったのと、影虎に／103・11 噛みつかれてときどき目をさました↑噛みつかれた／103・12 別状↑別条／103・15 ひとつは彼の↑ひとつは、彼の／104・02 ビルになっている。〔改行〕影虎も↑ビルになっている。影虎も／104・05 自分も彼の妻もみごもって↑自分もみごもり、彼の妻もみごもって／104・05 かけていたかも知れないと↑かける気になっていただろうと／104・06 きた。〔改行〕人と人の間から、↑きた。人と人の間から、／104・07 眠りこけ、↑眠りながら、

「男眉」

105・03 坐って↑座って／106・08 磨り↑磨《す》り／106・09 桟↑桟《さん》／106・09 絹↑絹《きぬ》／106・13 雛↑雛《ひな》／106・15 凹《へこ》んだ↑凹んだ／107・05 女は素直で↑女は、素直で／107・10 鋏↑鋏《はさみ》／108・10 牛乳の濁った白↑牛乳色の濁った白／109・14 幅↑巾／110・08 つかなかった。〔改行〕字引は↑つかなかった。字引は／112・04 健気↑健気《けなげ》／113・04 袴↑袴《はかま》／113・08 過して↑過ごして／113・10 いるらしい。〔改行〕夫に↑いるらしい。夫に／113・13 妹のほう↑妹の方／113・16 浮した↑浮かした／115・01 襖↑襖《ふすま》／115・

13　よだれ掛け↑前垂れ／115・15　戦争中↑戦後／116・04　鳴った。〔改行〕負けが↑なった。負けが／116・09　ポン、ポンと↑ポン、ポン、と／116・09　弾けた↑弾《はじ》けた／117・01　呟いて↑呟《つぶや》いて／117・13　浮び上った↑浮かび上った／117・13　大きめの唇↑大き目の唇

「大根の月」

119・03　真中↑まんなか／119・09　真中↑まんなか／121・07　浮んで↑浮かんで／121・15　お河童《かっぱ》↑お河童／123・01　アパートの卓袱台の前で↑アパートの前で／123・13　決る↑決まる／123・16　嫌々する↑嫌々をする／124・05　算盤↑算盤《そろばん》／124・12　分を買った↑分を、買った／124・13　あてることで↑あてることに／125・04　倍に↑倍以上に／125・05　梅雨あけのいい天気↑梅雨あけの、いい天気／125・15　使って砥いでいる↑使って包丁を砥いでいる／127・07　火傷↑やけど／128・12　下さいな↑くださいな／128・13　持つな、台所仕事は↑持つな。台所仕事は／129・06　女↑主婦／130・10　四個↑五つ／130・10　三個↑四つ／130・10　二個↑三つ／130・10　一個↑ひとつ／130・12　手帖↑手帳／130・12　金銭出納↑金銭出納簿／131・16　母親のことは、ひとことも言っていないと聞いて、英子は↑英子は／132・04　とき、英子の↑とき英子の／132・05　頼む↑たのむ／132・09　見上げようとしても、↑見上げようとして、

「りんごの皮」

133・07　気がついた。〔改行〕時子より↑気がついた。時子より／133・08　男のために、↑男の為に、／134・05　幅↑巾／134・06　まんなか↑真中／134・09　笑い出した。〔改行〕暗い↑笑い出した。暗い／135・10　聞かれてしまった。〔改行〕追いかける↑聞かれてしまった。追いかける／136・03　同じの↑同じ、／136・04　ついてはしゃべらない↑ついては、しゃべらない／136・07　動いていた。↑動いていたし、／136・08

飛び交っていた。↑飛び交っていたが、／136・08　時子にはすべて縁のない↑時子には縁のない／136・09　掏摸《すり》↑スリ／136・13　掛けた。〔改行〕髪を↑掛けた。髪を／136・15　横着すると、根元が↑横着すると根元が／137・04　なっている。〔改行〕化ける↑なっている。化ける／137・05　蛍光灯↑螢光灯／137・10　髪の毛は↑髪の毛も／138・08　いかない。〔改行〕果物屋の↑いかない。果物屋の／139・02　焚火↑焚火《たきび》／139・03　経師屋《きょうじや》↑経師《きょうじ》屋／139・05　吹いていた。〔改行〕大学一年の↑吹いていた。大学一年の／139・09　薬罐《やかん》↑ヤカン／139・09　ない。〔改行〕時子は↑ない。時子は／139・12　木枯しが建てつけの↑木枯しが、建てつけの／139・12　揺すっている。〔改行〕闇に↑揺すっている。闇に／139・13　菊男も寝つけないらしく、細目にあけた襖の向うで、↑細目にあけた襖の向うで、菊男も寝つけないらしく、／139・13　塊↑塊り／140・10　しゃべったほう↑しゃべった方／140・12　いないの↑来てんの／140・16　やっている。〔改行〕時子は↑やっている。時子は／141・02　自分とこのもの↑自分とこのもン／141・02　持ってゆく↑持ってく／141・03　だけだよ↑だけだろ／141・05　弟は懐中電灯の↑弟は急に懐中電灯の／141・11　ポケットから、りんごを↑ポケットからりんごを／142・03　かじると、↑かじると、すぐ、／142・03　籾殻《もみがら》↑もみがら／142・07　なかろう。↑なかったろう。／143・15　いるほうが↑いる方が／144・01　伸した↑伸ばした／144・12　滲んで↑にじんで／144・13　口にいれた。↑口に入れた。りんごの皮は、いまのわたしだ。

「酸っぱい家族」

147・01　醒して↑醒《ざま》して／147・03　ところで、格別↑ところで格別／147・03　見厭きた↑見厭《みあ》きた／147・05　起して↑起こして／147・09　起される↑起こされる／148・06　得手↑得手《えて》／148・08　かなり郊外↑私鉄沿線の郊外／149・01　言い方↑言いかた／149・04　添えた↑添《そ》えた／149・06　額↑額《ひたい》／149・06　かなわない↑叶わない／149・07　足許に死骸が埋まって↑足許に埋まって／150・13　塗った四角い↑塗った、四角い／152・07　落着かなく↑落ちつかなく／152・14　延して↑延ばして／153・09　俄か↑俄《にわ》か／155・07　焼け出されて↑焼出されて／155・07　落着いた↑落ちついた／156・06　全部が陣内の↑全部が、陣内の／156・12　鍋釜から茶碗まで↑ガラスも、棟木も、／156・13　陣内写真館のような住まいは↑陣内写真館は／157・02　そうではない↑そうでもない／157・04　蒸れた↑蒸《む》れた／157・12　腕力があった↑力持ちであった／160・13　殴り倒したいと思った↑殴り倒したい、と思った／160・15　生温かくぐんにゃりして↑生温かく、ぐんにゃりして／161・04　渡して、捨てて↑渡して捨てて

「耳」

163・06　利かない↑利《き》かない／163・08　意気地↑意気地《いくじ》／164・03　母親は、↑母親の顔は、／164・05　薬罐↑ヤカン／164・07　下り具合↑下がり具合／164・07　幼い↑幼ない／165・03　触ルベカラズ↑触ワルベカラズ／165・08　おい、↑おい、直子／165・16　嗤い↑嗤《わら》い／166・02　容れもの↑容《い》れもの／167・05　傷んだ↑傷《いた》んだ／167・05　みたいなのがはみ出していた↑みたいなのが、はみ出していた／167・11　そっくりの、↑そっくりに、／169・04〜05　「お父さんたら、いつもあたしのこと膝にのっけて、耳の糸、引っぱって遊ぶのよ。いやンなっちゃう」↑女の子の父親は、ひとりっ子のその女の子を愛し、耳のそばの小さなイボを愛していたのではないか。／171・04　赤い炎はスウッと洞穴の↑赤い炎は洞穴の／172・01　ビクター楠↑ビクター真二郎／172・02　突き飛ばすと、↑突き飛ばすようにすると、／172・07　「ビクター」↑ビクター／172・09　依怙地↑依怙地《いこじ》／172・12　ビニールカバーの↑ビニール本らしい／172・13　ヘッドホン↑イヤホーン／173・14　半年ぶりの煙草だった↑半年ぶりだった／174・02　沁みて↑沁《し》みて／175・07　「ビクター」

↑ビクター

「花の名前」

177・06 立てるからと口が↑立てるからと、口が／177・08 むき出しで白い↑むき出しで、白い／178・01 弾いて↑弾《はじ》いて／178・01 軀↑軀《からだ》／178・04 削げた↑削《そ》げた／178・08 日付↑日付《ひづけ》／178・08 替わらぬ↑変わらぬ／178・10 角力↑角力《すもう》／178・10 ところに溜めていた↑ところに、溜めていた／179・04 ひとりで、帰る↑ひとりで帰る／179・09 鳴るたびに↑鳴るたび／179・11 店員から知らせてきたのも↑店員からの知らせも／179・13 剝《む》いて↑むいて／179・15 剝いて↑むいて／181・02 坐って↑座って／181・03 坐って↑座って／181・03 もうすこしいっている↑もうすこし、いっている／181・05 脂↑脂《あぶら》／182・11 散ったのか関心の↑散ったのか、関心の／183・03 鮮やかに↑鮮やかに三枚におろし、／183・03 さくどり↑柵《さく》どり／183・09 入ること、首席に↑入ること。首席に／183・11 習って下さい↑習ってください／183・11 教えて下さい↑教えてください／184・02 活けさせ↑活《い》けさせ／184・07 手帖↑手帳／184・12 ひとつついていた↑ひとつ、ついていた／184・13 例外なくついていた↑例外なく、ついていた／185・02 言われたと夫は↑言われたと、夫は／185・04 この人にもこんな↑この人にも、こんな／185・15 鱸《すずき》↑鱸《スズキ》／185・15 鯔《ぼら》↑鯔《ボラ》／185・15 鰆《さわら》↑鰆《サワラ》／185・15 味の差。ほうれん草と↑味の差、ほうれん草と／186・01 柴犬↑芝犬／187・03 常子はつぶやき↑と常子は呟き／187・15 勝負でと多少↑勝負でと、多少／188・01 判ると拍子抜けが↑判ると、拍子抜けが／188・02 聞くとコーヒー茶碗の↑聞くと、コーヒー茶碗の／189・08 て、↑て／189・11 坐って↑座って／189・12 不具↑不具《かたわ》／189・12 教えて下さい↑教えてください／189・14 日記帖↑日記帳／189・14 符牒には、↑符牒は、／191・02 それが↑そんなもの／191・03 それが

↑そんなもの／191・06 流れて来た。↑流れて来た。夜の「君が代」は、常子には、いやに堂々とした男たちの子守歌に聞えた。

「ダウト」

193・05 下さい↑ください／196・10 従弟↑従弟《いとこ》／197・04 替って↑替わって／197・15 呑み込んで塩沢は↑呑み込んで、塩沢は／202・07 香華《こうげ》↑香華

（はんざわかんいち『思い出トランプ』本文校異」向田邦子研究会編『素顔の幸福』平成四年による）

あとがき

向田邦子研究会については、本書所収の石川幸子氏の文章に詳しい。その発足三〇周年の記念出版として企画されたのが本書である。

一〇周年、二〇周年の際も記念本を刊行してきたが、今回はそれらと趣を異にする。『向田邦子文学論』という書名のとおり、向田作品を本格的に研究するための基礎となるものを目指した。

その趣旨を、かねてより縁のあった新典社の方にお話ししたところ、選書の一冊として出すことを快く認めてくださった。感謝に堪えない。また、従来の記念本は、研究会会員の文章を中心に編集してきたが、今回は会員ではない、心当たりの日本文学・日本語学などの研究者の方々にも執筆をご依頼した。ありがたくも、趣旨に賛同してくださり、意欲的な論文をお寄せくださった。本書が研究書にふさわしい内容たりえているとすれば、ひとえにそのおかげである。心より感謝もうしあげたい。

全国二〇〇名近くに及ぶ研究会会員のほとんどは、プロの文学研究者ではない。本書に収められた会員の文章には学術的とは言いがたいものも含まれる。それでも、向田作品に対する、生活実感に裏打ちされた、それぞれの真摯な捉え方が示されている。向田作品を研究するということは、いわゆる文学としてのみならず、まさに読者一人一人の生活実感と地続きであるところにこそ、意義があるのではないか。そのような視点から読んでいただければ、幸いである。没後四〇年近く経てもなお、向田邦子の人気は衰えることなく、彼女の作品は読まれ続けている。もはや一時の流行とは言えないが、さらにしかるべく後世に伝えてゆくためには、向田作品の普遍的な文学価値を明らかにし、それを広めてゆかなければなるまい。研究を必要とする所以であり、向田邦子研究会の願いでもある。人文学不要論がまかりとおる当今の時勢にあっては、なおさらである。

本書が、向田作品研究の一つの足掛かりになるとしたら、本望である。そのうえ、向田邦子研究会にも興味を持っていただければ、嬉しいかぎりである。広く歓迎したい。

なお、向田邦子研究会に関する問い合わせは、mukouda.kenkyukai@gmail.com あてに、また入会を希望する場合には、その旨を記して、郵便振替：００１７―０―４０９０５３ に、初年度会費（一般：三千円、学生：千円）を振り込んでください。

（向田邦子研究会代表幹事　半沢幹一）

向田邦子文学論《むこうだくにこぶんがくろん》　新典社選書 89

2018 年 11 月 28 日　初刷発行

編　者　向田邦子研究会
発行者　岡元　学実

発行所　株式会社　新　典　社

〒101－0051　東京都千代田区神田神保町1－44－11
営業部　03－3233－8051　編集部　03－3233－8052
ＦＡＸ　03－3233－8053　振　替　00170－0－26932

印刷所　惠友印刷㈱　製本所　牧製本印刷㈱

ISBN978-4-7879-6839-5 C1395
http://www.shintensha.co.jp/　E-Mail:info@shintensha.co.jp